望海潮
原创系列（第二辑）

飞越大海的白鸽

林朝晖 著

海峡出版发行集团 | 海峡文艺出版社

图书在版编目(CIP)数据

飞越大海的白鸽/林朝晖著. —福州:海峡文艺出版社,2023.9
("望海潮"原创小说系列.第二辑)
ISBN 978-7-5550-3408-7

Ⅰ.①飞… Ⅱ.①林… Ⅲ.①长篇小说—中国—当代 Ⅳ.①I247.5

中国国家版本馆 CIP 数据核字(2023)第 156967 号

飞越大海的白鸽

林朝晖　著

出 版 人	林　滨
责任编辑	张琳琳
出版发行	海峡文艺出版社
经　　销	福建新华发行(集团)有限责任公司
社　　址	福州市东水路76号14层
发 行 部	0591—87536797
印　　刷	福建新华联合印务集团有限公司
厂　　址	福州市晋安区福兴大道42号
开　　本	880毫米×1230毫米　1/32
字　　数	320千字
印　　张	13.75
版　　次	2023年9月第1版
印　　次	2023年9月第1次印刷
书　　号	ISBN 978-7-5550-3408-7
定　　价	78.00元

如发现印装质量问题,请寄承印厂调换。

目录

上 部

一、出逃 / 3

二、享受纵横驰骋的感觉 / 9

三、爱情是杯醉人的酒 / 21

四、艰难的从军之路 / 35

五、血泪铸就勇士 / 42

六、牢狱之苦 / 53

七、赛马 / 60

八、人在江湖 / 67

九、谁解女人心 / 76

十、寻宝 / 86

十一、鱼与熊掌 / 92

十二、柳暗花明 / 97

十三、谁的眼泪在飞 / 106

十四、雾里看花的爱情 / 114

十五、当一回真正的英雄 / 128

十六、此情绵绵无绝期 / 147

中　　部

一、第一次穿越 / 161

二、黄连树下弹琵琶 / 173

三、悠悠情歌 / 185

四、一声长啸 / 201

五、瓮中捉鳖 / 212

六、海的那边是故乡 / 217

七、第二次穿越 / 227

八、杀机四伏 / 239

九、绝处逢生 / 251

十、戏中戏 / 257

十一、迟来的爱 / 273

十二、执手相看泪眼 / 282

十三、第三次穿越 / 296

十四、练就鸳鸯剑 / 305

十五、小试牛刀 / 319

十六、宋朝的天空 / 327

十七、水中月 / 338

下　　部

一、故土在召唤 / 349

二、如烟往事 / 355

三、揭开谜底 / 365

四、泪水化成倾盆雨 / 373

五、最后一次穿越 / 381

六、青春肩并肩 / 386

七、心会跟爱一起走 / 399

八、凤凰涅槃 / 412

九、白鸽在台湾海峡飞翔 / 422

后记 / 428

上　部

一、 出　逃

　　吴雪峻记不清骑着这匹名为孤云的白马在苍茫的荒野上奔跑了多久，处于惊慌状态中的他，脑子里不断闪动着日本鬼子凶神恶煞的模样，这些幻象刺激着他的神经，使他不断挥动马鞭抽打着孤云，孤云使出浑身的劲向前狂奔。

　　在一条清澈的小溪边，孤云突然放慢步子，回过头，望了望背上的主人。此时，吴雪峻的心渐渐平静，长长地吁了口气后，摸了摸脑袋，似乎有点儿不相信自己能从那场天昏地暗的恶战中幸存下来。现在，枪炮声、呐喊声、马蹄声都已远去，展现在吴雪峻面前的是一幅立体感很强的画面：涓涓流淌的小溪、错落有致的水中岩石、郁郁葱葱的森林、鲜花盛开的草原、悠闲飞翔的鸟儿。

　　眼前如诗如画的风景让吴雪峻陶醉，他跳下战马，牵着孤云的缰绳缓缓蹚入溪水，溪水不深，仅仅淹没大腿，吴雪峻在一块浮出水面的岩石上坐下，手轻轻地抚摸着这匹与他一块儿死里逃生的战马——孤云。长时间的奔波，孤云的腰背满盖着痛楚的鞭痕，背上被沉重的马轭刮破了皮，四条腿肮脏浮肿，线条模糊，从前那双明净光亮的眼睛布满血丝。

怜惜、内疚、感动……百感交集。一时间，吴雪峻说不出话，他把头紧紧地贴在战马身上。对于主人的爱抚，孤云由于激动，身子微微地颤抖。当吴雪峻把一块干粮往它嘴里塞时，孤云晃了晃脑袋，用湿润的鼻翼和嘴唇在吴雪峻头上摩挲着，就是不张开嘴。吴雪峻明白孤云知道干粮所剩无几，它宁愿自己挨饿，也不愿主人饿肚子，动物竟能如此善解人意，吴雪峻心头不禁涌出一股温情，轻轻地抚摸了一下马背，说："孤云辛苦了，好好歇歇吧。"

孤云似乎听懂了吴雪峻的话，摇了摇短尾巴，慢悠悠地在岸边蹲下身子。吴雪峻望着孤云，心里充满感激之情。

孤云这匹马远远望去给人弱不禁风的感觉，但对于识马的吴雪峻来说，却是一匹不可多得的好马。吴雪峻年轻的时候就是个驯马高手，知道一匹好马，必须具备体质良好、胸廓深长、腰背有力、腿关节结实等条件，而这些条件孤云恰好都具备。吴雪峻来到国民党第四十九骑兵团的时候，一眼就相中了这匹不起眼的白马。事实上，在吴雪峻相中孤云之前，也曾有许多人相中孤云，但他们只是把它当作一匹骏马来欣赏，却不敢把它当作自己的坐骑，因为他们听信了一个相马名手的话。相马名手说，孤云绝对是匹好马，但它有一个最致命的弱点，就是会在紧要关头背叛或者危害它的主人。吴雪峻可不信这样的鬼话。

骑上孤云的吴雪峻转战南北，孤云真是一匹神奇的骏马，战场上，它善于把握战机，关键的时候，跃进、停顿、转身，比豹子还敏捷，比狮子更凶猛。有一回，吴雪峻在战场上奋勇杀敌，背后有个日本鬼子举枪朝他瞄准，孤云眼梢瞥见，闪电般转过身子,悬起前足,把日本鬼子手里的枪踢掉,吴雪峻迎上前去,一刀结果了那个日本鬼子的性命。

由于在战场上屡立战功,吴雪峻很快便从一名战士升至副团长。吴雪峻非常清楚自己官职的提升离不开孤云的鼎力相助,他开始把孤云当作自己最好的朋友。每天,吴雪峻都要亲自给孤云洗澡,梳理马鬃。作为一名驯马高手,吴雪峻懂马,知道如何体贴马,如何与马交流。孤云耳朵竖起,微微摇动,表示"很高兴";耳朵前后左右不停地摇晃,表示"不高兴";耳朵静静地倒向后边,表示"兴奋";耳朵向前倒或倒向两边,表示"疲劳";耳朵向两边耷拉着,头低下,表示"想休息";耳朵高扬起,向两边直竖,表示"紧张";耳朵不停地摇动,头扬起,表示"害怕"。

对于孤云肢体表达出的语言,吴雪峻摸得很透,比如孤云表示害怕时,他会将它的头揽在怀里,笑眯眯地说:"别怕,有我在呢。"孤云想休息,他立即将它牵入马厩,让它好好地睡上一觉。

平日,孤云爱耍小聪明,比如它拉马车运粮食,一次只肯拉20袋,每次装完车,它都要回过头来仔细看看,如果超过20袋,便拒绝拉车,嘴里嘶嘶地叫个不停。遇到这种情况,其他的主人一般会拿起马鞭,将马狠狠地抽上一顿,吴雪峻可不这么干,心领神会的他笑眯眯地走上前,将马车上多装的粮食卸下,背在自己身上。

孤云很有灵性,把吴雪峻的关心和体贴记在心头,加倍付出报答,随着时光的推移,它与吴雪峻之间建立了深厚的感情。他们之间一眨眼、一举手、一颦一笑都非常有默契。

坐在岩石上的吴雪峻解下空荡荡的军用水壶,装上满满一壶溪水，然后悠然自得地坐着，吮一口溪水，嚼一口干粮，顿觉心旷神怡，闭上眼睛细细品味，觉得干粮是世界上最可口的美味佳肴，溪水则赛过百年老酒。吃饱喝足后，他四仰八叉地躺在岩石上。

天色渐渐暗了下来，黑暗展开墨色的天鹅绒，掩盖了地平线，远望群山，只隐约辨出灰色的山影。寒风肆意地吹刮着森林，发出一阵阵令人毛骨悚然的声响，这声音刺激着吴雪峻的神经，使他变得恐惧不安，不久前刚发生的那场惊心动魄、血肉横飞的恶战，像幽灵一样重新出现在脑海。

前天，国民党第四十九骑兵团接到上级命令，要求部队在一片茂密的森林里伏击日军。当日军部队从森林边那条小道经过，并进入包围圈后，刘雪兵团长一声令下，埋伏在森林里的国民党军骑兵向日军发起了凶猛的进攻。对于这突如其来的袭击，日军显然缺乏思想准备，但他们毕竟训练有素，短暂慌乱之后，便稳住阵脚，集中火力朝涌上前来的国民党军骑兵疯狂射击。

战场上霎时枪声雷鸣、弹火殷红、硝烟弥漫、杀声震天。在与日军这场短兵相接的战斗中，四十九骑兵团渐渐取得主动，日军的阵脚开始变乱，眼看即将取得战斗的胜利，忽然，从后方涌出密密麻麻装备精良的日军骑兵。见有了增援部队，退却的日军重新稳住阵脚，朝四十九骑兵团发起凶狠的进攻，两军绞在一块，一场血肉横飞的恶战继续着。

骑兵团副团长吴雪峻在战斗刚打响的时候，表现异常勇猛，他左手挥舞马刀，右手握着手枪，一个个日本鬼子成了他的刀下之鬼。

战斗中，二营营长鲁兵始终陪伴在吴雪峻身旁，他与吴雪峻齐头并进，奋勇杀敌。

激战正酣之际，吴雪峻身边的鲁兵忽然从马背上倒下，一颗罪恶的子弹夺去了他的生命。从鲁兵身上喷溅而出的鲜血使吴雪峻产生恐惧，乖乖，鲁兵要是向前半个身位或者后退半个身位，这发子弹击中的就不是鲁兵，而是他了。吴雪峻的嘴里禁不住嘶出一股冷气，向四周望了望，发现自己的部队在这场战斗中已完全处于劣势，大量的日军骑兵正从远方奔来，如果不立即逃离战场，必定死路一条。吴雪峻发热的脑子迅速冷静下来，对生的渴望使他瞬间做出了惊人的决定：逃离战场！

吴雪峻紧勒缰绳，猛地抽了一下马鞭，孤云领会主人的意思，飞也似的朝后方跑去。吴雪峻的身子紧紧贴着马背，一颗颗子弹飕飕响着从头顶上飞过，他的手心出了汗，就像涂了一层黏液似的，乱飞的子弹逼着他把脑袋伏在潮湿的马脖子上，刺鼻的马汗臭味直往他的鼻子里钻，但他顾不了这么多。

孤云一路狂奔，马蹄下扬起棉絮一般的尘雾……

月亮悄悄地爬上天空。一缕缕夜雾从山坳里升腾起来，像乳白炊烟似的一团团飘出，慢慢地融进夜空，吴雪峻深吸一口，一种分不清激动还是悲伤的感情润入心房，他为自己死里逃生暗暗庆幸，又为失去最好的战友而悲伤。鲁兵和吴雪峻是同年兵，平日关系非常融洽，战场上，他们互相配合，亲如兄弟。而今，最亲密的战友已离他远去，但鲁兵的音容笑貌却深深地嵌在吴雪峻的脑海里，他死亡前痛苦的表情就像一座大山压在吴雪峻心头，使他真切地感受到战争的残酷。

夜已深沉，月亮如剑孤独地悬在空中，溪流在星光下哗哗地流淌，寒冷刺骨的山风，在山顶、山谷旋转。稀疏的光线，暗淡的星星，好像被蒙在一层纱幕后面，隐隐约约，间或可见三两只萤火虫在森林里悠悠晃晃地闪动，溪流边的青草里，有许多小虫子在凄凄地叫，把夜衬得更加空寂、凄凉。吴雪峻静静地躺在岩石上，忽然有了体验死亡的想法，他闭上双眼，静下心来开始均匀地深呼吸，现在，吴雪峻唯一能感受到的就是自己的心跳和呼吸，但这种状态仅持续几分钟，他的脑海里便飘出一片春天的原野，原野上莺飞草长，灿黄灿黄的油菜花开得无垠无际，头顶上一轮银盘般的太阳暖融融地照着，耳畔蜜蜂和蝴蝶哼哼地唱着，原野的前方，一条清澈潋滟的河流里悠悠冒出一缕长发，紧接着一张清纯的姑娘面孔浮出水面，那双清明乌黑的眸子转悠，像婴儿一样天真无邪，身上散发出一股淡淡的幽兰香味让躺在岩石上的吴雪峻心醉神迷，血脉偾张。

姑娘水一样的皮肤，水一样的眼睛，水一样的身段。她大大方方地从河里游到吴雪峻跟前，亮开嗓门唱起家乡的山歌调调：

妹妹挑土哥挖塘
汗珠跟着泥水淌
妹挑千斤不知累
哥在泥里不觉凉
……

明丽的歌声如同溅珠漱玉的清泉，在吴雪峻心头萦绕回旋。

"如水——"吴雪峻轻轻嘟哝一句，随着声音的发出，他陷入了回忆之中。

二、 享受纵横驰骋的感觉

"哇——哇——哇——"

吴雪峻出生那天,清脆响亮的哭声让坐落在福州三坊七巷的寂静的吴家小院顿时有了生机,正躺在床上抽大烟的吴雪峻祖父吴一平听到哭声,两眼发亮,急忙扔掉烟枪,朝门外跑去。

此时,产房里传来吴雪峻祖母林萍芳朗朗的笑声。

"老伴,究竟是丫头还是带把的?"吴一平边问,腿边打哆嗦。

吴一平如此紧张当然有原因,吴章成是家里的独苗,从小就受到吴一平和林萍芳的溺爱。

在福州,吴一平是赫赫有名的盐商,银子对他来说不成问题。当时正值军阀混战,军人地位显赫,吴一平希望儿子能在军阀队伍里谋个一官半职,这样,他在父老乡亲面前身板子就能硬起来。于是,他怂恿儿子从军,吴章成在父亲的鼓励下参军入伍。由于他有文化,脑子又活络,将父亲给的大把钞票用于巴结上司、疏通关系,很快便得到上司的赏识,官运亨通的他没当几年兵，便成为一名营级军官。

儿子当官没多久，就给父亲吴一平写了一封信，说他在山东相中一位名叫刘晚秋的姑娘，这让吴一平颇为恼火，在吴一平看来，福州姑娘个个长得水灵，跟水蜜桃似的，何必跑到大老远的山东去娶媳妇。为了娶媳妇这个问题，他曾与回家探亲的儿子吴章成大吵一顿，吴一平甚至以断绝父子关系威胁，但吴章成不为所动，他与刘晚秋的爱情之火越烧越旺，两人爱得死去活来，吴章成一不留神便在刘晚秋身上播下了种。得知刘晚秋怀孕后，吴章成给父亲写了一封信，告诉父亲，刘晚秋怀上了，他要与刘晚秋成亲。

吴一平马上写信回绝。可吴章成的第二封来信，让吴一平改变了态度。

吴章成告诉父亲，刘晚秋怀孕之后，他曾找当地一个非常有名的算命先生算过，算命先生得出结论：刘晚秋是旺夫命，怀的是儿子！

吴章成的这封信让吴一平由忧转喜，他希望吴家的祖业代代相传，没有带把子的显然不行，既然刘晚秋能替吴家续上香火，吴一平也就勉强同意了这门亲事。

很快，刘晚秋就嫁进了吴家。刘晚秋长得标致，块头大，脾性火爆，在吴家，大伙都让她三分，因为吴一平搁下一句话：刘晚秋将来会为吴家生个带把子的！

这句话把吴家所有的人都镇住了。吴家从来都是阴盛阳衰，吴一平与林萍芳结婚后，在生下四个女儿之后，总算是盼来了吴章成这么一个儿子。

现在吴章成和刘晚秋第一胎就是个儿子，这让吴一平刮目相看。

尽管有算命先生的话搁着，但是骡是马最终还要验证。刘晚秋分娩那天，吴一平还是感到紧张，他在亲朋好友之间早就拍胸脯说，儿媳怀的是男孩，可万一整出个丫头片子，那面子可就丢大了。

"老伴，究竟是丫头还是带把子的?"见里屋没有回音，吴一平的腿哆嗦得更厉害。

"带把子的!"林萍芳透着自豪和底气的话从里屋传出。吴一平一时兴奋地蹦了起来。

"看来把章成这兔崽子送到部队这步棋没走错。当过兵的男人，炮打得就是准哟!"

吴家沉浸在幸福与快乐之中的时候，前线忽然传来吴章成在军阀混战中阵亡的噩耗。这消息犹如晴天霹雳，吴家立即由喜转悲，整个家族陷入深深的痛苦之中。

吴章成离世后，吴家最痛苦的人莫过于刘晚秋，失去顶梁柱的她感觉天都要塌下来了，那段时间，形单影只的她经常以泪洗面，甚至产生了轻生的念头，但当她看到儿子吴雪峻天真可爱的模样时，心头的痛苦和失落顿时减轻了很多。

无论多么困难，都要把儿子抚养成人!这个念头支撑着刘晚秋的生命和灵魂。

因为性格倔强，刘晚秋与婆婆林萍芳时常有口舌之争，吴雪峻14岁那年，刘晚秋与婆婆林萍芳发生了激烈争吵，她一气之下，带着儿子吴雪峻回到了娘家。

刘晚秋的娘家位于山东山清水秀的西子村。一条弯弯的西子河穿过山村，从远处望，河像嵌在绿色帐幔间的一根银弦，河的四周渺无人烟，叠叠青山与人在水中相照，更添几分宁静，高山呵护着河水，河水从不枯竭。吴雪峻跟随母亲来到西子村后，很快便适应了这里的环境,他的青年期就在这青山绿水间度过。那时的吴雪峻就像河边刚刚破土而出的春笋,开始茁壮成长。

在西子村,刘晚秋和吴雪峻过着丰衣足食的日子,吴雪峻的外公刘忠德是个酿酒高手,酿出的米酒香气馥郁,饮后令人荡气回肠。正是他的美酒,促成了吴章成与刘晚秋之间的姻缘。

那是一个明月高照的夜晚,荷枪实弹的吴章成骑着高头大马从军营里跑出来逛荡。当他路过一条林荫小道时,忽然闻到阵阵酒香,好酒的吴章成顿时垂涎欲滴,像一只嗅觉灵敏的猎犬,循着酒香找到了刘忠德开的"晚秋"酒店。

在酒店,吴章成点了几盘菜,要了一碗酒,开始自饮自酌,喝得兴起的时候,刘晚秋刚好走进酒店。吴章成看到如同天仙下凡的刘晚秋,两眼发直,笑容满面地招呼刘晚秋一块饮酒。刘晚秋是个爽快的山东姑娘,也不推辞,便与吴章成把酒问青天。

那天,两人一边饮酒,一边天南海北侃大山,不一会儿,吴章成就醉倒了。第二天一大早,当他醒来时,发现自己正睡在酒店小木屋里舒适的床上。

明媚的阳光透进屋子,吴章成顿觉神清气爽,打了个哈欠后,起身走出屋子,发现刘晚秋正守着个大木盆,吭哧吭哧地洗衣服。

"姑娘,这么早起呀!"吴章成一脸的微笑。

刘晚秋"哦"了一声后,直起腰来,整张脸就像从乌云中钻出来的满月,明亮而动人。

"客官酒醒了?"刘晚秋眨了眨眼。

吴章成不好意思地挠了挠头。

"客官,你的酒量不行,以后就别逞能了。"刘晚秋笑吟吟地说。

吴章成的脸顿时红到耳根,为了挽回点面子,振振有词地说:"妹子,我是因为状态不好,才败在你手下。"

"等你状态好的时候,再来挑战,本小姐随时恭候。"刘晚秋秀眉一挑。

"一言为定!"吴章成的目光定定地望着刘晚秋,与其说是下战书,不如说是被眼前这位长相靓丽且有脾气的姑娘迷倒。

离开"晚秋"酒店后,刘晚秋的倩影便在吴章成脑海里留下了烙印。过了些日子,吴章成再次来到"晚秋"酒店,与刘晚秋开怀痛饮。

酒逢红颜千杯少。

那天,吴章成再次酩酊大醉。

又过了一些日子,吴章成又来了……两人在推杯换盏中埋下了爱情的种子,并很快生根发芽,后来,刘晚秋嫁到了福州……

现在,女儿从福州归来,刘忠德喜极而泣,刘晚秋是刘忠德的掌上明珠,他的酒店就是用女儿的名字命名的,女儿走后,刘忠德没有了酿酒的激情,"晚秋"酒店也关门歇业。现在女儿的回归,重新点燃了刘忠德酿酒的激情与灵感,那段时间,他精心酿造的酒醇和柔绵、回味悠长,更令人叫绝的是喝了之后,有空杯留香、回味无穷之奇效。

村里的人都说刘忠德酿酒技术因为女儿的回归梅开二度,且手艺比以前大有长进。听了村里人的评价,刘忠德"嘿嘿"一笑就算敷衍过去,在他看来,村里人只说对了一半,他之所以浑身上下喷发出酿酒的激情,除了女儿的因素外,还有一个重要原因是身边多了一个外孙。平日闲下来时,他常带着吴雪峻四处游荡,其间,他们最常去刘忠德的弟弟刘才德的马场。

刘才德的马场位于西子村尽头与山麓的交界处,马场用土围墙和石头砌成，建筑物风格别致，与周围浑厚的环境非常协调。

吴雪峻第一次走进马场时，马场里的马匹分散在四周。见有人来，刘才德吹了一声尖利的口哨，马场里的马顿时开始跑动起来，它们发出一声声长嘶，这声音有着原始的、狂野奔放的力量，初来乍到的吴雪峻内心感受到强烈的震撼。

刘才德牵来几匹骏马，让吴雪峻选一匹马感受一下骑马的滋味，吴雪峻一眼便看中一匹浑身似火、两眼有神的骏马。当他准备骑上马时，身后传来一个冷冷的声音："那是我的坐骑红玉，你骑不得！"

吴雪峻转过头，只见身后站着一位和他年龄相仿的小孩子，他是刘才德的孙子刘一平，因为脸黑，脾气火爆，大伙便给他起了个绰号——"黑虎"。

既然黑虎不让吴雪峻骑红玉，那吴雪峻就得再选一匹马过把瘾，他的目光在另外几匹马身上穿梭，最后看中马群中一匹枣红色的马，这匹马块头较小，厚厚的睫毛下面闪露的神采既庄重又温存，它的面部轮廓高傲，一绺额鬃从头上覆盖下来，增添了妩媚风情。吴雪峻注视它的时候，这匹马正在悠闲地吃着草。

"我想骑这匹马。"吴雪峻对刘才德说。

"这匹马性情古怪，骑不得。"刘才德立即制止。

吴雪峻顿感失落，来到那匹马旁边，用手轻轻地抚摩了一下它的身子，那匹马显然不欢迎吴雪峻的这个举动，它转过头，朝吴雪峻发出"嘶嘶"的警告声之后，继续低头吃草。

"你就试骑一下吧！"黑虎怂恿道。

此时，刘才德正与刘忠德聊天，根本没注意到吴雪峻在黑虎的帮助下，已经骑上了那匹枣红色的马，那马显然对吴雪峻的这个举动非常反感，它发出一声嘶叫后，前蹄在空中不断划动，马背上的吴雪峻晃了晃，慌了手脚的他紧勒缰绳，吴雪峻的这个举动彻底点燃了马的火暴脾气，它疯了一样在马场里狂奔，马背上的吴雪峻虽然惊恐万状，但身子紧紧地贴着马背，手牢牢地抓住缰绳，就像一位溺水者紧抓最后一根救命稻草。

惊险万状之际，刘才德出现在马场中央，他跳到冲过来的马的正面，扬起两只手臂，做了一个停止奔跑的动作，但马并没理会，它依旧朝做手势的刘才德奔跑而去，就在马要撞上刘才德的那一刻，刘才德倏地闪开，随着马的冲势，他紧跑过去，又跳到马的前方，又闪开……反复几次后，马渐渐地抑制住了野性，慢慢地停了下来。

刘才德见马停下，立即上前把吴雪峻从马背上抱了下来，此时的吴雪峻面色铁青、浑身发抖。

远处的外公刘忠德更是吓得面无人色，见吴雪峻得救，猛地扑上前去，抱住外孙"呜呜"地哭。

虚惊一场。

那天离开的时候，刘才德拍了拍吴雪峻的肩膀，对刘忠德说："哥，这小子人小胆大，那匹马把他颠了那么久，居然没把第一次骑马的他摔下马来。看来，他的悟性很高，只要稍加琢磨，就会成为一名驯马高手。"

"吓死我了。"刘忠德抹了抹额头上的冷汗，"才德，我问你，如果我的宝贝疙瘩从马背上摔下来，结局会怎么样？"

"哥，实话告诉你，那匹马名叫千里红，名字虽然好听，脾气却是马场所有马匹中最坏的。雪峻今天算是命大，如果被它从马背上颠下来，恐怕凶多吉少啊！"

"看来骑马不是件好玩的事儿，以后我们再也不来马场了。"刘忠德轻轻地拍了拍外孙细嫩的肩膀。

"外公，我喜欢马场，你下次还要带我来!"吴雪峻仰起头，语气坚定。

既然外孙喜欢马场，刘忠德只好顺着他，闲下来时，他便带外孙到马场，每次到马场，吴雪峻都会快活得像只融进森林的小鸟。

在马场，小小年纪的黑虎总要在吴雪峻面前卖弄自己的驯马技术，他骑着红玉在马场里一边转着圈子，一边在马背上表演一连串华丽的动作，让吴雪峻十分羡慕。

为了学会骑马，吴雪峻拜刘才德为师，学习驯马技巧。对于收个天资聪慧的徒弟，刘才德欣然接受，他告诉吴雪峻，养马与养牛是两码事。牛任劳任怨、逆来顺受，马则不同，人类历史上著名的战役中，英雄所骑的战马都立下赫赫战功，从古到今有许多歌颂马的成语，比如马到成功、汗马功劳、马不停蹄等等，所以要想学驯马技术，就得与马交流，与它建立深厚的感情。

刘才德的话让吴雪峻对马产生了更浓厚的兴趣，他跟着黑虎玩套马、驯马、赶马的游戏。在马场里，吴雪峻与其他马都好相处，唯独千里红见到他，还是摆出一副不理不睬的模样，这让吴雪峻对千里红更增添了几分好奇和征服欲望。

那段时间，吴雪峻总是找机会与千里红套近乎，千里红肚子饿了，他就奉上马食；千里红休息的时候，他就站在旁边给它讲故事；千里红在马场漫步时，吴雪峻就像保镖一样与它如影随形。慢慢地，他与千里红建立了感情。语言、态度、坐、卧、跑，一切微妙的细节，吴雪峻与千里红之间都有了默契。

吴雪峻与千里红建立了浓厚感情之后，当他再一次骑上千里红时，千里红没有任何反抗，反而嘴角堆着笑意。吴雪峻在马背上坐稳之后，千里红便载着他在马场里欢快地奔跑着。

蓝天、草坪、绚丽的野花、斑斓的马群，如同一幅幅优美的画卷从吴雪峻眼前闪过，他顿时心旷神怡，感受到了骑马的快乐，尤其是征服马场里脾气最坏的千里红，更让他在快乐之中又增添几分自豪。

吴雪峻骑着千里红在马场里奔跑几圈后，目光突然落在马场不远处的一座楼阁上，此时阁楼的窗户刚好打开，首先映入吴雪峻眼帘的是一双纤纤玉手，那纤嫩的手指修长而丰满，吴雪峻的目光沿着这双玉手向上移，看到一个女孩玲珑的背影，女孩左手挽着飘逸的长发，右手持梳，胳膊从头顶拐过来，那轻柔如流水的梳发动作使马背上的吴雪峻浮想联翩，他情不自禁地勒住缰绳，心领神会的千里红立即慢了下来，迈着悠闲的步子向着阁楼所处的方向靠近。

女孩的背影越来越清晰，吴雪峻的心一阵悸动。

女孩以一个非常优雅的甩头动作结束整个梳头过程，她伸了伸腰，而后转过身子，这时吴雪峻才看清这位与他相距10米左右的女孩，那是一个年纪与他相仿，长得如同一汪清水的女孩。

阁楼里的女孩看到有位陌生男孩在马背上注视着她，也不怯生，目光定定地望着吴雪峻。

吴雪峻朝她挥了挥手，女孩也朝他挥了挥手。

在吴雪峻与女孩打招呼的时候，一只白鸽飞进阁楼里，轻飘飘地落在女孩的肩膀上，女孩用手轻轻地抚摸着白鸽的羽毛，动作轻巧又温柔。

这一刻，女孩和白鸽在吴雪峻眼里定格成一幅美丽的画卷。就在吴雪峻望着小阁楼出神之际，冷不丁背上被人拍了一下，掉过头，只见黑虎一脸坏笑地站在身边。

"想不想和阁楼里的女孩一块儿玩耍？"黑虎问。

吴雪峻点了点头。

黑虎朝小女孩大声喊:"赵如水,一块儿玩去哟!"

女孩听到黑虎的召唤,飞也似的从阁楼里跑出。

黑虎兴高采烈地向赵如水介绍吴雪峻:"如水,这位是我哥吴雪峻,以后,我们又多了一位玩耍的好伙伴了。"

赵如水朝吴雪峻笑了笑:"雪峻哥,欢迎你的到来,以后我们就是好朋友了!"

"我们一块儿去捉鱼虾,如何?"

黑虎的话立即得到赵如水和吴雪峻的响应,三人边说边笑地沿着弯弯的山路往下走,没走多远,便见山谷间有一个岔口,一层层一叠叠的瀑布自岔口处飞泻而下,飞流有的似巨龙入水,有的似珠帘倒挂,浩浩荡荡地汇入西子河。

顺着溪水继续往下走,在离西子河不远处,一汪清潭映入眼帘,清潭不大,极度透明,可以看到潭底小鱼虾在背阴处慢慢地游、慢慢地爬。

"下水捉鱼虾哟!"黑虎边说,边挽起裤管下水。

吴雪峻和赵如水也迅速挽起裤管,把嫩嫩的脚丫伸进水中,他们的目光在清澈的水中游弋,发现小鱼、小虾,便急不可待地伸手捉,偶尔捉到一只,便如获至宝地将它们装进袋子里,收获颇丰。之后,他们在水潭边用石头垒起一个炉子,把一块瓦片盖在炉子的上方,而后,将小鱼和小虾搁在瓦片上,吴雪峻负责生火,黑虎拿着小竹片在瓦片上来回折腾,赵如水则为他俩助兴,吹起了短笛。悠扬的笛声和瓦片上的缕缕青烟在空中飘荡的时候,奇迹忽然发生,赵如水养的那只白鸽不知是心有灵犀还是受笛声的牵引,从赵如水家里飞来,悠悠地落在赵如水的肩膀上。

小白鸽样子很讨人喜爱,小小的脑袋,长着一对红宝石似的小眼睛,浑身羽毛像雪一样白,头上的羽毛又密又短、厚厚实实、层层叠叠,翅膀和尾巴上长着又长又细的翎毛,像折扇一样张开。

小白鸽飞来之后,赵如水停止吹笛,她的手轻柔地抚摸着肩上的小白鸽,小白鸽则将自己柔软的身子紧紧地依偎在赵如水的脸上。

过了一会儿,瓦片上的小鱼、小虾熟了。

"开饭了!"随着黑虎的一声叫喊,停在赵如水肩上的小白鸽知趣地飞走。

闻到香味,吴雪峻和黑虎垂涎欲滴,欲伸手抓小鱼、小虾吃,却被赵如水挡住:"吃东西之前,先得把手洗干净,不然肚子里会长小虫子。"

吴雪峻和黑虎虽然有点不情愿,但还是照办,两人洗干净手,来到炉子边,赵如水用小竹片夹起一只香香脆脆的小鱼往吴雪峻嘴里塞,塞得吴雪峻心里开出朵朵小花儿。

黑虎手叉着腰,等着赵如水也把小鱼往他嘴里塞,但赵如水夹起小鱼后,却是塞进自己嘴里。

黑虎顿时一脸郁闷:"如水,为什么不给我夹鱼?"

"你自己不是有手吗?"赵如水斜了黑虎一眼。

"那你为什么给雪峻夹?"

"他是新伙伴,对待新伙伴,就得热情一点。"赵如水朝吴雪峻甜甜一笑。

赵如水的回答让黑虎的心态平和了下来,三人津津有味地吃着小鱼小虾,很快瓦片上的食物就被消灭得一干二净。

吃完美餐,他们来到西子河边,吴雪峻悠然躺在沙滩上,望着蓝天上朵朵白云,听着河水撞击石头所发出的欢快声音,嘴里不知不觉地哼起了小调,五音不全的歌声响起的时候,赵如水吹起了竹笛,黑虎则在河边手舞足蹈……

那天,玩耍结束后,吴雪峻回到家里,一本正经地问母亲:"妈妈,什么叫爱情?"

刘晚秋被儿子这句话问懵了头,过了许久,吞吞吐吐地说:"爱情就是男女双方产生感情。"

"妈妈,我现在也有爱情了!"吴雪峻拍着小胸脯,大声说道。

三、 爱情是杯醉人的酒

童年是一首浪漫的诗。

青年是一杯醉人的酒。

不知不觉中,吴雪峻、黑虎、赵如水都长大成人。

因刘忠德酿得一手好酒,他开的酒店门庭若市,吴雪峻过着衣食无忧的日子,他还被望子成龙的母亲送进私塾读书,是村里不多的知识青年。与吴雪峻相比,黑虎就没那么滋润了,前些年,马场的马得了传染病,死去大半,只能惨淡经营,日子过得紧巴巴的。更要命的是刘才德去年得了重病,没过多久便撒手人寰了,此后,黑虎的生活越发捉襟见肘。

那段时间,不为衣食发愁的吴雪峻喜欢到马场骑马。只要吴雪峻来到马场,千里红总会像见到亲人一样,身子紧贴着吴雪峻,吴雪峻一边伸出手轻轻地抚摩着千里红,一边在它耳边说着一些谁也听不懂的话语。

后来,吴雪峻从黑虎那里买下千里红,在家里专门为千里红搭建了马棚。闲暇的时候,他时常骑着千里红在马场奔跑,随着年龄的增长,吴雪峻越发喜欢骑马,马背上,心高气傲的他喜欢用"一览众山小"的目光看风景。

远处的山、近处的河、脚下的芳草,在雄心勃勃要干一番大事业的吴雪峻眼里,都是陪衬品,他把自己想象成一名金戈铁马、气吞万里如虎的英雄人物,纵横驰骋在广阔的战场上。战马嘶鸣,抖出军人的雄风;青锋出鞘,漫出行伍的锋利;刀光剑影,映出军人的铮铮铁骨……

英雄梦就像美丽的肥皂泡,当肥皂泡破灭的时候,吴雪峻回到现实之中,目光很自然地移到如水家的那个小阁楼。

似乎心有灵犀,每次吴雪峻向小阁楼看去的时候,小阁楼的窗口总会打开。赵如水玲珑的背影悠然撞进吴雪峻眼帘,她解开脑后的发网,沉甸甸的头发便如瀑布般哗啦啦地散开,遮住她的背,她的右手娴熟地拿起梳子,左手把头发绕过肩头,揽在胸前,一绺绺、一节节慢悠悠地梳理着,优美舒展的梳头动作,如同一首小夜曲从吴雪峻心尖缓缓流过。

梳完头发,赵如水掉过头,如同一泓清泉般展现在吴雪峻面前。

"如水人如其名,活脱脱就是一个水做的姑娘哟!"吴雪峻心里发出感叹。

看到赵如水,吴雪峻再也没心思骑马,从马背上跳下,沿着马场外那条山路往下走。

在西子河边的那片竹林里,吴雪峻前脚刚到,赵如水便后脚跟来,每次在竹林里约会,赵如水手里总握着一支短笛。作为一位不善言语的害羞姑娘,赵如水喜欢用笛声代替语言,笛声飘忽在竹林里,荡漾在吴雪峻的心田。

吴雪峻与赵如水擦出爱情火花的时候,身边有一位冷眼旁观者——黑虎。

每次,黑虎看到吴雪峻与赵如水眉来眼去,心里都会生出醋意。黑虎是一个痴情的汉子,他对赵如水一往情深,赵如水对黑虎也很有好感。正当黑虎对青梅竹马的爱情充满美好幻想的时候,吴雪峻出现了,赵如水的芳心便另有所属了。

不甘心情场失意的黑虎开始绞尽脑汁,欲把赵如水从吴雪峻身边挖回来。

一个夏日的夜晚,吴雪峻与赵如水约会之后,兴高采烈地回家时,身后忽然传来一声尖利刺耳的口哨声。

吴雪峻掉过头,只见黑虎手叉着腰站在身后,全身黑得像木炭,结结实实。

"最近日子过得很滋润呀。"黑虎冷言嘲讽。

"当然!"吴雪峻脸上洋溢着幸福。

"和谁约会?"黑虎明知故问。

"如水!"

"吴雪峻,如水可是我的梦中情人,我将来要娶她为妻,你还是知趣点,不要在我与她之间横插一竿子。"黑虎瞪起双眼。

"你说这话真是滑天下之大稽,如水爱的是我,并不是你呀,你可不要患上单相思。"

黑虎被噎得直翻白眼,咬牙切齿地骂道:"吴雪峻,你不要欺人太甚,我俩要不要赌一把?"

"赌什么,赌如水究竟爱谁?"

"不赌这个,赌斗鸡!"黑虎恶狠狠地说。

在村里,吴雪峻和黑虎都是斗鸡高手。吴雪峻养了一只取名"牛牛"的斗鸡,这只公鸡尽管貌不惊人,但勇猛好斗,吴雪峻闲下来的时候,时常给它念上一段《孙子兵法》,"牛牛"一边听,一边若有所悟地在屋子里兜圈子,当吴雪峻念到精彩之处、口沫四溅的时候,它会频频点头、神采飞扬。许是从《孙子兵法》中学到了什么,它与别的公鸡斗的时候,显得老练、沉着,每次决斗,都要先试探一下对方的底细,然后抓住弱点,给予致命一击。

黑虎也养了一只斗鸡,取名"黑毛",那是一只膀大腰圆、长着一身黑毛的公鸡,它与别的公鸡斗,经常先发制人,短时间内就让对方败下阵来,由于"黑毛"下手太狠,败下阵来的公鸡没有几只生还。

许是村里缺少刺激的缘故,闲着无聊的人就怂恿黑虎,叫他的"黑毛"与吴雪峻的"牛牛"斗一场。生性好斗的黑虎满口应诺,当他把这想法告诉吴雪峻时,吴雪峻板下脸:"两虎相斗,必有一伤。我们是亲戚,何必争一时的胜败?"

现在,黑虎再拿斗鸡来挑衅,血气方刚的吴雪峻终于生气了:"黑虎,你太放肆了,以为我的'牛牛'好欺负?"

"就是好欺负,你想怎么着?"黑虎手叉着腰,傲气十足。

吴雪峻被彻底激怒:"黑虎,你别敬酒不吃吃罚酒,如果真要比,就比个你死我活,斗鸡的输家从赢家胯底下钻过去。"

"好,我要让你的'牛牛'尝尝'黑毛'的厉害。"黑虎咬牙切齿。

第二天一大早,两人带着斗鸡来到山坡上。

黑虎首先把揣在怀里的"黑毛"放下,"黑毛"张开翅膀,鸡尾高扬,高傲地昂着头盯着吴雪峻手里抱着的"牛牛"。吴雪峻刚把"牛牛"放下,"黑毛"就以迅雷不及掩耳之势猛扑过去,"牛牛"敏捷地闪开身子,躲过"黑毛"发起的猛烈进攻。扑了个空的"黑毛"掉过头,恼羞成怒的它全身羽毛竖起,再次向

"牛牛"发起猛烈进攻,"牛牛"一边躲闪,一边窥视。突然,"黑毛"再次腾空而起,朝"牛牛"狠狠啄去,"牛牛"躲闪不及,鸡冠上的肉被"黑毛"啄下一块,鲜血一滴滴淌在地上……

"吴雪峻,见识到'黑毛'的厉害了吧,现在,你如果从我胯下钻过去,我就鸣金收兵,饶你'牛牛'不死。"黑虎放肆地笑着。

"黑虎,先别说大话,好戏就要上演了。"吴雪峻斜了黑虎一眼,冷冷地应答。

受了伤的"牛牛"仍不恼怒,依旧躲闪着,但谨慎的目光里暗藏杀机,等"黑毛"再次腾空而起时,"牛牛"突然蹴着地面,像火焰里的火花一样飞跃起来,在空中,"牛牛"准确地啄住"黑毛"的颈部,然后狠狠地往下拽,这致命一击使"黑毛"元气大伤,之后的搏斗中,"黑毛"只有招架之功,无还手之力,不一会儿,就败下阵来。

黑虎见状,急忙上前把遍体鳞伤的"黑毛"抱在怀里,当听到围观者刺耳的嘲笑声时,感到胸口似乎被什么东西堵住,他把"黑毛"猛地举过头顶,狠狠地砸在石头上,"黑毛"扑腾几下翅膀就断气了。

"这回比赛不算,我要和你比赛马!"黑虎恶狠狠地说。

骑术是黑虎的拿手好戏。在村里,没有哪个年轻人敢与他比骑术,黑虎斗鸡输给吴雪峻之后,提出要与吴雪峻比赛马,其实是在给自己找台阶下,只要吴雪峻认输,黑虎就在众人面前扳回了面子。可吴雪峻毫不退缩,梗起脖子应道:"黑虎,别目中无人,我就不信千里红比不过红玉。"

"那我们走着瞧。"黑虎恶狠狠地说。

赛马的前一天夜晚,吴雪峻给千里红洗了个澡,为了防止马鬃遮住眼睛，替千里红扎起小辫子，并给千里红带上铜铃，系上彩绸项圈，对于明天与黑虎的赛马，吴雪峻其实早有准备。平日，他有意识地训练马，既没有给千里红舒适的马厩，也没有精美的饲料，夏日还要忍受酷暑蚊虫，冬季要耐得住刺骨的严寒。每天早晨，吴雪峻都要骑着千里红在村里奔跑一个多小时，经过训练的千里红身瘦有神，四肢有力，耐劳且不畏寒冷。

第二天，吴雪峻身着彩绸衣裤，头戴红绿方巾，骑着千里红到比赛地点，千里红经过一番打扮后，显得精神抖擞、斗志昂扬，千里红的这副模样让黑虎的心不由得抽了一下，但很快又恢复了高傲的表情。

"吴雪峻，你现在认输还来得及。"黑虎冷冷地说。

"我想认输，可我的千里红不答应呀。"吴雪峻拍了拍千里红的背，心领神会的千里红立即昂起头，摆出一副决战的架势。

见千里红昂起头，黑虎的坐骑红玉立即也把头昂了起来。

看到千里红和红玉较上劲儿，它们的主人之间立即展开唇枪舌剑。

"吴雪峻，识时务者为俊杰，对于马场里的马匹，我是知根知底，实话告诉你，千里红根本就不是红玉的对手，你趁早认输吧。"

"我承认原先千里红确实不是红玉的对手，但经过我精心调教之后，千里红已成为马场里跑得最快的马匹。"

"你就不怕把牛皮吹破？"

"我不吹牛，凭事实说话。"吴雪峻颇为自信。

"吴雪峻，还有一件事情，我必须告诉你！"

"有屁快放。"

"红玉是公的，千里红是母的，在马场，大伙都知道红玉和千里红是一对情侣……"

"什么意思？"

"意思很清楚，即便千里红实力增强，跑在前头，在冲刺的那一刻，也会……"黑虎卖了个关子。

"你是说千里红会放水给红玉？"

黑虎一脸的坏笑。

"呸！"吴雪峻朝地上狠狠地啐了口痰，"千里红绝对不是那种货色，在它心目中，我的位置高于一切。"

"那我们走着瞧。"

随着裁判口哨声响起，千里红和红玉像离弦的箭同时冲出起跑线，红玉属于那种膀大腰圆、爆发力极强的马，它在前半程完全领跑。看到红玉领先，黑虎开始卖弄自己的马技，忽而挥臂加鞭，忽而将上身藏在马脖子一边，那令人眼花缭乱的马技博得围观者的阵阵掌声。

与红玉相比，千里红显得娇小，前半程奔跑一直是它的弱项，但今天并没有被红玉拉开太大的距离。后半程，当吴雪峻开始策马扬鞭的时候，它开始发力，猛追红玉。听到身后的马蹄声越来越急促，越来越清晰，马背上的黑虎有点沉不住气了，他挥舞马鞭拼命地抽打着红玉，黑虎的急躁情绪直接传染给了红玉，红玉的节奏开始变乱。

快到目的地的时候，千里红追上了红玉，两匹马齐头并进。

按比赛规定，到达终点前，两匹马都要跃过同一个障碍物，在障碍物面前，两匹马同时跃起，一起跳过了障碍物。落地的那一刻，千里红并不像其他马匹因沉重的坠力而略一停顿，它乘势用后腿弹跳而起，以增加速度，而紧张的红玉在跨过障碍物后，打了个趔趄，等它稳住身子，千里红早已一骑绝尘，毫无悬念地取得了胜利。

取得胜利的吴雪峻趾高气扬地昂起头。

败下阵来的黑虎一边用马鞭抽打红玉,一边恶狠狠地骂道:"红玉,我万万没想到你居然会在紧要关头放水,看来你是情迷心窍了!"

红玉对天发出一声长嘶,显然,它对主人的无稽之谈感到愤怒。

听到红玉发出长嘶,千里红也发出一声长嘶警告黑虎鞭打红玉的行为。

"嚄,你们居然唱起了双簧,看来你们是藕断丝连,彼此挂念着对方,你们若有意,我和雪峻大哥就成全你们,让你们经常在一块儿倾诉感情。"黑虎边说,边用眼角的余光斜了吴雪峻一眼。

黑虎摆出一副讨好的架势,就是想让吴雪峻不要逼他钻裤裆。岂料,吴雪峻不吃这一套,冷冷地说:"黑虎,别跟我兜圈子,若是个汉子,就按事先约定,从我的胯下钻过去。"

看到吴雪峻在众人面前一点面子都不给,黑虎脸上青筋暴起,抡起拳头狠狠地击向吴雪峻的脑门,吴雪峻身子一闪,扑了空的黑虎由于用力过猛,从马背上摔了下来。

四周顿时响起刺耳的嬉笑声,黑虎恼羞成怒,从身上拔出刺刀,准备与吴雪峻拼命。

两人剑拔弩张之际,身后忽然传来清亮的声音:"慢!"

熟悉且带有磁性的声音让吴雪峻和黑虎同时定住,两人掉过头,只见赵如水正站在身后。

"雪峻和黑虎,你俩原先情同手足,现在为何反目成仇?"赵如水杏目圆睁,大声质问。

"如水，雪峻这家伙真不是东西，要我从他胯下钻过去。"黑虎满脸委屈。

"雪峻，可有此事？"赵如水两道柳叶眉往上倐忽一挑，断喝道。

吴雪峻点了点头："我与黑虎在斗鸡前打了个赌，输者从赢家的胯下钻过去，斗鸡他输了，却要赖，现在赛马又输了，他得兑现承诺。"

"雪峻，黑虎是你的小弟，你要有大哥的胸怀，得饶人处且饶人。"

"嚆唷！丫头片子话说得真轻巧，黑虎赢了会让我吗？更何况他斗鸡和赛马都输给我，从我胯下钻过去，那是对目中无人的黑虎一个惩罚，一点都不过分呀。"吴雪峻狠狠瞪了赵如水一眼。

赵如水冷不丁被吴雪峻呛了一下，脸虽有不豫之色，却仍走上前，拍了拍吴雪峻的肩膀，轻声细语地说："雪峻哥不要再说了，听我的劝告，两人的恩恩怨怨今天一笔勾销，以后还是好朋友。"

"我才不与狼心狗肺、专门干挖人墙脚勾当的人做朋友。"黑虎反戈一击。

"我挖你什么了？"

"如水！"黑虎眼里迸出怒火。

"现在如水就在这里，你问她一下，我究竟有没有挖你的墙脚，她的心里究竟装着谁？"吴雪峻大声呵斥。

针尖对麦芒，新一轮恶斗即将展开之际，赵如水像一堵墙横在两人中间。

"你俩如果要发泄怒火，就把拳打在我的身上。"赵如水秀眉一挑，黑虎和吴雪峻顿时老实下来。

"如水……你回答我……在吴雪峻和我之间……你究竟更喜欢谁？"黑虎蹙起眉头，额头上的皱纹拧成一个大大的问号。

赵如水看了吴雪峻一眼，只见他一脸微笑，一副成竹在胸的模样儿，再瞧瞧黑虎，表情虽然有点呆滞，但目光里燃烧着火一样的激情和期盼，赵如水觉得不能在黑虎最落魄的时候落井下石。于是，她在吴雪峻和黑虎身边慢悠悠地兜了一圈后，摆出一副若有所思、意味深长的模样："时间会给出答案！"

赵如水的话音刚落，黑虎额头上拧成问号的皱纹化成一个大大的感叹号，那张灰暗的脸上点燃起一盏希望且带有暖意的神灯，他像公鸡一样昂起头，唱着歌儿吹着口哨兴高采烈地离开了，好像他才是赛马场上的赢家。

赛马比赛结束后，黑虎便从村里消失。对于黑虎的去向，村里流传着两个版本：一个版本是他离开了村子之后，加入了中国共产党领导的红军队伍，现在正跟随红军的队伍南征北战；另一个版本是他去当土匪了。

黑虎离开的时候，曾找过赵如水，黑虎对赵如水说，他要去闯荡江湖，想要赵如水的一件物品做纪念。赵如水思考了一下，便将自己随身带的短笛送给了他。对于赵如水赠送的物品，黑虎如获至宝，将短笛紧紧地握在手里，眼含热泪地对着飘然而去的赵如水振臂呐喊："如水，我要到外面的世界干一番事业，你一定要等我回来，因为我比吴雪峻更优秀，比他更爱你。在这个世界上，我是唯一一个可以为你去死的男人！"

黑虎走后，吴雪峻也离家出走了。

吴雪峻之所以这样做，是因为生赵如水的气，吴雪峻认为赵如水在他与黑虎争吵的时候，应该立场坚定、旗帜鲜明地站在他这边，而不应该对他和黑虎各打五十大板，最让吴雪峻感到伤心的是赵如水芳心早有所属，却在黑虎问她究竟爱谁时，打起太极，她的话吊起了黑虎的胃口，却深深地刺痛了吴雪峻的心。

离家出走的那段时间，吴雪峻去过北京、上海等地，原先一直关在山沟沟里的他总算领略到外面世界的精彩与无奈。在那个兵荒马乱、战火纷飞的年代，吴雪峻发现军人最有地位，每到一处，总能看到趾高气扬、目空一切的国民党军军官骑着高头大马在街上耀武扬威。这样的场面刺激着吴雪峻的神经，吴雪峻是个有想法的年轻人，想出人头地，要实现这个目标，只有经商和从军两条路可供选择。吴雪峻对经商不感兴趣，在他看来，兵荒马乱的年代，生意实在不好做，即便赚了一点钱，日子也过得提心吊胆。当经商这条路被吴雪峻否定之后，他只有选择从军了。

吴雪峻从小就对金戈铁马的军营生活充满向往，梦想将来在部队干出一番事业，成就人生辉煌。当这种想法从他脑子里冒出之后，便深深地扎下了根。

在外漂泊一阵子后，吴雪峻最终选择回归，他的回归让年迈的外公刘忠德和守寡的母亲刘晚秋喜极而泣，吴雪峻出走的那些日子，他的外公和母亲度过了不知多少个不眠之夜。

那是一个细雨纷飞的日子，回归后的吴雪峻与往常一样拿着一本书到竹林里读。在外面世界转悠的那些日子，吴雪峻睡梦中经常出现赵如水的影子和阁楼上的那扇窗户。

一阵轻风吹过，窗户打开，首先映入吴雪峻眼帘的是一绺飘逸的长发，紧接着一双洁白如玉的手从长发上轻轻地划过，那如同高山流水般的动作一下子就抓住了吴雪峻的心，攥住他的魂。慢慢地，年轻女子转过身子，正是吴雪峻朝思暮想的赵如水，她悠闲地梳理着长发，远处飞来的一只白鸽停在赵如水的肩膀上，整个画面顿时灵动起来。

"如水！"吴雪峻高喊女神的名字，这一刻，梦醒了，回到现实中的吴雪峻显得很沮丧，他愿意一直生活在美好的梦境之中。

　　正是因为受不了思念初恋情人的煎熬，吴雪峻才选择回归。现在，他到竹林里读书，醉翁之意不在酒，他的心里期盼着美妙的爱情故事能像竹林里的春笋一样破土而出。

　　远处传来笛声，吴雪峻整个身心沉浸在这熟悉悦耳的笛声中，目光朝笛声发出的方向探去，赵如水给了他一个美丽的背影。那天，赵如水穿着碎花细布褂，毛蓝裤子，虽然朴素，却把苗条的身子清晰地勾勒出来。

　　悠扬的笛声装满吴雪峻整个心扉的时候，赵如水掉过头，吴雪峻发现她那清秀的脸上满是汗珠。原来，她割麦刚回来，长辫子上还粘着麦穗，白里透红的脸蛋儿洋溢着青春和健康，挂在额际间的汗滴，被阳光一照，宛如串串银珠，闪闪发光。

　　吴雪峻的心微微一动，朝赵如水做了个手势。

　　赵如水的脸上顿时浮现一抹红晕，几经踌躇后，低着头走进竹林。

　　两人在竹林里缓缓行进，吴雪峻感觉有一股清新的气息从竹林里溢出，丝丝缕缕地、氤氤氲氲地在空中飘荡、弥漫，潇潇雨声拍打着竹叶，听起来就像夫妻间亲昵的耳鬓厮磨。

　　"雪峻哥，为啥出走呀？"赵如水把辫梢绕在手指上，低声问道。

　　"猜猜看。"

　　"生我的气。"赵如水嫣然一笑。

　　吴雪峻感觉一阵凉爽的风迎面拂来，点了点头。

　　"那又因何而归呢？"

　　"你再猜猜。"

"因我而归。"赵如水充满自信。

"为什么会有这样的想法呀?"吴雪峻故作惊讶。

"因为我养的白鸽,每次放飞后,都会重新归来。"

"我并不是你养的白鸽呀。"

"在我眼里,你就是一只白鸽,一只停在我心口上的白鸽。"

吴雪峻知道赵如水聪明好学、知书达理,但她能说出这么有哲理和品味的话,还是让吴雪峻感受到了震撼,看来,这是一个智慧与美貌完美结合的现代女性。对于这样万里挑一的姑娘,吴雪峻是不会让机会从自己的指缝间悄悄溜走的,他大着胆子,勇敢地伸出手把赵如水紧紧地搂在怀里。此时的赵如水面色潮红,拼命挣扎,挣扎的过程中,身上散发出一股幽兰的香味让吴雪峻欲罢不能,他的嘴在赵如水额头上留下一个响亮的吻,赵如水的脸顿时羞得通红,使出浑身的劲从吴雪峻怀里挣脱出来,像被惊吓的小鹿,踉踉跄跄地跑走。

多少年过去了,吴雪峻对自己的初吻仍历历在目,当吴雪峻的嘴唇直抵赵如水冒着细细密密热汗的额头时,吴雪峻能感受到一点咸味、一丝甜味、一缕香味,他被这种味道彻底征服,爱情宣言也就在这一刻庄严诞生。

那天晚上,吴雪峻向外公和母亲提出要娶赵如水为妻。

对于吴雪峻的这个想法,刘忠德和刘晚秋求之不得,因为赵家是村里的名门望族,刘忠德和刘晚秋还怕高攀不上。当他们战战兢兢地叫媒人到赵家提亲时,赵如水的父亲赵秋风很痛快地答应了这门婚事,这让刘忠德和刘晚秋喜出望外。

吴雪峻与赵如水的亲事就这样订了下来。没过多久,一乘花轿把赵如水送进吴雪峻的家门。

洞房花烛夜,赵如水脸上挂着羞怯的微笑,一种关不住青春的微笑，一种让吴雪峻心怀畅想的微笑，吴雪峻只觉得头上的根根青筋都要暴了出来。

"你想吃了我呀。"赵如水秀眉一挑。

"你就是个水蜜桃，今晚我要尝尝鲜！"吴雪峻抱起赵如水，赵如水的双手春藤一样缠住吴雪峻，那软若无骨的身子紧紧地偎着吴雪峻，使他觉得自己好比跌入一池春水之中。

吴雪峻与赵如水度过一段男欢女爱的生活。那段时间，吴雪峻和赵如水在新房待腻了，便来到涓涓的小溪边，吴雪峻的手靠在赵如水身上，开始摇头晃脑地朗诵普希金的诗句："隐隐听到溪水，潺潺地流进了林荫，轻轻呼吸的，是叶子上沉睡的微风。"朗诵完，他闭上眼睛，感觉整个人都飘在诗句里。

四、艰难的从军之路

命运注定吴雪峻是个不甘寂寞的男人,激情燃烧后,吴雪峻的心又开始躁动起来,觉得男人不能老沉湎在儿女情长中,吴雪峻开始向往军营。在他看来,男人的极致,不是成为一名少爷,而是成为一个骑士,或者将军。男人不应该沉湎于童话里,而是应该上战场。那段时间,他的梦里经常出现自己一身戎装,指挥千军万马纵横驰骋在战场的场面,受不了这种梦幻的诱惑,吴雪峻决定去当兵。

当吴雪峻把自己的想法抛出后,母亲刘晚秋坚决反对。她说:"你的父亲就是死在沙场上,现在到处兵荒马乱,你去当兵,那不是和你父亲一样去当炮灰吗?"可不管母亲怎么劝,吴雪峻就是铁了心要从军。母亲见说服不了吴雪峻,甚至玩起绝食的把戏。

对于吴雪峻的从军决定,赵如水刚开始也反对,但后来看到吴雪峻主意已定,便转而支持。她说,作为一个七尺男儿,国难当头之际,就应该从军报国。

赵如水的支持使刘晚秋最终改变了主意，同意吴雪峻当兵。

离家前的那个夜晚，赵如水把女性的全部温柔都施展出来，当所有激情和能量都挥霍一空后，她眼里的泪水忽然涌了出来。

吴雪峻问："小傻瓜，为啥哭呀？"

赵如水低声抽搐道："郎君，我有一种预感，你当兵后，我就再也见不到你了！"

"小傻瓜，我当兵是要实现人生的抱负，等我在军队出人头地后，一定将你接过去，让你过上官太太丰衣足食的生活。"

"郎君，我什么都不要，只要你能平安归来就心满意足了。"

赵如水说罢，紧紧地抱住吴雪峻，也许是妻子的情绪感染了吴雪峻，他的眼里竟也泪花闪烁。

第二天一大早，吴雪峻早早整理好行李，离别前，他来到马棚。

"千里红，我要走了。"吴雪峻拍了拍千里红的身子。

千里红耷拉着身子，一副垂头丧气的模样。

"我走之后，你要帮我好好照顾如水。"吴雪峻摸了摸千里红的头。

千里红点了点头，眼里闪着泪花。

吴雪峻知道千里红舍不得他走，为了不让千里红更加难过，他快步离开了马棚。

从军路上，赵如水送了吴雪峻一程又一程。

临别的那一刻，赵如水把短笛送给吴雪峻："郎君，你要把竹笛时刻带在身边，见物如见人，它会保佑你。"

吴雪峻小心翼翼地接过短笛，眼里泪花点点。

赵如水纤纤玉手轻轻地拍了一下吴雪峻的肩膀："郎君，你去当兵，究竟是加入国民党军，还是红军？"

"当然是蒋介石统领的国民党军了,现在,在中国这块土地上,完全是国民党的天下,红军哪是对手呀?"

"郎君,话可不能这样说,前些日子,我看了一些宣传共产主义思想的书籍,觉得他们的思想和主张很切合中国实际,我认为你加入红军或许更有出息。"

"小傻瓜,你懂些什么……"

"郎君,既然你这么坚持,我也不阻挡,我唯一的希望是……"

赵如水忽然哽咽了。

吴雪峻拍了拍赵如水的肩膀:"小傻瓜,还有什么话要说呢?"

说话间,天空中飞来赵如水喂养的白鸽,它在空中转了一个圈后,最终落在赵如水的肩膀上。

吴雪峻伸出手,轻轻地抚摩了一下白鸽身上洁白的羽毛,它并不避生,那对红宝石似的小眼睛定定地望着吴雪峻,样子惹人喜爱。

远处,传来火车的长鸣声。

吴雪峻身子打了个颤:"小傻瓜,我要走了!"

蓄在赵如水眼里的泪水这一刻猛地奔涌而出,她紧紧地抓住吴雪峻的手,大声喊:"郎君,金山银山我都不要,我唯一的企盼就是你能平安归来。"

赵如水的话一下子穿透了吴雪峻的心灵,他的眼里顿时涌动着泪水,咬着牙,硬是把泪水顿住。

火车启动了。

赵如水朝火车奔驰的方向拼命奔跑,手里挥舞着手绢,落在赵如水肩膀上的白鸽见主人紧追不舍,便飞上前去,此时,吴雪峻刚好从车窗里探出身子,白鸽稳稳地停在他的手心里。

火车越开越远,赵如水早已从吴雪峻的视野里消失,他的眼里只剩下白鸽。

吴雪峻定定地望着白鸽。

白鸽也定定地望着吴雪峻。

当奔驰的火车经过一座大桥时,白鸽从吴雪峻的手心里飞走了,它飞得很慢很慢,不时还掉过头来望一眼吴雪峻,目光充满了迷茫和苦痛,这一刻,吴雪峻觉得白鸽就是妻子的化身。当白鸽最终消失在吴雪峻的视野时,吴雪峻鼻子一酸,眼里涌出了泪水,他使劲拍了拍自己的胸脯,咬牙切齿地说:"兔崽子,你到军队后一定要出人头地,不然,怎对得起柔情如水的妻子呀!"

吴雪峻的从军之路并不如想象的那么美好,刚加入国民党军队时,被派去后勤班养马、喂猪,后来又到伙房打下手。从军的几个月,吴雪峻尽管每天磨枪,希望能上战场建功,但始终没有机会。

后来,终于寻到一次与地方军阀交战的机会,憋了好久的吴雪峻刚上战场,就铆足劲朝对方阵地冲去。当他与军阀部队交手时,发现身边的战友一个个仓皇而逃,孤军奋战的他抵挡一阵后,见没有了后援,也拔腿就跑,他能听到一颗颗子弹从耳边呼啸而过……第一次参加真枪实弹的战斗,虽然幸运地捡回了一条命,但吴雪峻还是觉得十分憋气,这哪是在打仗,明明是逃跑比赛,谁跑得慢,就极有可能成为战场上的一具尸体。

在军营的那段日子里,吴雪峻看不到阳光,盼不到任何晋升的机会,他的出人头地的理想也渐渐地淡去。夜深人静的时候,辗转反侧的他时常拿出妻子送的笛子,跑到军营外吹奏,当如丝的笛声无边无际地散开时,吴雪峻的心绪便进入一种纯净的意境中,只见明朗的月辉安详地抚摸着赵如水,一只白鸽悠闲地停在她的肩头,潺潺溪水从身旁缓缓流过。

吴雪峻顿时被眼前这幅平静中透着柔情的画面感动得泪流满面,他的心从军营飞回西子河,飞回爱妻的身旁。

正当吴雪峻对当兵生活感到厌倦,并萌生出当逃兵的想法时,晋升的机会忽然来到。

在一场国民党军与地方军阀兵力悬殊的战斗中,人数占绝对优势的国民党军二十六团取得主动,但被围在山头的军阀部队凭借坚固的碉堡,拼死抵抗。

"谁能炸掉碉堡,赏10块大洋!"二十六团团长赵平成朝士兵们大喊。

没人应答。

"赏20块大洋。"

还是没人应答。

当赵平成把赏金提到50块大洋时,仍然没有人心动。

此时站在队伍中的吴雪峻就像一位看热闹的旁观者,两手叉腰,看着他们最高指挥官赵平成团长气得通红的脸,眉头蹙成一团。吴雪峻觉得赵平成团长那副模样就像马戏团里的小丑。他在心里说:"我才不会拿命去换那几个臭钱呢。"

"现在二连缺个连长,如果谁能把那个碉堡炸掉,我就提拔他当二连连长。"赵平成忽然改变了招数。

原先优哉地哼着小调的吴雪峻听到这句话,心跳加快,血脉偾张,梗起脖子问:"长官说话算数?"

"一言九鼎!"

赵平成的话音刚落,吴雪峻便抱起炸药包,像一发出了膛的子弹"嗖"的一声蹿了出去。碉堡里的射手发现有人在向碉堡靠近,便集中火力向吴雪峻扫射,密集的子弹从吴雪峻身边穿梭而过,噗噗的枪响声使整个山谷都跟着震动。

由于敌人的火力加大,吴雪峻不得不匍匐前进。快靠近碉堡,当他抱起炸药包准备冲锋的时候,敌人的火力更猛了,吴雪峻被敌人的子弹击中,"扑通"一声倒下,殷红的鲜血染红了地面。

堡垒里精神高度紧张的射手看到炸碉堡的人被击中,便停止射击,长长地舒了口气,这转瞬即逝的机会被吴雪峻捕捉到,他忍着手臂上的剧痛,点燃炸药包的导火索,然后一个箭步便把炸药包扔进碉堡。

"轰!"一声巨响,碉堡爆炸了。

赵平成团长立即发起进攻,由于排除了拦路虎,国民党军很轻松地拿下了山头。

吴雪峻一战成名,赵平成团长没食言,吴雪峻被提升为二连连长。

虽然手臂受了伤,但吴雪峻觉得值。

其实这场战斗最大的赢家是赵平成,因为打了胜利,他荣升为三十七师参谋长。

临别的那一天,赵平成紧紧地拉着吴雪峻的手说:"臭小子,危急时刻见真章,我能得到提拔多亏了你,以后只要有机会,我一定会提携你!"

"谢谢长官栽培!"吴雪峻挺直腰杆,朝赵平成毕恭毕敬地行了一个军礼后,极为真诚地说,"我是长官一手栽培的,愿意追随长官。"

"这么说你愿意跟我到三十七师?"

"对!"吴雪峻点了点头,语气铿锵地说,"雪峻愿在长官身边效犬马之劳。"

"臭小子,就冲这句话,我带你到三十七师。"

赵平成一诺千金，吴雪峻跟随赵平成来到三十七师。在师部，当吴雪峻听说三十七师拥有一个骑兵团，便向赵平成提出要到骑兵团任职。

"你会骑术？"赵平成问。

"长官，不瞒您说，以前我养过马，如果把我分到骑兵团，我敢拿人头向长官保证，我的骑术绝对不亚于任何人。"

"我在二十六团当团长的时候，没看过你骑马，你若真有那么一手，为何不早点展示？"

"长官，这叫真人不露相。"

"臭小子究竟是吹牛皮，还是真有能耐？"

"当然是真有能耐。"吴雪峻拍了拍胸脯。

"好，是骡是马，明天拉出来遛遛。"

第二天一大早，赵平成就叫人牵来骑兵团最难驯服的一匹黄马。吴雪峻纵身一跃，骑到这匹高大粗犷的黄马背上，黄马见陌生人坐在马背上，野性大发，狂蹦乱跳，左歪右斜，但始终无法将吴雪峻从马背上甩下来。

见马背上的人绝非等闲之辈，黄马顿时变得乖巧下来，听从吴雪峻的指挥，在空旷的草坪上奔跑着。

马背上的吴雪峻心旷神怡，兴致上来的他在马背上表演了一连串令人眼花缭乱的动作，看得赵平成心花怒放，跷起大拇指："臭小子，还真有两把刷子！"

听到长官夸奖，吴雪峻立即从马背上跳下，朝赵平成行了个军礼后，急不可待地问："长官，我能到骑兵团报到吗？"

"快去吧。"赵平成狠狠地捶了吴雪峻一拳，"臭小子，成为一名骑兵后，应该对自己狠一点，时刻保持冲锋的姿态，你的目标是成为一个将军！"

五、血泪铸就勇士

"呜——"远处一阵令人毛骨悚然的狼嚎声把吴雪峻从美好的回忆中拖出,他慌忙从身上拔出手枪。借着朦胧的月光,他看到孤云正安详地卧倒在溪流边,四周显得很平静,根本不见狼的踪影。但吴雪峻不敢怠慢,知道一不留神,就可能落入狼口。他环顾了一下四周,倏地,眼前出现一只面目狰狞的恶狼,虎视眈眈地盯着他,血红的长舌头舔着垂涎欲滴的大嘴,它发出一声令人心惊肉跳的嚎叫后,风驰电掣般扑来。吴雪峻慌忙握住手枪的扳机,瞄准恶狼,这一瞬,扑来的恶狼不见了,取而代之的是手握步枪、凶神恶煞的日本鬼子……

"砰!"吴雪峻愤怒地扣动手枪,枪声震撼整个森林,卧在草坪上的孤云猛地跃起,发出一声长嘶。

此时,吴雪峻像从睡梦中醒来,眼前一切幻象都消失了,四周又恢复原先的宁静。他长长地吁了口气,不知为什么,那场恶战后,吴雪峻脑子里总是不断地浮现出日本鬼子的狰狞面目,那是一群比狼更凶狠、更残暴的畜生。

1937年，日本鬼子发动蓄谋已久的全面侵华战争，吴雪峻的家乡山东西子村很快沦陷，当日军军官麻生田带领几名鬼子冲进吴雪峻家的时候，正在忙农活的赵如水慌忙操起一把菜刀。

"你们这些畜生，再向前走，小心我劈了你们。"赵如水板着面孔，冲日军军官麻生田吼道。

麻生田看到亭亭玉立的赵如水，做了个让手下停止前进的手势。

"花姑娘大大的漂亮，陪皇军玩玩，皇军大大的有赏。"麻生田朝赵如水微微一笑。

"赏个屁，你们快点离开这里。否则，我对你们不客气了。"赵如水杏眼圆睁，手紧紧地握着菜刀，摆出一副鱼死网破的架势。

站在麻生田背后的鬼子见状，欲冲上前，却被麻生田制止。

"哟西，花姑娘大大的漂亮，皇军大大的喜欢。"麻生田边说，边靠近赵如水。

面对麻生田的步步紧逼，赵如水的手开始颤抖，麻生田以为赵如水已经被吓坏，便恶狼一样扑了上来，赵如水闭上双眼，心一横，手中的刀奋力朝麻生田砍去。

这一刀正砍在麻生田的脸上，麻生田发出一声惨叫，鲜血直流，站在他身后如狼似虎的日本鬼子立即举枪冲上前来。就在他们要抓住赵如水的时候，刘晚秋从屋里冲了出来，手里握着一柄锄头，朝冲在最前面的鬼子头上狠狠地锄去，鬼子顿时头破血流，恼羞成怒的他举起刺刀，一刀刺进刘晚秋的腹部，刘晚秋倒在血泊中。眼前血腥的一幕把赵如水惊呆了，她想跑，但日军的魔爪已经伸向她。就在赵如水与日军扭打的时候，千里红忽然朝鬼子冲去，它一脚蹬翻与赵如水扭打的日本鬼子，再撞倒后面的两个鬼子，而后，迅速在赵如水面前跪下身子，赵如水立即跨上马背，千里红载着她不顾一切地向远处狂奔，阻挡它奔跑的日军接二连三地被撞倒。

当鬼子意识到无法阻止奔跑中的千里红，便凶残地举枪朝它射击，千里红身中数弹，血流如注的它仍奋力向前飞奔。

鬼子在身后拼命地追。

当赵如水被鬼子追到西子河边时，无路可逃的她心一横，猛抽马鞭，千里红心领神会，它发出一声悲壮的长嘶后，奋力跳进西子河。

鬼子的枪声响起了，西子河顿时被鲜血染红了一大片……

鬼子杀了刘晚秋、赵如水和千里红后，还觉得不解恨，又放火烧了吴雪峻的家。

当吴雪峻获悉自己的母亲、妻子、爱马都被鬼子杀害之后，眼里没有泪水，只有对日本鬼子刻骨的仇恨。在随后与日军的多次战斗中，吴雪峻冲锋陷阵，奋勇杀敌。有一回，吴雪峻带着连队人马与日军展开一场短兵相接的恶战，他与一个日军少佐拼刺刀，吴雪峻的肠子被日军少佐的刺刀挑了出来，但他没有倒下，只是退后两步，把肠子塞回去，继续拼杀，日军少佐被吴雪峻的气势镇住，他的手一软，成了吴雪峻刀下之鬼。

那回战斗结束后，吴雪峻被送进战地医院，可在医院里仅仅住了5天，伤口还未拆线，他就偷偷地溜了出来，重返四十九团。

吴雪峻回军营的时候，赵平成正召集四十九团的军官开会，看到面色苍白、走路一瘸一拐的吴雪峻，他的脸一黑，大声呵斥道："臭小子，你不在医院养伤，跑回来干什么？"

"长官，我在医院待不住，要上战场打鬼子。"

"伤没好怎么上前线?"赵平成猛地拍了一下吴雪峻的肩膀,"我命令你马上赶回医院。"

"我若不回呢。"吴雪峻忽地从身上摸出一瓶烈酒,"咕噜"几口,一瓶酒便底朝天。

"若不回去,我一枪崩了你!"赵平成拔出枪,狠狠地搁在桌上。

"那你就崩了我吧!"吴雪峻昂起头。

"我就不信驯服不了你这个臭小子。"赵平成把枪顶在吴雪峻的额头上,大声吼道,"你回不回去?"

"不回!"吴雪峻大声回答。

赵平成用枪柄狠狠击了一下吴雪峻的脑门:"你回不回去?"

"不回!"吴雪峻额头上的青筋根根暴起。

看到吴雪峻这副三头牛都拉不回的架势,赵平成的口气软了下来,长长地叹了口气:"臭小子,我这是为你好呀。"

"我知道长官是为我好,可我实在无法阻挡枪声的诱惑,无法控制心中的复仇火焰。"吴雪峻捶胸顿足、痛哭流涕。

赵平成的眼眶湿润了。

第二天,赵平成把四十九骑兵团全体官兵召集到操场,宣布提升吴雪峻为二营副营长,并在全团官兵面前对吴雪峻大加褒奖,说吴雪峻是团里的战斗主力,是战场上向日军发起进攻的发动机。

以后的日子,每当四十九骑兵团要上战场与日军交战的时候,刘雪兵团长都要让吴雪峻到主席台表决心。吴雪峻踩着鼓点一样的脚步走上主席台,诉说着他的母亲和爱妻的悲惨遭遇,愤怒地声讨日军的滔天罪行,吴雪峻句句血、声声泪的控诉深深地感染了全团官兵,发言结束时,他紧握拳头,声嘶力竭地怒吼:

"把日本鬼子赶出中国！抗日战争必胜！"

"把日本鬼子赶出中国！抗日战争必胜！"台下官兵齐刷刷地举起右手，发出排山倒海般的吼声。

当上副营长后，吴雪峻上了战场仍然是身先士卒、一马当先。他的"战场发动机"的美称绝非徒有虚名，那是用鲜血和勇气换来的，那时的吴雪峻就像一位战争狂人，每次上战场前，他都要先喝下一瓶烈酒。在战场上，不知是仇恨的种子埋得太深，还是酒精的作用，他见到日本鬼子的鲜血就亢奋得血脉偾张，看到鬼子倒在自己的枪口之下，吴雪峻还会用刺刀挑开他的胸膛，让血腥味弥漫整个战场。

有人说，日军是世界上最勇敢的部队。这话在日军刚侵华时，在国民党军里甚嚣尘上，以至于有些国民党军部队听说要与日军交战，便吓得屁滚尿流，这样的部队上了战场不打败战才怪呢！

事实上，虽然深受武士道精神熏陶，但日军中也有贪生怕死的，他们也很珍惜自己的生命，他们也明白老天只赋予他们一次生命，吴雪峻在与日军的几次交战中体会得非常真切。

记得有一次在与日军交战中，吴雪峻遇到了一个难缠的对手，那是一位年轻的日本军官，气度非凡，骑着一匹关东的名马，握着战刀的手微微抬起靠近胸前，一副成竹在胸的模样，从他起手的把式、路数就可以判定这个年轻人出身望族，受过严格的军事训练，吴雪峻与他在马上拼刺刀的时候，感受到了他高超的刀技。在拼杀之中，吴雪峻曾把年轻人逼到死角，趁着年轻人转身困难之际，顺势一刀，这是吴雪峻的绝技，名为顺手牵羊，大多数与他交手的人，都对他的这个绝技缺乏准备，还没等对手反应过来，吴雪峻手里的刀如一道闪电划过，对手的头便骨碌碌地落地。但那位年轻人对吴雪峻这猝不及防的一击，显然早有准备，他从容相迎，待吴雪峻收手时，竟反戈一击，吴雪峻没想到年轻人有这么一手，他的战刀被打落，战刀在空中划出一道弧线之后，插在地面上。年轻人见有取胜之机，立即朝吴雪峻挥刀砍来，机灵的吴雪峻闪开身子，躲过年轻人凶狠的进攻之后，迅速侧下身子从地面上拔起刺刀。

两人棋逢对手，交手很长时间分不出胜负。这期间，国民党军的援兵赶到，日军处于劣势之中，开始向后撤退。

年轻的日军军官见势不妙，无心恋战的他掉头朝一条小道逃去，吴雪峻策马追去。

孤云越跑越快，日军军官见有人追赶他，便不断地挥动马鞭抽打着马儿，期望它能跑得更快一点，可他的坐骑无论如何加速也比不上孤云追赶的速度。

眼看就要被吴雪峻追上，气急败坏的日军军官转身朝吴雪峻射击。

"砰！"一声枪响。吴雪峻头上的军帽被打掉，面无惧色的他毫不理会，继续追赶。

大约追赶两三千米之后，一条河流挡住了日军军官的去路。

见无路可逃，日军军官摆出一副决一死战的架势，他横过战马，举起枪对准吴雪峻。

吴雪峻也迅速举枪对准他。

两人就这样在5米开外处同时举枪对峙。

这时候，不知从哪里飞来一只白鸽，它悠闲自在地落在吴雪峻的枪口之上。

吴雪峻脑海里迅速闪出赵如水与白鸽在一起的情景，心里又多了几分仇恨，他绷着脸，枪口牢牢地对准日军军官的脑门。

这时候，最悠闲的莫过于那只白鸽，它展开自己洁白的翅膀，让身体最大限度地享受着阳光的照耀，那小眼珠子看看吴雪峻，又瞧瞧日军军官。许是看出什么端倪，它从吴雪峻的枪口之上飞到日军军官的枪口之上。

这一刻，吴雪峻发现日军军官的额头开始冒出汗水，手也微微颤抖。

白鸽在日军军官的枪口之上停留几秒钟之后，飞走了。

日军军官的视线慢慢地从枪口移到白鸽身上，当白鸽的身影消失后，他终于沉不住气，用生硬的汉语问："请问尊姓大名？"

"吴——雪——峻。"吴雪峻故意拖长话音。

"我叫桥本三郎。"日军军官说道，"我们互放对方一条生路，然后，各走各的，像白鸽一样自由地飞翔。"

"要想活路可以，放下武器投降吧！"

"我枪里还有三发子弹呢。"

"我枪里只有一发子弹了，可那是一发能要你命的子弹。"

"如果我们同时射击，意味着一起死亡，你难道不怕死？"

"不——怕！"从吴雪峻牙缝里甩出的话如同钢铁一样坚硬。

"为什么？"

"因为我的母亲和妻子都被你们这帮畜生残忍杀害了，我愿意以血换血，为亲人祭奠。"

日军军官听了吴雪峻的话，身子微微一颤："死，对我来说并不可怕，可我得为妻子和儿子考虑，他们离不开我。"

"想活命，就赶快放下武器。"吴雪峻骑着马冲上前去，把枪口狠狠地顶在日军军官的额上。

日军军官也不甘示弱，把枪顶在吴雪峻的额头上。但吴雪峻一点也不怕，因为他的气势已经彻底摧毁了日军军官的意志，对于日军军官来说,投降只是时间的问题。

果然,没过几分钟,日军军官顶在吴雪峻额头上的枪开始微微颤抖,紧接着越抖越厉害,最终,他放下了手中的枪,缓缓举起双手,喃喃自语道:"我投降,投降!"

在押送年轻的日军军官的路上,日军军官用并不熟练的汉语对吴雪峻说起自己的身世。他说他出生在一个富贵人家,毕业于东京大学。毕业后不久,他和大学同学小村丽子结婚,可结婚刚一年,他就收到当兵的通知书,说心里话,他并不喜欢战争,但在当时日本狂热对外扩张思潮下,他的思想根本就没有市场。他清晰地记得当他登上开赴前线的火车时,妻子抱着刚满月的儿子流着泪朝他喊:"桥本三郎,你一定要活着回来,我和儿子等着你!"

桥本三郎说到这里,眼里涌动着泪水。他控制住自己的情绪,继续说道,侵华战争打响后,他参加了战斗,因为文化素质比较高,很快便升为军官,但他心里却厌倦战争,希望战争早点结束,好让他重回妻子和儿子的身边。桥本三郎说到这里,蓄在眼里的泪水终于流了出来。此情此景深深地刺痛了吴雪峻的神经,使他对桥本三郎产生怜惜之情,有一段时间,他甚至有放桥本三郎一条生路的想法,但最终还是打消了这种想法,把桥本三郎押回四十九团。

吴雪峻的壮举在四十九团引起巨大的轰动,很快,他便从四十九骑兵团二营副营长提拔为营长。那段时间,他经常与老领导赵平成通电话,赵平成对他在军营里的表现大加赞赏,并许诺只要时机成熟,就会想方设法再将他的官职往上挪。

赵平成很快便实现了对吴雪峻的承诺,没过多久,吴雪峻从二营营长提升为四十九团副团长。

吴雪峻的仕途开始走得越来越顺溜。随着官职的提升，团部给他配了个警卫员。吴雪峻的第一个警卫员名叫陈二傻，原先在炊事班，尽管班长不厌其烦地将"吹、钩、拨、拉、捅"的秘诀传授给他，但陈二傻脑子就是开不了窍，烧火棍拨弄来拨弄去，却没拨弄出一点名堂，灶膛亮堂堂的火经他胡乱折腾，立即变得奄奄一息，气得班长直跺脚。生不了火，班长就让他去炒菜，但他炒的菜不是太咸就是太淡，班长朝陈二傻吹胡子瞪眼，他却将一副憨憨的笑脸递上去，任班长如何骂，就是不生气。班长见他这样子，也没了法子，只好将他养在炊事班。现在听说吴副团长要配警卫员，便找到刘雪兵团长，说陈二傻是个吃苦耐劳的好苗子，是吴副团长警卫员的最佳人选，刘雪兵团长一听有这么好的兵，便将他分配给了吴雪峻。

陈二傻来到吴雪峻办公室的时候，脸上还留着做饭时被烟火熏黑的痕迹。吴雪峻第一眼见到他，就觉得心里不痛快，陈二傻上任的第一天晚上，吴雪峻叫陈二傻打盆洗脚水，陈二傻倒是很快就端来热腾腾的洗脚水，但吴雪峻刚把脚伸进洗脚盆，便发出"啊"的一声惨叫。

"团座，怎么……回事？"陈二傻瞪大双眼。

"你有没有试一下洗脚水的温度？"吴雪峻大声呵斥。

"没……没有啊。"陈二傻的声音依然很大，唾沫星子甚至溅到吴雪峻的脸上。

"那你把手伸进去试试。"

陈二傻把手伸进盆里试了试后，涨红了脸："团座，水烫了点。"

"二傻，你成心想烫死我吧？！"吴雪峻大声骂道。

"没……没……这想法呀。"陈二傻给吴雪峻这么一骂，结巴得更厉害了。

"像你这样傻头傻脑的人,不适合当警卫员,还是给我滚回你的炊事班去吧。"吴雪峻继续骂道。

送走陈二傻后,吴雪峻换了个脑子灵活的警卫员,从有警卫员的那天起,吴雪峻享受到了以前没有享受过的待遇。每天一起床,警卫员就送来拧好的毛巾,晚上睡觉前,只要吴雪峻哼一声,警卫员就为他端来洗脚水,衣服穿脏了随便一扔,警卫员就会拿去洗,这样养尊处优生活一段时间后,吴雪峻的心态悄悄地发生了非常微妙的变化。也许是因为桥本三郎的眼泪使吴雪峻对日本鬼子的仇恨开始淡化,他的脑子里慢慢滋生出军人不太应该有的想法:日本兵是人,不是野兽,他们的内心与桥本三郎一样脆弱,也珍惜自己的生命,不希望死亡。当这种思想在吴雪峻脑海里扎下根,他开始反思自己对战争的态度。此刻,尽管每次上战场,他都和往常一样,喝下一瓶烈酒,但上了战场,弥漫在空气中的血腥味难以再激起吴雪峻的血性,反而血淋淋的场面会使他对战争产生恐惧,他开始有点儿厌恶战争了。

作为一名军人,吴雪峻知道这种想法是可怕的,甚至会把自己逼上死路,因为在战场上,你不杀敌人,可能就会被敌人所杀。你越退却,死亡往往离你越近,这就是战争的残酷。为了使自己尽快从这种心态里走出,吴雪峻强迫自己不断回忆赵如水被杀时的惨烈场面,并尽量把场面想象得更血腥、更悲伤,借此来唤起对战争的渴望。但他发现这种做法效果并不理想,因为赵如水的死在吴雪峻内心深处造成的创伤已经随着时间的推移渐渐愈合,用这种办法已经很难再激起斗志,而当官后的物质和精神享受更使吴雪峻明白从古至今,为什么人们总把功名利禄当作人生奋斗的目标。

当官的感觉确实非常美妙，当吴雪峻穿上笔挺的军官服走在大街上，百姓都用敬佩的眼光注视着他，其中不乏窈窕淑女含情脉脉的目光。刚开始面对这种目光时，吴雪峻总是会脸红心跳。后来，他慢慢习惯妙龄女子火辣辣的目光，并与那些崇拜他的漂亮女性玩起爱情游戏。说心里话，刚开始与其他女性在一起时，吴雪峻的眼前老是晃出赵如水的影子，为此，他深深地自责。可当吴雪峻想到自己是军人，也许今天活着，明天就成为一具冰冷的尸体时，他从心里原谅了自己。英俊的相貌、风度翩翩的举止外加抗日军人的美名使得漂亮姑娘对他趋之若鹜。这些年，吴雪峻究竟与多少个姑娘有过关系，已经不太记得了，她们中有些人长得比赵如水还要漂亮，但她们在吴雪峻眼里都是过眼云烟。这会儿，吴雪峻才明白赵如水在他的心中仍然占据着其他女性无法替代的位置。

静卧在岩石上的吴雪峻在对往事的寻觅中，渐渐有了睡意，精疲力竭的他躺在岩石上睡着了……

六、牢狱之苦

记不清过了多久，当吴雪峻从睡梦中醒来，惊奇地发现自己被关在一间大约10平方米的低矮潮湿的房间里，同房还关押着几个蓬头垢面、衣不蔽体的男人，拥挤的屋子里飘着一股发酸的小便味和发霉的食物臭味。

"我怎么会到这么个鬼地方来？"吴雪峻大声咆哮。

"你这个贱骨头，被土匪抓到牢房里，还牛皮哄哄的，是不是欠揍呀？"恶狠狠的声音在吴雪峻耳边炸响。

吴雪峻循声一瞥，只见一个年纪二十六七岁的黑脸大汉正站在跟前，他披头散发，留着黑得吓人的胡子，方脸阔口，人高马大，瞪着的眼睛里有两道令人畏惧的寒光。

屋里的空气一下子凝固了，所有人都凝神屏气地注视着吴雪峻。

显然，这位黑脸大汉是囚犯中的老大，他在等待吴雪峻向他俯首称臣。

"给我跪下。"黑脸大汉见吴雪峻毫无臣服之意，朝他飞起一脚。

吴雪峻在地上敏捷地打了个滚,躲过黑脸汉子踢出的脚,并下意识地用手摸了摸腰间,想拔出手枪结果这黑脸汉子的性命,但令他失望的是身上的枪早已被人搜走。

黑脸汉子一脚踢空,恼羞成怒的他再次饿狼似的扑来,对着吴雪峻的身子一阵拳打脚踢。疲惫不堪的吴雪峻此时毫无反击之力,只好任凭黑脸汉子像野兽戏弄到手的猎物一样,用手捏他的胳膊,用脚踢他的屁股、踩他的脑袋……

"我还以为你是条汉子,却不料连狗熊都不如。"黑脸汉子放肆地笑着。

吴雪峻全身在颤抖,自尊心被彻底击碎,想使出浑身的力气反抗,但疲于奔命的逃亡生活使他身上释放不出一点的能量。

一阵毒打后,黑脸大汉停了手,手叉着腰,用非常傲慢的口吻说:"贱骨头,报上名来。"

"吴……雪……峻。"奄奄一息的吴雪峻用低落的声音应道。

"以前干什么的?"

"国民党四十九团副团长。"

"嘻——看不出你还有那么点来头,真想不通像你这样有身份的人,怎么也跑到这拥挤的房间里凑热闹。"黑脸大汉用揶揄的口吻说道。

吴雪峻一时接不上话。

"不过,既然来了,我也不好意思把你轰走,我是这里的老大,这里有个规矩,任何新成员都得从老大的胯下钻过,以表达对老大的敬意。作为一名新成员,你得遵守这里的规矩。"

黑脸汉子阴沉的话就像一块烧得通红的铁块,烫伤了吴雪峻的灵魂,他紧抿着嘴,并用牙齿用力地咬了一下舌头,顿时舌头痉挛,紧接着一股带着腥味的血缓缓地从舌头冒出。他觑了黑脸汉子一眼,一种被人戏弄的感觉油然而生,很快充斥整个身心,感到全身的每一个角落都燃起熊熊大火。

"听到没有?"黑脸大汉吼道。

吞下一口带腥味的血,吴雪峻的脑子清醒了许多,现在,精疲力竭的他如果与黑脸汉子硬拼,肯定不是对手。好汉不吃眼前亏,大丈夫能屈能伸。今天,你逼我从你的胯下钻过,明天,我也要让你尝尝从别人胯下钻过是什么滋味。想到这儿,吴雪峻愤怒的心情逐渐趋于平静,艰难地挪动着身子,缓缓地从黑脸大汉的胯下钻过。

"哈——哈——哈。"黑脸大汉狂妄地笑了起来,"你们瞧,这小子像不像一只小毛驴?"

四周顿时响起刺耳的笑声,唯独坐在监狱一角的白脸汉子没有笑,他扶起奄奄一息的吴雪峻,让他倚靠在墙壁上。

"不过,这只小毛驴还挺温顺听话,我不忍心看着他饿死,小白脸,给他一口饭吃吧。"黑脸大汉话音刚落,白脸汉子急急忙忙地把一碗稀饭端到吴雪峻跟前。

饥肠辘辘的吴雪峻狼吞虎咽地喝完这碗可以数得出多少米粒的稀饭,他那好比一根放干了的油条般的躯体,重新有了水分,伸了伸懒腰,便倚在墙壁上,迷迷糊糊中进入梦乡。

第二天早晨,天刚蒙蒙亮,"当——啷——"一声脆响,铁门打开,送饭的老头走进大门,他的身后跟着两名荷枪实弹、留着披肩长发的大汉,他们冲着关在房间里的囚犯大声吼:"你们这些猪,赶快起床,开饭了。"

吴雪峻睁开惺忪睡眼,只见牢房里的其他人正贪婪地注视着搁在地上的那篮玉米面窝头和半桶菜汤,谁也不敢先动手。吴雪峻刚想伸手拿玉米面窝头，被坐在身边的白脸汉子拖回手，他朝吴雪峻使了个眼神，吴雪峻豁然明白，原来这里一切都由黑脸汉子说了算，他没动手拿玉米，别人是不敢动手的。

黑脸大汉伸了伸懒腰，颤巍巍地站起身子，拿起勺子先把菜汤表面那层油腻腻的东西舀到自己碗里，再用勺子海底捞月，把桶里的几块豆腐、几片菜叶全捞到自己碗里，然后拿起三个窝窝头，蹲在墙角边津津有味地吃了起来。其他人看到黑脸大汉开始吃，便一拥而上，每人拿上两个窝窝头，盛上一碗菜汤，轮到吴雪峻时，只剩下一个窝窝头和半碗菜汤。这时候，吴雪峻才明白众人为什么要抢窝窝头，原来每个人可以分到两个窝窝头，而黑脸大汉多吃了一个，那么必然就有一个人少吃一个。今天，这个倒霉鬼轮到吴雪峻。

白脸汉子见吴雪峻只有一个窝窝头，便把手里的一个窝窝头掰成两半，一半塞到吴雪峻手里，吴雪峻囫囵吞枣地吃下一个半窝窝头。人就是这么不可思议，想当初，吴雪峻在部队当官后，非常讨厌吃窝窝头，喜欢吃香喷喷的大米饭，并配着几盘可口的菜，当然能有点酒就更有滋味了。而今，虎落平阳被犬欺的吴雪峻嚼着窝窝头，觉得它是世界上最可口的佳肴。

囚犯刚吃完饭，铁门就打开。

几名荷枪实弹的彪形大汉站在铁门外，大声喝道："你们这些猪，赶快出工。"

牢房里的人陆陆续续走出大门。

吴雪峻和白脸汉子最后走出来，出来的时候，他掉过头，望了望关囚犯的牢房，那是一座两层楼的土筑房子，四周是黑洞洞的铁窗，墙壁脏得发黄，院子里晒着些破衣服，囚犯们衣衫单薄，面色苍白，懒懒散散地拿起放在监狱一角的锄头后，排起队列。七八个荷枪实弹的彪形大汉虎视眈眈地盯着他们,那目光似乎在说:谁敢偷跑,就毙了谁。

整完队列,三十余名囚徒无精打采地向前走,吴雪峻和白脸汉子并肩前行,走了一段路后,白脸汉子与吴雪峻攀上话儿。

"你怎么跑到这个鬼地方来了?"白脸汉子问。

"前些日子,我所在的骑兵团和日本鬼子在森林里展开一场激战,因为敌众我寡,我们的部队被打散了,我在森林里迷了路,筋疲力尽的时候,便在石头上睡着了,结果……"吴雪峻摇了摇头,一副懊丧的模样。

"刚出虎穴,又入狼口。"白脸汉子耸了耸肩,开始自我介绍,"我叫白勇先,原先是个做榆面生意的商人。这年头,烧香的人特别多,所以我的生意很好,每天都要收几百石榆面,贩到扬州、南京、上海等地,卖给做香的工厂。两年前,我贩榆面到南京,遇到土匪抢劫,便逃进森林,结果被另一批土匪抓住……"白勇先禁不住叹气。

"你能给我介绍一下黑脸汉子的来历吗?"看得出吴雪峻对黑脸汉子耿耿于怀。

"他叫吴大炮,土匪出生,据说,他14岁就跟着一帮土匪打家劫舍。有一回,那帮土匪因分赃不均发生火并,吴大炮拥护的一方战败,他逃进森林迷了路,最终和我们一样,被抓来干苦力活。此人一身蛮力,性情暴躁,是关押在这里的囚徒的头儿,谁要不服管,便要遭他一顿毒打。"

"这鬼地方驻扎着什么人呀?"

"我们现在被关在好望山上,这是个土匪窝!"白勇先长长叹了口气。

吴雪峻打了个寒噤,蓦然明白白勇先所说的"刚出虎穴,又入狼口"这句话的含义。

报复的机会终于来到！

经过一段时间的养精蓄锐，吴雪峻的身体逐渐恢复，对于上次吴大炮对他的污辱，吴雪峻一直记在心头，他要寻找机会报复。那段时间，他在监狱里寡言少语，对于吴大炮，他装着一副毕恭毕敬的模样，吴雪峻是个聪明人，通过一段时间不露声色的仔细观察，发现吴大炮虽一身蛮力，会耍些拳脚，但有个非常致命的弱点——行动迟缓，出拳速度慢。发现吴大炮的破绽后，吴雪峻坚信自己能战胜他。

那天傍晚，收工的口哨声吹响之后，大伙开始排队列，准备收工回牢房。吴雪峻故意排在吴大炮之前，冷冷地说："大炮，大哥肩膀酸，你替大哥揉揉吧。"

"龟孙子吃错药了吧，老子没叫你替我揉背就算高看你一眼了，你居然敢在太岁头上动土。"吴大炮大声吼叫。

吴雪峻并不搭腔，敞开衣衫，露出一身健壮的肌肉，使劲在胸脯上揉了一下，便是一把的污垢，他凝视着粘在手指上的污垢，然后"噗"地把它弹到吴大炮的身上。

"今儿，我还非得让你替我揉背。"吴雪峻用不容置疑的口吻说。

"龟孙子，看来活得不耐烦了，爷爷非得教训你一顿。"吴大炮发出狼似的号叫声后，恶狠狠地朝吴雪峻扑来，吴雪峻敏捷地闪开身子，飞起一脚，踢在吴大炮肩膀上，这看似轻飘飘的一脚，蕴藏着多年的功力。吴大炮也绝非等闲之辈，他打了个趔趄，稳住了阵脚，又朝吴雪峻发起更为凌厉的进攻，吴雪峻一一化解他的攻势。渐渐地，吴大炮的出拳速度越来越慢，吴雪峻看时机已到，便腾空而起，一脚狠狠地踢在吴大炮的身上，只听"轰"的一声巨响，吴大炮笨重的身子重重倒下，吴雪峻走上前，用脚踩住吴大炮的脑袋。

"叫一声爷爷，我就饶了你。"吴雪峻冷冷地说。

吴大炮瘫倒在地，脸色发紫，仍嘴硬道："不叫，打死我也不叫。"

"是条汉子。"吴雪峻加大踩吴大炮脑袋的力度。

吴大炮顿时喘不过气。现在，他总算明白吴雪峻的功夫远在他之上，口气顿时软了下来："好汉……饶命。"

"叫爷爷。"

"爷……爷，爷……爷。"吴大炮的声音变得含糊不清。

吴大炮的话音刚落，其他的囚犯都"扑通"一声跪倒在地，齐声高喊："爷爷——爷爷"。

转瞬之间，吴雪峻取代吴大炮，成为囚犯中的首领。

七、 赛马

好望山山高地险，山上驻扎着四百多号土匪，土匪头目名叫鲁虎军，年纪 30 出头，脸特别黑，一脸的凶相。占山为王的他一直对国民党不感冒，当他得知一位国民党军官闯入他的地盘被抓的消息后，原想叫手下土匪把吴雪峻插了（即杀了，系土匪黑话），后来听说吴雪峻骑的那匹白马在主人被抓之后滴水不进，不断朝关着主人的小屋嘶叫。鲁虎军忽然改变了主意，令手下暂时不要对吴雪峻动手，并让手下把孤云牵来见他。

很快，孤云被拉了上来，孤云在鲁虎军面前高傲地昂着头。作为一名打家劫舍的匪首，鲁虎军非常喜欢马，见到一匹好马，会让他欣喜若狂。鲁虎军之所以对马如此痴迷，是因为他的爷爷是个牧马人，鲁虎军从小就跟马群生活在一块儿，对马有深厚的感情。占山为王后，他最先做的就是花高价从内蒙古买了一匹好马——黑黑。黑黑长得又黑又高，威风凛凛，在与其他匪帮交战中，黑黑屡立战功，这使鲁虎军的人马不断壮大，成为当地有名的匪帮。

鲁虎军仔细打量孤云一番后，禁不住喜形于色，孤云具备了骏马的一切特点。当马夫把缰绳交给鲁虎军时,孤云甩动脖子,咴咴嘶鸣,并在地面上踩着粗野的步子,这是孤云对鲁虎军发出的警告。但鲁虎军置之不理,他腾空一跃,跳上马背,孤云显然被他的无礼激怒,它奋力向前飞奔,而后在奔跑中忽然来一个急转弯,鲁虎军猝不及防,从马背上重重地摔下。鲁虎军手下人急忙冲上前来,其中有一位拿着刺刀要杀死孤云,却被鲁虎军制止了。

离牢房不远处有一片水稻田,由于气候和其他原因,水稻的收成不是很理想,野草夺去了水稻的大量营养。吴雪峻和其他囚犯的任务就是把野草除掉,让水稻有充足的养分生长。要除掉野草,只有用力拔,吴雪峻和其他囚犯有气无力地拔着草,他们头顶上的毒日头甩出一簌簌白光,水稻田里翻滚着一股浓重的青草味,田埂里的青蛙、癞蛤蟆都懒得叫唤,囚犯们身上散发的臭味比臭鸡蛋还臭。原先站在田埂上监视囚犯的土匪也都躲到树下,看到土匪躲到阴凉的树下,囚犯们拔草的速度更慢了,并开始互相逗乐子。

"喂,老兄,你拔草的时候,屁股不要撅得老高,害我站在你的身后,老想着干那事儿。"

"嘿,可惜我是个男人,解不了你的馋,干脆,我放个屁让你解解闷吧。"

那汉子说完,果然放出一个响屁,站在他身后的汉子急忙捂上鼻子,身子闪到一边,一副苦不堪言的模样,田野上顿时爆发出一阵粗犷的笑声。唯独吴雪峻没有笑,此时他的心早已飘向远方,他想逃出这片土地,望了望群山绵延的前方,再瞧了瞧虽在树下乘凉,仍端着枪虎视眈眈地盯着他们的那些土匪,吴雪峻的心不由得凉了半截,他做这样的假设:即便偷跑逃过那些汉子的枪口,也很难保证能徒步走出逶迤连绵、狼群出没的群山。这么一想,吴雪峻的心情越发沉重。

蓦地,稻田边爆发出一阵欢呼声,原来是为囚犯拉"口粮"的人来了,站在树下乘凉的土匪小头目吹了声口哨,在稻田里干活的囚犯争先恐后地朝树下奔去。

囚犯们的食粮仍然是一篮子玉米面窝窝头和半桶清汤寡水的菜汤。那些汉子眼馋地望着他们的食粮,却没有一个敢动手。吴雪峻最后一个来到食粮旁边,见到吴雪峻,吴大炮小心翼翼地拿起勺子先把菜汤表面那层油腻腻的东西舀到一个碗里,再用勺子海底捞月,把桶里的几块豆腐,几片菜叶全捞到这个碗里,然后端起碗,拿着四个窝窝头毕恭毕敬地送到吴雪峻跟前。当吴雪峻开始吃又苦又涩的窝窝头时,其他人开始一拥而上,每人拿上两个窝窝头,盛上一碗稀菜汤,速度慢的一两个倒霉鬼,每个只能吃到一个窝窝头。因为送饭的人是按每个人两个窝窝头分配的。吴雪峻作为囚犯中的首领,享受的特权就是多吃两个窝窝头,可这样的待遇实在无法让吴雪峻高兴,他一边嚼着窝窝头,一边回忆着往日美好的时光,企盼着有朝一日能重新骑上孤云,纵横驰骋,笑傲江湖。

如果没有孤云,吴雪峻也许将在监狱里度过一生,或者某年某月某日,被鲁虎军或者他手下的土匪干掉。但命中注定吴雪峻是个运气绝好的人,朝夕相处的爱马孤云为他的出狱做着激烈的抗争。孤云是匹非常聪明的马,那段时间,它不再以绝食进行抗争,开始吃鲁虎军手下人给的马食。鲁虎军听说孤云吃马食,以为它很快就会被驯服,但事实证明他的想法荒唐可笑。尽管鲁虎军使尽了手段,但始终无法驯服孤云,对于自称驯马大师的鲁虎军来说,这无疑是一种嘲讽。那段时间,鲁虎军最想知道一件事——为什么孤云会对主人死心塌地？

为了使自己的疑问有个答案，鲁虎军叫手下人把吴雪峻放出来，让吴雪峻骑着孤云与自己的坐骑黑黑来一场比赛，鲁虎军要让孤云领教一下黑黑的厉害，好让它低下高傲的头。

那是一个明媚的早晨，吴雪峻被看守人员带到马场，重新见到朝思暮想的孤云。

一段时间不见，孤云比以前消瘦了许多，它的背部、腹部、尻部都留着鞭子的疤痕。即使瘦了，但它仍傲立在马群中，一副威武不屈的模样。见到吴雪峻的一刹那，孤云仰起头，发出一声响亮的嘶鸣后，便不顾一切地朝吴雪峻所在的方向奔去，吴雪峻也疾步上前，紧紧地抱住孤云的头，泪水噼噼啪啪地落在马身上。

重新骑上阔别多时的战马，吴雪峻感觉又回到了以前带领士兵冲锋陷阵的日子，这一瞬，他恢复了自信。

过了一会儿，鲁虎军在众喽啰的簇拥下登场了，他穿着一件宽宽大大的貂皮袄，猛兽似的精瘦，下巴上蓄着一撮三寸多长的山羊胡子。他的坐骑黑黑浑身上下如火炭般，俊眼闪光，长鬃飘逸，尖尖两耳耸立，闪闪毛滑如漆，嘶声如雷，有腾空入海之势、奔腾大地之威。

吴雪峻的心不由一沉。

"吴雪峻，你看我的马怎么样？"鲁虎军的脸冷硬得像冰雕。

"绝对是匹好马。"

"那你的马与我的马相比呢？"

"我认为在伯仲之间。"吴雪峻不卑不亢。

"妈拉个巴子，你别吹牛。今天，老子跟你打个赌，如果你的坐骑能赢我的坐骑，你就可以骑着马离开这里，如果输了，你就得把牢底坐穿。"

"我愿意接受挑战。"吴雪峻虽然有点心虚,但仍摆出一副信心十足的模样。

比赛的路线由鲁虎军设定。随着一声枪响,一场扣人心弦的比赛开始了。起跑线上骤然卷起一道灰尘,扬鬃舞尾的黑黑闪电般向前飞奔,鲁虎军果然出手不凡,他手握马缰,整个人向前倾,黑黑越跑越快,把孤云远远甩在身后。落后的吴雪峻并不慌乱,他知道孤云后劲十足,经常表演大逆转的绝活儿,孤云有条不紊的步子,更增添了吴雪峻的信心。

领先的鲁虎军不时掉过头瞧一眼被甩在身后的吴雪峻,他没料到吴雪峻竟如此不堪一击,他开始有意减慢黑黑的速度,岂料就在这一刻,孤云忽然加快步伐,慢慢地逼近黑黑,鲁虎军有点儿慌了神,拼命抽打马鞭,黑黑玩命地向前急奔,孤云则穷追不舍,在离终点还有百余米处时,吴雪峻猛地抽了一下鞭子,心领神会的孤云开始冲刺,像箭一样射向前方。

赛马场上马蹄声声,尘土飞扬。

两匹马齐头并进。

在离终点十余米处,孤云展示出惊人的爆发力,把黑黑甩下一个身位冲过终点。

正当吴雪峻准备为胜利欢呼时,冷不防土匪群里闪出鲁虎军的心腹林成至,他骑着高头大马冲上前来,拔出腰刀朝吴雪峻狠狠砍去。作为一个久经沙场的骑手,这样的雕虫小技吓不倒他,他敏捷地闪到马背的一侧。看热闹的土匪都以为吴雪峻要从马背上摔下来,岂料在林成至收刀之后,吴雪峻又稳稳地跃上了马背,充满蔑视地瞟了一眼林成至。

四周顿时变得鸦雀无声,吴雪峻骑着马,想着马上就能离开这个是非之地了。

"当心!"身后响起急切的叫喊声。

吴雪峻意识到有人要对他下毒手,急忙甩过头,只见一把飞刀正飞奔而来,他急忙闪过身子,让自己的身子与马背成平行,并以一个非常惊险漂亮的动作接住林成至甩来的飞刀。

吴雪峻的表演结束。大伙的目光齐刷刷地注视着鲁虎军,鲁虎军显然没想到自己会输。他在吴雪峻面前显得有点难堪,甚至可以说是狼狈,他扬起鞭子想抽打黑黑,许是怕被吴雪峻笑话,那扬起的鞭子在空中划出一道美丽的弧线后,又四平八稳地落在手中。他开始拨弄手里的鞭子,眼睛针一样刺向吴雪峻。

四周的空气似乎凝固了。

"砰!"一声枪响。

吴雪峻急忙闭上眼睛,等待着鲁虎军射出的子弹击中要害,但过了一会儿,吴雪峻并没有感到身体有异样,只是觉得头顶上似乎落了个凉飕飕的东西。

四周响起掌声。

吴雪峻近乎僵死的心一下子被激活,他慢慢睁开眼,只见鲁虎军的手下热烈地鼓掌。原来,鲁虎军射出的子弹击中一只从吴雪峻头上飞过的麻雀,那血肉模糊的麻雀正好落在他的头上。

吴雪峻把那只血肉模糊的麻雀高高举起,大声感叹:"寨主,好枪法,实在是好枪法啊!"

"小子,你也给老子露一手呀。"鲁虎军朝吴雪峻做了个手势。

"我的枪法与寨主相比,差老鼻子远呢。"吴雪峻摆出一副谦逊的模样。

鲁虎军冷得像僵尸一样的脸上透出丝丝暖意,颇有大将风度地朝吴雪峻挥了挥手:"吴雪峻,你现在自由了,爱去哪儿就去哪儿吧。"

吴雪峻正待策马扬鞭,身后忽然响起清亮的声音:"慢。"这声音与刚才吴雪峻听到的急切叫喊声是同一人发出的,吴雪峻只觉得心扉漫过一汪温馨的潮水。转过头,只见一位骑着高头大马的女子正立在鲁虎军的身边。女子长得清纯照人,眼睛有着一种摄人心魄的明快和透亮,举手投足之间有着浑然天成的魅力与韵致,见到她的那一刻,吴雪峻有沙漠见绿洲、久旱逢甘露的感觉,心中的某种渴望像飓风一样猛烈地喧嚣起来。

"寨主,这人遛过了,还算条汉子,留下来或许对山寨有好处。"漂亮女子朝鲁虎军说。

鲁虎军冷冷的目光刺向吴雪峻,过了许久,哼了声,扬了扬手,大声吆喝:"过——堂。"

鲁虎军的话音刚落,就有几个小喽啰跑上前来,他们粗暴地把一个葫芦按在吴雪峻的头顶上,并命吴雪峻顶着葫芦朝前走。此时,吴雪峻就像任人宰割的羔羊,只能按他们指定的路线往前走,走到百步左右,鲁虎军突然举枪射击。

"砰!"一声脆响,吴雪峻头顶上的葫芦被击碎,他的腿打了个颤,但最终还是站稳了,这时候,几个小喽啰跑上前来,不分青红皂白就伸手摸吴雪峻的裤子,看吴雪峻是否尿了。原来这是鲁虎军在山寨立下的规矩,如果尿了,说明胆小,当不了土匪,就要把人轰走。如果未尿,则可进行正式的入伙仪式。

听手下禀报吴雪峻没有尿裤子,鲁虎军摸了摸山羊胡子,问:"吴雪峻,你还算条汉子,愿意挂注(即入伙,土匪中流行的黑话)吗?"

吴雪峻望了一眼那位年轻女子,女子朝他浅浅一笑,蜻蜓点水似的,却像一道闪电击中了吴雪峻,他顿时没了主见,便机械地点了点头。

八、 人在江湖

　　吴雪峻在山寨待一段时间后，发现留下来其实是个很好的选择，现在到处兵荒马乱，要找到原先的部队暂且不说很难，即使千辛万苦找到，自己当逃兵的经历肯定会使他在部队难以立足，弄不好连性命都保不住。还不如先在这个地方逍遥自在地混混日子，养精蓄锐后，再谋下一步的出路。

　　在山寨，吴雪峻听得最多的就是有关鲁虎军的传奇故事——

　　鲁虎军的老家在松花江畔，"九·一八"事变后，日军侵占他的家乡，鲁虎军的爹妈都惨死在日军的铁蹄下，年轻的鲁虎军与其他百姓一道逃离家乡，开始流浪生活。为了混口饭吃，他来到一个马戏团，开始走钢丝生涯。鲁虎军刚走钢丝时，两腿发抖，在钢丝上才走几步，就摔了下来，摔得鼻青脸肿的他哭丧着脸求马戏团的老板不要让他再走钢丝，可仍被利欲熏心的老板重新逼上钢丝，鲁虎军只好硬着头皮不断地练，不断地从钢丝上摔下来。有一次，他从钢丝上摔下，面部着地，摔坏了面肌，从此，这位原先还算英俊的小伙子永远失去了笑容。当流干眼泪，面部表情严酷冷峻的鲁虎军再次走上钢丝时已变得无所畏惧,只见他手握一根调节平衡的竹竿,在远离地面的钢丝上缓缓行进,每向前行进一步,钢丝的反弹力都使他上下震荡、摇摇欲坠,但卓越的高空平衡能力和对死亡的蔑视使他每次都能化险为夷。

马戏团老板为自己有了一个走钢丝的天才而欢欣鼓舞,以往,马戏团也有走钢丝的演员,但那些人都不太争气,不是在演出的高潮从钢丝上掉下,就是在即将上场时两脚发软、头冒冷汗,拒绝出场,马戏团的演出经常因为走钢丝演员蹩脚的表演而砸锅。如今有了这位走钢丝的天才,马戏团的演出场场爆满,当鲁虎军手提竹竿轻巧地在钢丝上行走,并表演各种非常夸张的动作时,场上掌声雷动。而当鲁虎军成功完成钢丝上的表演后,总是非常冷漠地板着脸,用充满蔑视的眼光注视着朝他欢呼的芸芸众生。鲁虎军非常清楚,他的生命就凝聚在这根细细的钢丝上,稍有不慎便会命归黄泉。

那是一个艳阳高照的日子,鲁虎军所在的马戏团到上海演出,马戏团为了使演出更能吸引观众,把走钢丝的高度从原来的 4 米提升到 8 米,鲁虎军虽然对马戏团老板的这种做法非常不满,但人在江湖,身不由己。

演出开始的那天,观众席上人头攒动,当鲁虎军手握竹竿出现在离地面 8 米高的钢丝上时,观众掌声雷动。

鲁虎军开始走钢丝了,观众屏住呼吸注视他的一举一动。鲁虎军那天有点儿紧张,一来钢丝的高度比原来高,二来他从来没有面对如此多的观众。定了定神,他手握竹竿缓缓走向钢丝,走到中途时,他的左脚在钢丝上踩了个空,半个身子滑下了钢丝。

观众席上顿时发出一阵惊叫声。

这时候,不可思议的一幕发生了,半个身子悬在空中的鲁虎军以常人难以想象的从容从摇摇晃晃的钢丝上站了起来，那滑下钢丝的身子慢慢地回到钢丝之上，钢丝开始剧烈地晃动，但他却从容而镇定地继续向前迈出步子。

当鲁虎军走完最后那段钢丝时，观众席上爆发出雷鸣般的掌声。面对黑压压朝他欢呼的人群，鲁虎军两行浑浊的泪水顺着双颊流了下来。

鲁虎军根本就没想到，这次出色的表演改变了他的人生。马戏团的表演刚结束，一位四十多岁戴着鸭舌帽的男人在两位全副武装的保镖的簇拥下，找到马戏团的老板。

"老板，我想和你做一笔生意。"戴鸭舌帽的男人目光炯炯，一看便知是上海滩有头有脸的人物。

马戏团老板深知，到了上海滩，千万不能得罪黑道上的人物，否则，你就得站着进躺着出。于是，他急忙点头哈腰："请问先生尊姓大名？"

"在下万墨林。"戴鸭舌帽的男子在一张靠背椅上坐下，抖了抖身上的灰尘，傲气十足。

马戏团老板吃惊不小，众所周知，日本鬼子攻陷上海后，上海滩青帮头面人物杜月笙逃往香港，他在上海滩的那一帮人马就由万墨林统管。现在，万墨林在上海是个响当当的人物，刺杀投靠日寇、为虎作伥的上海滩大流氓张啸林及伪上海市市长傅筱庵就是他的杰作，现在他正在招兵买马，扩张自己在上海滩的势力。今天，他看中那位在钢丝上行走的年轻人，觉得他有胆识，将来必成大器。

见马戏团老板愣在那儿，万墨林开口了："你手下那位走钢丝的小伙子不赖，我要了，你开个价吧。"

马戏团老板尽管非常不愿意放走鲁虎军这棵摇钱树，但脸上

69

还是装出一副笑眯眯的模样："大人既然喜欢，就送给你吧。"

"老板金口既然开了，我就把小伙子带走了，不过，我不会让你做亏本的生意，一点小意思请收下。"万墨林的贴身保镖从身上摸出两条亮光闪闪的金条搁在桌上。

从马戏团戏子摇身一变成了上海滩青帮的一员，鲁虎军的生活发生了巨大的变化。现在，他已不必为吃住担忧，每天都有人为他准备丰盛的饭菜。鲁虎军深知像他这样没有什么靠山的人在江湖上要混出模样，必须有过硬的本领，他开始苦练射击，只要一有空，就趴在地上举着枪，瞄起靶来。靶子、准星、眼睛三点一线，说起来简单，练起来可没那么舒服，趴在地上，首先是脖子酸，然后是两个肩膀麻，紧接着压在地上的胸膛、大腿开始发胀。鲁虎军咬着牙伏在地上，一练就是半天，勤奋加上天赋使鲁虎军很快练就了一身的功夫和百发百中的枪法。万墨林对这位出道不久便进步神速的年轻人十分欣赏，决定委以重任，派他去刺杀常与青帮作对的亡命帮头目张三郎。

亡命帮是由上海滩上的一批无赖和乞丐组成，亡命帮的头目名叫张丰，此人心狠手辣，枪法准，每次黑帮火并，他都冲锋在前，双手各握一支手枪，一副破釜沉舟、鱼死网破的拼命三郎模样。在江湖上搏杀一段时间后，张丰声名鹊起，黑道上的人给他起了个绰号"张三郎"。在他的带领下，亡命帮在上海滩横行霸道、无恶不作，许多受到青帮保护的赌场、妓院都遭到亡命帮的干扰和勒索，他们纷纷向身居香港的青帮掌门人杜月笙告状，杜月笙见了这些告状信后十分生气，命令万墨林务必除掉亡命帮头目张三郎。现在万墨林把这个艰巨的任务交给了鲁虎军。

张三郎是个颇有心计的人物，知道自己的所作所为得罪了青帮，青帮肯定不会轻易放了他。因此，他雇了十几个保镖，出入都有防弹汽车,极其谨慎。平日,他行踪不定、狡兔三窟,鲁虎军暗中跟踪了他半个月,终于发现了一个可以下手的地方。张三郎是个大色狼,每半个月,他总会乔装打扮一番,到青香楼找一个叫月月的风尘女子鬼混,这时是下手的最好时机。半个月后,当张三郎领着4个保镖大摇大摆地走进青香楼时,被严阵以待的鲁虎军截住。

"你是什么人,还不赶快给大爷让路。"张三郎咆哮道。

"我当是谁呀,原来是三郎小儿。"鲁虎军把张三郎压得低低的鸭舌帽向上挑了挑。

张三郎见自己乔装打扮后,居然还被人认出,心知不妙,慌忙去拔手枪,眼疾手快的鲁虎军抢先一步,手起枪响。

"砰!砰!砰!砰!砰!"5声枪响,张三郎和他的4个保镖应声倒下,每个人都是头部正中中弹。

面无表情的鲁虎军把张三郎头上的鸭舌帽戴在自己的头顶,然后踩着他们的尸体下了楼,不慌不忙地坐上停在门口的小轿车扬长而去。

成功地刺杀张三郎,让鲁虎军在黑道上名声大振。他那冷峻的面孔和百发百中的枪法为他赢得了"冷面杀手"的称号。鲁虎军出了名,自然会引起别人的嫉妒,青帮中一位名叫寒月的小头目就对鲁虎军很不服气。寒月是万墨林的亲信,此人枪法准,一身的功夫,他从骨子里瞧不起最近走红的鲁虎军,提出要与鲁虎军比试枪法。

鲁虎军血气方刚,面对寒月咄咄逼人的挑衅,忍不下这口气,决定与寒月一比高下。

两人来到郊外一块空地上。

50米之外,两人头上各顶着一个苹果,一枪打掉苹果,却不伤人者为赢，按事先约定，由寒月首先射击。

"砰!"一声枪响。鲁虎军微微打了个颤，摸了摸脑袋，发现头顶上的苹果安然无恙，便长长地舒了口气。

轮到鲁虎军射击，他手起枪响。

"砰!"的一声，寒月头上的苹果被炸得四处飞溅。

鲁虎军骄傲地举起左手，做了个"V"的手势。

岂料，输了的寒月恼羞成怒地举起枪，朝鲁虎军所在的方向疯狂射击，眼疾手快的鲁虎军在地上打了几个滚，那射在地上的子弹使鲁虎军怒火万丈，他朝寒月举起了枪。

随着一声枪响，寒月轰然倒下，鲁虎军射出的子弹不偏不倚地击中了寒月的脑袋。望着血肉模糊的寒月，鲁虎军不由打了个寒噤，自己的一时冲动酿成了大错。在青帮，最忌讳手足残杀，现在鲁虎军杀死了万墨林的亲信，万墨林肯定不会原谅他，即使万墨林高抬贵手，鲁虎军也可能成为寒月手下人的刀下之鬼。现在，鲁虎军除了离开青帮，别无选择。

悄悄离开上海滩后，鲁虎军开始隐姓埋名，单枪匹马闯荡江湖。凭着在上海滩学到的本领，他频频出入赌场，骰子押宝、牌九麻将样样精通，且战无不胜，赢了钱就到酒家大吃大喝，过着今朝有酒今朝醉的生活。

在江湖上混久了，鲁虎军声名鹊起，许多黑帮都想拉他入伙。但此刻鲁虎军早已厌倦黑道生活，喜欢独来独往、逍遥自在地过日子，他拒绝加入任何黑道组织。其间，日本鬼子也想招揽鲁虎军，他们派来说客，鲁虎军斜了说客一眼，冷冷地说："凭啥堂堂正正的中国人不做，却要去做歪歪扭扭遭人唾骂的汉奸呢?"

鲁虎军的话得罪了日本人，他在日军占领区混不下去了，便向南方逃亡。在江湖上，鲁虎军得罪了不少黑帮组织，他们纷纷派出杀手跟踪追杀鲁虎军，鲁虎军几次险遭暗算，但凭借着过人的胆识，每次都逢凶化吉。江湖走久了，鲁虎军的心里便发虚，每天早晨醒来，第一个动作就是摸摸自己的头，发现脑袋还平平稳稳地扛在肩膀上，便会用充满自嘲的口吻说："嘿，想不到鲁虎军这家伙居然还活着。"

为了逃避杀手追踪，鲁虎军来到偏僻的山村，山村百姓的生活尽管异常艰辛，但农忙季节一过，成群结队的人便聚在一块儿赌博。碰到成群结队的人在路边赌博，浑身发痒的鲁虎军总要凑上前去，凭着在上海滩学到的绝招，非常轻松地把众人口袋里的钱全都装进自己的腰包。但有的时候，也会遇到麻烦。

有一回，鲁虎军与民间赌博高手在一座山顶上赌博，鲁虎军赌技虽高，但民间赌博高手更是技高一筹，鲁虎军输了却死不认账，被人踢至崖下。山崖深达数十丈，一旦失足，必死无疑。但鲁虎军却是个例外，他凭借在马戏团练就的走钢丝绝技，竟在下坠至半空时，就势抓住一簇悬崖壁的荆棵稳住身子，并依附层层荆丛，徐徐落至崖下，安然逃去。

虽然捡回了一条命，但鲁虎军心有余悸，再也不敢太放肆。有一天，鲁虎军与村民投骰子押宝猜对后，把赌徒的钱装进自己口袋时，七八个地痞忽然围了上来，为首的是一位皮肤黝黑的大个年轻人，他叫林成至，是这批地痞的头目。

"喂，你的手气真不赖，我跟你赌一次，如何？"林成至一副盛气凌人的模样。

"不敢。"鲁虎军知道遇上麻烦了，朝林成至谦逊地笑了笑，"我们都在江湖上混，和为贵。"

"和个屁，你今天到我的地盘上赢钱，不给大爷放血，休想离开。"林成至目露凶光。

"好,我把刚才赢的钱都给你,我俩算是交个朋友。"

"几个小钱就能打动大爷?"林成至冷冷一笑,"今天,你得把腰包里的钱都掏出来,大爷才放你一条生路。"

"兄弟,俗话说兔子急了还会咬人,更何况人呢?"忍无可忍的鲁虎军开始反击。

"看来你是敬酒不吃吃罚酒。"林成至吹了一声尖利的口哨。

七八个地痞正欲围上来,鲁虎军却抢先拔出手枪对准林成至的脑袋,大声吼道:"你们谁要再上前一步,我就要了他的命。"

地痞们见了鲁虎军手中的枪,都愣在那儿,半天说不出话。

林成至也被鲁虎军敏捷的身手镇住,过了许久,才缓过气,冷冷地说:"我从小就佩服神枪手有一支长了眼睛的手枪,你的枪若长了眼睛,我和兄弟们愿拜你为师。"

"好吧。今天我就让你们开开眼界。"鲁虎军抬起头,望了望天空中飞翔的燕子,举枪便打。

"砰!砰!"随着两声脆响,两只血肉模糊的燕子瞬间落地。

鲁虎军的这手绝技让地痞们目瞪口呆,他们慌忙跪下,朝鲁虎军不断叩头,嘴里喊道:"小人有眼不识泰山。"

那天,鲁虎军被这帮地痞拥进一家酒店,酒过三巡,林成至开口了:"大哥,小弟不才,今天愿将首领的位置让给大哥,希望大哥能带领我们闯出一片天地。"

鲁虎军急忙推托,七八个地痞见了,一齐跪下朝鲁虎军叩头。现在,鲁虎军想推托也推托不掉,思索片刻后说:"既然大伙这么抬举我,那我也不辜负大伙的期待,明天,我们就把人马拉到山里去,闯出一片属于我们自己的天空。"

鲁虎军带领那帮地痞来到风景迷人、地形险要的好望山之后，他的土匪生涯便拉开帷幕。从漂泊不定、浪迹江湖的生活到拥有一个属于自己的窝，鲁虎军的生活又发生了重大变化。在江湖时间长了，经历太多的腥风血雨，占山为王后，鲁虎军变得心硬如铁，绑票勒索、明火执仗、聚财敛钱、敲骨吸髓样样都干。由于下手比别的匪帮更狠毒，鲁虎军手下人马开始不断壮大，很快，他便成了威震四方的匪首。

九、谁解女人心

吴雪峻留在山寨后,鲁虎军撂下这么一句话:吴雪峻这家伙究竟是骡还是马,得拉出来遛一遛。

机会终于到了,有一天,鲁虎军把吴雪峻叫进营帐,表情严肃地说:"最近一段时间,北部有一批土匪常到我们管辖的地盘里搅局,你带些兄弟去清理清理。"

鲁虎军话说得轻巧,吴雪峻做起来可是困难重重。因为那些土匪占据有利地形,神出鬼没,又耳目灵通,常常偷袭处于明处的鲁虎军人马,鲁虎军好几次带人去清剿,都无功而返,而且损兵折将,让他大伤脑筋。

吴雪峻毕竟不是等闲之辈,接到命令之后,并不急着出手,而是向鲁虎军提出把吴大炮和白勇先等一批监狱里的犯人放出来当帮手,鲁虎军痛快地答应了。

如果没有吴雪峻,白勇先和吴大炮等人也许要在土匪窝干一辈子苦力,现在从牢里出来,他们自然跟着吴雪峻。有了这帮得力干将,如虎添翼的吴雪峻便有了对付那帮土匪的良策。他既不去端土匪的老巢，也不与土匪正面交锋，而是派吴大炮带人秘密跟踪。吴大炮本身就是土匪出身，干这行轻车熟路，一旦土匪想作案，吴大炮就带着一批荷枪实弹的人出来搅局，待土匪出击，立即逃之夭夭，这样与土匪捉迷藏一段时间，搞得土匪颗粒无收，土匪头子觉得不能这样坐吃山空下去，只好暂时散伙回村。岂料，吴雪峻已经通过各种渠道，将这帮土匪的家庭住址摸得一清二楚，土匪刚回家，就被早已埋伏在外的吴雪峻人马擒拿，这帮来无影去无踪的土匪被吴雪峻轻轻松松地歼灭，为鲁虎军去掉了心头大患。

吴雪峻旗开得胜，让鲁虎军和山寨里的小喽啰们对他刮目相看，鲁虎军开始委以重任，让吴雪峻教手下那些土匪骑术和射击。吴雪峻的骑术土匪们见过，他们服气，可让吴雪峻教那些自以为是的土匪射击，他们就不服气了。尤其是骑马比赛后，朝吴雪峻下毒手的林成至更是不屑一顾，在山寨，林成至以枪法准著称。每天，当吴雪峻给土匪上射击课时，林成至就用挑衅的目光望着他。刚开始，吴雪峻对林成至的挑衅忍气吞声，但后来林成至越来越放肆了，他在吴雪峻讲解射击要领的过程中吹起了口哨，吴雪峻觉得不能再忍气吞声，便绵里藏针地说："林公子，听说你的枪法很准，能否让我开开眼界。"

林成至冷冷一笑："哪比得上吴大教官呀。"

说话间，鲁虎军的二夫人林痴梦不期而至。

不知为什么，在山寨，吴雪峻每次见到林痴梦，总有如沐春风的感觉，他的目光时常飘向林痴梦所居的小屋，小屋栖于山腰，屋下的青松翠柏参差错落，两条山溪左右而出，越涧跳沟，淙淙而鸣。小屋后面有一个小花园，从小花园里送出的阵阵花香令人心醉神迷。

那段时间，吴雪峻变得特别爱做梦，梦里有位貌似林痴梦的佳人如影随形。

当这样的梦多次出现后，吴雪峻知道自己已经悄悄地爱上了林痴梦，但这种想法只能出现在梦中。

自从有了这样的梦后，吴雪峻喜欢看到林痴梦，林痴梦从身边擦肩而过，他总要屏住呼吸，而后深深地吸上一口气，让带着淡淡香味的气息沉入丹田，夜晚的时候，沉入丹田的气在梦中弥漫周身，使他醉倒在幸福的春水之中。

在山寨，吴雪峻时常想找个机会与林痴梦搭话，但总没机会，但越是这样，越让吴雪峻心怀畅想。

林痴梦像一片云飘到吴雪峻与林成至中间，目光看看吴雪峻，又瞧瞧林成至，然后说："既然你们两人都想瞧瞧对方的枪法，何不比试一下？我有个建议，你们两人分别站在20米开外的两头，一人嘴里叼支烟，一人举枪射击，打枪人不偏不斜，正好打掉烟卷为赢，打飞子弹，或者打伤人为输。注意，叼烟人要站笔直，脑袋不许有一点晃动。"

林痴梦的话音刚落，众喽啰就跟着起哄叫好。林成至和吴雪峻在众人的簇拥下开始一场硬碰硬的较量。

20米开外，两人站得笔直，嘴里各叼一支烟，按规定，由林成至先射击。

"砰！"一声枪响，吴雪峻感到有颗子弹从鼻尖呼啸而过，睁开微闭的双眼，发现嘴边仍叼着烟，他的脸上顿时露出微笑，抬起头，撞上林痴梦的目光，从林痴梦的目光中，吴雪峻读出她的期盼，吴雪峻顿时信心大增，把子弹推上膛，瞄准前方。

"砰！"一声脆响，林成至叼在嘴边的那支烟猛地炸飞。

众喽啰齐喝彩，林痴梦脸上却静若止水："雪峻，我并不认为你的枪法有多准，无非是撞上大运而已。"

"二夫人赐教。"吴雪峻毕恭毕敬地朝林痴梦鞠了个躬。

"让一位小女子赐教，你真是高看小女子了。"林痴梦哈哈一笑后，话锋一转，"不过，我虽不能赐教，却能给你出道考题。"

林痴梦说罢，在离吴雪峻10丈远的一棵树的杈头上，拿线绳吊着一枚铜钱，铜钱在阳光下锃亮，像一颗耀眼的星星。

"雪峻，你瞧好了，若能一枪将铜钱打落，那我们都认为你是山寨呱呱叫的枪手，若能两枪将铜钱打到前方的那个水井里，那我就叫鲁虎军封你为山寨的炮头（即神枪手，属土匪黑话)！"

"二夫人见笑了。"吴雪峻把手枪在手里飞轮似的转了几圈后，"啪啪"两响，头一枪打断那吊着铜钱的线绳，不等铜钱落地，第二枪击中铜钱，直把铜钱顶到远处的水井里，铜钱落进水井后，发出一声清脆的响声。

这下，林痴梦服了，跷起大拇指："好枪法！今儿我算长见识了。"

吴雪峻一撩前襟，刚才还握在手里的枪已插回腰间，他朝林痴梦作了个揖，淡淡一笑："不过是雕虫小技，二夫人莫见笑。"

与林成至之间的枪法较量为吴雪峻在山寨赢得了巨大的荣誉，鲁虎军按二夫人的指示，给吴雪峻起了个"吴炮头"的绰号。

在好望山，土匪们坚信"没有外号不发家"这个道理，人们喜欢给别人起绰号，如"草上飞""云中雁""穿山甲""二杆子"等。有了绰号，路上相遇，自报绰号，是仇人，捉对厮杀；是朋友，相安无事。砸窑时，也向村民报上绰号，一则颇有"好汉做事好汉当"的气概，二则也借此扬名，吸引不逞之徒前来投奔。

自从有了当家人鲁虎军起的"吴炮头"绰号后，吴雪峻在山

79

寨更是威风八面，现在那些小喽啰见到吴雪峻，都点头哈腰地喊"吴炮头"。面对毕恭毕敬的小喽啰，吴雪峻开始吹嘘自己为了练好枪法和骑术，如何夏练三伏冬练三九，吴雪峻的话众喽啰听得入迷，他们在吴雪峻的调教下，枪法很有长进。对于吴雪峻在山寨的表现，鲁虎军表面装出一副不在意的模样，内心却很高兴。平日，山寨要商议大事，他都让吴雪峻参加，吴雪峻也不辜负鲁虎军的期望，在许多事的处置上都能发表自己独到的见解。吴雪峻的出众才华终于赢得众喽啰的尊重，他在山寨的地位也开始变得举足轻重。

从阶下囚变成山寨有脸面的人物，吴雪峻兴奋之余，心里却生出淡淡的惆怅。在吴雪峻眼里，鲁虎军不过是个草寇，吴雪峻从骨子里瞧不起他，觉得做他的手下实在太屈才，但他并没有把自己的不满表露出来。鲁虎军是个大老粗，每次撸起袖子讲话，都是直奔主题，粗俗词语满天飞。鲁虎军发表俗不可耐的言论时，吴雪峻尽管想作呕，但表面却是一副洗耳恭听的模样，有时还装模作样地拿出笔记本记录，鲁虎军发言结束后，吴雪峻第一个站起来鼓掌，并拍着脑门大声赞叹："当家的话都是真知灼见，听后令人茅塞顿开！"

吴雪峻第一次拍鲁虎军马屁时，鲁虎军显得不太习惯，他摸了摸山羊胡子，冷冷地说："吴炮头，山寨都是粗人，用不着拍马屁。"吴雪峻摆出一副真诚的模样说："当家的，我说的都是肺腑之言啊！"吴雪峻坚信所有的人都爱听奉承话，鲁虎军也不例外。果然，鲁虎军听了吴雪峻的话后，脸上虽然仍是冷峻的表情，眼里却有亮晶晶的东西在闪烁，他又开始摸他的山羊胡子，这次摸胡子时，鲁虎军加了个鼓腮的动作，让自己的山羊胡子像玉米棒子根根竖起，那粗糙的手慢悠悠地从胡子上拂过，一副志得意满、老谋深算的模样。

看来马屁拍到点子上了。吴雪峻暗自得意。

以后的日子，吴雪峻总是不失时机地拍鲁虎军马屁，作为一个在官场上厮混多年的男子，吴雪峻拍马屁的功夫绝对一流，每次都把鲁虎军拍得飘飘欲仙。那段时间，吴雪峻在山寨可谓爬楼梯吃甘蔗——步步高，节节甜。很快，便成了山寨的二号人物，当然，山寨二当家也不是好当的，他得在打仗中树立威望。

有一回，另一个山寨的土匪神不知鬼不觉地到鲁虎军的地盘上打劫之后迅速离开，鲁虎军经过侦察，得知是离山寨三十多千米处的土匪干的，怒气冲天的他带领弟兄们向那个山寨的土匪叫板。

那帮土匪的头领名叫黑八，长得五大三粗，听说鲁虎军居然敢带人马到他的地盘叫阵，气得两眼冒烟，立即带领山寨的土匪倾巢出动应战。

此时，鲁虎军人马早已在黑八山寨下列出阵形，鲁虎军骑着黑黑站在队伍的最前端，冷峻且严肃，站在鲁虎军身边的则是吴雪峻。

"鲁虎军，你这兔崽子吃了豹子胆，敢带兵到本大爷的地盘叫板，是不是活腻了？"黑八抡起大刀，大声朝鲁虎军喊话。

鲁虎军并不搭话，朝吴雪峻使了个眼神，心领神会的吴雪峻拔出刀，骑着孤云冲出阵营。

面对气势汹汹的吴雪峻，黑八摆出一副不屑一顾的模样："我不认识你这个无名鼠辈，快快报上名来。"

吴雪峻把战刀横在胸前，用充满蔑视的眼光望了望黑八："爷爷是山寨二当家吴雪峻，黑八龟孙儿，拿命来！"

吴雪峻说罢，如凶狠的狮子扑向黑八，黑八横刀一挡，想趁吴雪峻立足未稳,来个凶狠一刀,这在刀法上称为"攻其无备"。岂料,吴雪峻对黑八的这一手早有防备,他用刀轻轻一挡,便化解了黑八的进攻。黑八见吴雪峻功夫了得,便发起更加凶狠的进攻,他的刀法越来越凶狠,越来越狂乱,吴雪峻佯装不敌,等待黑八策马追来,便使了个回头望月的绝招,他的刀寒光一闪,猝不及防的黑八脸上立即留下一道长长的伤口,鲜血直溅。见不是吴雪峻对手,黑八急忙朝自己的阵地逃跑。吴雪峻不会放过在山寨弟兄面前露脸的机会,策马猛追,黑八的副手急忙出来阻挡,他与吴雪峻一交手,就被吴雪峻削去脑袋。

　　黑八见吴雪峻步步紧逼,便硬着头皮掉过战马继续与吴雪峻拼刀法,被打得只有招架之功,没有还手之力,只好继续溃败,他手下的小喽啰见主帅撤退,纷纷使出吃奶的力气逃命。

　　黑八骑着马逃出一段路,被吴雪峻追上。此时,黑八开始孤注一掷,使出刀法中最凶狠的"饿虎扑食",朝吴雪峻猛扑过来。吴雪峻并不躲闪,用刀法中的"以毒攻毒"予以回击,他的刀一扬,闪出一道冷森森的寒光刺向黑八,黑八的头顿时被吴雪峻完美的刀法削了下来,骨碌碌地落在地上,露出血腥难看的怪相。

　　这一战让吴雪峻声名鹊起,他在山寨的日子也越过越滋润,鲁虎军的器重让他心里洒满了阳光。当然,吴雪峻心情如此舒畅还有一个重要原因,那就是每天都能瞧上一眼林痴梦。那次用精湛的枪法打败林成至后,吴雪峻从林痴梦的眼神里读出了她对自己的爱慕,也就从那天起,他对林痴梦有一种直觉:这位女子将是自己的红颜知己!吴雪峻绝对是个情种,有过太多风花雪月故事的他一见到漂亮女子,两眼就发直,脚就挪不开,可当他得到漂亮女子后,他的目光便会开始关注漂亮女子的内涵与素养。令吴雪峻略感失望的是除了他的结发妻子赵如水,还没遇到一位能把美丽与内涵完美结合的女子。而在山寨，吴雪峻惊奇地发现林痴梦正是这样的一位奇女子。鲁虎军有两个老婆，大老婆心狠手辣，林痴梦则完全不同，她是个纤弱的女子，不耍枪、不练武、爱做梦，特别喜欢看《红楼梦》，为林黛玉与贾宝玉的爱情悲剧落泪。从她的表情中，吴雪峻读出她其实并不幸福。平日，她在鲁虎军面前强颜欢笑，心里却充满痛苦，因为鲁虎军剥夺了她追求幸福的权利。19岁那年，鲁虎军到她家乡抢劫，看到年轻貌美的林痴梦，便强行抢来当二夫人。鲁虎军平日心狠手辣，唯独对林痴梦言听计从、百依百顺，在山寨，林痴梦独门独院的房子建得最漂亮，且带有花园。尽管鲁虎军下足功夫，但林痴梦并没有真正爱上他。

尽管吴雪峻与林痴梦极少搭话，但他还是敏锐地感觉到林痴梦对他的好感。对于林痴梦的美貌，吴雪峻虽垂涎欲滴，却始终没有表露，他要寻找最佳的机会向林痴梦表露自己的情感。

那是一个阳光灿烂的日子，鲁虎军和林痴梦带着一大帮人马去狩猎，他们在荒山野林里点起火堆，野兔、狐狸、山鹿、山羊在满山的烟霭中匆匆奔逃，鲁虎军和众人策马追击，马蹄落在芳草上，发出沙沙的响声，在空落落的森林里，显得十分夸张。

狩猎过程中，吴雪峻始终紧随鲁虎军，热辣辣的阳光照在脸上，他的心里便有了热辣辣的感觉。随着阵阵枪声响起，野兔、山鹿纷纷毙命，狩猎者的欢呼声在山里此起彼伏。那天，鲁虎军显得很兴奋，每当他击中一个猎物，身后便会响起一阵欢呼声，这声音使鲁虎军更加兴奋，看到前方有一只黄褐色的野山鹿在奔跑，便纵缰而追，跟随其后的吴雪峻故意减慢马速，让孤云与林痴梦的马并肩齐进，两人与身前的鲁虎军和身后的人都拉开一段距离。

"你怎么不骑快点。"林痴梦佯装恼怒。

"想和你聊聊天。"吴雪峻瞄了一眼林痴梦。

"有什么话就直说吧。"林痴梦一副漫不经心的模样。

"我喜欢你!"吴雪峻自己也搞不清楚话是怎么从嘴里滑出的,话一出口,就马上后悔了,一旦激怒林痴梦,便会招来杀身之祸。

林痴梦面颊闪出红晕,猛地抽了下马鞭,马儿飞也似的向前奔去。

"砰!"鲁虎军终于扣动猎枪的扳机,那只黄褐色的野山鹿打了个趔趄后,摇摇晃晃倒了下去……

狩猎回来后,吴雪峻心神不定,不知道今天对林痴梦说的话究竟是祸还是福,但吴雪峻心里有种预感:他与林痴梦之间会有一段精彩的爱情故事。

傍晚,林痴梦的贴身丫头小玉给吴雪峻送来一只煮熟的野鸡。小玉说,野鸡是二夫人送来的慰问品,二夫人叫他要细细品尝。小玉走后,吴雪峻觉得林痴梦话中有话,便拿起野鸡看了看,惊奇地发现野鸡的腹部有个裂开的小切口。他把手从小切口里伸进去,手指立即探到一个硬邦邦的东西,吴雪峻急忙用刀切开野鸡的腹部,发现一个封得严严实实的小盒子,小盒子里装着一张小纸条,打开纸条,一行女性味十足的钢笔字跃入眼帘:今晚十二点钟,在我屋子的后花园见面,花园后门钥匙在纸条后面。

夜晚,其他人都进入梦乡后,吴雪峻悄悄地起了床,在林荫小道上拐了几个弯,来到林痴梦屋子边的花园前,打开门,走进开满鲜花的花园。眼前的景色充满浪漫与柔情,天空中繁星万点,像镶满宝石的拱顶,一缕缕的夜雾从花丛中升腾起来,缓缓地飘向四周。他微微闭上双眼，沉醉在这无边无际虚幻缥缈的境界中，连林痴梦走到身边都浑然不觉。

"二当家，来干啥？"林痴梦娇嗔道。

"不是你叫我来的吗？"吴雪峻凑近林痴梦耳根嘟哝道。

"你不怕被当家的发现？"

"不怕。"

"他会杀了你。"

"牡丹花下死，做鬼也风流。"

"二当家，你能不能正经点儿，不要老用火辣辣的眼光看着我。"

"这是我的自由，你管不着。"

"我觉得你像……"

"像什么？"

"一头野牛。"

"我就是野牛，今晚你撞到我的枪口之下，后悔不？"

"……"

"你怎么变哑巴了？"

"你呀……"林痴梦眼里弥漫出亮晶晶的光彩。

吴雪峻到底是个情种，从林痴梦的眼神中，已经看出她芳心大动，他敏捷地脱下衣服，在地上平展开来。心领神会的林痴梦在平展的衣服上躺下身子，半闭着眼睛，脸上闪烁着艳丽的光泽。吴雪峻使劲地抱紧她……

十、寻宝

　　吴雪峻骑着孤云站在好望山的山脚下，一条蜿蜒的小道通向山顶，这条路看起来纤细柔弱，像飘在天际的一只风筝的细线。好望山被鲁虎军称为风水宝地，据说鲁虎军带众喽啰上山时，一只雄鹰在山顶上展翅飞翔，众喽啰们都说那只雄鹰就是鲁虎军的化身。好望山的四周是茂密的森林，一条溪流从这片土地穿过，给这片土地带来生机与活力。

　　高高的山峰、郁郁葱葱的森林、涓涓流淌的溪水让吴雪峻禁不住想起陶渊明"采菊东篱下，悠然见南山"的意境。可惜现在不是太平盛世，世外桃源在现实生活中不存在。既然吴雪峻选择留在山寨，就有自己的想法，他觉得那只经常在好望山上盘旋的雄鹰才是自己的化身。在山寨的这些日子，吴雪峻可谓春风得意，不仅深得鲁虎军的信任，还使他的二夫人心甘情愿当他的秘密情人，对此，吴雪峻没有一点儿内疚。

　　俗话说："一个好汉三个帮。"吴雪峻在山寨有吴大炮和白勇先等患难兄弟的帮衬，便有了自己的势力，他开始变得踌躇满志。当然,最令吴雪峻春风得意的是在山寨有了红颜知己,吴雪峻与林痴梦的幽会在非常秘密的情况下进行,每次幽会都使吴雪峻心跳加快、血脉偾张。他与林痴梦在刀刃上小心翼翼地演绎着经典的爱情故事,因为残暴的鲁虎军一旦知道吴雪峻与林痴梦有染,一定会将他碎尸万段。因为他们的爱情充满变数与风险,所以彼此都非常珍惜这段来之不易的感情,在与林痴梦的情感交流中,吴雪峻发现自己深深地爱上了这位外表美丽、内心善良的女子。自从爱妻赵如水离开人世后,没有一个女人能像林痴梦那样走进他的心扉。原先,吴雪峻一直认为自己是个视爱情如游戏的男人,但现在却发现自己是个多情的种子,如果哪一天没见到林痴梦,就会变得茶饭不香,而林痴梦也总是把她最楚楚动人的一面展现在他面前,她的回眸一笑,感动并湿润着吴雪峻的心灵。作为一个感情细腻的女人,她在鲁虎军和其他人面前极力掩饰内心潮水般奔涌的情感,两人小心翼翼地把爱情故事坚定地向前延伸。

在山寨待的时间长了,吴雪峻了解到鲁虎军有个战国时期的青铜鼎。他把价值连城的宝物藏在哪里,山寨里没有一个人知道,对于这样的宝物,吴雪峻肯定不会轻易放过。吴雪峻在与林痴梦秘密约会中,曾对林痴梦进行旁敲侧击,但林痴梦对鲁虎军把青铜鼎藏在哪里也是一头雾水。她只是告诉吴雪峻,鲁虎军梦里时常嘟哝着这样一句话:"临荷池,大岩石。"

吴雪峻是个聪明人,从林痴梦的话中,吴雪峻推测山寨边的那个临荷池大岩石下一定藏着什么,没准宝物就藏在那里。吴雪峻决定赌上一把,他把白勇先叫进房间:"兄弟,想发财吗?"

白勇先朝吴雪峻作了个揖:"我是个破了产的商人,现在做梦都想东山再起,大哥如有发财的路子,请多多指点。"

"可能要冒点儿风险。"吴雪峻继续试探。

"天上不会突然掉下馅饼,想发财肯定要冒风险。"白勇先两眼放出绿光,"大哥,你就不要跟我绕圈子了,只要能发财,上刀山、下火海,我都愿意!"

看到白勇先对金钱如此渴望,吴雪峻就不再隐瞒,他在白勇先的耳边嘀咕几句,白勇先的脸上顿时有了微笑。

那是一个月黑风高的夜晚,吴雪峻和白勇先来到临荷池边,绕过池塘,两人在耸立于乱石中的大岩石边停下步子。那块大岩石约有两米高、一米宽。

吴雪峻和白勇先利索地从身上拿出一把锤子、一把凿子和一根大铁棍。两人在大岩石周围裂缝上往下凿石块,大约 10 分钟后,他们在裂缝上弄出一个直径约两寸的小洞。吴雪峻从身上摸出一根铁钉,从洞口丢下去,几秒钟后,钉子落地所发出的清脆的叮当声传了上来。

"我听到钉子落地的声响了。"吴雪峻十分兴奋。

"听到钉子落地能说明什么问题?"白勇先困惑不解。

"钉子落下去几秒钟后才着地,说明了什么?"吴雪峻朝白勇先眨眨眼。

"哦,你是说……"白勇先恍然大悟。

吴雪峻把中指竖在唇边,白勇先立即噤声。两人闷着头拿起锤子和凿子把裂缝洞口扩大,然后把铁棍插进缝中,在铁棍下面垫上一块结实的木棒,并使劲压着铁棍,把铁棍作为一个杠杆,让它撬开岩石的洞口。费了好大的劲,终于移开了岩石,岩石下面露出能容纳一个人入内的洞口。

吴雪峻认为洞里极有可能藏着青铜鼎,却不想冒险爬进这个黑乎乎的洞,考虑了一会儿,他对白勇先说:"兄弟,你下去探个究竟。"

"大哥，我怕。"白勇先面露难色。

"怕啥？"

"洞下面漆黑一团，我怕下去丢了性命。"

"那你想发财吗？"

"想！"白勇先眼里放出绿光。

"那就得赌上一把。"

"可我还是有点怕。"白勇先嘟哝道。

"不入虎穴，焉得虎子。"吴雪峻猛地拍了拍白勇先的肩膀，"兄弟，如果发现宝贝，我俩平分！"

"真的？"白勇先略带疑虑的目光向吴雪峻探去。

"君子一言，驷马难追！"

白勇先虽然有点儿不乐意，但在金钱的诱惑面前还是决定铤而走险，他把绳子拴在腰上，把绳子的另一端交给吴雪峻，然后小心翼翼地沿着洞口爬下去。吴雪峻惊恐不安地看着白勇先从洞口消失，当白勇先往洞里移动得越来越深时，绳子便慢慢地伸开，吴雪峻抓住绳子，朝洞里轻声问："兄弟，没事吧？"

"没事，我已经着地了，隧洞的里面还有一个山洞，里面黑乎乎的，什么也看不见。"

"好，你在下面等一会儿，我也下去。"吴雪峻把绳子的一头绑在乱石边的一棵树上，一头拴在腰上，然后举着蜡烛，小心翼翼地下了山洞，蜡烛的光亮闪烁在这个阴冷、死寂的山洞里，吴雪峻和白勇先沿着山洞慢慢向前行进。他们的目光一会儿看看左边，一会儿瞄瞄右边，当行进到山洞一半的时候，吴雪峻惊叫一声，微弱的烛光照亮了一小块平滑的洞壁，上面似乎有轻微的刻痕，吴雪峻把蜡烛高高举起，洞壁上有一个非常模糊的标记。吴雪峻看到标记所指方向，地面十分松软，他和白勇先不约而同地蹲下身子，用手在这片松软的土地上拼命地挖，两人的手指在地上挖出了血，但丝毫没有减弱他们寻找青铜鼎的欲望。大约挖了一尺深的土后，他们发现了一个散发着霉味的木箱，打开木箱，吴雪峻和白勇先都愣住了，木箱里果真放着散发霉味的青铜鼎。吴雪峻和白勇先伸出微微颤抖的手抚摩着青铜鼎。

"大哥，有了青铜鼎，我们下半辈子生活就有依托了。"白勇先笑得眼睛眯成了一条缝。

吴雪峻转过头，瞄了白勇先一眼，发现白勇先发着绿光的眼睛正牢牢地盯在青铜鼎上，心里很不痛快。

"大哥，你说这个宝贝该怎么处置？"白勇先问。

"你说呢？"吴雪峻反问道。

"大哥，我们干脆把青铜鼎拿出去卖掉，按事先约定，将钱平分之后远走高飞。"

吴雪峻身子微微打了个颤，尽管白勇先是他的患难之交，但要与白勇先平分宝物，吴雪峻心里总还是觉得吃了大亏。他眉头一皱，计上心头："兄弟，我看青铜鼎暂时归回原处，等我们联系到买主以后再说。"

白勇先虽然心里不愿意，但还是接受了吴雪峻的建议，两人出了洞，并把原来的那块大岩石重新盖在洞口上。

两人从大岩石边往外走，路过悬崖边的时候，白勇先忍不住掉过头瞄了大岩石一眼，脸上露出一丝稍纵即逝的奸笑，这个细节恰好被吴雪峻捕捉到。

白勇先这家伙不牢靠，肯定想吃独食把青铜鼎偷偷挖走，而后远走高飞。吴雪峻脑海蹦出这个想法后，脸不由得阴沉下来。

白勇先根本没发现吴雪峻内心波澜起伏。一脸喜气、迈着八字步的他哼起家乡的小调调。

吴雪峻更加愤怒,重重地咳嗽一声,岂料白勇先根本没反应,更加放肆地唱着家乡的小调调。

吴雪峻心中的怒火腾地一下烧到胸口,他使出浑身的力气将白勇先推到了悬崖边。

"大哥饶小人一命。"白勇先苦苦哀求。

吴雪峻动了恻隐之心,手松开了。岂料,这一刻,白勇先居然反过身欲将他推下悬崖。

两人在搏斗中,白勇先脚一滑,掉下了悬崖。

十一、鱼与熊掌

自从发现鲁虎军的藏宝之处后，吴雪峻变得神不守舍，开始盘算自己的未来，思来想去之后，认为留在山寨过着逍遥日子、与林痴梦暗度陈仓不失为当下最佳的选择，至于青铜鼎，那不过是煮熟的鸭子，想什么时候拿，就什么时候拿。

在山寨，吴雪峻现在是一人之下万人之上，但对于野心勃勃得寸进尺的他来说，这还远远不够。在吴雪峻眼里，鲁虎军不过是一介有勇无谋的武夫，他的能力远在鲁虎军之上，吴雪峻要想方设法替代鲁虎军的位置。为此，他开始笼络心腹，正当吴雪峻准备在山寨大展拳脚的时候，却发生了一件意想不到的事情——林痴梦怀孕了。

"究竟是不是我的？"吴雪峻皱起眉头。

"肯定是！"林痴梦非常肯定地说，"因为最近两个多月，我都以身体不适为由，没有与鲁虎军同房。"

"那我们应该怎么办？"

"现在鲁虎军还不知道我已经怀孕，我们赶紧离开这里吧。

再说我早已厌倦没有爱情的生活,我的梦想是换一种活法。"

"你喜欢什么样的活法?"

"雪峻,与你相爱后,我时常梦见我俩到一个遥远的地方开始隐居生活,结几间草屋,耕几亩农田,种几块菜地,两人恩恩爱爱,日子过得悠闲快乐,这样的生活不是令人心驰神往吗?"林痴梦眼里闪出一丝亮光。

"那是陶渊明构想的世外桃源,现实生活中根本就不存在。"

"肯定存在,我就憧憬那样的生活。"

"你先回去,让我好好想想。"吴雪峻朝林痴梦挥挥手。

为了给吴雪峻鼓气,林痴梦剪下一绺长发,将它轻轻地搁在吴雪峻手里。

"痴梦,什么意思呀?"

"雪峻,在我们家乡,如果女孩子将头发送给那个小伙子,就意味着女孩子将一辈子托付给了那个小伙子。"林痴梦说罢,羞答答地离开了。

林痴梦离开后,吴雪峻手捧长发,心乱如麻。这些日子,吴雪峻在山寨自我感觉一直很好,觉得自己只要再多待一些日子,用点心计,就可以取代鲁虎军成为寨主。吴雪峻实在不愿意在这个时候离开山寨。

走还是留?十字路口,吴雪峻面临选择。

应该说吴雪峻对林痴梦的感情真实透明,这种感情就像陈年老酒,越久越醇香。对于林痴梦提出与他一块儿过世外桃源的生活,吴雪峻觉得有点荒唐,这种生活在现实中根本就不存在,即便存在,吴雪峻也不愿意接受。他喜欢接受挑战,喜欢权力,喜欢有人对他顶礼膜拜,喜欢趾高气扬,喜欢有奴颜婢膝的喽啰围在身边听他发号命令,而留在山寨,吴雪峻的这些要求都能达到,如果能取代鲁虎军当上山寨寨主,他就可以做到进可攻、退可守,游刃有余。现在国民党想收编这个山寨,吴雪峻一旦带领兄弟们投降国民党,肯定会有一官半职,退一步,吴雪峻留在山寨当寨主,那日子也过得很滋润。

鱼与熊掌不可兼得。反复权衡利弊后,吴雪峻觉得留在山寨比爱情更有诱惑力,尽管吴雪峻爱林痴梦,爱她的美貌、爱她的聪颖、爱她的善良,但若把她与山寨寨主的诱惑摆在一块儿,吴雪峻就会发现她是渺小的,甚至成了他实现雄心壮志的累赘。当然,吴雪峻最希望既能留在山寨,又能拥有林痴梦,鱼与熊掌兼得,可现在已经不可能了,如果让鲁虎军知道二夫人怀孕,就会给他带来杀身之祸。

要留下,就必须马上朝林痴梦下手。当这个冷酷的现实摆在吴雪峻面前时,他困惑迷茫了,对自己深爱的人下毒手,那是吴雪峻一生中最难下的决定。更何况林痴梦腹中还有他们的爱情结晶。

吴雪峻的心海刮起了飓风,飓风掀起阵阵汹涌的波涛,但对权力与钱财的执着追求就像一叶永不颠覆的小舟,在吴雪峻的心海里乘风破浪。吴雪峻开始做起这样的假设:天涯何处无芳草,一个拥有权力与金钱的男人是不愁找不到漂亮女人的。只要自己将来能当上山寨之主,就可以找到比林痴梦还要年轻漂亮的女子。

这么一想,吴雪峻眼前豁然开朗,吴雪峻爱美人,更爱江山,为了实现自己当上寨主的梦想,他决定铤而走险,朝林痴梦下毒手。

做出这个痛苦决定后,吴雪峻猛地咬一下舌尖,在尖锐的疼痛中把一口带血的唾沫咽了下去……

第二天深夜,林痴梦来到与吴雪峻约定的地方,却没有发现吴雪峻的影子。正当林痴梦惊讶地环顾四周时,吴大炮忽然出现,他把一团麻布塞进林痴梦的嘴巴,尽管林痴梦拼命挣扎,但还是被吴大炮装进早就准备好的大麻袋,他把大麻袋横在马背上,然后朝好望山山脚飞奔而去。

在离好望山约5千米的另一座山的悬崖边,吴大炮停止了行进,把林痴梦重重地摔在地上,恶狠狠地说:"二夫人,对不起了,今天,我要送你上西天。"

林痴梦艰难地从地上爬起来,瞪起双眼骂:"吴大炮,你好大的胆子,为什么要绑架我?"

吴大炮冷冷地笑了笑:"二夫人,不是我要绑架你,而是有人命令我绑架你。"

林痴梦的心咚咚地跳:"谁?"

吴大炮一字一顿地说:"我——大——哥!"

林痴梦捂上耳朵,大声喊:"不可能。"

吴大炮哈哈大笑:"嘻——大哥早就把你和他私通的事告诉我了,现在你怀孕了,为了不让你们的私情被发现,大哥蚂蚁搬泰山——下了狠心了。"

林痴梦拼命地摇头大声喊:"不可能,绝对不可能!"

"你不相信?"

"对!"林痴梦语气坚定地说,"我与雪峻情深似海,你不要挑拨我俩的关系。我了解雪峻,他是个有情有义、敢作敢当的男子汉,绝对不会做出这样的事情。"

"唉。"吴大炮轻轻地叹了口气,"为了让你死得明白,我给你看一件东西。"

吴大炮从身上摸出一张纸条,吴雪峻的笔迹顿时映入林痴梦的眼帘：吴大炮，务必帮我除掉林痴梦，只有除掉她，我与她之间的私情才不会暴露，才有机会当上山寨寨主。

这下林痴梦相信了，她感到一阵恶心、头晕目眩。

"现在，你应该死得明白了吧。"吴大炮使劲一推，林痴梦便从山崖上掉了下去……

十二、 柳暗花明

自从林痴梦神秘失踪后,鲁虎军变得神不守舍,他派手下人四处寻找林痴梦,但无论如何寻找,就是不见林痴梦的踪影,这让鲁虎军痛苦万分,这些日子,鲁虎军整个人消瘦下来,他开始思念林痴梦。

事实上,鲁虎军早就知道林痴梦并不爱他,但他仍对林痴梦一往情深,他相信随着时间的推移,林痴梦最终会爱上他。而现在林痴梦莫名其妙地失踪,这对鲁虎军无疑是个沉重的打击。

林痴梦的失踪,也使鲁虎军的脑子多了根弦,开始怀疑手下是否有人暗害林痴梦。为此,他让林成至秘密调查,林成至的调查结果让鲁虎军大吃一惊。林痴梦消失的那天夜晚,吴大炮非常晚才回到山寨,问他哪去了,他顾左右而言他。鲁虎军决定立即把吴大炮抓起来,并连夜与吴雪峻等人对他进行审讯。

"吴大炮,你这个狼心狗肺的畜生,干了什么坏事,快快招来。"鲁虎军大声喝道。

"当家的,我没干坏事呀。"吴大炮嗫嚅道,眼睛望了望坐在审讯台上的吴雪峻。此时,吴雪峻虽然表面平静,内心其实也与吴大炮一样七上八下。鲁虎军的这着棋完全打乱了他的计划,原先吴雪峻一直在策划发动一场兵变取代鲁虎军的位置,正在吴雪峻进行周密安排的紧要关头,他的心腹吴大炮却被鲁虎军抓去审讯,这让吴雪峻始料未及。现在,他只能抱着侥幸心理,希望吴大炮的嘴滴水不漏。

"吴大炮,你为什么要害二夫人?"鲁虎军目光直逼吴大炮。

"这……"吴大炮吓得瘫倒在地。

"你好好想想,究竟有没有害二夫人。"吴雪峻朝吴大炮使了个眼神。

"大当家,我没有害二夫人呀。"心领神会的吴大炮马上开始狡辩。

"看来你是屎壳郎爬在车道沟——充硬骨头。"鲁虎军的脸冷得像块冰,朝站在门口的小喽啰一声长呼,"把吴大炮拉下去打50大板。"

小喽啰们把吴大炮拉下去打了50大板后,重新拖到审讯台下。吴大炮尽管皮开肉绽,但面对鲁虎军的审问,仍一口咬定自己与二夫人的失踪没有任何关系。

看到吴大炮死不认账,鲁虎军暴跳如雷,朝小喽啰们又是一声长呼:"准备炭火。"

鲁虎军的话音刚落,两个小喽啰便把一盆烧得正旺的炭火端了进来。起初,火苗直往上蹿,伴之浓浓的烟,渐渐地,火苗低矮下来,缩在盆中,颜色也从红变绿,这是炭火最硬的时候,能将铁器熔化。

鲁虎军拿着铁筷子走到炭火边,炭火映在他那张冷若冰霜的脸上,显得更加阴森可怕。他用铁筷子在火盆里拨拨戳戳,然后夹起一块杏核大小的炭火，慢慢地向吴大炮逼近。

这是山寨最悚人的酷刑，谁若坏了山寨的规矩，鲁虎军总要用烧红的炭火往他肉上戳，随着一缕青烟冒出，受刑的人总会痛苦地发出撕心裂肺的尖叫。

鲁虎军一步步地逼近吴大炮，为了从心理上彻底摧垮吴大炮，他每向前一步，脚板子都狠狠地撞击着地面，透着一股狠劲和杀气。

吴大炮浑身发抖："大当家，饶命呀。"

"要想活命，就从实招来。"鲁虎军朝炭火上吹了一口气，火苗星子散落到吴大炮的脸上。

"大当家，我真没害二夫人呀。"

"你敢对天发誓。"鲁虎军的眼睛针一样刺向吴大炮。

"我……敢。"吴大炮举起手，用颤抖的口吻说道，"苍天……在上，我吴大炮……若有……半句假话，必遭……"

"吴大炮，看来你是敬酒不吃吃罚酒了。"鲁虎军粗暴地打断吴大炮的话。

"大当家，我……"吴大炮的额头上冒出细密的冷汗。

"招，还是不招？"鲁虎军凶相毕露，发出狼一样的吼叫。

"大当家，我招……我招。"在鲁虎军的步步紧逼下，吴大炮的心理防线彻底崩溃。

吴大炮的话音刚落，只听见"砰"的一声枪响，他的脑袋便开了花。

听到枪声，鲁虎军下意识地从身上拔出枪，大声喝道："哪个兔崽子开黑枪？"

向吴大炮射击的吴雪峻故作轻松地淡淡一笑："像吴大炮这样的败类，还是一枪毙了更解恨。"

鲁虎军眼看就能从吴大炮嘴里得知林痴梦的下落,却被吴雪峻搅了局。他对吴雪峻的行为起先感到惊愕,继而瞪起双眼,从头到脚打量了一番吴雪峻,想从吴雪峻的脸上找到关于林痴梦下落的蛛丝马迹。但吴雪峻昂着头,一副滴水不漏的样子让鲁虎军越发愤怒。他的脸因为过度气愤而扭曲:"吴炮头,算我瞎了眼,没看出你是个阴险狡诈的家伙。"

"我没做什么亏心事呀。"吴雪峻故作惊讶地扭过头,想瞧瞧身后的那些铁杆兄弟,如果他们都拔枪对准鲁虎军,吴雪峻就准备演一出《水浒传》中林冲火并王伦的好戏。可令吴雪峻胆寒的是身后那些所谓的铁兄弟却把枪口齐刷刷地对准他,吴雪峻的心顿时凉了。

"吴炮头,你还敢狡辩。"鲁虎军勃然大怒,对手下人喊道,"把吴炮头给我捆了!"

吴雪峻又回到了原先关他的那个牢房。在山寨养尊处优地生活了这么长时间后,再回到又脏又臭的牢房,吴雪峻的心情真是坏透了。更让吴雪峻难受的是鲁虎军和他手下的人开始轮番审讯他是否与吴大炮串通一气谋害林痴梦。那段时间,吴雪峻受尽严刑拷打,喝辣椒水、坐老虎凳。尽管鲁虎军用尽酷刑,吴雪峻被折磨得死去活来,仍一口咬定自己与林痴梦的失踪没有任何关系。他知道自己的计谋只有吴大炮知道,现在吴大炮已成阴间的鬼,只要他不松口,鲁虎军就没办法。

吴雪峻被关进牢房后,原先那些鞍前马后溜须拍马的心腹个个躲着他,这使他的心凉了下来。现在,他总算明白,自己在山寨的根基是那么脆弱,以他的力量根本就扳不倒鲁虎军。当吴雪峻的雄心壮志如同笋子变竹——节节空后,他开始后悔自己当初为什么不先把青铜鼎占为己有,而后与林痴梦一块儿远走高飞。

但开弓没有回头箭,追悔莫及那都是马后炮。

现在,唯一能给吴雪峻带来安慰的是他的爱马孤云,它天天在牢房门外徘徊,谁都赶不走。令吴雪峻惊讶的是孤云来看他时,身边时常有鲁虎军的坐骑黑黑相伴,两匹马时常肩并肩、背靠背,头凑在一块儿,似乎在讲什么悄悄话。孤云是母的,黑黑则是公的,吴雪峻预感它们已经相爱。对于孤云与黑黑之间擦出爱情火花,吴雪峻并不开心,在他看来,孤云只属于他,只能忠于他一个人,他不希望孤云爱上黑黑。

看押牢房的人去吃饭的时候,孤云总会靠近关押吴雪峻的牢房,将头伸进去,吴雪峻的手轻轻地抚摩着孤云,心里不由得想起契诃夫的小说《悲伤》,那篇小说描写了约纳失子之痛和无人诉说的悲哀,最后约纳只好向马倾诉衷肠的故事。现在吴雪峻好比书中的约纳,他将所有的心事与悲伤说给孤云听,孤云静静地听着,当吴雪峻讲到悲伤处,孤云的眼里会闪出泪花。

世界上许多事情的发展往往出乎意料,本来吴雪峻认为自己不可能走出牢房,甚至有杀身之祸,但后来发生的一件事却使他的命运峰回路转。

前些日子,林成至带着一批土匪埋伏在一条小路上,准备伏击从那里经过的商人,好抢些金银财宝或食物回山寨,岂料从上午到下午居然没有一个人经过。正当他准备收兵时,忽然来了一队鬼子人马,他们押着一个五花大绑的男子。林成至的母亲就死在鬼子的屠刀之下,他对鬼子有着刻骨的仇恨,当他发现鬼子人数不多,就下令手下向鬼子发起进攻,顿时枪声大作,鬼子被打死几个,他们丢下那位五花大绑的男子仓皇而逃。林成至和他手下缴获了日军的几挺重机枪和步枪,并与解救的那名男子一起凯旋。

在山寨，鲁虎军热情款待了那名男子，男子名叫刘和义，长得五大三粗、浓眉大眼、络腮胡子，他是八路军地下联络员，因叛徒告密被捕。在山寨，鲁虎军把刘和义当作贵宾，大鱼大肉热情款待，并与他促膝长谈。刘和义告诉鲁虎军八路军如何英勇抗击日军，刘和义讲得津津有味，鲁虎军听得入迷，鲁虎军虽身为土匪，但对日军的暴行深恶痛绝，他曾暗暗发誓要替惨死在日军铁蹄下的父母报仇雪恨。

那些日子，鲁虎军每天都拖着刘和义讲八路军抗击日军的故事。刘和义年轻时跟艺人学过评话，讲故事是他的拿手好戏，他讲的抗日故事幽默诙谐、荡气回肠，鲁虎军听到精彩处，小眼睛像灯泡一样发出亮光，觉得自己在山寨就像一只井底之蛙，他开始向往另一种生活。此时刘和义趁热打铁，开始引导鲁虎军带领手下人加入八路军队伍。

正当鲁虎军要对自己的前途和命运做出抉择的时候，他获取了一个密报，鬼子经过侦察，认定是鲁虎军的手下袭击了日军，他们准备对山寨进行扫荡。

打探到情报之后，鲁虎军与刘和义等人紧急商议对策，决定伏击前来扫荡的日军。

俗话说："一个好汉三个帮。"危急关头，鲁虎军最需要有谋略的人才，可是山寨实在缺乏独当一面的人，鲁虎军思来想去，决定不计前嫌，把吴雪峻从牢房里放出，让他带兵参加与日军的作战。

从牢房里出来的吴雪峻重新骑上孤云，整了整皱巴巴的衣服，而后挺起胸脯，昂起头，觉得自己又可以像雄鹰一样展翅飞翔。

吴雪峻被释放出来的那天傍晚，参加了鲁虎军主持的作战会议。鲁虎军讲述自己的作战方案：日军从北而入，必经好望山前方的那个山坡，山坡周围树林茂密，是埋伏的好地方，鲁虎军带200名弟兄埋伏在山坡上，吴雪峻、林成至带150名弟兄埋伏在山坡左侧，刘和义带领100名弟兄埋伏在山坡的右侧，日军进入埋伏圈后，由鲁虎军发令，号声一响，三军用命，把日军杀个片甲不留。

鲁虎军布置完作战方案，脸绷得紧紧的，伸出大拇指，半握拳头，在宽阔厚重的胸膛上狠狠地捶了几下，狼性十足地说："弟兄们，我是好望山山寨寨主——鲁虎军。鲁智深的鲁，老虎的虎，军队的军。现在我的作战方案已下达，兄弟们应该明白这将是一场决定山寨命运的生死之战。胜了，我们在山寨继续吃香喝辣，过逍遥快活的日子。败了，山寨将不复存在。为了山寨，弟兄们都给我打起精神，与小日本来个你死我活。谁表现勇猛，回山寨后，重重有赏。谁若怕死当逃兵，我就拧下他的狗头！"

听完鲁虎军慷慨激昂的话，吴雪峻心里一阵冷笑：国民党的正规军尚且不是日本鬼子的对手，就凭你手下的乌合之众，也敢与日军较量？真是不自量力。虽然有自己的想法，但看到其他人都支持鲁虎军的作战方案，吴雪峻也点头同意。

从屋里走出，鲁虎军和吴雪峻惊奇地发现黑黑和孤云亲昵地并肩齐行，晚霞照在它们身上，一白一黑，相得益彰，宛若一幅天成的图画。

"吴炮头，最近我发现孤云与黑黑关系特别好，就像一对野鸳鸯，拆也拆不散。"

"你的黑黑可别把孤云魂给勾走了。"吴雪峻朝鲁虎军笑了笑。

"这可由不得我。"

两人静静地向前走了一段路。这段时间里，鲁虎军好几次想开口对吴雪峻说些什么，但最终还是把嘴边的话咽了下去。

"寨主似乎有话要说？"吴雪峻问。

鲁虎军冷冷的目光紧盯着吴雪峻，过了许久，伸出手轻轻地摸了摸山羊胡子，说："吴炮头，我觉得你就像五尺深的浑水坑——看不透。"

"我有那么深沉？"

"你说呢？"

"当家的，你实在高看我了，我这人确实没什么坏心眼。"

"既然没有坏心眼，那你为什么要杀吴大炮？"

"我真是后悔莫及呀。"吴雪峻懊恼地拍了一下脑袋，"我当初掏出枪，其实是想吓唬一下吴大炮，让他快点招供，不料枪走火了。"

"吴炮头，别哄人，你是怕竹笼抬猪——露蹄了。"

吴雪峻的心尖猛地抽了一下，但立即恢复了镇定，信誓旦旦地说："寨主，你借我一百个胆，我也不敢忽悠你呀。"

鲁虎军不语，低着头在吴雪峻身边转了几圈后，忽然抬起头："吴炮头，我也不跟你兜圈子了。痴梦是不是爱上你了？你把她藏在哪儿了？"

吴雪峻一副受了莫大委屈的模样："苍天作证，我若与二夫人有染，必遭电轰雷劈。"

"吴炮头，此话当真？"

"当家的，如果你觉得我是在说假话，就一枪崩了我。"吴雪峻眼里挤出泪水。

"吴炮头，如果真如你所言，这些日子冤屈你了。说心里话，在审讯你的时候，尽管我一直想从你的嘴里听到你与痴梦有染的事，但又最不愿意听到真有这档事。这不是面子的问题，而是我太爱痴梦了，她只能属于我一个人！你知道吗?！"鲁虎军说到最后开始大声咆哮，狼一样的咆哮。

"寨主，你多虑了，动寨主的女人，那是要掉脑袋的，我可不会犯浑。"

鲁虎军不语，那钢锥一样的眼神刺向吴雪峻，吴雪峻一副淡定的模样，让鲁虎军尚存的一点疑虑也慢慢地消除，他长长地叹了一口气："吴炮头，不是我不相信你，而是我身在其位，不得不多点心眼。平日，大伙只看到我在匪群中八面威风、颐指气使，其实我的内心很孤独，多年的土匪生活告诉我，带匪如带狼，得时时提防。在山寨，我稍微松懈一下，脑袋就有可能被想篡权的小头目砍下，山寨里的崽子，被惹急了，也会动刀动枪、不顾后果的。在这样的氛围里生活，我感到孤独，就像天上的云，虽高高在上，但飘来飘去，不知魂归何处。"

"没想到寨主藏着那么多心事。"

"吴炮头，虽然我藏着很多心事，甚至到现在对你的怀疑仍没有完全消除，但还是决定把你从牢里放出来，知道为什么吗?"

吴雪峻再次摇了摇头。

"大敌当前，我需要你这个猛将。"鲁虎军重重地拍了拍吴雪峻的肩膀。

"请寨主放心，我一定不会让你失望。"

"那就拜托了。"鲁虎军朝吴雪峻作了个揖。

两人分别后，吴雪峻没走几步，身后忽然传来枪响，一颗子弹从他身边呼啸而过，吴雪峻的心猛地抽了一下。

"吴炮头，我提醒你，千万不要有偷奸耍滑的念头，否则我让你吃子弹！"鲁虎军哼了一声后，扬长而去。

十三、 谁的眼泪在飞

茫茫森林里走来一队举着日本国旗的人马,其中骑着高头大马的是日军中佐木木佐三郎。他这次带兵前来,就是要把鲁虎军的人马全部歼灭,为死去的日军报仇。

走在日伪军队伍最前面的是伪军队长白勇先。白勇先上回与吴雪峻搏斗时掉下悬崖,刚好落到悬崖下面的湖泊里,凭着好水性,捡回一条命,死里逃生之后,白勇先心里还惦记着青铜鼎,他要想方设法把那个宝贝弄到手。

为了实现梦想,白勇先没有回家,而是在好望山附近做起小本生意。凭着聪明过人的脑子和一张能说会道的嘴皮子,他赚了一笔钱,不甘寂寞的他开始逛妓院,特别是当他和香香楼一个名叫阿宝的风尘女子好上之后,整个人变得魂不守舍。阿宝长得楚楚动人、风情万种,白勇先见到她,就像丢了魂似的一头扎进阿宝的怀里,做生意赚的辛苦钱便流入阿宝的口袋,很快他便花光了所有积蓄。阿宝见白勇先没什么油水可榨了,便一脚把他踹掉,另寻新欢。囊空如洗的白勇先方才恍然大悟,原来阿宝看中的不是他的相貌与才华，而是他腰包里的钱，痛定思痛的白勇先从这件事上悟出了一个道理：这年头有钱就是大爷，没钱就是孙子。

为了钱，白勇先投入日军的怀抱，为日军效劳，干了许多伤天害理的事情。由于他脑子灵活，鬼点子多，深得日军中佐木木佐三郎的信任，很快就被提拔为伪军队长。此次，听说日军将要进攻鲁虎军的匪部，白勇先心里暗暗欣喜，他很清楚，鲁虎军和吴雪峻的匪部如果被日军全部歼灭，藏在山上那个价值连城的青铜鼎就会成为自己的囊中之物，那可是自己朝思暮想的宝贝。

作为一名滑头的汉奸，白勇先不会把鲁虎军藏宝这个秘密告诉日军，他要把这个宝物据为己有，然后靠它发一笔横财。

离鲁虎军的据点越来越近，白勇先顿时心跳加快、血脉偾张。他预料日军的突然袭击一定会把鲁虎军的人马杀得溃不成军、一败涂地，倘若能在战斗中逮着吴雪峻这个笑里藏刀的魔鬼，白勇先一定要一刀一刀地割下他身上的肉，让他在痛苦中死去，以解心头之恨。

当日军来到离好望山不远处时，木木佐三郎命令部队停止前进，他拿出望远镜，观察前方的地形，过了一会儿，放下手中的望远镜，那张阴冷的面孔绷得紧紧的，他问身边的少佐三浦知良："前面那个山坡，地形险恶，万一中了埋伏怎么办？"

"长官用不着担心。"三浦知良笑道，"我们的行动神不知鬼不觉，我敢保证山寨里的那些土匪还蒙在鼓里呢。"

"三浦知良所言极是，我跟鲁虎军接触过，他是个有勇无谋的粗人，我们此次进攻，他们一定毫无戒备，皇军一定能大获全胜。"白勇先朝木木佐三郎点头哈腰。

木木佐三郎毕竟是位身经百战的日本军官，在中国战场仗打多了,心也被打虚了,每次排兵布阵,木木佐三郎都是非常谨慎。他的大脑飞速转了一圈后,决定让白勇先带领伪军走在前面,三浦知良带少量日军紧随其后。

接到命令之后,白勇先异常兴奋,策马扬鞭带领伪军冲在最前头,年轻气盛的三浦知良带领日军亦步亦趋。

先头部队行进十多分钟之后,老谋深算的木木佐三郎才命令大部队缓缓向前行进。

看到日伪军进入包围圈,鲁虎军吹响号声,山坡上顿时枪声四起,伪军和日军还没反应过来,就倒下一大片,白勇先和三浦知良见状,立即拔出手枪,大声叫嚷道:"不要惊慌,给我顶住!"

看到白勇先居然还活着,吴雪峻倒抽了一口冷气,现在战局如何发展,吴雪峻并不关注,他最在乎的是怎样才能除掉白勇先,因为他活着对自己来说就是个威胁。

吴雪峻举起枪瞄准白勇先时,发现白勇先也拿着枪,在四处寻觅什么,吴雪峻心里明白,白勇先一定在找他。

白勇先最终发现了吴雪峻,咬牙切齿地朝吴雪峻举起枪,但为时已晚,吴雪峻抢先一步朝他开枪。

"砰!"一声枪响,白勇先的脑浆四溅,当场毙命,伪军见他死了,吓得面如土色,纷纷后撤。

"给我向前冲,谁向后撤,我就毙了谁。"三浦知良大声吼叫。

训练有素、打过许多仗的日伪军经过短时间的慌乱之后,便稳住阵脚,开始顽强抵抗,并慢慢向后撤退,鲁虎军见日军想撤退,便指挥三路人马杀出。

战场上风起云涌,烈火燎原,呐喊声与惨叫声交织,血光与刀光辉映。经过一番激烈的厮杀之后,日伪军被鲁虎军的人马团团围住。眼看鲁虎军的人马就要大获全胜,木木佐三郎带领人马突然杀出,战局顿时变得扑朔迷离。那些被围困的日伪军开始组织反扑,一场艰苦的拉锯战展开,日军装备精良,身经百战,而鲁虎军的人马实战经验不足,几个回合下来,渐渐失去主动,但他们仍拼死抵抗日军的进攻。

对于日军占据主动,吴雪峻并不感到惊讶,战局的发展在他的意料之中,他早已做好逃离战场的准备。乘鲁虎军不备之际,吴雪峻命令孤云往后撤,但孤云似乎不太听话,连抽了几下马鞭才不情愿地往后跑。吴雪峻的临阵脱逃动摇了鲁虎军人马的军心,有些人开始往后撤。

"不要逃,给我顶住!"鲁虎军声嘶力竭地叫喊,他举起枪,随着一声枪响,日军少佐三浦知良应声落马,鲁虎军这一枪稳住了军心,向后撤的人马又回到战场中。

看到爱将倒下,木木佐三郎大怒,钢刀一挥,日军密集的子弹立即朝鲁虎军所处的方向射来。黑黑顿时中了好几发子弹,浑身血迹斑斑、血流如注,它发出一声充满悲壮的长嘶。

已经远离山坡的孤云听到黑黑发出的悲壮长嘶,开始变得躁动不安,它不断地踢蹶子,而且左耸右荡。孤云出现如此反常的举动,吴雪峻从来没有经历过,他气急败坏地猛抽马鞭,企图驯服孤云,岂料,此时的孤云已完全不听吴雪峻的指挥,它突然掉过头,重新向战场的方向跑去。

"孤云,你疯了吧?"吴雪峻用力勒住马缰,大声喝道。

孤云确实疯了,它毫不理会主人的话,义无反顾地向战场的方向跑去,吴雪峻气坏了,使出浑身力气勒住马缰,但毫无作用,孤云发出一声长嘶后,继续向前狂奔。它的身子耸动得比以前更厉害,经受不住剧烈颠簸的吴雪峻从马背上摔了下来,他怎么也不敢相信跟随自己多年、朝夕相处的爱马居然会背叛他,望着越跑越快的孤云,恼羞成怒的吴雪峻举起枪,瞄准奔跑中的孤云。

"砰!"震耳欲聋的枪声响起。

孤云并没有倒下,倒是吴雪峻手里的枪落地了,一发子弹击中了他举枪的手,鲜血淋漓的吴雪峻慌忙抬起头,看到不远处一位举枪的黑衣女子飞奔而来,她的身后跟着一大批人马。透过飞扬的尘土,吴雪峻终于看清那个黑衣女子竟是林痴梦。

吴雪峻怎么也不敢相信自己的眼睛,但千真万确,那位黑衣女子就是林痴梦。令吴雪峻感到惊讶的是林痴梦已不是往日那副文静孱弱、走起路来如同风吹弱柳般的模样,她的那张变得黝黑的脸上刻着成熟与刚毅。

对林痴梦的突然出现,吴雪峻显得惊慌失措,但很快就镇静下来,用充满感情的口吻说:"痴梦,盼星星,盼月亮,总算把你盼回来了。"

"给我住嘴,你这个人面兽心的家伙,今天你的死期到了。"林痴梦冷冷地举起枪。

"不!我没有想杀你,那都是吴大炮凭空捏造的。"吴雪峻声嘶力竭地叫喊。

"苍天作证!"林痴梦眼里燃烧着愤怒的火焰。

"你杀吧。"绝望的吴雪峻敞开衣衫,大声喊道,"我倒想看一看你是如何杀死心上人的。"

林痴梦的身子不由一颤,吴雪峻的喊声把原本压在林痴梦心里对他的那份依恋又喊了出来,现在爱与恨在林痴梦心里绞成一团麻。林痴梦的呼吸开始变得急促,举枪的手开始颤抖,泪水模糊视野。

求生的欲望使吴雪峻孤注一掷，趁林痴梦犹豫之际，他非常敏捷地在地上打了个滚，而后用没有受伤的那只手去拾枪。当他的手马上就要触及手枪时，传来"砰"的一声枪响，子弹击中手枪的枪柄，手枪在空中划出一道弧线后，落在离吴雪峻五六米远的地方。

吴雪峻彻底绝望了，闭上双眼等待着死神的来临。

如果林痴梦此时一枪结果了吴雪峻的性命，他可以说毫无怨言，因为他确实是个衣冠禽兽、道貌岸然的家伙，是个为了达到自己目的不择手段的男人，一个拉出去枪毙 10 次都不嫌多的恶棍，如果林痴梦一枪结束了他的性命，吴雪峻与她之间的恩恩怨怨也就了断了。

但故事的发展出乎所有人的意料，林痴梦并没朝吴雪峻开枪，她只是向空中连鸣三枪。吴雪峻不知道此时林痴梦心里在想什么，但当她鸣枪的那一刻，吴雪峻跪倒在地，不明白林痴梦为什么不杀他。是因为林痴梦心里还装着他，因而不愿意朝负心郎开枪？还是故意不杀他，叫他背一辈子的情债，让他的灵魂一辈子也得不到安宁？还是……无论哪种假设，都让吴雪峻感到耻辱和羞愧。

前方传来激烈的枪声吸引了林痴梦，她一马当先朝前奔去，她带来的人马紧随其后。在山坡上，林痴梦看到了悲壮的一幕：鲁虎军手下的人马正与日军展开殊死的搏斗，身先士卒的鲁虎军坐镇中路，他的爱马黑黑已经死了，鲁虎军也身中数弹，鲜血淋漓的他仍在英勇地指挥手下人马与日军进行肉搏。

"虎军，我来援助你！"林痴梦大声喊道。

看到林痴梦带援兵冲进战场，鲁虎军精神一振，怒吼道："兄弟们，杀敌建功的时候到了，冲啊！"

群情振奋的士兵在鲁虎军的激励下,奋不顾身地往前冲,日军显然没想到有这么多的援兵半路杀出,他们的阵脚顿时大乱。木木佐三郎看到大势已去,急忙指挥人马后撤,但为时已晚,他的部队被团团包围,一场短兵相接、血肉横飞的恶战又拉开帷幕。指挥作战的鲁虎军被木木佐三郎射出的一发子弹击中要害部位,倒下的那一瞬,他朝木木佐三郎扣动手枪的扳机,子弹准确无误地击中了木木佐三郎的头部。

木木佐三郎一死,群龙无首的日军顿时大乱,完全失去战斗力,很快就被全部歼灭。战斗结束了,四周沉寂下来。林痴梦扶起鲜血淋漓的鲁虎军,嘴里不断喊道:"虎军,你醒醒!虎军,你醒醒!"

鲁虎军艰难地微微睁了睁眼,看到林痴梦在身边,那张冷漠的脸上透出一丝幸福的微笑,他把头靠在林痴梦怀里,手紧紧地抓住林痴梦的手,慢慢地闭上双眼……

此时,负伤的吴雪峻正站在高处,眼前的这一幕使他困惑,他不知道林痴梦是不是真正地爱上了外表冷酷、内心炽热的鲁虎军。在吴雪峻看来,鲁虎军才是最值得林痴梦爱的,他是个真正的男子汉!

那天,大伙把鲁虎军的尸体和他的爱马黑黑合葬在好望山上,林痴梦挥泪离开山寨……

林痴梦走后,刘和义和林成至带着山寨尚存的人马去投奔八路军。唯独孤云不肯走,它在鲁虎军和黑黑安葬的地方久久徘徊,那双明净的眼睛里布满泪水,众人离开后,孤云忽然发出一声充满悲壮、剜人心肝的长嘶后,竟一头撞死在那块埋葬黑黑的小山丘上……

日头偏西,红霞漫天,青和尼姑庵远近钟声如涛。

慈眉善目的老尼姑站在烟雾缭绕的庵里问:"林痴梦,你出家主意已定?"

"已定!"林痴梦双手合十,态度坚决。

"阿弥陀佛,出家的戒规你可知否?"

"知!"

"能否遵守。"

"能!"

"那就随我来吧。"老尼姑拂袖而去。

在踏进庵里的那一刻,林痴梦深情地望了一眼远处,似乎在寻觅着什么东西。此时,吴雪峻正站在远处的森林里目送着她,当林痴梦回眸时,他急忙低下头。

林痴梦在寻觅什么?鲁虎军还是他?

吴雪峻琢磨不透,在他眼里,现在的林痴梦已不是先前的那个林痴梦,她脱胎换骨变成了一个让人琢磨不透的女人。那次吴大炮把她推下悬崖后,她究竟如何绝处逢生?这对吴雪峻来说,是个谜,一个他想知道,却找不出答案的谜。

当林痴梦的身影消失在庵里时,云层低低地掠过地平线,然后不知不觉之间就将群山笼罩。吴雪峻的心顿时蒙上一层厚厚的灰,泪水无声地落下。这时候,他才发现自己是个多重性格的人,有时冷酷无情,有时却柔情万千……

十四、雾里看花的爱情

自从林痴梦遁入佛门之后,吴雪峻的心情坏到极点,痛苦与失落让他产生山穷水尽、穷途末路的感觉,绝望中的他时常来到青和尼姑庵边的一块草坪上,一边遥望尼姑庵,一边诘问自己:吴雪峻,你究竟是个什么样的人?

吴雪峻不是人,他是一个猪狗不如的禽兽!一个十恶不赦的大坏蛋!远处传来尖利的骂声。

那他的归宿在哪里?

这样的禽兽不配在世上活着,应该下十八层地狱!吴雪峻的耳畔再次响起尖利的骂声。

吴雪峻沮丧地低下了头,绝望中,他想到自杀,并且付诸行动。

那是一个云遮雾罩的清晨,昼夜难眠的吴雪峻来到一个空旷的草坪上,从身上摸出一瓶当地人酿的地瓜干烧,"咕嘟——咕嘟"便往嘴里灌。地瓜干烧味道很醇也很烈,往下咽的时候把肠子辣出烫烫的一条,吴雪峻的脸透彻地红了起来。在酒精的作用下，他从身上摸出一把刀，想以切断手腕血管这种极端的方式结束生命，但在下手的那一刻，他犹豫了，想到这一刀下去，再也见不到明天的阳光，再也不能看到美丽的女人从自己身边走过，他的手开始剧烈颤抖。

又喝下一大口地瓜干烧，吴雪峻的脑子开始发热，把刀扔进草丛，而后咬牙切齿地从身上摸出驳壳枪对准脑门，就在食指触及驳壳枪扳机的那一瞬，发热的脑子迅速冷却，额头上冒出细细密密的冷汗。

吴雪峻决定不放过自己，努力让右手食指扣动手枪的扳机。

风，轻轻地吹。

吴雪峻闭上双眼，他真的想死，死了一了百了。此刻，在吴雪峻看来，死是种解脱，是种解放。

风继续吹。

吴雪峻手指勾在扳机上，若即若离。

现在，生与死就在转瞬之间。对于吴雪峻来说，死亡虽然是解脱，可是要带着遗憾和怨恨离开吗？如果是，那么真是枉来这个世上走一遭。明明世界上还有许多美好的风景等着被发现，等着被欣赏，明明还有大好的年华，这些年华，对于惜时如命的吴雪峻来说，是何等的宝贵。

这么一想，汗水再次从吴雪峻的额头渗出，他的食指瑟瑟发抖，根本不听指挥。

静静的山谷忽然响起鸟啼声，这声音像一声巨雷击中心乱如麻的吴雪峻，他感受到震撼。睁开厚重的眼皮，只见前方一棵树的枝丫上立着两只白鸽，它们白色的长颈正相交在一块儿，洁白的羽毛轻轻地抚摸着对方的身体，似乎在进行心灵间的交流。看到吴雪峻望着它们，白鸽便停止了啼叫，斜着小眼睛，向吴雪峻窥探。

吴雪峻朝白鸽笑了笑。

许是觉得吴雪峻并无恶意，两只白鸽又叽叽喳喳叫个不停。

吴雪峻的心头有了一丝暖意。此时，云雾开始散去，一缕阳光透过枝叶轻柔地网在脸上，他深深地吸了一口气，脑海里忽然蹦出一个想法：我必须活下来！

这想法就像黑暗尽头的一束亮光，烘热吴雪峻的整个心扉。

刹那间，吴雪峻眼里滑出晶莹剔透的泪水，这时候，他才真正读懂自己，他不想死，他热爱自己的生命，热爱美好的生活，他要重新扬帆起航，找到新的归宿。

何处才是自己的归宿呢？冥冥之中，吴雪峻耳边忽然响起爷爷吴一平亲切而熟悉的声音："孩子，无论你在哪里，都不要忘了自己是吴家的人，你的根在福州，无论什么时候回来，我们都会欢迎你！"

那是爷爷吴一平在吴雪峻随母亲刘晚秋去山东的前夜搁下的话，吴雪峻到山东后，曾多次随母亲回来看爷爷吴一平和奶奶林萍芳，每次吴一平和林萍芳看到孙子总是老泪纵横，分别的时候，一把鼻涕一把泪，难舍难分。

现在，举目无亲、走投无路的吴雪峻只有一个选择：回福州！

离开的时候，吴雪峻悄悄来到鲁虎军的藏宝地，把青铜鼎从山洞里挖了出来。

现在吴雪峻身上有了四件宝贝：赵如水送的短笛、林痴梦的一绺长发、青铜鼎和时刻不离的驳壳枪。带着这些宝贝，吴雪峻回到了福州。

福州以博大温暖的胸怀接纳了伤痕累累的吴雪峻。吴雪峻回归的那一天，年迈的吴一平在家里设下丰盛的家宴，当吴雪峻在七大姑八大姨面前走过时，大伙都说吴一平的孙子长得很阳刚，很有男人味。吴雪峻听到恭维的话，脸上虽然摆出一副满不在乎的模样，内心还是感到很温暖。

宴席的过程中，吴一平带着吴雪峻给亲戚敬酒。当吴雪峻看到一个个表姐表妹长得水蜜桃似的，心里不由得发出感叹，他没想到福州的姑娘长得如此娇艳美丽。

在福州住上一段时间之后，吴雪峻发现自己深深地爱上了这块土地。

每天早晨，当吴雪峻从睡梦中醒来时，总会穿上一双拖鞋到福州的三坊七巷漫步。

三坊七巷作为唐宋以来形成的坊巷，繁华里透着古雅，坊巷纵横，深院大宅，鳞次栉比。巷子青石板路面，灰墙白檐，翠竹掩映，窄小且悠长，如同一柄利刃剖开城市底部的经络。吴雪峻在巷子里慢腾腾地行走，呼吸着扑面而来的新鲜空气，听柔软的鞋底与坚硬的石板撞击所发出的声音，看小巷里的妙龄姑娘，她们如同一朵朵盛开的茉莉花儿从身边飘过时，吴雪峻会闭上眼，深深地吸上一口气，一股清香顿时润入心脾。这一刻，他总算悟透民国初年著名诗人陈衍曾留下的名句"谁知五柳孤松客，却住三坊七巷间"的深刻内涵。

三坊七巷已然成为吴雪峻心中一道绚丽的风景！

在小巷转悠几圈后，吴雪峻来到与小巷交接的街道。此时，街道两旁渐渐喧闹起来，各家小摊贩中气十足的吆喝声，小孩子追逐打闹溅起的水花声，妇女们手挽竹篮一同出门买菜的谈笑声，书屋里抑扬顿挫的读书声，其间还夹着顽皮的嬉闹之声，戏台正上演着一出好戏，时不时还有众人的叫好声。这些声音交织在一块儿，回荡在吴雪峻的耳边，他的心里便有了融融的暖意。带着这种好心情，吴雪峻走进一家名为"思福州"的小店吃一碗福州特色的小吃。吃着小吃，脑子里蹦出福州市内最流行的一句顺口溜："七溜八溜莫离开福州。"吴雪峻觉得这句顺口溜最能反映他的心境。

在"思福州"小店，吴雪峻吃着可口的"七星鱼丸"，再看店门挂着"点点星斗布夜空，玉露甘香游客迷；南疆虽有千秋饮，难得七星沁诗脾"的诗句，觉得店老板还真是个有品位的人。

那是一个细雨绵绵的日子，吴雪峻在"思福州"有滋有味地吃着"七星鱼丸"，一位穿着旗袍的年轻女子款款而来，她姣好的脸上罩着一层淡淡的忧伤，正是这层淡淡的忧伤让她更有风韵。

女子在吴雪峻身旁的位子坐下，一边吃"七星鱼丸"，一边低头看书。吴雪峻觉得女子很面熟，细细一想，原来在小巷散步时曾遇见过。

那天，吴雪峻穿着没有领花的国民党军官服穿过那条狭长的小巷时，迎面走来一位女子，她面容姣美，着一套合身的旗袍，脸上网着一层淡淡的愁雾，眉间轻蹙，似有万般心事藏心头。当她从吴雪峻身边走过时，忽然停下脚步，仔细打量了一下吴雪峻，而后轻轻叹了口气，迈开慢悠悠的步子与吴雪峻擦肩而过，小巷里响起高跟鞋撞击地面所发出的空旷回响，女子没走出多远，忽然又停下步子。

吴雪峻意识到女子在看他，便掉过头，那女子柔柔的目光果真从远处探来。

看到吴雪峻回头，女子朝吴雪峻露出浅笑，含蓄且朦胧的微笑就像黑夜里的阳光，一下子让幽深清冷的小巷变得清澈明亮。

"我们曾经见过面？"女子一边吃着鱼丸，一边轻声问道。

吴雪峻没想到女子也认出他，便笑了笑："对，在小巷里。"

"先生军人出身？"女子看上去漫不经心地问了一句，但吴雪峻从女子微微颤抖的手，读出她内心深处的波动。

吴雪峻点了点头。

"为什么不在前线杀鬼子？"女子睁大眼睛。

"受了伤，现在家里养伤。"吴雪峻低下头，不敢面对女子的眼睛。

"伤在何处？"女子关切地问道。

"心口。"

吴雪峻的话显然戳到女子的痛处，她急忙放下勺子，踉踉跄跄地离开那家小店。尽管女子极力掩饰自己内心的情感，但吴雪峻还是从那一耸一耸的肩膀看出她落泪了。

女子的这个举动让吴雪峻觉得非常突兀，他想安慰女子，但刚站起身子，那位女子就拐进小巷，没了踪影。

看来那是一位有故事的女子！

吴雪峻嘴里嘟哝一句后，便把女子遗落在桌上的书拿起，那是一本福州才女林徽因的诗集，集子的每个页码都翻得有皱褶了，有些页码的诗行上还有泪痕。看得出，那位女子不是在读林徽因的诗，而是用心在品、用心在悟。

以后的日子，吴雪峻开始品读女子遗落的林徽因诗集，读着情意绵绵的爱情诗，心境便特别开阔舒畅，目光透过诗行，似乎能看到才女林徽因一边在庭院里闲庭漫步，一边吟着诗……

在吴雪峻看来，林徽因之所以能写出如此浪漫的诗，那是因为福州这块土地给了她养分，滋润了她心扉，赋予她灵感。

对于一名长期在外作战、把生命系在裤腰带上的军人来说，静静地读诗，绝对是一种高雅的享受。这会儿心静如水的吴雪峻一边读诗，一边在一张空白的纸上写诗，对于自己能写出多好的诗，吴雪峻并不抱多大的希望，只希望诗能打开沉重的心扉，治疗内心深处的伤痛。

读诗的日子，吴雪峻布满尘埃的心灵透进缕缕阳光，他觉得应该感谢那位遗落诗集的女子。为此，他每天早晨散步的时候，都在小巷里驻足远眺，希望再见到那位女子的倩影，但令他失望的是，那位女子的身影再也没有在小巷里出现。

她会在哪里呢？吴雪峻心里禁不住生出淡淡的失落与愁闷。

又是一个细雨纷飞的日子，吴雪峻一手撑着雨伞，一手拿着林徽因的诗集，迈着悠闲的步子来到福州于山。于山作为福州城内三山之一，秀美峻拔，史载久远，吴雪峻到福州之后，就喜欢上这个风景优美且有着深厚历史底蕴的地方。

沿着崎岖的小径往上走，吴雪峻能深刻地领悟到于山的厚重。在于山面前，人是渺小的，于山以宽广的胸怀容纳每个来访者，它的宽容让吴雪峻变得从容且自信，让他的心灵得到栖息。他渐渐喜欢上了于山，尤其喜欢选择雨天到于山，那丝丝缕缕的细雨牵着他的心一个台阶一个台阶地往上走。作为一个行走在战争中的军人，当吴雪峻离开血肉横飞、硝烟弥漫的战场后，变得喜欢孤独，喜欢一个人行走，这样的行走，无须做太多的准备，只需带上一把伞、一本书就足够了。他用伞遮雨，拿书品味。也许是经历了太多的苦难，也许是想找一个排遣内心苦闷的场所，吴雪峻面对充满内涵的于山时，便真真切切地喜欢上了它，在那里，他可以肆无忌惮地喊，酣畅淋漓地笑，痛痛快快地哭，每一次情感的发泄，于山都以博大的胸怀包容他，让他受伤的心得到莫大的慰藉,这一刻,他觉得自己已经彻底与于山融为一体。

在于山上转悠几圈之后,吴雪峻来到于山白塔边"一品香"茶室,一边品茶,一边悠闲地看着林徽因的诗集。

"风声、雨声、读诗声,声声入耳;家事、国事、天下事,事事关心。"吴雪峻觉得这句诗恰如其分地概括了他此时的心态。在优雅的茶室里,他悠闲地品咂着字字珠玑的诗句。读累的时候,站起身子伸伸懒腰,迈着八字步在茶楼里穿行,听百姓一边品茶,一边发表对时局的看法。

一位白发苍苍的老人说:"福州虽然已暂时平息战争,但还要防止日军第二次进攻。"

老人的话引起大家的共鸣,大伙七嘴八舌谈起1941年4月21日,那是一个让福州人刻骨铭心的日子。福州在日军猛烈炮火进攻下,第一次沦陷,当轰隆隆的枪炮声划破福州上空的宁静时,大伙方才意识到原来战争就在身边。在那段福州历史上最黑暗的日子里,日军的残暴罪行可以说是罄竹难书,永远烙印在那些战争亲历者的记忆中。茶室里,大伙说起日军的暴行个个义愤填膺,群情鼎沸。对于日军将来是否会对福州重新发起进攻,大伙各抒己见,有的认为福州不是战略要地,日军进攻福州,战略上没有什么意义,有的认为日军从战略上的考虑,可能重新出兵占领福州。

每次吴雪峻都静静地听大伙对时局的议论,听着听着,思绪便会飘向遥远的地方,飘向那硝烟弥漫、充满血腥味的抗日战场,在福州这个宁静的小城里住久了,吴雪峻心里忽然又生出对金戈铁马生活的向往。毕竟,他骨子里还是个军人!

一个飘雨的日子,吴雪峻在"一品香"茶楼里继续品诗时,原先碰面的女子婀娜的身姿飘进茶楼,就像一幅忧郁而美丽的风景画一下子嵌入吴雪峻的心扉。

女子在吴雪峻对面坐下，要了一杯铁观音。

吴雪峻朝女子微微一笑："没想到会在这里碰见你。"

"我也没想到。"女子啜了一口茶，轻声应答。

"什么风把你吹到这里？"吴雪峻饶有兴致。

女子并不回答，从包里拿出一本林徽因的诗集。

"看来我们志趣相投。"吴雪峻把手里那本林徽因的诗集晃了晃。

女子惊讶道："我的诗集怎么会在你手中呢？"

"那天，你把书遗落在'思福州'小吃店，我顺便带回家，这些日子，看了又看，觉得林徽因的诗很对我的胃口。"

"这么说，我们是知音。"

吴雪峻笑了笑。

"我之所以喜欢林徽因的诗，那是因为现在到处兵荒马乱、尔虞我诈。而林徽因的诗充满浪漫的情调，在她的诗里游弋，你就闻不到战场的硝烟，读她的诗，会让人忘掉人世间的烦恼。"

吴雪峻的心弦被女子的话触动，感叹道："人活得真累呀，如果能生活在林徽因的诗构筑的世界里，那该多好。"

"这么说你也有剪不断、理还乱的烦恼？"

吴雪峻点点头。

女子的脸上露出浅若涟漪般的笑容，但瞬间隐没在那双乌黑的眸子里，那秀丽端庄的脸上网着一层淡淡的忧愁，像秋天一样，灿烂中带着点萧瑟的寒意。

一阵沉默。

吴雪峻打破僵局："小姐，再来杯铁观音吗？"

女子摇摇头："茶喝多了，晚上会睡不着觉，那时脑子乱哄哄的，想的都是伤心事。"

"这么说小姐曾遇到很多坎坷？"

女子微微点了点头，心中的苦汁迅速涌到脸上。

"冒昧地问一句，小姐成家了吗？"

"成了。"

"过得怎么样？"

"独守空房。"

"为什么？"

"他走了。"

"去哪里了？"

"天国。"

那位女子眼里噙满泪水，她告诉吴雪峻，她叫吴春愁，出生在福州一个小商人的家庭，家境殷实，从小过着衣食无忧的生活。24岁那年，她嫁给年轻英俊的刘天成，两人结婚之后，小日子过得很滋润。抗日战争爆发之后，刘天成义无反顾地加入抗战队伍，成为一名国民党士兵，由于文化程度较高，他很快便被提拔为副连长，在台儿庄战役中，不幸以身殉国⋯⋯

吴春愁说到这里，噙在眼里的泪水像潺潺溪水流下。此时，吴雪峻方才明白吴春愁淡淡忧伤面容的背后原来藏着如此深邃的苦痛，他想说些安慰的话，却不知该说些什么。

雨还在下⋯⋯

那次见面之后，吴雪峻与吴春愁成了好朋友，他们经常约好到于山"一品香"茶楼里，一边品茶，一边交谈，吴雪峻也把自己人生的起起落落说给吴春愁听。

吴春愁静静地听完吴雪峻的人生经历，长长地叹了口气："看来，我们的人生都是由悲剧组成的。"

吴雪峻说:"正是因为由悲剧组成,我们更要珍惜今天的时光,好好生活。"

吴春愁摇了摇头:"我想了很多的办法,但都无法走出阴影。"

共同的经历让两人的心开始靠近,接触一段时间之后,吴雪峻发现吴春愁的性情让人捉摸不透,一会儿阳光灿烂,一会儿乌云密布。

对于吴春愁的性格反差,吴雪峻并不觉得奇怪,因为残酷战争造成的创伤可以改变一个人的性格。为了让吴春愁从阴影中走出,重新寻回失去的快乐,吴雪峻决定约她到郊外野炊。

对于吴雪峻提出的效外野炊邀请,吴春愁矜持了好一阵后,最终接受了。

一个阳光明媚的早晨,吴雪峻早早起了床,准备好野炊必需的锅碗瓢盆,而后骑着自行车兴冲冲地来到小巷深处,此时吴春愁早已等候多时。

那天,吴春愁穿着一套粉红色的旗袍,露出雪白双臂,衣襟上别着一朵小白花,皎洁雅丽,一只玲珑别致的蝴蝶结悠然停留在秀发后。见到吴雪峻提着锅碗瓢盆,一脸的仓促,她淡淡一笑:"我看你像个逃荒的难民。"

"我确实是个逃荒的难民。"吴雪峻眨巴一下眼睛,"不过,今天逃荒心情倒很畅快,身边多了一位俏丽佳人。"

吴春愁脸上抖出红晕,许是觉得必须对吴雪峻的话予以反击,遂噘起嘴嗔道:"你可不要有非分之想,我与你之间是不可能的。"

"这年头啥事都没谱,天鹅肉一不留神就会落入癞蛤蟆的嘴。"吴雪峻张开嘴,夸张地做了个吃到天鹅肉的动作。

吴春愁的脸顿时红到耳根,低着头坐上吴雪峻自行车的后坐。见吴春愁坐稳,吴雪峻猛地蹬了一下自行车的踏板,向野炊地点进发。

在郊外一块草坪上,吴春愁和吴雪峻跳下自行车,像两只欢愉的小鸟融进那片如诗如画的景色中,草坪上一阵轻风徐过,他们骤然觉得自己年轻了许多,仿佛又回到英姿勃发、谈笑风生的青春时代。吴雪峻的脚步变得矫健如飞,从草坪上散发出的温存气息奔放着他的心绪。吴春愁则在一棵长髯飘拂、冠盖如云的大榕树下,悠然自得地迎风吟起林徽因的《你是人间的四月天》:"我说你是人间的四月天;笑响点亮了四面风;轻灵在春的光艳中交舞着变……"

吟完后,两人坐到草坪上,悠闲地望着蓝天、白云、榕树、草坪、小溪……

"春愁,你说我们此时的心情用哪句诗形容最贴切?"吴雪峻问。

"陶渊明的那句'采菊东篱下,悠然见南山'。"吴春愁脱口而出。

"春愁,没想到你这么有灵气,既然你喜欢诗,我出一道古诗,让你猜猜字谜,愿意吗?"

"你出吧。"

"宋代诗人苏轼一首诗中有这么一句:'水边灯火渐人行,天外一钩残月带三星。'古诗后两句是一个字谜,你能猜出这个字吗?"

"天外一钩残月带三星。"吴春愁低声嘟哝着,忽然,抬起头高兴地说,"那不是'心'字吗?"

"你真聪明。"吴雪峻狡黠一笑,"挂在月亮上的是一颗为爱情而燃烧的心,那正是我的心!"

吴春愁对吴雪峻的露骨表白手足无措，眸子闪烁着一种艳丽的光芒，为了避开吴雪峻热辣辣的目光，她慌忙拿起放在身边的锅，而后扎起裤脚，光着脚丫一拐一颠地走进水中，吴雪峻的目光一针一针地缝在吴春愁的身上，从吴春愁的表情可以看出她动心了。吴雪峻也跟着吴春愁走进溪水，似有神助，水中行进的吴春愁脚突然打了个滑，给了吴雪峻表演英雄救美的绝好机会，他的手划出一道优美的弧圈，恰到好处地扶住即将坠入水中的吴春愁。吴春愁身体散发出略带香味的温馨，撩起吴雪峻强烈的欲望，他那滚烫的嘴唇有力地扣住吴春愁的樱桃小嘴，吴春愁的唇香软、柔腻，带有一股淡淡的清香，她的双眼微闭，身子轻轻地向后仰。他们颤抖而热烈地接吻一会儿后，吴春愁突然挣脱吴雪峻的拥抱，用手捂住脸，嘴里发出低低的抽泣声。

"春愁。"吴雪峻的声音低得几乎听不到。

吴春愁慢慢地抬起眼看吴雪峻……有谁能把它描写出来，像云？像雾？像雨？还是……吴雪峻实在无法抗拒这双明眸散发出的魅力，仿佛有一团微火传遍全身，当欲火中烧的吴雪峻再次拥抱她，面若桃花的吴春愁忽然阻止。

"不！"吴春愁猛地推开了吴雪峻。

吴雪峻整个人愣住，他不明白刚才还柔情似水的吴春愁为何会突然拒绝他的爱。

吴春愁蹲下身子，开始号啕大哭起来，当情感透过泪水得到淋漓尽致地发泄之后，她断断续续地对吴雪峻说："对不起……我想起……亡夫……天成了……"

吴雪峻愣住了。

痛痛快快地哭过一场后，吴春愁忽然掉过头，问："雪峻，你会不会觉得我是个喜怒无常的人？"

吴雪峻既不点头，也不摇头。

"真实的吴春愁你想了解吗？"吴春愁继续问道。

吴雪峻点了点头。

"其实，在与天成恋爱之前，我是个充满浪漫情怀的姑娘，我的恋人天成爱开玩笑，长得英俊阳光。我们的爱情有浪漫的开始，却没有浪漫的结局，可恶的侵华日军粉碎了我所有的梦想，天成死后，我变得很爱做梦，梦里，我时常穿越在宋朝的天空里。"吴春愁说到这里，脸上闪出艳丽的光彩。

"宋朝？太遥远了吧？"吴雪峻禁不住瞪大双眼。

"不遥远。"吴春愁一脸的陶醉，"宋朝是我最喜欢的朝代，那个朝代有我崇拜的诗人李清照，梦里有她的身影，我就不再孤独。当然，最让我心驰神往的是能见到天成，那一刻，我就是这个世界上最最幸福的人！"

吴雪峻的心尖颤了一下。

与吴春愁的那次野炊，尽管有令吴雪峻难堪的地方，但还是收获了甜蜜，他向吴春愁发起更加猛烈的爱情攻势。

两人相爱了。

恋爱中的吴春愁再次表现出多变的性情，时而让吴雪峻觉得唾手可得，时而又让吴雪峻觉得她就像天上的一片云，可望而不可即。

十五、当一回真正的英雄

1944年9月28日,为保护日本在东南亚的海上交通线、控制台湾海峡、防止美国军队在福建沿海登陆,日本海军和陆军兵分两路向福州城发起进攻,守城的国民党守军不作积极抵抗,步步退却。10月4日,日军第二次占领福州城。

日军侵入福州城后,所过之处,烧杀奸淫,沿途群众义愤填膺,纷纷奋起抵抗,福州城顿时乌云笼罩,杀气冲天。

一个月黑风高的夜晚,吴雪峻来到吴春愁的屋子。

吴春愁为吴雪峻泡了一杯红茶后,在吴雪峻对面的一张小竹凳上悠然坐下,拿起绣布,开始飞针走线。

"日军重新占领福州城,你害怕吗?"吴雪峻轻声问。

吴春愁并不回答,依然专心致志地绣着花,只见绣花针在她手里上下翻飞,五彩丝线左右牵连。

"日军重新占领了福州城,你害怕吗?"吴雪峻再次轻声问。

"你说我会怕吗?"吴春愁反问道。

"不怕。"

"为什么？"

"因为你是个有血性的中国女子！"

"雪峻，跟你接触这么久，这句话最中听。"吴春愁放下手中的针线活，"说实在话，我并不怕小日本，在我看来，现在的日军已是强弩之末，占领福州不过是垂死挣扎。"

"英雄所见略同。"吴雪峻说，"现在日军在太平洋战场上节节败退，美军都快打到他们家门口了，日军失败只是时间问题。"

说话间，福州的上空忽然传来一阵枪炮声。

听到枪声，吴春愁一点也不慌张，淡然自若地问："雪峻，想听听最近福州的战局吗？"

"想。"

吴春愁侃侃而谈——

10月4日，日军入侵福州城后，无恶不作，沿途群众义愤填膺，一场福州人民自发的抗击日本侵略者的战斗打响。在冲向日军的人流中，人们看见一个名叫柯云炳的小孩手执一面战旗，高喊着"打倒日本帝国主义"的口号，向敌人驻守的高地猛冲。当他冲到梅坞顶烟台山入口处时，看到两名群众正与一个日本兵肉搏，他一个箭步冲上前去，把做旗杆用的尖竹竿奋力捅入那名鬼子的肚子，鬼子顿时污血狂喷，后仰倒地，见阎王爷去了。此时的柯云炳越战越勇，他拔出竹竿，继续向烟台山高地冲杀而去，谁料没冲几步，日军一颗罪恶的子弹射进他的胸膛……

吴春愁哽咽了，抹去眼角的泪水后，继续叙述："由于失血过多，勇敢的抗日小英雄柯云炳再也起不来了，他还只是个14岁的小孩……"

吴春愁控制不住内心的情感，失声痛哭。

吴雪峻轻轻地拍了拍吴春愁的肩膀，安慰道："春愁，英雄的血不会白流。"

吴春愁停止了哭泣，目光定定地望着吴雪峻。

吴雪峻读出吴春愁内心的期盼，他从身上摸出驳壳枪，全神贯注地擦。

"子弹上膛了吗？"

吴雪峻没回答，把擦净的驳壳枪弹匣卸下，将一发发子弹压进弹匣，装弹的时候，手上的动作干净利落，透着一股狠劲和杀机。那发发承载着愤怒与仇恨的子弹似乎无须经过枪膛，就可击发杀敌。

"雪峻，想一雪逃兵的耻辱吗？"

"想！"

"想为柯云炳等英雄报仇吗？"

"想！"

"想娶我吗？"

"想！"

"既然想娶我为妻，现在，你就拿着枪出去杀个日本鬼子，提他的脑袋做聘礼！"

吴春愁声音不大，面部表情宁静，吴雪峻听起来，却如同平地响起一声惊雷。尽管吴雪峻对日本鬼子恨之入骨，但如果真按吴春愁所说，现在单枪匹马去找日本鬼子拼命，肯定凶多吉少。对于把生命看得高于一切的吴雪峻来说，他并不想做无谓的牺牲，但为了在吴春愁面前保持一份男人的尊严，他装出一副硬汉的模样，从桌上拿起子弹上膛的驳壳枪，朝门外走。

走出吴春愁家门槛时，吴雪峻表情冷酷，迈出的左脚虽然抬得很高，却有个停顿动作，期待吴春愁能阻止他。果真，吴春愁扑上前来，从身后紧紧地抱住他。

"你现在不能去。"

"为什么？"

"日军刚占领福州，他们现在一定戒备森严，此时下手很危险。"

"那什么时候下手合适？"

"过些日子吧。"

自从吴春愁提出务必取个日本鬼子的头颅做聘礼的要求之后，吴雪峻整个人变得忐忑不安。每天早晨，他一起床，就开始低头擦驳壳枪，擦净了，将驳壳枪卸开，将探条捅进枪管，缓缓地旋转，再抽出，再缓缓地旋转。擦洗的过程中，他的目光时常探进枪管，黑幽幽的枪管里什么都看不见，但吴雪峻还是感到震撼，似乎闻到战场上的硝烟，顿时整个人变得亢奋起来。恍惚之中，他又回到硝烟弥漫的战场上，腰际别着战刀，身披黄呢子军大衣，骑着马纵情驰骋，军大衣被扑面而来的风吹起，在马背上高高飘扬，犹如猎猎作响的锦旗。此时，前方忽然出现一支日军部队，日军指挥官命令手下朝吴雪峻开枪，密集的子弹呼啸而来，吴雪峻毫不惧怕，抽出战刀，发出雷霆般的吼声后，向日军发起进攻。

日军指挥官完全被吴雪峻的气势镇住，他想跑，但眼疾手快的吴雪峻岂肯罢休，他的战刀在空中划出一道美妙的弧线之后，日军指挥官的头便落地了……

这样的幻想给吴雪峻带来巨大的快感，也让他真实地触摸到了自己的灵魂，他发现对日军的仇恨仍根植在心灵深处。作为军人，吴雪峻比任何人都更清楚仇恨的重要性，过去，他之所以能成为战场上的勇士，就是因为心里藏着仇恨，而当仇恨消失之后,他在战场只能当逃兵。如今,仇恨的种子再次埋下,他就要让它生根发芽!

那些日子,吴雪峻时常在福州街道上逛荡,不动声色地注视着日军的行踪。

日军刚占领福州城时,福州百姓奋起抵抗,虽然被日军的铁蹄镇压下去,但那些侵略者仍心有余悸。那段时间,福州城戒备异常森严,每个日军的心弦都绷得紧紧的,颇有草木皆兵之味。风平浪静过了一段时间后,日军渐渐地放松警觉,开始在福州城内四处游荡,吴雪峻经过细心观察,发现一位年轻的日军军官傍晚的时候,经常孤身一人到日军大本营附近的一家"荷花香"茶店品茶。

那是一个秋高气爽的夜晚,当那位年轻的日军军官踏进"荷花香"茶店时,乔装打扮后的吴雪峻早已恭候多时,日本军官刚入座,吴雪峻便在他身旁坐下。

"太君喜欢品茶?"吴雪峻斜了日军军官一眼。

"对!"日军军官啜了一口铁观音,一副心醉神迷的模样,"福州的铁观音很好喝。"

"太君,你不应该在这里品茶。"吴雪峻冷冷地说。

"为什么?"日军军官瞪起双眼。

"我怕你们这些人面兽心的家伙玷污了好茶,你还是滚回日本品茶吧。"吴雪峻把鸭舌帽向上推了推,话语里透着一股杀气。

"八嘎,你的良心大大的坏,我要杀了你。"年轻的日本军官欲从身上拔出利剑,吴雪峻手里的枪响了,子弹准确地击中日本军官的头部,他当场毙命。

随着枪声响起,"荷花香"茶店里的顾客乱成一团,吴雪峻并不慌张,按照预先设计好的线路,迅速离开"荷花香",在福州三坊七巷里转了几圈后，来到吴春愁的家。

"杀了？"吴春愁问。

"杀了！"吴雪峻做了个切菜的动作。

"丫霸（福州话，意指很棒）哟！"吴春愁伸出大拇指，高声赞扬道。

远处传来日军警车的喇叭声。

"日军开始全城搜捕，你害怕吗？"吴雪峻问。

"不怕。"吴春愁的手轻轻地抚摩了一下吴雪峻的脸，动情地说，"雪峻，谢谢你为天成报了仇，我代他感谢你。"

吴雪峻握住吴春愁的手，动情地说："春愁，此次行动，与其说替刘天成报了仇，不如说是为我自己雪了恨。"

"此话怎讲？"

"春愁，事已至此，我必须向你敞开心扉，我的母亲与结发妻子都死在惨无人道的日军铁蹄下。原先，我一直想把这份仇恨忘却，前些日子，你叫我提个日本鬼子的人头当聘礼，让我深埋心底的复仇火焰再次熊熊燃烧。"

"看不出，你的心头还装着这么多深仇大恨。"

"春愁，别看我平日一副硬汉的样子，其实内心很孤独、很脆弱，我现在给你兜个底，我是个为了达到目的不择手段的卑鄙小人，不仅在与日军作战中当了可耻的逃兵，还干了很多伤天害理的事情。"吴雪峻边说，边给自己一个响亮的耳光。

"雪峻，什么原因能让你一夜之间从懦夫变成勇士呢？"

吴雪峻一脸的迷茫。

"不管什么原因，我都觉得你是个有情有义的男人，一个火焰与海水并存的男人！"吴春愁的大拇指像旗帜一样高高扬起。

"真的吗？"吴雪峻眼里涌动着泪水。

吴春愁点了点头。

这时候,日军尖利的警车喇叭声在吴春愁家门外响起。

"春愁,如果我被日军抓到,要杀头的。"吴雪峻脸色苍白。

"不要怕,人是我叫你杀的,要死我俩一起死。"吴春愁显得从容淡定,身子紧紧地依偎在吴雪峻身上。

门外传来了日军急促的敲门声。

吴春愁镇定自若地对吴雪峻说:"我厨房边有一堆稻草,你就躲在稻草堆里,记住将子弹上膛,一旦被鬼子发现,立即开枪。"

吴雪峻急匆匆躲进稻草堆之后,如狼似虎的日军冲进了屋子。

"八嘎,有没有发现刺客?"一名日军军官大声质问吴春愁。

"刺客?我不明白皇军在说什么。"吴春愁一脸的困惑。

"刚才有个刺客暗杀了一名皇军,你有没有发现他的行踪?"日本军官提高了嗓音。

"没有呀,我的房门一直关着的。"吴春愁镇定自若。

"给我搜。"随着日军军官一声令下,日军恶狼般地冲进厨房和屋子。其中有一个日本兵拿着刺刀嗷嗷叫地往稻草堆上猛刺。

日军在屋里胡乱翻了一阵后,见没发现什么异常情况,便匆匆离去。

日军离去后,吴雪峻抖抖索索地从稻草堆里走出。

"怕吗?"吴春愁笑容可掬地递上热毛巾。

"有点,刚才躲在稻草堆里,看到白花花的刺刀在我身旁猛戳,我的心悬在半空,幸亏……"吴雪峻擦了擦额头上的冷汗,嘘了一口冷气。

"我不怕。"吴春愁边说,边从衣袋里取出了一把刀。

"你把刀藏在衣袋里干什么?"吴雪峻惊讶地问道。

"日军进屋前,我迅速从厨房里拿一把刀偷偷地装在口袋里,日军进屋搜查的时候,我的手紧紧地攥着刀,目光紧紧地盯着站在我身边的日军军官,只要稻草堆里响起枪声,我立即拔刀砍向日军军官的脖子,跟小鬼子来个鱼死网破。"

"春愁,没想到你孱弱的身子骨里居然包裹着一团烈火。"

"仇恨!因为我的心里装着深仇大恨。"吴春愁的眼里汪出泪水,"试想一下,如果小日本不侵占我们的大好河山,天成会死吗?天成死后,我根本就不惧怕死亡。"

"真不怕?"

"真的。"吴春愁的声音很轻很柔,却带着刚性。

"春愁,你让我想起女中豪杰秋瑾。"

"我没那么伟大,我的心里只有仇恨,仇恨让我变成一个怨妇,我的整个心扉都被仇恨缠绕,为了报仇,我愿意付出生命的代价!"

吴雪峻的身子猛地颤了一下,伸出手搂住吴春愁的腰,吴春愁想挣脱,但吴雪峻的手更用力了。吴春愁顿时脸色羞红,目光定定地望着吴雪峻。

从吴春愁的眼神里,吴雪峻读出她内心的期盼与躁动,这一刻,吴雪峻激情澎湃,紧紧地抱住吴春愁,两人滚烫的双唇狂热地互相吸吮……

激情过后,吴春愁显得楚楚动人、情意绵绵,脸上焕发出艳丽光泽。

"春愁,我实现了对你的承诺,你嫁给我吧。"吴雪峻心动地说。

吴春愁并没回答吴雪峻的问题,她伸出微微颤抖的手,拿起绣花针，在绣花布上一针一线地穿行，一不留神，针扎到了手，一滴鲜红的血流出。她把流血的手指含在嘴中，轻轻地吮吸着，那双原本动人的眸子变得深邃且灰暗，好像它的焦点并没落在周围的东西上，而是落在很遥远的地方。过了一会儿，吴春愁收拢散淡的目光，放下手中的绣布，走进厨房拿出一瓶香槟酒，为吴雪峻倒了一杯后，也给自己斟上一杯，然后说道："雪峻，来，我们喝一杯。"

一杯酒入肚之后，吴春愁说："雪峻，你向我敞开心扉，我也必须把真实的我展现在你面前，想听一听我的爱情故事吗？"

为了显示自己的大度，吴雪峻违心地说："你说吧，我洗耳恭听。"

吴春愁打开话匣——

吴春愁与刘天成第一次见面，也是在她与吴雪峻相遇的那条小巷里。那天，吴春愁在小巷行走的时候，忽然下起倾盆大雨，正当吴春愁被大雨淋得分不清东西南北的时候，一把伞伸了过来，掉过头，只见一个留着络腮胡子、长得非常阳光的小伙子正为她撑伞。

吴春愁红着脸轻声道："谢谢！"

"英雄救美，必须的。"小伙子发出朗朗的笑声。

吴春愁的心扉顿时涌过一丝暖流。

两人沿着窄长的小巷往前走。

"小姐，请问芳名？"走了一段路后，刘天成忽然问道。

吴春愁笑而不答。

雨还在下，吴春愁在伞下迈着轻盈的脚步，如同小河中一叶悠然的轻舟，豆蔻少女囊囊的脚步声在街面上击出节奏分明的韵味，刘天成听了，心里便有一种特别的温暖，禁不住再次问：

"小姐，请问芳名？"

吴春愁并不回答刘天成的提问，而是反问道："先生尊姓大名？"

"我叫刘天成，刚从法国留学回来。"刘天成大大咧咧地应答。

"祖籍北方？"

"为啥说我是北方人？"

"因为你有北方人特有的豪气。"

"小姐，你猜错了，我是个地道的福州人，说着一口流利的福州话。"

"可我总觉得你不像福州人。"

"小姐山丫种（福州话，意指长得很漂亮）。"刘天成用地道的福州话恭维道。

吴春愁的脸上顿时浮现一抹红晕。

"姑娘，我用福州方言给你说个顺口溜吧。"刘天成见吴春愁芳心大动，便决定趁热打铁。他清了清嗓子，朗朗上口的福州方言从嘴边滑了出来，"福州是个瓜果之乡，有首童谣说得好：正月瓜子多人嗑；二月白菜白生生；三月枇杷出好世；四月杨梅摆满街……"

听了刘天成地道的福州方言，吴春愁彻底相信眼前这位汉子是福州人，她抬起头仔细打量高大伟岸的刘天成，发现他的腋下夹着一本徐志摩的诗集。

"你喜欢徐志摩的诗？"吴春愁惊讶地问道。

"岂止是喜欢，简直就是爱不释手。"

刘天成说罢，将伞和诗集交给吴春愁，他站在雨中，开始大声地朗诵着徐志摩的诗《再别康桥》："轻轻的我走了，正如我轻轻的来,我轻轻的招手,作别西天的云彩……"站在暴雨中的刘天成一边做着手势,一边大声朗诵着,整个人像一只振动翅膀的雄鹰,煽动出火一样的激情,完全不理会如同鞭子一样抽打在身上的雨点。

"丫勿眉(福州话,意指很有趣)。"吴春愁笑得合不拢嘴。

那一刻,刘天成的身影在吴春愁心里留下深深的烙印。

有了那次美丽的邂逅后,两人经常在小巷里见面,很快便开始了轰轰烈烈的恋爱。与刘天成在一起,吴春愁从来都不寂寞,刘天成是个很有情调的男人,他会对吴春愁声情并茂地说:"女人看得深,男人看得远。对男人而言,世界是心脏,对女人来说,心脏是世界。"两人在三坊七巷漫步的时候,刘天成会扬起手臂说:"恋爱是我们第二次的脱胎换骨!"面对春天的绿叶,他一脸庄重地说:"树叶给我的心灵蒙上一层绿色,让我对美好生活浮想联翩。"面对秋天的落叶,他手托下巴,做沉思状:"它不是零落,不是陨落,它是胜利的凯旋。"

刘天成这些华丽且带有哲理的语言,很快便俘获了吴春愁的芳心,让她觉得刘天成实在太有才了,嫁给这样的男人,即便不吃不喝,住无片瓦的茅屋,也是世界上最幸福的女人!

多次交往之后,两人之间的爱情开始生根发芽,双方家长都同意这门婚事,很快,刘天成和吴春愁迈进了婚姻的殿堂。

两人结婚之后,情投意合,夫唱妇随。

作为一名爱国主义者,刘天成痛恨日军侵略中国,看到身边许多同学都加入抗日队伍中,他也不甘寂寞,报名参军入伍。吴春愁尽管极不愿意刘天成当兵,但刘天成在她面前发表了一番慷慨激昂的话。他说,国难当头,作为一名热血男儿,就要奔赴前线,与鬼子血战到底!

见刘天成执意要上前线,吴春愁也就不再阻拦,刘天成赴前线的那一天,吴春愁专门到车站为他送行。

两人分别的那一刻,吴春愁踮起脚跟,在刘天成的脸上留下一个轻轻的吻。

刘天成的眼里顿时涌满泪水,轻声道:"春愁,你能不能为我唱一首歌?"

"郎君想听什么歌?"

"《月光光》。"

吴春愁点了点头,清了清嗓子,亮开嗓门用福州话唱起了福州广为流传的民谣《月光光》:

月光光,照池塘,骑竹马,过洪塘,洪塘水深难得渡,娘子撑船来接郎。问郎长,问郎短,问郎此去何时返?
……

刘天成走后,吴春愁一颗心悬在半空中,她天天在家里为他烧香祈祷,令人肝肠寸断的是她最终等来的却是刘天成为国捐躯的消息……

吴春愁用平缓的口吻述说着自己的爱情故事,说到火车站吻别刘天成的那一刻,她那苍白的面孔上微微地泛起淡淡的红晕,说到刘天成为国捐躯的时候,眼里的泪水奔涌而出。

吴春愁的故事结束了,目光仍瞥向远方,整个人还陷在美好的回忆中。

一阵静默。

最终还是吴雪峻打破沉默,他轻轻地拍了拍吴春愁的背说:"春愁,人死不能复生,不要伤心过度,以后的日子,我愿意时刻陪伴在你身边。"

吴春愁抬起头，看了一眼吴雪峻，似蓦地醒转过来，又似陷入更深的迷茫："雪峻，难道我们之间真的会有爱情？"

"小傻瓜，你难道还不相信我？"吴雪峻说，"我与天成都在你家边的那条小巷里与你相遇，我也是个军人。春愁，我一定会给你带来幸福快乐。"

吴春愁低下头，手轻轻地抚摩秀美的长发，过了一会儿，她抬起头，紧紧抓住吴雪峻的手，歇斯底里地说："天成，天成，你总算回来了。"

吴雪峻的心猛地一抽。

"天成，你总算回来了，我们再也不分离。"吴春愁瞪大双眼，牢牢地抱住吴雪峻。

吴雪峻把吴春愁紧紧地揽在怀里，眼里滑出滚烫滚烫的泪水。

以后的日子，吴雪峻与吴春愁深入接触的时候，发现吴春愁时常把他当作刘天成，吴雪峻也看到挂在吴春愁卧室里放大的刘天成相片，他吃惊地发现刘天成的长相与自己颇有几分相似。

难道吴春愁是因为自己长相与刘天成相似，才爱上他，并因此神志错乱？当这个想法从吴雪峻脑海里蹦出来之后，他感到异常沮丧。为了证实自己的判断，他带吴春愁去看心理医生，医生在对吴春愁进行详细检查之后，得出结论：吴春愁在丈夫去世后，严重抑郁引起轻度精神分裂，有幻觉症。病情虽不是太严重，但需要吃药治疗。

"你是他什么人？"医生问吴雪峻。

"男朋友。"

"那你每天都要督促她吃药，在精神上，要多关心她，让她感到温暖,如果治疗得当,病人会恢复正常。"

吴雪峻点了点头。

看完病,吴雪峻拉着吴春愁的手回家,在路过那条窄长小巷时,他把吴春愁拥在怀里。

"春愁,还记得我们在这条小巷里碰面的情景吗?"吴雪峻低声问。

"记得。"吴春愁点点头。

"你忽然转过身莞尔一笑,闪烁出的光泽使我灰暗的心田变得澄澈而又亮堂,也就是从那天开始,你成了我的梦中情人。"吴雪峻的手轻轻地抚摩着吴春愁飘逸的秀发。

"雪峻,你知道我为什么要掉头吗?"

"现在明白了,你把我当成刘天成了。"

"那你会不会觉得难过?"

"不会,你是我心中的女神,我们的爱情故事才刚刚开始。"吴雪峻在吴春愁耳边低声说道。

"我真的还能拥有爱情?"吴春愁理了理秀发,脸上透出迷茫与困惑,在她的那只纤纤玉手上,吴雪峻看到暗示隐痛的细微特点,这种特点往往出现在身心遭受严重创伤的女子手上。

"春愁,我们都是历经沧桑的人,更应该懂得如何珍惜这段感情,请相信我俩之间的爱情一定能开花结果!"吴雪峻用炽热肯定的口吻说道。

吴春愁略显灰暗的眼里闪过一丝亮光。

爱情故事有了美好的开始,吴雪峻顿感心情舒畅,但与此同时,他的心头却有一个结。白天,他来到街头,看到日军如无头苍蝇般四处乱蹿抓嫌疑人,心里便充满兴奋与恐惧,他把自己杀日军军官的逃跑路线在脑海里细细地过滤一遍,发现没留下任何蛛丝马迹,他的心渐渐地平静下来。晚上睡觉的时候,他的脑子里会神不知鬼不觉地闪出日本鬼子凶神恶煞地向他逼近的情景,吴雪峻浑身像筛糠一样哆嗦起来,身上直冒冷汗。当他从噩梦中惊醒过来后,便竖起耳朵,外面世界静悄悄的,让他绷紧的心弦渐渐松弛。迷迷糊糊之中,他做起了抗日梦,只见他骑着战马,站在骑兵团的最前方,他的对面站着日军骑兵。吴雪峻拔出战刀,往空中一指,他身下的战马发出一声长嘶后,高高地昂起头,身后的战马同时扬起双蹄,引颈向上,马背上战友们的战刀在阳光下旋转如银蛇飞舞,而后忽然定格,剑锋直指日军。骑兵团成竹在胸、视死如归的架势,让日军胆寒,他们想撤退,但已经来不及了。吴雪峻抽了下马鞭,心领神会的战马铆足了劲,向日军阵营冲去,马蹄急如碎雨,踏在草坪上,发出空旷滞重的回音,骑兵团的战友紧随其后,如同满弓射出的箭镞,刺向日军,日军顿时作鸟兽散……

这样的梦,吴雪峻做得格外香甜和充实,他在睡梦中禁不住发出酣畅淋漓的笑声。

那段时间,吴雪峻和吴春愁的爱情绽放出美丽的花朵。当吴雪峻将自己的恋情告诉爷爷吴一平和奶奶林萍芳后,遭到二老极力反对。在他们看来,吴春愁这个寡妇没有资格踏进吴家大门。他们为孙子吴雪峻物色了几个人选,其中不乏美貌动人的大家闺秀,吴雪峻却不感兴趣,心里只装着吴春愁,夜晚到来的时候,他时常瞒着长辈,与吴春愁来到风景秀丽的福州西湖幽会。

夜晚的西湖,月凉如水,偶尔有云,稍稍遮挡住月光,把那云层映照得颇有层次。

划船是吴雪峻和吴春愁的共同爱好,两人上船之后,吴雪峻把手中的船桨往水中轻轻一点,船便轻摇尾巴,晃晃悠悠地在绿幽幽的湖面穿行。

船到湖正中的时候,吴雪峻不再划船,悠悠的目光滑向吴春愁。此时,吴春愁坐在船头,两眼望着碧绿的湖水,淡淡的月光轻轻地网在那张清秀的脸上,更给她增添几分内涵与韵味。

在船上看风景,那是一件很惬意的事情,吴雪峻和吴春愁的目光悠闲地打量着四周。远处,可以看到福州都市绿莹莹连片的灯光。近处是五彩的霓虹灯,投影在湖中,湖面顿时变得五光十色。湖的岸边,可以看到白堤上那些翠色的柳枝,在白色仿古灯的照射下,有一种略微透明的神韵。湖面上有一些深深浅浅的色彩,是荷叶和荷花,似乎也有睡着的迹象,荷叶齐齐地向着一边,侧耳聆听,似乎能听到轻微呼吸的声音。

其实,泛舟湖上,吴雪峻和吴春愁真正目的并不是欣赏风景,而是放松心情,他们开始吟诗作对,从普希金到徐志摩,再到林徽因。他们热烈地讨论着,此时的吴雪峻显得格外有激情,他站在船头,对着寂静的湖面朗诵着徐志摩的诗《再别康桥》。吴春愁两手托腮,静静地听吴雪峻声情并茂地朗诵,吴雪峻朗诵结束后,吴春愁禁不住拍手叫好。

"春愁小姐,你也给我朗诵一首诗吧。"吴雪峻朝吴春愁优雅地做了个手势。

"你想听我朗诵谁的诗?"

"当然是你最喜欢的女诗人林徽因的诗作。"

"雪峻,你知道我最喜欢林徽因哪首诗作吗?"

"《你是人间的四月天》?"

吴春愁摇摇头,脸上漾出淡淡的愁云。

"那是哪首?"

143

"林徽因为在武汉会战中牺牲的弟弟林恒所作的诗作《哭三弟恒——三十年空战阵亡》。"吴春愁两手托腮,眼里闪出晶莹的泪花,"我之所以喜欢林徽因的诗,是因为我与她之间有共鸣,林徽因的弟弟和我的丈夫都是抗日英雄。林徽因因为失去弟弟痛不欲生,我因为失去丈夫肝肠寸断!"

"那你能否为我朗诵?"吴雪峻尽管不想听,但还是摆出一副饶有兴致的模样。

吴春愁清了清嗓子,开始字字带血、声声催泪地诵读——

弟弟,我没有适合时代的语言
来哀悼你的死;
它是时代向你的要求,
简单的,你给了。
这冷酷简单的壮烈是时代的诗
这沉默的光荣是你。

假使在这不可免的真实上
多给了悲哀,我想呼喊,
那是——你自己也明了——
因为你走得太早,
……

吴春愁再也朗诵不下去了,跪在船头,失声痛哭。

吴雪峻轻轻地拍着吴春愁的肩膀,让她的情感淋漓尽致地发泄出来。

过了许久,吴春愁从悲伤中走出,将身子依偎在吴雪峻怀里:

"雪峻,我失去了天成,现在你就是我的全部,我再也不能失去你了!"

"小傻瓜,别胡思乱想,我会一直陪伴着你。"吴雪峻轻轻地拍着吴春愁的肩膀。

船在湖中漂来荡去。

两人开始转换话题。

"春愁,谢谢你让我杀了个鬼子,原先,我一直认为自己是个贪生怕死的窝囊废,自从杀了个鬼子之后,我发现自己还算个有气节的中国人!"吴雪峻挺起脊梁,语气里透着自豪。

"雪峻,我之所以爱上你,就因为你有血性,敢冒生命危险杀侵略者!"吴春愁毫不掩饰自己的爱。

爱,让两人的心开始贴近。

"如果战争能早日结束,我们就能过上幸福快乐的日子。"吴春愁一脸的憧憬。

"小日本现在已经是穷途末路,挣扎不了多久了。"吴雪峻望了望星空。

"雪峻,战争结束后,你最想做什么事?"吴春愁饶有兴致。

"与你结婚,然后我们生很多很多的孩子。"吴雪峻朝吴春愁俏皮地眨了眨眼。

吴春愁低下头,目光定定地望着湖面,似乎想从湖里打捞出什么,过了许久,她说:"尽管天成已经死了,但在我的梦里和心中,他永远活着,他在台儿庄英勇杀敌的画面时常撞击着我的心灵,让我为之战栗,为之落泪。如果战争结束,我最想做的事,就是到台儿庄看一看,在那里,一定能寻觅到天成的足迹……"

吴雪峻的脸阴沉下来。

"雪峻,我知道不该在你面前过多地提起天成,但有时却情不自禁，说心里话，与你相遇后，我一直对自己说，人死不能复生，我要从心里彻底抹去对天成的记忆，与你开始美好的生活，但我发现做不到，真的做不到呀。"吴春愁眼里充盈着泪水。

吴雪峻把吴春愁揽在怀里，眼含热泪："小傻瓜，我们现在就像一根藤上结出的两个苦瓜，谁也离不开谁了。"

十六、 此情绵绵无绝期

正如吴雪峻预料的那样，由于日军在战场上节节败退，1945年5月10日，日军决定放弃福州以加强上海、杭州、宁波等地的防卫力量，于是，侵占福州的日军开始向马尾集结，并破坏义序机场。5月18日，日军正式退出福州城。

1945年8月15日正午，日本裕仁天皇通过广播宣布接受《波茨坦公告》，无条件投降。

尽管早就预料到日军在中国战场上必定战败，但当日军投降的消息传来，吴雪峻还是抑制不住内心的情感，在福州的三坊七巷漫无目的地来回奔跑，嘴里呐喊："小日本投降了！小日本投降了！"跑累了，吴雪峻便四仰八叉地躺在巷子的地板上，眼望蔚蓝色的天空，呼吸着扑面而来的新鲜空气。想到未来的日子再也不用去闻战场上的硝烟，大好河山再也不会遭受鬼子的蹂躏，眼里顿时涌出豆大的泪珠，毕竟这一天等得太久太漫长了。

如果吴雪峻是个安分守己的男人，此时应该是向吴春愁提亲的最好时机。毕竟，吴雪峻的爷爷、奶奶年事已高，他们看到孙子在婚姻问题上不肯妥协,也做出让步,同意吴雪峻娶吴春愁为妻。但吴雪峻的性格注定了他绝不甘心过凡夫俗子的生活,抗战一结束,他就到处翻阅报纸,想找到原先一直对他在仕途上精心呵护的赵平成。

功夫不负有心人,有一天,吴雪峻在翻阅报纸的时候,突然发现了赵平成的身影,此时的赵平成已是国民党二十一军军长,看到赵平成,吴雪峻心里充满躁动。

我要回归军营!当这种想法从吴雪峻心底冒出时,就像汹涌澎湃的潮水冲击着他的心扉。

经过一番打探,吴雪峻与赵平成联系上了。当赵平成听说吴雪峻还活着的时候,问:"雪峻,四十九团不是在与日军作战中全军覆没了吗?你怎么活下来了?"

"在与日军的战斗中,我与四十九团的兄弟们英勇战斗,可敌众我寡,最后一刻,我发出了突围的命令,并与兄弟们奋力突围,最终我和几个兄弟突围出来,日军紧追不舍,跟随我的几个兄弟都死了,只剩下受了重伤的我侥幸逃脱……"吴雪峻把早已编造好的谎言娓娓道来。

"那你为什么不与军队联系?"

"我受了重伤,在一位老百姓家里养伤,伤愈之后,便回到福州老家,在那里过着平静的日子。之所以没有去找组织,一来是因为兵荒马乱,找组织并不是件容易的事;二来是因为经历重重苦难、死里逃生,我需要些时间稳定下心绪。"

"那你现在想重归军营?"

"想!做梦都想!"吴雪峻接电话的手在微微颤抖。

电话的另一头沉默不语,吴雪峻的心怦怦地跳,良久之后,赵平成略显低沉的声音传了过来:"那你就到二十一军找我吧!"

吴雪峻的眼眶顿时充盈着泪水,按捺不住内心激动的他猛地推开宅院大门。

夏日的早晨,淡淡的晨光悠悠地落在吴家的庭院内,花圃中的菊花和四季海棠呈现出一种懒散的美丽,墙角边的紫藤架下面蜜蜂和蝴蝶嗡嗡地飞来飞去。一只雄鹰从庭院上空飞过,吴雪峻的目光悄悄地跟了过去,披着霞光的雄鹰掠过郁郁葱葱的森林,翻过一座座高山,当雄鹰从吴雪峻视野里消失时,他忽然觉得那只雄鹰就是自己的化身,他要像雄鹰一样展翅高飞。

当吴雪峻把自己要重返军营的消息告诉吴春愁时,她正在给吴雪峻织毛衣,经过一段时间的调养,吴春愁的精神状态已完全恢复正常。

听到吴雪峻说要离开,吴春愁织毛衣的手微微颤抖了一下,很快,又恢复了平静。

"我知道你迟早有一天会离开。"吴春愁说。

"小傻瓜,不是离开,是暂时分离。我是一个有抱负的男子汉,不可能老在福州这片小天地里过着悠闲的日子。我的人生目标就是像雄鹰一样在空中展翅飞翔,而军营是我实现人生价值的最好平台。我到国民党军二十一军后,只要身份得到上级的验证,就能官复原职,当上一名团级军官。我的目标一旦实现,就立即回福州娶你为妻,我要在福州城风风光光地大办酒宴……"吴雪峻两眼发亮地描述着美好的未来。

"不要把未来想得太美好,也许你今天迈出我家这个门槛,以后便再也没有机会迈进。"吴春愁放下手中的针线活,来到窗口边。

"为什么会有这样的想法?"吴雪峻大感困惑。

"因为天成离开这个屋子时,也跟你一样,在我面前把自己的未来描述得非常美好,结果……"吴春愁的喉咙忽然哽住了,泪水在眼里打转。

"小傻瓜,不要杞人忧天,现在日本鬼子被打败,天下太平,以后的日子没仗打了,作为一名军官,日子肯定过得很滋润。"

"可我总是担心。"

"担心什么?"

吴春愁不语,目光呆呆地望着窗外。此时,天空下起了细雨,斜斜细雨打在窗户上,发出沉重空旷的回响,这声音使屋内的气氛变得格外压抑。

"怕我变心,不娶你?"吴雪峻试探道。

吴春愁摇了摇头。

"那你究竟担心什么?"

吴春愁还是不语,默默地眺望远方。

屋里的气氛顿时变得更加压抑。

"春愁,有话就说出来吧,憋在心里多难受呀。"

吴春愁嘴里缓缓地吐出三个字:"怕——内——战。"

吴雪峻愣了一下,随即笑道:"妇人之见,国共两党刚与日本鬼子打完,谁还愿意再打仗呀?"

"但愿我的担心是多余的。"吴春愁眼角布满忧伤。

"春愁,明天我就要走了,我离开后,你要多保重呀。"吴雪峻边说,边把吴春愁紧紧地搂在怀里。

第二天一大早,吴雪峻悄悄起床,回到家整理完行李,与爷爷、奶奶和其他亲人道别之后,匆匆忙忙赶到火车站。

在吴雪峻即将登上火车的一刹那,肩膀被人轻轻地拍了一下,掉过头,只见吴春愁站在身旁,手里提着一个保温饭盒。

"雪峻,你还没吃早点吧,我打了一份你最爱吃的七星鱼丸。"吴春愁笑盈盈地说。

从吴春愁手里接过保温饭盒，吴雪峻的心尖滚过一阵暖流，因为怕吴春愁伤心，吴雪峻并没有告诉她行程，没想到她居然猜出来了。

"雪峻，别对我遮遮掩掩的，其实昨天晚上，我一夜无眠，你离开后，我也起了床，上街打了一碗你最爱吃的鱼丸后，就赶到了火车站。"

"小傻瓜，如果我不是坐这班次的火车呢？"

"那我就一直等下去，直到你出现。"吴春愁哽咽道。

吴雪峻为吴春愁抹去眼角的泪水，轻声说："我不希望看到你流泪，除非是为了幸福。"

"我真的还会拥有幸福吗？"

"会有的。"吴雪峻将吴春愁紧紧揽在怀里。

"呜——"火车的汽笛声响起。

吴春愁踮起脚尖，在吴雪峻脸上留下一个浅浅的吻。

吴雪峻背过脸，悄悄地抹去涌到眼角的泪水后，轻轻地推开吴春愁的身子，低着头走向火车。

吴雪峻没走出多远，身后忽然传来喊声："雪峻，等一等。"

吴雪峻掉过头，吴春愁冲他羞赧一笑："雪峻，我身上的旗袍漂亮吗？"

经吴春愁提醒，吴雪峻仔细打量了一下吴春愁身上的旗袍，发现旗袍的面料是前些天他给吴春愁买的福州市面上最好的丝绸，没想到她很快就穿上了。旗袍做工精细，从颜色到缀绣搭配得恰到好处，落落大方。如此上乘之品，由吴春愁这个身材匀称、曲线流畅的女人穿上，彼此都算找到了知己。旗袍因了吴春愁而得以充分展示自己的优雅高贵，吴春愁则因了旗袍而得以闪

151

耀出夺目的光辉,就像刚出蛹的蝴蝶飞舞在晨曦里。

"小傻瓜,你穿上这件旗袍真漂亮。"吴雪峻发出由衷的赞叹。

"先前怎么没发现呢?"

"刚才,我一门心思都想着上火车。"吴雪峻摇了摇头。

"那你再看我一眼。"

吴春愁在吴雪峻面前慢悠悠地转了一圈。

柔情、忧伤、希冀、迷茫……这一刻全部真实地展现在吴春愁的脸上,她转圈的速度很慢、很慢,从吴春愁的表情可以看出,她多么期盼时光能在这一刻凝固成永恒。

吴雪峻的鼻子酸了一下:"小傻瓜,你能不能为我唱那首《月光光》?"

吴春愁点了点头:

月光光,照池塘,骑竹马,过洪塘,洪塘水深难得渡,娘子撑船来接郎。问郎长,问郎短,问郎此去何时返?

吴春愁的福州唱腔咬字并不太准,但当她把对吴雪峻所有的爱融进后,听起来就显得有血有肉,荡气回肠了。吴雪峻眼里顿时涌满泪水,理智提醒他,不能再儿女情长了,必须马上登车。吴春愁的歌声刚落,吴雪峻便咬咬牙背过身子,大步流星地奔向火车。

火车即将启动的那一刻,吴雪峻拼着老命从人群中挤到车窗旁,使出浑身的气力将头伸出车窗,以便能把吴春愁整个身子收进眼帘。

火车开动了,吴雪峻使劲地朝吴春愁挥手,嘴里发出震耳欲声的吼叫:"春愁,你一定要等我回来。"

吴春愁并没朝吴雪峻挥手,形单影只地站在火车站一隅,默默地长久地眺望着奔驰的列车,如同一尊雕像,在天地之间嵌进一个怅惘的写意。

在火车上,吴雪峻发现保温饭盒下面绑着一条粉红色的手绢,拿起手绢,吴春愁写的一首《听雨》的诗清晰地绣在上面:

你走上战场
梦是我给你的唯一行李
你想我的时候
就把梦装在怀里
等你,等你,等你
等你回福州来听雨

我留在家里
爱是你给我的唯一礼物
我想你的时候
就把爱埋在心里
等你,等你,等你
等你回福州来听雨

看完诗,蓄在吴雪峻眼里的泪水如奔涌的潮水流了出来……

到达二十一军之后,吴雪峻拜访了军长赵平成。

一阵嘘寒问暖之后,吴雪峻就把话题切入正题:"军长,我什么时候能恢复军职呀?"

"不急,你先在二十一军招待所休息一阵子。"

"军长,您知道我是个闲不住的人,想早日为党国效力。"吴雪峻一副急不可待的模样。

"现在是和平时期,抗战的时候,你如果这么急切地来找我,我会很快给你恢复职务。"赵平成的脸阴冷下来。

吴雪峻的脸刹那间红到耳根:"实不相瞒,抗战期间,我为了疗伤,才没回军营找长官。"

"雪峻,我是看着你在军营一步一步地成长起来的,对你的军事才能,我非常赏识,但要恢复你的军籍和官位,那是非常有难度的,我必须派人对你这些年的所作所为进行详细调查。"赵平成的脸色依旧冷峻。

作为赵平成的老部下,吴雪峻早就耳闻赵平成很贪财,他尤其喜欢老古董。这次来找赵平成,吴雪峻认定赵平成不会轻易让他官复原职,事实与他的想象完全吻合,看来得使出绝招了。

"长官,我这里有一个青铜鼎,不知道真伪,您能不能帮我鉴定一下。"吴雪峻将从好望山挖来的青铜鼎,毕恭毕敬搁在桌面上。

看到青铜鼎,赵平成的两眼顿时发亮。作为一位对古玩非常有研究的人,赵平成一眼就认定青铜鼎出自战国时期,价值连城。

"是个好东西。"赵平成发出"啧啧"的赞叹声。

"长官既然喜欢,这个青铜鼎就送给您。"

"这可是个很值钱的宝贝,我怎能接受?"赵平成推脱道。

"长官就不要客气了,我在军营里能成长为团级干部,多亏长官的栽培,现在又因为军籍的问题麻烦长官,长官如果看得起在下,就一定要收下。"

"礼太重,我还是不能收。"赵平成继续推脱。

"长官若不收,那就是看不起在下。"

吴雪峻把话说到这个份上,赵平成也就不再装了,脸上露出满意的微笑:"臭小子,既然这么说,那我就笑纳了,你到招待所静候佳音吧。"

吴雪峻在招待所刚住三天,任职命令就到了。吴雪峻被任命为二十一军下属二师三团团长,原先吴雪峻认为官复原职就不错了,没想到还升了一级。

接到任命书后,吴雪峻按捺不住兴奋,给吴春愁打了个电话。

"小傻瓜,我被任命为团长了。"

"雪峻,没什么好兴奋的,内战即将打响。"吴春愁在电话那一头冷冷应答。

"你怎么知道?"

"我每天看报纸,闻出了战争的气息。"

"即便打仗也没关系,共产党小米加步枪的部队哪是用美军装备武装起来的国民党军队的对手。"吴雪峻信心十足。

"未必,共产党得人心,得人心者得天下,我认为共产党领导的解放军极有可能打败国民党军。"吴春愁停顿了一下,继续说道,"雪峻,我觉得你今生做出的最错误决定就是离开了国民党军军营,却又傻了吧唧地重新回到国民党军军营。"

吴春愁说罢,也不听吴雪峻回答,直接搁下了电话。

事实证明,吴春愁的判断非常正确,吴雪峻刚到三团上任,内战就爆发了。此时的吴雪峻早已厌倦战争,他对战争有了一种恐惧感,但人在军营,不得不硬着头皮,跟着部队转战南北。

国民党军在战争中屡战屡败,吴雪峻在几次与解放军的战斗中,险些丢了性命。此时,他方才领悟到吴春愁对局势的判断是如此准确,他后悔当初没听吴春愁的话。那段时间,吴雪峻在各个战场上颠簸的时候,吴春愁的影子总是神不知鬼不觉地从他的脑海里跳将出来,带着一种无法抗拒的力量紧紧攫住他的心。

南征北战的那段时间,吴雪峻身体疲惫不堪的同时,心灵也备受煎熬,觉得对不起吴春愁,辜负了这位遭受过心灵创伤的女子对他付出的沉甸甸的爱。他特别担心自己走后,吴春愁的精神病会再次发作。为此,他只要闲下来,就会给吴春愁打电话。吴雪峻在电话里安慰吴春愁,说他在战场上很安全,国民党军队经常打胜仗,用不了多久就能打败解放军,战争结束之后,他就马上回福州与她办婚事。

吴雪峻把该说的话讲完之后,吴春愁说:"雪峻,不要再骗我了,国民党军队兵败如山倒,迟早会被解放军打败。你还是识时务一点,脱下军装,回福州吧,不要再迷恋所谓的功名利禄了,到头来,都是一场空。"

吴雪峻知道吴春愁讲的都是大实话,可上船容易下船难,自己如果擅自离开军营回到福州,是要受军法处置的。现在吴雪峻只有一条出路:跟着赵平成一路走下去。

"雪峻,你怎么不说话呀?"见吴雪峻在电话的那头沉默不语,吴春愁急切地追问。

"我现在回不去。"

"为什么?"

吴雪峻不知道该如何回答,便继续保持沉默。

见吴雪峻不吱声,吴春愁一声轻叹之后,吟起魏晋南北朝谢朓的《玉阶怨》:"夕殿下珠帘,流萤飞复息。长夜缝罗衣,思君此何极?"

每次与吴春愁通完电话,吴雪峻内心都会遭受一次猛烈的撞击。他隐隐约约预感到自己如果不回去,吴春愁极有可能病情发作,丧失理智后的她很可能会有不理性的举动。

果然,没过多久,就从福州传来吴春愁因精神病复发坠楼身亡的噩耗……

听到这个消息,吴雪峻朝着福州方向长跪不起,在国民党军兵败如山倒的时候,回福州为心爱的女人奔丧只是一种幻想。

后来战局的发展,比吴雪峻预料得还要糟糕,解放军以摧枯拉朽之势,打得国民党兵溃不成军,吴雪峻和他的部队退守到了上海,在上海闸北一带,身为上校团长的吴雪峻带领人马固守二十多天后,与上峰失去联系,只好解散部队,化装成老百姓隐藏起来。后来,上海开始"肃反"清查身份,吴雪峻待不下去了,孤注一掷的他用两根金条买通一艘小船,从吴淞口逃往金门。

从吴淞口逃往金门的过程真可谓九死一生。从吴淞口出发后,福大命大的吴雪峻逃过解放军的追击,还来不及庆幸,又险些丧生于金门国民党军的炮火。原来,在接近金门时,被国民党守军误为"共军"而开枪射击。情急之下,吴雪峻急忙撕下白衬衣当白旗,拼命在空中挥舞,国军党守军的炮火停下,吴雪峻这才战战兢兢地上了岛。

"举起手来。"守岛国民党士兵下令。

吴雪峻乖乖地举起了手。

一名年轻的守岛士兵上前搜身。

士兵搜了半天,只从吴雪峻的身上搜到一个盒子,打开盒子,里面有三样东西:结发妻子送给他的短笛,林痴梦送给他的一绺长发,吴春愁离别时送给他的手绢。

"这些破玩意儿有什么用?"

157

"长官，对于我来说，这些东西都是无价之宝，它们与我的生命一样重要。"

"你究竟是什么人？"

"国民党军官。"

"请出示你的军官证。"

"丢了。"

"这些破玩意儿你不把它们丢掉，军官证倒丢掉了，你骗谁呀？"年轻士兵说罢，便对吴雪峻一番拳打脚踢，精疲力竭的吴雪峻顿时晕厥了过去……

因为不能证明自己是上校团长，一大把胡子的吴雪峻在金门只能重新当一名普通士兵，每天干着修工事、割草等重活。对于这样的遭遇，吴雪峻坦然接受。在硝烟弥漫、血肉横飞的战场，他的许多战友都当了炮灰，而他居然神奇地活了下来。他觉得自己就像一头被追赶的野兽，走投无路之际，前方却柳暗花明出现了洞窟，使他获得了藏身之处，他终于获得了心灵的平静，尽管这里的条件十分恶劣，但吴雪峻还是真真切切地感受到了什么叫幸福！

中　部

一、 第一次穿越

作为一名从中国大陆过来的老兵,吴雪峻对大陆有着剪不断理还乱的情结。吃过晚饭后,他时常坐在海边的岩石上,嘴里叼着一根烟,两眼怔怔地望着海那边。

一晃,吴雪峻在金门岛上已整整生活了3年,岁月已把他腌成一位满脸沧桑的老兵。坐在岩石上看海成了吴雪峻每天的必修课,久而久之,岩石上隐隐约约留着一个屁股的轮廓。

吴雪峻刚开始看海时,并没有什么感觉,看久之后,便从海里读出岁月的厚重、生命的坚韧、时事的沧桑,并用这些精神食粮点亮自己在岛上寂寞的日子。

看海的那些日子,吴雪峻无意间在海边拾到一枚永历通宝钱币。当他的目光透过钱币的四方孔时,心跳忽然间加快,四方孔里似乎有一股神奇的魔力,欲把他整个人吸走。

那真是一枚神奇的钱币!吴雪峻心里发出长长的感叹。

以后的日子,吴雪峻把这枚钱币时刻带在身边,久而久之,这枚神奇的钱币成了他的护身符。夜深人静的时候,吴雪峻经常对着钱币窃窃私语。钱币虽然不会说话,但在吴雪峻向它倾诉心声的时候,会有色泽上的微妙变化。比如吴雪峻说起高兴的事情,手舞足蹈的时候,它的身上会发出艳丽的光芒;吴雪峻说伤心事情时,它浑身便会黯淡下来,并渗出细细的水珠。

吴雪峻觉得这枚钱币就是他的知音。

作为一个独在异乡的老兵,他需要知音,需要有个倾诉的对象,而这枚小小的钱币则能满足他的要求,这让他伤痕累累的心得到了慰藉。

那是一个清月高照的夜晚,吴雪峻独自一人来到海边,听潮起潮落。

远处,忽然传来一个微弱的声音:"雪峻兄弟,想家了吗?"

吴雪峻的身子打了个颤,环顾四周,没有发现人的踪影。

难道是自己的哪根神经搭错,出现了幻听?吴雪峻感到纳闷。

"雪峻兄弟,想家了吗?"微弱的声音再次响起。

吴雪峻再次环顾四周,还是没有发现人的踪影。摸了摸身上,发现原先冰冷的钱币忽然有了体温,吴雪峻觉得声音或许是那枚钱币发出的,便把它捧在手心,问:"钱币,我觉得你有灵魂,有生命,你是不是神灵的化身?"

钱币的身子闪亮了一下,幽幽的声音伴着海风飘到吴雪峻的耳根:"雪峻兄弟,实话实说,我也来自海那边。明末清初时,我是郑成功手下的一名老兵,跟随郑成功渡海攻打下台湾,后来在台湾定居。"

"大哥,你死后,怎么会化成一枚永历通宝钱币呢?"

"那是一个永远都不能说出的秘密。"

"为什么?"

"因为我如果说了,就不能附体在永历通宝钱币之上了,我将化成海滩上的一粒沙子，或者大海里的一滴水。"

"有这么回事？"

"对！"

"大哥，我俩都是来自大陆的老兵，彼此间应该有很多共同的语言。"

"雪峻兄弟，你说的一点都不错。事实上我们不仅是知己，而且还能互相帮衬。"

"怎么互相帮衬？"

"实话对你说，我是一枚有魔力的钱币，可以帮助你穿越回年轻的时代，找到自我。"

"真有这么回事？"吴雪峻瞪大双眼。

"一诺千金！"

"那我应该怎么感谢你呢？"

"不要感谢我，我有让你穿越寻找自我的权力，你也有机会让我获得重生！"

"什么意思？"吴雪峻丈二和尚摸不着头。

"天机不可泄露。"

吴雪峻若有所悟地点了点头。

一阵轻风拂过，钱币身上的温度褪去，又变得冰凉如水。

神奇的钱币居然会说话，这让吴雪峻喜出望外。可当他再尝试与钱币说话时，钱币却始终不开口。

虽然钱币不再说话，但它依旧是吴雪峻的宝贝。

那段时间，他经常来到海边，目光透过钱币的四方孔看海，眼前就会晃出赵如水的身影，她亭亭玉立在海那边一望无际的芳草边，天边飞来一只白鸽，颤颤悠悠地落在赵如水的肩头上。

赵如水拿起笛子，悠扬的笛声响起的那一刻，落在她肩上的白鸽向吴雪峻所处的方向飞来，尽情地舒展优美的身姿。

吴雪峻的两眼顿时亮了起来，嘴里念叨道："如水——如水——"

随着声音的发出，吴雪峻静如死水的心海顿起波澜，恍惚之中，觉得有一只白嫩柔软的手从云层里伸出，直抵头顶，女子的手指温软柔和，如缕缕青烟飘在空中，恬然灵巧，又似一群会唱歌的小鸟欢快婉转。这一刻，吴雪峻内心点亮一盏温暖的神灯，耳畔重新响起赵如水临别时的话："郎君，前些日子，我看了一些宣传共产主义思想的书籍，觉得他们的思想和主张很切合中国实际，我认为你加入红军或许比加入国民党军有出息。"

当赵如水临别的话在吴雪峻耳边炸响时，他抬起头，赵如水的身影悠然出现在云层中，浑身被金色的灵光环绕着，脸上写满哀怨，眼里含着泪水。吴雪峻伸手去握赵如水的手，赵如水却背过身子，手轻轻地一挥，化成一阵风消失得无影无踪。

梦幻虽然消失，但吴雪峻却在痛苦和自责的旋涡里不能自拔。他在做这样的假设，假如当初听从赵如水的话，加入共产党，那他的人生轨迹是不是会彻底改变了呢？

这个念头在吴雪峻脑海里冒出，他痛苦地蒙上了眼睛。为了填平内心的伤痛，他的思路开始循着赵如水临别时说的那句话走，迷迷瞪瞪中，吴雪峻的身子化成一只白鸽，从钱币的四方孔里穿出，飞过台湾海峡，越过连绵山脉，穿过金黄色的麦田，重新回到西子村……

这一刻，一部穿越大戏徐徐拉开帷幕——

一个春暖花开的日子，披红戴绿的吴雪峻骑着千里红，喜气洋洋地带着接亲队伍来到空旷的草坪上，等待着新娘子赵如水的到来。

远处飘来一乘花轿，轿夫们唱着歌儿，有节奏地颠着花轿。在当地人眼里，颠轿不仅意味着喜庆，也会给新娘子带来好运，轿夫们根据新郎给的红包多少，决定颠还是不颠，给的多便使劲卖力地颠；给的少或者不给，轿夫也会颠，不过那是恶作剧地颠，会颠得新娘子东倒西歪、受尽折磨。

悠扬的笛声从远处传来，吴雪峻听出笛声是从晃晃悠悠的花轿里传出来的。按说，此时坐在花轿里的赵如水应该保持大家闺秀的矜持，但因为新郎吴雪峻给轿夫的红包大，轿夫们把花轿颠出了喜气，也把赵如水内心深处的幸福与快乐、憧憬和希冀颠了出来，她情不自禁地拿起笛子吹了起来。笛声在晴朗的天空下，就像一汪清水从天边飘来，当吴雪峻俯下身子想从这一汪清水中掬起笛声时，蓦然发现笛声全是碎的，掉头而去时，却发现笛声就在身后。

在笛声的诱惑下，吴雪峻不顾接亲长辈的阻拦，策马扬鞭朝新娘所处的方向奔去。

空旷的草原上，吴雪峻就像一只翱翔的雄鹰，阳光照在那张古铜色的脸上，更给他增添了几分英武。眼前的一幕让赵如水芳心再次荡漾起来，她又吹起了笛子，笛声里透出一股关不住的喜气。

就在吴雪峻靠近赵如水队伍的时候，前方忽然冒出一队全副武装的骑兵，他们以迅雷不及掩耳之势拦住花轿。

赵如水的笛声戛然而止，轻轻挑开窗帘，荷枪实弹的黑虎立即撞入眼帘。

见到凶神恶煞的黑虎，赵如水的心抽了一下，但很快便镇定下来："黑虎，你带这么多人来干什么，莫非想讨喜酒喝？"

"如水，你不是说时间会给出答案吗？现在答案已经摆在桌面上了，我拉起一支队伍，占据了一座山头，比吴雪峻强多了，你还是跟我过吧，做我的压寨夫人，我保证你吃香喝辣，享尽荣华富贵。"

"黑虎，你确实是个棒小伙子，但我已经决定嫁给雪峻了，你还是打消这个念头吧。"赵如水的话柔里有刚。

"如水，你是我心中的女神，除了你，我的心里装不下第二个女人。"

"黑虎，天涯何处无芳草，何必在一棵树上吊死呀。"

"我就是要在一棵树上吊死。"

"你犯浑。"

"我就是犯浑。"黑虎话里透出一股蛮横，"今儿，我就是来抢新娘的！"

"放肆，小心大爷劈了你的狗头。"拍马赶到的吴雪峻一声怒吼。

黑虎掉过头，看到吴雪峻，鼻子里哼出一口粗气："龟孙子，我正要找你算账，你自己倒撞到枪口上来了。"

"今天是我的大喜日子，你这个小瘪三来凑什么热闹。"吴雪峻怒斥。

"嘀，好大的口气，你知道大爷现在的身份吗？"黑虎黑着脸。

吴雪峻冷冷地瞧了一眼黑虎带来的人马："不就是占山为王的草寇吗，有啥了不起。"

黑虎的手下听了吴雪峻的话，全部迎上前来，寒光闪闪的刺刀齐刷刷地对准吴雪峻。

"你们都退下。"黑虎大声喝道。

待手下全部退下后，黑虎从腰间拔出刺刀，冷冷地对吴雪峻说:"龟孙子,敢与我比刀法吗?"

"手下败将,我怕你不成。"吴雪峻迅速从腰间拔出刀。

"我们打个赌怎么样?"黑虎继续挑衅,"被人从马背打到马下者输。如果你赌输了,新娘子就归我,如果我败下阵来,你就可以把新娘子接走。"

"黑虎,你也太嚣张了吧,小心我拧下你的狗头。"吴雪峻狠狠地瞪了黑虎一眼。

与吴雪峻和黑虎剑拔弩张相比,他们之间的坐骑红玉和千里红则友好很多,它们见面后,红玉摇着尾巴,拱背跳跃,一副兴高采烈的模样。与红玉相比,千里红则羞涩很多,一副虽然怀春却犹抱琵琶半遮面的模样。

"接招!"当黑虎向吴雪峻出招的时候,按常规,作为一匹与主人配合默契的马,应该高高跃起,给主人提供助力,但此时的红玉却站在原地望着千里红发愣,黑虎出招的力度顿时打了大大的折扣,吴雪峻用刀轻轻一挡,就挡开了黑虎的进攻。

对于红玉的不配合,黑虎相当恼怒,他狠狠地抽了一下马鞭,红玉才从梦幻中醒转过来,它在黑虎的指挥下,开始进入状态。与红玉相比,千里红则很快就进入状态,跃进、闪避、腾挪、停顿,显得异常敏捷,千里红的出色表现,让吴雪峻能从容地应对黑虎发起的一轮又一轮凶狠的攻势。

与黑虎短兵相接之后,吴雪峻意识到黑虎的刀法较以前大有长进,现在与黑虎比刀法,吴雪峻明显处于下风。在黑虎充满杀机的攻势下,吴雪峻完全处于劣势,只有招架之功,没有还手之力。

眼看黑虎要取胜,赵如水的笛声忽然漫开,笛声时而铿锵热烈,如水阻江石、浪遏飞舟;时而放浪豁达,如月游云宇、水漫

167

平川。吴雪峻听到直抵心灵深处的笛声，整个人变得精神抖擞、斗志昂扬，他的出招速度变得又快又狠。与吴雪峻形成鲜明对照的是黑虎，他听到赵如水笛声后，整个人变得六神无主，刀法也远不如先前犀利。

吴雪峻由守转攻，黑虎则完全乱了分寸，随着吴雪峻绝招"一招制敌"的亮出，黑虎手中的刺刀被打飞，左臂被吴雪峻的刀刺中，鲜血直流的他从马背上摔了下来。

"黑虎，你这个手下败将，立即给我滚回去。"吴雪峻寒光闪闪的刀直逼黑虎。

黑虎的几名手下见老大被吴雪峻挑落马下，立即把吴雪峻团团围住，吴雪峻的迎亲队伍见有人劫亲，也冲上前来。

黑虎见吴雪峻人多势众，便朝手下挥了挥手："愿赌服输，既然我败了，就得给新娘子让道。"

吴雪峻以胜利者的姿势护卫着新娘的轿子离开，走出一段路后，他吹了一声尖利的口哨。这带着自豪与得意的口哨声把黑虎气得浑身发抖，他捂着流血的伤口，恶狠狠地说："君子报仇十年不晚，吴雪峻，你等着瞧。"

办完喜宴后，吴雪峻丝毫不敢怠慢，把今天发生的事情告诉给了外公刘忠德和岳父赵秋风。两位长辈听完吴雪峻的叙述，眉头紧锁，他们压根儿没想到黑虎离开村庄之后，居然成了一名打家劫舍的土匪，至于他统领的土匪身在何处，两位老人心里没数，他们急忙派出暗探打听黑虎的落脚点。

很快，暗探的消息传来，黑虎离开村庄后，到五十余千米外的一处山寨落草为寇，因为他胆大心细，得到寨主赵成晟的喜爱，很快就成为山寨的二当家。在一次行动中，赵成晟不幸中弹身亡，黑虎自然成为山寨的新寨主。他当上寨主之后，便春风得意地带着手下人马来向心仪已久的赵如水提亲，没想到吴雪峻捷足先登，抢在他之前娶赵如水为妻。看到新娘子的轿子从眼前穿过，急红了眼的黑虎想劫走新娘，却在与情敌吴雪峻交手中败下阵，而且还负伤。黑虎归山之后，放出狠话：等他伤养好之后，一定要带领手下踏平西子村。

获得情报之后，刘忠德和赵秋风决定立即成立自卫队，以便黑虎带兵来犯时，有实力护卫村里的百姓。

自卫队成立之后，刘忠德和赵秋风带头捐款，同时他还发动群众砍伐树木出卖集资，筹集的资金全部用来购置武器，并办了一个兵器修理所，自制大刀、梭镖、土铳、鸟枪等。很快，一支大约300名的自卫队队伍拉了起来，拉起队伍之后，被推选为队长的吴雪峻带领人马到野外训练，大刀、梭镖、土铳、鸟枪、驳壳枪，各种武器五花八门。虽然武器装备很差，但自卫队队员个个斗志昂扬，山上山下彩旗飘飘，练武干劲高涨。

到了午饭时间，赵如水挑着一担米饭从林荫小道里飘出。她的身后跟着十余个送饭姑娘，见队员的目光都注视到姑娘身上，赵如水也不害羞，搁下扁担，亮开嗓门唱道：

妹妹挑土哥挖塘

汗珠跟着泥水淌

妹挑千斤不知累

哥在泥里不觉凉

哟——

西子河河长山宽，生长在这里的人大都有一副好嗓子，男的音质洪亮，女的音质柔和，咬词分明，唱曲里以黄梅调儿居多，也掺杂一些京戏楚剧和梆子味儿,而且随意性很强,哥啊妹啊姐啊弟啊的歌特别走俏,唱起来也格外顺溜。当然,最带劲的是男女对情歌,特别吸引眼球、吊人胃口。

赵如水唱罢,大伙都把目光集中到吴雪峻身上,在他们眼里,吴雪峻是村里的头号秀才,唱情歌的高手。吴雪峻见大伙的目光都注视到他的身上,便亮起嗓门对歌:

人多不好把话讲
纸糊灯笼心里亮
妹妹英雄哥好汉
挖到星落露太阳
哎——

两人绝妙的对唱把大伙的兴致彻底调动起来,队员和姑娘们跳起欢快的舞蹈,整个山野顿时淹没在欢乐的海洋中。

大伙欢庆的时候,刚才还在引吭高歌的吴雪峻无声无息地跳到圈外,独自一人站在山坡上,看大伙尽情地欢笑,脸上漾出幸福的微笑。

"当家的,开饭了,在想什么事呀?"赵如水甜甜的话语把吴雪峻从美好的遐想中拖回现实。

吴雪峻掉过头,只见赵如水像一朵鲜花盛开在身旁。

"想你呗。"吴雪峻在赵如水可以拧出水的脸上轻轻地捏了一把。

赵如水脸上浮现一抹红晕,娇嗔道:"老不正经。"

吴雪峻哈哈大笑地拿碗去装饭,却被如水拦住:"当家的,我有一件要事和你商量。"

"啥事，莫非要我上九天为你揽月，下五洋为你捉鳖？"吴雪峻嬉皮笑脸。

"当家的，别老开些不着边际的玩笑。"赵如水一脸严肃，"我和村里的几个姑娘经过商量，一致认为村里必须成立一支娘子军！"

"为什么？"

"巾帼不让须眉呗！"赵如水手叉着腰，豪情满怀。

犹如平地响起惊雷，吴雪峻打了个愣怔，瞪大眼睛，像发现新大陆一样望着赵如水。在他眼里，赵如水是个柔情万千的乖巧女子，没想到这么个水一样的姑娘居然想建立娘子军。想法虽然很好，但吴雪峻还是认为赵如水太嫩太天真，毕竟她不是花木兰呀。

"如水，成立娘子军可不是开玩笑的事儿，你能挑起这千斤重担？"

"能！"赵如水挺起胸脯，透出一股泼辣和傲气。

"可我总觉得打仗是我们大老爷们的事，与你们无关。"吴雪峻的眉头拧成一团。

"队长，我看嫂子的意见不错，男女搭配，打仗不累哟。"副队长刘彬勇调侃道。

"副队长的话说到我们心坎上了。"自卫队的小伙子们齐声拍手叫好。

姑娘们也一致叫好。

"当家的，你当众表个态，娘子军要成立吗？"赵如水拽着吴雪峻的手不放。

看到大伙一致拥护成立娘子军，吴雪峻便骑驴下坡，大手一挥道："我同意成立娘子军，娘子军成立后，自卫队的爷们儿可

171

要悠着点,魂可不能给勾走了哟。"

娘子军成立后,西子村的天空下顿时有了一道亮丽的风景,队长赵如水腰际一柄玲珑的左轮手枪从不离身,她把枪在手里拨弄来拨弄去,跟耍猴似的。更让人叫绝的是她看似漫不经心的射击,却发发都在靶心处转悠。赵如水的射击天赋让娘子军的姐妹们折服,她们跟着赵如水勤学苦练射击本领;娘子军在她的调教下,个个精神抖擞、意气风发,让自卫队的爷们儿不得不刮目相看。

二、 黄连树下弹琵琶

黑虎养好伤后,立即带领匪徒扫荡西子村。在黑虎看来,拿下吴雪峻不过是手到擒来。骑着高头大马的黑虎与其说是去复仇,不如说是去游山玩水。一路上,他与手下有说有笑,闲下来时,还哼起家乡小调,哼着哼着,就想起赵如水。对于赵如水,黑虎可谓一往情深,他怎么也不能接受自己的心上人成为吴雪峻的新娘的事实。这次出征,他发誓要灭了情敌吴雪峻,黑虎想象吴雪峻见到全副武装的土匪时,一定会惊慌失措、束手就擒,这样的想象让黑虎的心里充满惬意……

黑虎的愉快心情并没有持续多久,就被山谷间隆隆的枪炮声打破,还没弄清怎么回事,手下的匪徒就倒下一大片。其余匪徒见有伏兵,纷纷后撤,黑虎根本弄不清是谁的人马朝他下手,他想带兵撤离,但心有不甘,遂大声喊道:"请问何方神圣拦我去路?"

"你大爷吴雪峻也!"站在山谷上的吴雪峻高声应道。

黑虎大吃一惊,万万没有想到吴雪峻居然拉起了队伍。

随着吴雪峻一声令下，自卫队人马如出笼的老虎直扑黑虎的匪军。一场短兵相接的恶战展开，自卫队长枪、大刀、长矛杀得黑虎的匪军鬼哭狼嚎、节节败退。

黑虎慌忙带领匪军撤离。

吴雪峻见匪军要开溜，便指挥自卫队穷追猛打，匪军顿时溃不成军。尽管黑虎声嘶力竭地呵斥，但根本起不了作用，此时的黑虎才算真正领悟到自卫队的厉害。

黑虎带着残兵败将向后撤退，没退多远，山谷上忽然又冲下一支队伍。令黑虎没想到的是，那是一支娘子军，为首的是赵如水，只见她扎牛皮腰带，腰间别着一把红绸子包裹的手枪，走起路来身轻如燕，显得英姿飒爽、风采照人。

到底是做梦，还是在现实生活之中？黑虎有点弄不明白了。

黑虎发愣之际，赵如水手里的枪响了。

黑虎身边的二当家随即倒下，他身上的血溅到黑虎的身上，黑虎顿时惊出一身冷汗，他没想到赵如水居然有如此好的枪法。现在黑虎的脑子里只有一个想法：逃！

黑虎策马扬鞭，拼命冲出重围……

那次惨败之后，黑虎元气大伤，根本没有力量再组织人马向西子村发起新一轮攻势。作为一个争强好胜的男人，黑虎怎么也咽不下这口气，开始绞尽脑汁盘算如何才能复仇。最终，他决定投靠日军，借日军之手除掉吴雪峻和自卫队。

作为一个中国人，黑虎骨子里其实并不想当汉奸，但为了报仇雪恨，他顾不了廉耻，带领手下投奔了日军。

听说匪首黑虎来投，日军中佐坂田微微一笑。此君寡言少语但老谋深算，肚子里有牙，尤其在笼络人心方面，极其圆滑老到。与坂田形成鲜明对比的是他的副手龟田少佐，平日严酷武断，整天绷着一张肃杀的面孔，仿佛全中国人都是他的敌人。

对于黑虎，坂田虽抱有戒心，却委以重任，任命他为伪军队长，因为坂田看中他手下有一帮得力干将。

当上伪军队长之后，黑虎感激涕零，每次随坂田出去作战，都带领伪军在前方冲锋陷阵。对于黑虎的表现，坂田经常夸奖道："黑虎，你的良心大大的好，对皇军大大的忠心，皇军将来要给你大大的奖励。"

得到坂田首肯的黑虎觉得自己报仇的机会到了，便向坂田谎报军情，说西子村成立了由共产党领导的自卫队。

听到"共产党"三个字，坂田的眉头紧皱。一年前，他所在部队与八路军交战，坂田骑着马与一名年轻的八路军骑兵拼刺刀，最终被挑落马下，若不是手下拼命相救，早就命归黄泉。从那天起，坂田对共产党有着刻骨的仇恨和恐惧。现在听黑虎说西子村有共产党领导的自卫队，坂田不敢怠慢，立即指示黑虎收集情报，准备找机会踏平西子村。

自卫队大胜黑虎统领的匪军后，士气高昂，全村百姓欢欣鼓舞，吴雪峻也沉浸在胜利的喜悦之中。与全村百姓兴高采烈形成鲜明对照的是赵如水，她的眉头始终紧锁，她不止一次告诫吴雪峻，黑虎肯定不会善罢甘休，一定会想方设法前来报复。对于爱妻的忠告，作为自卫队队长的吴雪峻并没有放在心上，在他看来，黑虎的人马经过那次大败之后，早已元气大伤，他若再次侵犯西子村，肯定不是自卫队的对手。

就在自卫队麻痹大意的时候，黑虎突然带着日本鬼子出现在村里，村里所有的人都大吃一惊，他们怎么也想不到黑虎为了报仇，居然投靠日本鬼子。

面对日伪军的突然袭击，吴雪峻带领自卫队拼命抵抗，但自卫队根本不是敌军的对手，很快就被打得溃不成军。

吴雪峻见势不妙，急忙带着自卫队人马撤退，日伪军人马则步步紧逼。

局势一边倒的时候，忽然传来一声枪响，冲在日伪军最前面的黑虎被击中左臂，从马背上摔了下来。

日伪军的气势顿时被压制住。

朝黑虎开枪的是赵如水。此时，她正带领出去操练的娘子军归来，看到日伪军把自卫队打得七零八落，便带领娘子军奋力相救。自卫队人马看到援兵来到，掉过头杀了个回马枪。

坂田原以为自卫队人马不堪一击，却不料自从娘子军出现后，原先一路逃窜的自卫队汉子们掉过头，个个变得神勇无比，自卫队与娘子军对日伪军形成两面夹击的态势。坂田见日伪军占据不了多大的优势，又伤了黑虎这员大将，便收兵了。

这场恶战，自卫队和娘子军虽然击退了日军的进攻，但损兵折将，伤亡惨重。

日军如果再次来犯，怎么办？吴雪峻和赵如水很揪心。

"听说离村子不远处有一支共产党领导的游击队，我们可以跟他们取得联系。"自卫队副队长刘彬勇提议。

"彬勇的想法很好，只要我们与游击队组成攻守同盟，日军就不敢轻举妄动。"赵如水表示赞同。

"看来，我们也只有这步棋走了，可怎么才能与游击队接上头呢？"吴雪峻蹙起眉头。

"前些日子，游击队曾派人与我联系。"副队长刘彬勇说。

"那你为啥不早说？"

"怕你不同意。"

副队长刘彬勇这么一说，吴雪峻猛然想起自卫队成立的时候,他曾要求自卫队人员不与国民党和共产党有联系,他想把村子打造成独立王国,但日军的入侵彻底击碎了他的梦想。

"现在是火烧屁股的时候了,刘副队长,你立即带我去见游击队领导。"

游击队老巢在一座山上,吴雪峻走在弯弯曲曲的山路上,眼前溢满斑斓的色彩,心里荡漾着浓稠的情感。

听说自卫队队长吴雪峻和副队长刘彬勇登门拜访,游击队队长邹成平立即出门相迎。

邹成平长着一颗冬瓜头,脸上胡子拉碴,挎着盒子枪。

"吴队长,欢迎你到此做客。"邹成平笑眯眯地迎上前去,紧紧地握住吴雪峻的手。

吴雪峻很认真地打量着邹成平,嘴里嘟嘟囔囔:"我的个天,你就是邹队长啊?"

"不像?"邹成平眨了眨眼。

"跟我心目中的邹队长是有那么点儿差距。"吴雪峻实话实说,"人家都说邹队长有三头六臂,是个飞檐走壁、刀枪不入的人物,跺一跺脚,附近的村庄都会抖。可今天一瞧,倒像个庄稼汉,邹队长,你真有那么神吗?"

"吴队长,别听人家瞎说。"邹成平掏出那杆一巴掌长的旱烟锅,点着一锅旱烟,笑眯眯地吸了一口,"我们还是言归正传,说说你找我的目的吧。"

"邹队长,我这是无事不登三宝殿……"

"让我猜一下你为何而来。"邹队长接过吴雪峻的话,"你想与游击队结成攻守同盟。"

"你怎么知道?"

"我听说昨天日本鬼子袭击西子村,你们虽然击退了日军,却损失惨重。"

"看来你们对自卫队处境了如指掌,邹队长,你说我们下一步棋应该怎么走?"

"据我们掌握的情报,坂田的援兵马上就到,到时候,他一定会再次带兵清剿自卫队。"

"那我们应该怎么办?"

"自卫队与游击队组成攻守同盟远远不够,得把两支人马拧成一股绳。"

"自卫队与游击队整合成一支部队?"

"对!"邹成平点了点头,"你带领自卫队人马上山,游击队与自卫队整合成一支部队,你当队长,我当政委,如何?"

面对邹成平抛出的橄榄枝,吴雪峻露出犹豫的神色,拉起队伍的吴雪峻向往不受任何政党制约的悠闲日子。

"你不愿意?"

"此事事关重大,我得好好想一想。"

"兄弟,日本鬼子肯定会来报复,我劝你赶快把队伍带上山,不要再犹豫了,否则就晚了。"邹成平重重地拍了一下吴雪峻的肩膀。

"邹队长,你还是容我回去细细斟酌一下吧。"

"好,你可要速速做出决定啊。"

正如邹成平所言,日军并没有给吴雪峻太多考虑时间,坂田的援兵一到,他立即带着人马前来清剿吴雪峻的自卫队。

当日军再次出现在村里的时候,吴雪峻还在是否将自卫队与游击队整合的问题上举棋不定。听说日军来袭,他连马都来不及骑,便和赵如水带领自卫队和娘子军人马仓促应战。两军一交战,尽管自卫队和娘子军非常英勇,杀退日军一次又一次进攻。但随着战局胶着,装备上的劣势便暴露出来,自卫队和娘子军弹药缺乏,难以抗御日军的猛烈攻击。

见自卫队和娘子军明显处于劣势,坂田拔出钢刀,大声叫嚷:"哟西,杀!杀!杀!"

年轻气盛的日军少佐龟田,听到长官的命令,立即带领先头部队杀向自卫队阵地。

自卫队人马在日军气势汹汹的进攻下,开始边战边退,日军则步步紧逼。

望着一个个战友倒在血泊中,吴雪峻心如刀割,他对当初没听邹成平的话追悔莫及。

就在自卫队和娘子军人马溃不成军之际,邹成平忽然带领游击队人马出现,他们与自卫队人马汇合在一起,共同抵挡日军凶狠的进攻。

尽管有了游击队人马的援助,但人多势众、装备精良的日军还是占据很大的优势。

自卫队和游击队人马且战且退。

"危险!"战斗中的邹成平看到一发炮弹朝吴雪峻飞来,立即将他扑倒。

"轰!"一声巨响,吴雪峻两眼一黑,瞬间失去知觉。等他睁开眼,发现扑在身上的邹成平鲜血淋漓。

"邹队长!"吴雪峻抱起受伤的邹成平。

"不要管我,快组织队伍撤退。"邹成平大声叫喊。

吴雪峻不管邹成平愿意不愿意,硬是把他抱到担架上。

一名日本鬼子举枪朝吴雪峻瞄准,千钧一发之际,千里红从后方狂奔而来,悬起前脚,朝举枪的鬼子猛踢过去,鬼子措手不及，被千里红踢倒在地，千里红落下的马蹄命中那名鬼子的头部，鬼子颅骨粉碎，当场毙命。

日本鬼子被千里红这副架势吓坏了，当龟田举枪欲向千里红射击时，却被坂田制止。

"八嘎，抓住它！"坂田下令，日本鬼子立即围上去，拿着步枪恶狠狠地打千里红的腿，千里红尽管进行着不屈的抗争，但还是被打得遍体鳞伤，最终躺倒在地。

千里红与日军的搏斗给游击队和自卫队人马撤退提供了宝贵时间，他们抬着受伤的邹成平有序地退到山谷里，坂田见山谷地势险要，便命令部队停止进攻。

"长官，现在是歼灭游击队和自卫队的最好时机，为何停止攻击？"龟田困惑不解。

"游击队大大的狡猾，他们如果在山谷里埋下伏兵，我们怎么办？"坂田拿起望远镜，注视着前方。

"长官，现在停止进攻，就会贻误战机。"龟田急得直跺脚。

"哟西，山谷里有烟雾冒出，游击队一定在山谷里埋了伏兵，我们如果贸然出击，定会损失惨重。"坂田大手一挥，命令部队撤回。

对于坂田做出的这个决定，龟田相当不满，但因为坂田是他的顶头上司，只好忍气吞声。

因为没听邹成平队长的劝告，自卫队人马损失惨重，吴雪峻心如刀绞。更让他心里难受的是邹成平为了掩护他而受了伤，让他在难过之余，更添一份内疚。

部队安顿下来之后，八路军派来的医生给邹成平做手术，从他背上取出多个弹片，术后，吴雪峻前往探望。

"邹队长，游击队兄弟们真够朋友，如果没有你们危难时刻伸出援手，我们自卫队就要遭受灭顶之灾了。"吴雪峻紧握邹成平的手。

"一家人不说两家话。我们游击队和你们自卫队是一根藤上的两个瓜，唇亡齿寒，彼此之间就应该荣辱与共、风雨同舟。"

"可因为我私心太重，差点把自卫队弟兄们的性命都断送了。"吴雪峻一脸的羞愧。

"吃一堑，长一智呗。"邹成平拍了拍吴雪峻的肩膀。

"邹队长，有一件事我一直闹不明白，我与你之间只有一面之交，可当炮弹落下生死攸关的紧要关头，你却能舍身保护我，为什么？"

"因为你是自卫队的顶梁柱。"

"这个解释我不接受，你也是游击队的顶梁柱，拿你的性命来保护我的性命，显然不划算。"

"都是为了革命，没啥划算不划算。"

"邹队长，不要跟我兜圈子，今天一定要给个说法。"

"你要刨根问底？"

"对！"

"那我就实话告诉你，因为我是共产党员！"邹成平的声音很轻，却透着一股刚性。

吴雪峻的心尖颤了一下。

在游击队的驻地，游击队、自卫队、娘子军进行了整合，按照邹成平的意见，吴雪峻当上游击队队长，邹成平改任政委。邹成平将这个方案报八路军上级机关，上级机关很快便批准了。

部队整合之后，赵如水悦耳的笛声经常回荡在游击队驻地的上空。

每次笛声响起的时候,吴雪峻脸上总洋溢着幸福的微笑。他说妻子的笛声养人,使他心里洒满阳光。

听说游击队、自卫队、娘子军合并成一支部队,坂田恼羞成怒,命令日伪军对游击队进行严密的封锁,割断群众与游击队之间的联系。

日伪军四处设卡,严密盘查过往行人,群众与游击队的联系被割断。弄不到粮食,游击队便在山上寻找竹笋、蘑菇充饥,后来,这些东西采光了,只好挖野菜。日子虽然过得清苦,但吴雪峻的革命热情空前高涨,在他看来,他的这条命是游击队给的,没有游击队,他早就去见阎王爷了,既然游击队给了他生命,他就要与游击队同甘共苦。那些日子,他和伤愈的邹成平到山谷里挖野菜,回来后,大伙聚在一块包野菜饺子。过惯养尊处优日子的吴雪峻刚吃野菜饺子时,蹙起眉头,难以咽下。瞧一眼邹成平,只见他津津有味地吃着,他一边吃,一边说:"弟兄们,你们吃完野菜饺子后,嚼嚼舌头,舔舔嘴唇,感受一下什么滋味。"吴雪峻照葫芦画瓢,当他伸出舌头舔嘴唇时,只觉得有一股香甜正透过舌尖,缓缓流入心田,顿时茅塞顿开,脱口而出:"邹政委,我尝到苦尽甘来的滋味!"

"看来队长肚子里很有墨水啊。"邹成平政委笑了笑,他开始从吃野菜饺子引出话题,说红军长征时,没有粮食,就是靠挖野菜吃渡过难关。现在,游击队在与日军作战,粮食供应不足,吃野菜是家常便饭,虽然苦了点儿,但吃点苦更能磨砺意志,这就像吃野菜饺子,吃完之后,能体会到什么叫苦尽甘来。

邹成平政委非常巧妙地通过吃野菜给吴雪峻和战友们上了一堂政治课。作为一名从枪林弹雨中走出来的革命者,邹成平一直秉承泥腿子作风，平日与战友们摸爬滚打在一块儿，这么个五大三粗、大大咧咧的汉子身上始终保持着与生俱来的淳朴和热烈。游击队的业余生活被他安排得丰富多彩，他们用自制的渔网去河边捞鱼改善生活，邹成平还把套野兔的技巧传授给吴雪峻。

在游击队，虽然有黄连树下弹琵琶的快乐，但也有常人难以想象的艰难与困苦，除了难忍的饥饿，还缺衣少穿。严寒的冬天，游击队员们穿得单薄，冻得瑟瑟发抖、手脚麻木，有时连枪都拿不住。遇上下雨、下雪、冻雨天，队员们只能在大树下、山崖边、茅草棚、背风处躲一躲，还要防范被日军发现。风餐露宿一段时间之后，吴雪峻整个人消瘦下来，眼窝陷得有半寸深，脸都变成菜青色。但艰苦的生活却让吴雪峻更有精气神儿，他活出了精彩，活出了滋味，夜晚来临的时候，他时常拿起笛子悠闲自在地吹起来。

吴雪峻吹笛子的时候，腰板笔直，脸色平静，一副陶醉的样子。那笛声雨雾一般丝丝缕缕、飘飘忽忽，搞得站在一旁的赵如水两眼迷蒙、灵魂出窍，她在笛声中极目远眺，对面起伏的山峦溢满月光，亮的地方波光粼粼，暗的地方漆黑一片，如同一幅轮廓分明的版画。赵如水的心海顿时荡起阵阵涟漪。这一刻，笛声忽然变成涛声，跌宕汹涌。慢慢地，笛声缓和下来，如同一只白鸽在蓝天白云间悠悠地飞翔，赵如水顿时如痴如醉，等最后一缕笛声消失在黢黑的山里，她才转过头瞟了吴雪峻一眼，困惑地问道："郎君，你什么时候成了吹笛高手？"

"你说呢？"

"我闹不明白哟。"

"傻瓜，那是跟你学的。"吴雪峻狡黠一笑，"你每次吹笛，我都洗耳恭听，慢慢地琢磨……"

"郎君，你这是青出于蓝而胜于蓝呀。"

"不敢。"

"郎君，我特别喜欢听你吹笛。"

"为什么？"

"因为从你的笛声中，我似乎能感受到一只白鸽从远方飞来，最终停在我的心口。"赵如水紧紧地握住吴雪峻的手，脸上透出微笑，这种笑是从心底弥漫出来的，白蒙蒙的淡光润进她的眼睛里，就像一弯明月静静地卧倒在一池春水里。

三、 悠悠情歌

在游击队中,最能吊起爷们儿胃口的无疑是娘子军,赵如水作为娘子军的队长,平日操练结束后,她的悠长歌声便在山野里飘荡:

一群鸭,一帮鹅,
荷花出水一朵朵,
红霞落入水中天,
对对渔船河心过,
咿呀呀,咿呀呀,
半船欢笑半船歌。

赵如水的歌声刚落,吴雪峻便迫不及待地对上歌:

果树园,果树窠,
棵棵行行遍山坡,

阳春三月花果山，
八月仲秋红似火，
嘻哈哈，嘻哈哈，
采果妹子笑声多。

也许是觉得还不过瘾，大伙又嚷着叫吴雪峻也出个对歌考考赵如水，吴雪峻朝赵如水眨了眨眼，唱道：

小镗锣，当当当，娶了个媳妇叫如水，
心又灵，手又巧，拿起剪子轻轻铰，
铰花朵，花朵鲜，铰苹果，苹果甜，
嘿，铰只麻雀飞上天哟！

吴雪峻的歌声刚落，赵如水便摆出一副兵来将挡、水来土掩的架势，不温不火、不紧不慢地唱道：

小鞭炮，砰砰砰，嫁了个老公叫雪峻，
心又细，手又灵，拿起笛子悠悠吹，
吹民谣，众喝彩，吹情歌，妹动心，
嘻，吹只白鸽入梦来呀！

在郁郁葱葱的山顶上，那悠长动听的山歌穿透风雾，飘落到众人的心田，爷们儿娘们儿的心便开始发痒，大伙开始唱起山歌，雄壮粗野的男音和颤着调儿的女音响成一片，此起彼伏，酣畅淋漓地放射出西子村百姓淳厚多情的性格，浓郁的山乡民风在广袤的田野里像烈酒一样弥漫扩散。

歌声响成一片的时候，邹成平抽着旱烟，眉头蹙成一团。他拉着吴雪峻的袖子，那张冬瓜脸一下子拉得很长，非常像马。

"队长，你的手下老唱情歌，恐怕影响不好吧。"

吴雪峻大嘴一咧："影响有什么不好？在山里不唱歌哪行啊？会把活人憋死。"

邹成平那张冬瓜脸还是绷得很紧："可那歌实在太粗俗，哥啊妹的，不三不四，酸溜溜的。战士们听多了这些歌，上战场怎么打仗？"

"咦，邹政委，话可不能这么说，那些歌虽然粗俗点儿，却能让队员们抖起精神，可以产生战斗力呀。"

"唱情歌能产生战斗力？"

"对！"

"瞎掰吧？！"

"我哪敢在德高望重的政委面前信口开河呀。"

"那你举个例子。"邹成平嘴一撇，叼在嘴边的那杆巴掌长的旱烟锅高高地翘起。

"好！"

吴雪峻朝王瘸子做了个手势，王瘸子飞也似的朝吴雪峻奔来。邹成平打了个愣怔，王瘸子跟了他那么多年，过去脚瘸得特别厉害，现在居然好多了，整个人也不像先前那样蔫不唧儿的，而是容光焕发，精神抖擞。

"邹政委，王瘸子可是你的老部下，过去脚瘸得厉害，现在好多了，知道为什么吗？"吴雪峻问。

邹成平摇了摇头。

"王瘸子，你给政委说说吧。"吴雪峻拍了拍王瘸子的肩膀。

王瘸子不好意思地搔了搔头："俺喜欢听娘子军的情歌，听着听着,身上的筋骨就变得特别活络,晚上睡觉都会笑出声来。"

"臭小子,你听了太多哥呀妹呀的歌,满脑子都是儿女情长,将来如果上战场,还能打仗吗?"

"政委,你可不能那样说,我正憋着一口气要上战场杀鬼子呢。"

"真的假的?"邹成平蹙起眉头。

"那还能假呀。娘子军里有个叫小芳的姑娘,情歌唱得特别特别有味道,最近我俩对上眼,她说如果我在战场上立功,就嫁给我。"王瘸子眉飞色舞。

邹成平冷峻的脸上透出一丝微笑。

看到邹成平有被感化的趋势,吴雪峻站到高高的山坡上,粗着嗓子对着大伙嚷:"兄弟姐妹们,不要闲下来,放开嗓子唱吧!情歌能产生战斗力,战斗力就是情歌!"

吴雪峻在邹政委面前豪情满怀地夸下海口,既然把牛皮吹出去,就得兑现。经过精心策划,吴雪峻带领整编后的游击队和娘子军对日军发起了一次神出鬼没的袭击。正如吴雪峻所说,游击队有娘子军的陪伴之后,打起仗来特别勇猛,娘子军在赵如水的带领下,也不甘落后,战场上,游击队与娘子军珠联璧合,让战场除了血腥味之外,还有一股扑面而来的柔情蜜意。

那场战斗,游击队和娘子军消灭了一大批日伪军。战斗结束,王瘸子身上挂着大批缴获的武器装备,笑眯眯地走到小芳面前,傻呵呵地笑。

"大哥,你打起仗来真勇猛呀。"小芳朝王瘸子跷起大拇指。

王瘸子摆出一副勇士的架势,拍着胸脯说:"嘿,我王瘸子不是在吹,打仗我是行家里手,刚才,有个小日本看到我,当场尿了裤子,瘫软在地,我上前一刀,就结果了小日本的性命。"

站在一旁的赵铁锤听了王瘸子的话，鼻孔里狠狠地哼出一口粗气。在游击队，赵铁锤可算个人物。常言说："世上三行苦，打铁摇船磨豆腐。"赵铁锤干的就是打铁那苦活儿。自从跟着邹成平上山打游击后，他就把自己的特长发挥出来，在"叮叮当当"的锤打声中，他被锻打成一个身材魁梧、肌肉发达的汉子，一口气能抡上百锤，脸不红气不喘，游击队一把把锋利的大刀就出自他的手。

　　在游击队，赵铁锤和王瘸子原先是无话不谈的好兄弟，可偏偏两人都爱上了小芳。王瘸子脚虽然瘸了，但脸蛋儿白里透红，八面玲珑且能说会道。赵铁锤脸黑得像木炭，且是个闷葫芦，三棒子打不出一个响屁，看到小芳就脸红。

　　两人喜欢上小芳后，便开始较劲儿。现在赵铁锤听到王瘸子在小芳面前吹大牛，醋劲上来："小芳，王瘸子瞎说，过去打仗，他都是当缩头乌龟，每次游击队发起进攻，他都殿后，问他为什么，他总说自己脚瘸得厉害，跑不动。现在之所以冒充好汉，那是因为他在打你的主意……"

　　赵铁锤的话还没说完，就被吴雪峻拖到一边，狠狠敲了一下脑门："赵铁锤，你怎么不知道成人之美呀。"

　　赵铁锤梗起脖子，脸上青筋根根暴出："队长，实话实说，我也喜欢小芳呀。"

　　"赵铁锤，你这个二愣子，你不知道小芳喜欢的是我吗？"王瘸子把胸脯拍得砰砰响。

　　"小芳也喜欢我！"赵铁锤狠狠地瞪了王瘸子一眼。

　　"你俩别吵了。"赵如水走上前，"天涯何处无芳草，只要你们在战场上奋勇杀敌，除了小芳，娘子军的其他姑娘也会爱上你们的。"

"其他姑娘我没对上眼，我就喜欢小芳。"王瘸子摆了摆手。

"我也是！"赵铁锤也摆出一副非小芳不娶的架势。

站在一旁的小芳脸顿时红到了耳根……

"不打赔本的仗！"这是邹成平领导的游击队在多年游击战中总结出的经验。邹成平说，虽然我们武器装备不如日军，但我们有地利、人和的优势，打得过就狠打，把日本鬼子打疼、打残，打不过就躲起来，让日本鬼子连根毛都找不到。吴雪峻在游击队的这些日子，把邹政委的话悟深悟透了。那场战斗结束后，游击队在吴雪峻和邹成平的带领下，巧妙地与日伪军周旋，打票车、劫货车、扒铁路、断通信、炸桥梁，连续打了几场小胜仗。每次战斗结束，情歌总会在弥漫的硝烟里飘荡起来，听到情歌，小伙子们个个兴奋地拉着娘子军姑娘的手跳起欢快的舞蹈。

"吴队长，看来情歌还真能产生战斗力哟。"邹成平拍着吴雪峻的肩膀，乐呵呵地说。

"那是政委调教有方。"吴雪峻嘻嘻哈哈。

"吴雪峻，你啥时学会拍马屁的？"

"马屁，我哪是拍马屁呀，那是有感而发呀。政委，你说打仗不能做赔本的生意，这句话我入心入脑了，这些日子，我就是按你制定的方略，跟日本鬼子耍，摸着屁股就狠狠揍一拳，小日本急了，到处找我们，我们却不跟他玩了，唱情歌逍遥快活去了。"

"孺子可教也！"邹成平狠狠地拍了一下吴雪峻的肩膀，"走，我们也快活快活，唱情歌去哟。"

打了胜仗，游击队不仅士气大增，而且还缴获了许多武器装备。以前游击队的弟兄们手里的家伙大多数是汉阳造、单打一、老套筒之类的陈旧武器，现在有了不少火力很猛的三八大盖，吴雪峻手里就握着这么一支枪，用从日本鬼子手里缴获的枪与日本鬼子作战，用一个字形容：爽！

有一回，吴雪峻带领游击队人马偷袭日军巡逻队伍时，吴雪峻瞄准鬼子的头颅射击，三八大盖的威力比原先的汉阳造要大很多，当闪着寒光的弹丸撞击到鬼子脑袋时，能听到鬼子的脑袋像熟透了的西瓜"砰"的一声裂开，那声音在吴雪峻听来格外悦耳，格外令他心花怒放。那段时间，游击队一直与鬼子玩捉迷藏的游戏，敌进我退，敌退我进，把鬼子搞得晕头转向。

虽然吴雪峻在山上的日子过得丰盈滋润，但却有个心结——千里红，他不知道被日军俘获的千里红命运究竟怎样。他要想方设法把千里红从日军魔爪里夺回。

游击队经常搅局，搞得坂田非常生气，令他烦心的还有一件事，如何才能驯服高傲的千里红。

作为一名驯马高手，坂田一直自负地认为，任何桀骜不驯的马匹到了他的手里，都会被驯服，但他的自负在千里红身上碰了钉子。

那天，坂田与伤愈的黑虎一道来到马房，细致察看受伤的千里红，发现千里红是一匹难得的骏马。坂田从小就痴迷马，甚至达到如醉如痴的程度，他期盼千里红能成为他的坐骑。

千里红伤好之后，坂田开始试马，他心里非常清楚，一匹刚刚俘获的马匹肯定不会轻易被驯服，更不可能让陌生人轻松舒服地坐上自己的马背。

马场上千里红对坂田怒目而视，并发出咴咴嘶叫，那是千里红对坂田发出不要轻举妄动的警告。但颇为自信的坂田对千里红的警告置之不理，从马夫手里接过缰绳，牵着千里红在马场里兜圈子。他的目光始终注视着千里红，分析着千里红的步子和对自己的反应。

作为一匹很有灵性的马，千里红对被捕时日军粗暴的鞭打、野蛮的捆绑刻骨铭心，它仇恨日军。

坂田趁千里红不备，纵身一跃，跳上马背，千里红显然被坂田的行为激怒，它像疯牛一样在马场里狂奔。对于千里红的反应，坂田显得胸有成竹，任凭千里红如何跳跃，他的双脚始终有力地夹住千里红的腹部，全身重量往前压。

千里红意识到自己碰上了一名难缠的对手，冷静下来的它开始在马场里慢跑，坂田以为千里红已被征服，脸上顿时露出胜利的微笑。

坂田放松警惕之际，千里红忽然加快速度，越跑越快。对于千里红使出的这一招，坂田并没有十足的心理准备，夹着千里红的双脚渐渐有了松动。这细微的变化被千里红捕捉到，它在奔跑中忽然来个停顿，头一缩，坂田因为惯性的作用从马背上重重地摔下。

看到坂田摔下，龟田怒不可遏地冲上前，提起马鞭抽打千里红，马鞭在空中划出一道弧线，但最终打中的不是千里红，而是冲进马场用身子紧紧护着千里红的红玉。

从地上爬起来的龟田万万没有想到红玉居然愿意替千里红受罪。

"红玉，让开。"黑虎大声叫道。

此时，红玉就像一尊雕塑牢牢地站在千里红的前方，龟田雨点般落下的马鞭都不能使它的身体有一丝的移动。

眼前这一幕让坂田感到惊讶，他不知道红玉为什么要替千里红受罪。

"太君,红玉和千里红是一对恋人呀,您还是饶了红玉吧。"黑虎见龟田使劲抽打红玉,急忙上前向坂田求情。

坂田朝龟田做了个停的手势。

"长官,该如何处置千里红?"龟田问。

"你说呢?"坂田反问。

"杀了它。"龟田目露凶光。

"不能杀,我要把千里红养着,直到最终征服它。"

龟田见坂田不同意杀千里红,只好把话题绕开:"长官,现在游击队活动猖獗,您有没有对付他们的高招?"

坂田并没有回答龟田的提问,他拍了一下黑虎的肩膀:"黑虎,你的伤已经好了,我想听一听你的意见。"

"太君,游击队神出鬼没,不好对付呀。"黑虎面露难色。

"黑虎,不要长游击队的志气,灭皇军的威风,你再好好想想,一定有对付游击队的法子。"

坂田的话让黑虎心里发怵。说心里话,当初他之所以投奔日军,就是想借日军的手,把赵如水从吴雪峻怀抱里抢过来,可现在不仅赵如水没抢到,他还差点儿丢了性命,现在伤好了,日军又让他上战场。

"黑虎,快说说如何才能歼灭游击队。"龟田催促道。

黑虎思索片刻后,说:"游击队打一枪、放一炮就跑,神龙见首不见尾,要让他们现身,只有朝西子村百姓下手。这样做有两个好处,第一个是断了游击队的供给,第二个是能逼游击队现身。"

"哟西,你的想法与我不谋而合!"坂田重重地拍了拍黑虎的肩膀。

第二天一大早,坂田就带领日伪军气势汹汹地来到西子村,但村里已经空无一人。原来,自从自卫队离开之后,村里人便留了一个心眼,他们派人放哨,只要发现日军向村里进发,就立即吹号让全村百姓撤离。

"八嘎,村里的百姓都到哪去了?"坂田朝黑虎瞪起双眼。

看到有些百姓家里炊烟还未散尽,黑虎说:"太君,村里百姓刚走不远,他们一定投奔游击队去了,我们只要顺藤摸瓜,就一定能发现游击队的行踪。"

"黑虎,我命你为先锋,向百姓撤离的方向进发。"坂田拔出钢刀怒道。

正如黑虎所料,村里的百姓正往游击队方向移动。在百姓心目中,游击队就是他们的靠山,现在日军来扫荡,他们只有投奔游击队。

得知日本鬼子正快马加鞭向转移中的百姓逼近,吴雪峻和邹成平万分焦急,他们心里清楚,日军如果进山围剿,游击队可利用熟悉的地形,打得他们哭爹喊娘。但现在前方多了一支百姓队伍,如何才能保证手无寸铁的父老乡亲的安全,成了邹成平和吴雪峻面临的一大难题。

看到吴雪峻和邹成平紧锁眉头,赵如水挺身而出:"我有法子对付日本鬼子。"

"什么办法?"吴雪峻急切地问道。

赵如水从身上拿出笛子。

行进中的坂田从望远镜里看到步履蹒跚的老百姓队伍正向前移动,脸上露出一丝狞笑:"邹成平、吴雪峻,面对这支百姓队伍,看你们还会有什么锦囊妙计。"

就在日军准备对前方不远的百姓队伍发起进攻的时候,悠扬的笛声从日军身旁的山林里传了出来。

听到笛声,黑虎的身子筛糠一样抖了起来。

"太君……游击队……游击队……就在我们身边……这座山里。"黑虎结结巴巴地说道。

"那你立即带人马上山搜。"坂田面无表情地朝黑虎下了命令。

"太君,游击队人马多,我军人马少,恐怕不是他们的对手,太君必须亲自带兵上山,方可剿灭游击队。"

坂田脸色凝重。

"长官,不要听黑虎胡说八道,在我看来,这座山里只是小股游击队,不要受他们蒙骗,我们只要朝前方的百姓进攻,游击队肯定会出现。"龟田叫嚷。

坂田抬起头望了望身旁那座山。这时候,笛声忽然消失,紧接着传来一阵枪声,走在前方的伪军倒下好几个,黑虎如果不是跑得快,小命早就丢了。

"太君,快下令吧。"黑虎哭丧着脸哀求。

"长官,不要听黑虎的,我们的目标在前方。"龟田拔出钢刀直指前方。

悠扬的笛声这一刻又响起,笛声里透着欢快的节奏,似乎在庆贺刚才游击队消灭了几个伪军。

坂田显然被带着挑衅意味的笛声激怒,钢刀一挥,大声喊道:"八嘎,上山抓游击队!"

随着坂田一声令下,日伪军全部上山,殿后的龟田禁不住哀叹:"竖子不足与谋啊。"

日伪军循着笛声寻找游击队,笛声一会儿近,一会儿远,让日伪军摸不着北。走在队伍最前面的黑虎踮起脚尖,目光在郁郁葱葱的树林里转悠。忽然,他的两眼一亮,只见赵如水正坐在前方的一块大岩石上,穿着自制的土布军服,腰间束一根牛皮武装带,给高挑的身段平添几分英气。面对日军的逼近,她似乎毫无觉察,跷着二郎腿,悠然地吹着笛子,透着一股杀气的笛声像是从很远很远的天之穹窿飘过来,满林子燕鸣莺啼都沉寂下来。

"姑奶奶,想死你了。"见到赵如水,黑虎心花怒放。

"哟西,黑虎,你在想啥?"看到黑虎痴呆的模样,坂田黑着脸问道。

黑虎顿时醒转过来,指了指前方:"太君,游击队队长吴雪峻的婆娘就坐在前方大岩石上。"

坂田目露狰狞:"哟西,活捉那个吹笛的臭婆娘。"

日伪军全线扑上前去,当日伪军靠近赵如水时,埋伏在赵如水周围的游击队给日伪军迎头痛击。猛烈炮火把日伪军打懵了,枪声停下时,他们抬起头,发现游击队人马正沿着与百姓转移方向相反的方向撤离。

"八嘎,不能放过那些游击队。"坂田歇斯底里地叫嚣。

日伪军迅速扑上前去,游击队边撤边与日伪军展开恶战。

激烈枪战之后,游击队人马倒下好几个,赵如水带领其他人马在弯弯的山路上边打边跑。

坂田带领日伪军与游击队交手后,才发现赵如水带领的只是小股游击队,游击队的主力并没有出动。坂田知道中计,为了在龟田面前保持尊严,只好将计就计,继续对赵如水穷追猛打。

一番激战之后,赵如水和几名游击队员被逼上山顶,原先龟缩在后面的黑虎顿时来了精神,对坂田耳语道:"太君,只要抓住赵如水,就不愁抓不到游击队队长吴雪峻!"

坂田钢刀猛地一挥:"冲上前去,活捉那个臭婆娘。"

当日军恶狼般冲上山时，赵如水与几名游击队员从悬崖上跳了下去。

看到赵如水从悬崖跳下，原先还神气活现的黑虎蹲下身子，失声痛哭。

"八嘎，臭婆娘自寻短见，你哭什么哭？"坂田黑下脸骂道。

"太君，赵如水是我的梦中情人呀，她命归黄泉，我心如刀割呀。"黑虎愁结乱如麻。

"八嘎，你一直怂恿我们去抓赵如水，原来是打这个小算盘。"憋了一肚子火的龟田冲上前去，狠狠踢了黑虎一脚。

其实，黑虎用不着自作多情，赵如水的心里根本没有他，他也不用为赵如水的性命担心，因为赵如水跳下悬崖时心里有数，悬崖下面有个湖，湖水很深，赵如水和那几个游击队员水性都很好，他们从山顶跳下之后，直接潜水游了一段路后，就从一片茂密的树林边上了岸。

赵如水引开日伪军之后，吴雪峻和邹成平迅速把老百姓转移到安全地带，等他们忙完之后，发现赵如水和她带领的人马还没回来，吴雪峻的心顿时空了。

"邹政委，我妻子会不会有危险呀？"

"你就放一百个心吧，凭赵如水的身手，肯定安全返回。"

"可我总是担心。"吴雪峻耷拉着头，低声嘟哝道。

说话间，森林里荡来一股淡淡的幽兰香味，吴雪峻深深地吸了一口，心里便溢满了温情，他竖起耳朵，侧耳细听。

远方飘出悠扬的笛声，这笛声飘荡在森林里，飘进吴雪峻的心海里，他兴奋地在地上翻了个跟头，循着笛声的方向飞快跑去……

经过一段时间的相处，邹成平和吴雪峻两人结下了深厚友谊。吴雪峻发现邹成平这人虽然严肃了点，但并不古板，比如说他开始并不希望游击队唱情歌，后来看到游击队唱情歌后，居然个个变得生龙活虎，立即改变看法，不仅支持，还积极参与，兴奋的时候，还会扭起秧歌。与这样的人搭档，用一句话来形容，那就是肚脐眼儿插钥匙——开心。

那段时间，邹成平经常向吴雪峻灌输共产党的理念和追求。吴雪峻听得津津有味，觉得共产党的主张与自己的理想越靠越近。

那是一个明月高照的夜晚，邹成平邀请吴雪峻一块儿来到湖边划船。

上船之后，邹成平拿起桨，在湖边轻轻一点，小船便悠悠地向前滑行。

"吴雪峻，想加入中国共产党吗？"邹成平吸了一口旱烟后，冷不丁冒出一句话。

吴雪峻的身子微微打了个颤。

"吴雪峻，想加入中国共产党吗？"邹成平用那杆旱烟锅子轻轻地敲了敲船头，重复问道。

吴雪峻无语，目光投向湖面。此时，寂静笼罩着整个湖面，湖面波澜不兴，月光给湖岸、森林和山峦网上一层淡淡的银光，更给原先就显得异常平静的环境增添庄严肃穆的气氛。

忽然，静悄悄的树林传出鸟儿的歌声，这声音在吴雪峻的心扉上划了一个口子，深藏在心里对共产主义的信仰和崇拜顿时像潮水一样从口子里喷涌而出。

"我想加入中国共产党！"吴雪峻举起微微颤抖的拳头。

"再说一遍。"

"我——想——加——入——中——国——共——产——党！"吴雪峻紧握拳头，声音不算大，但字字铿锵有力，如同一把铁锤，锻打着他的神经。

邹成平不再说话，从身上拔出手枪，向远处放了一枪。

"砰"的一声枪响，尖锐而急促，传到对岸的高山，响起一串隆隆的回声，仿佛要唤醒整个沉睡中的森林。

吴雪峻身子打了个颤，便从时空隧道里跌落，穿过永历通宝钱币四方孔回到人间，当他看到自己身上还穿着国民党军服时，禁不住喃喃自语道："如果我真如想象那样，加入共产党，那命运将会如何演变呢？"

当"共产党"三个字从吴雪峻脑海里冒出后，他浑身颤抖地从身上摸出赵如水送的笛子。

在金门的这些日子，笛子与吴雪峻时刻相伴，每当内心孤寂时，他总会取出珍藏的笛子，用心触摸。那份久违的情感慰藉便随之沁入肺腑，生命由此获得激扬的能量。

现在，当吴雪峻再次轻轻地抚摩笛子时，内心再次翻江倒海，他的想象世界里出现诗一般的境界——

蔚蓝的天空、暖暖的太阳、柔美的白云、潺潺流淌的西子河。

河的那边亭亭玉立着赵如水。

她手握笛子，身后盛开着兰花。

风轻轻地吹，幽兰香味四处弥漫。

赵如水吹起了笛子。

悠悠笛声响起的那一刻，清香漾潋的河里机灵俏皮的鱼跳起欢快的舞蹈，一只白鸽在白云和河水之间悠悠地飞翔。

哦，如水，我心爱的妻子！

吴雪峻的喉结动了一下,眼里溢满泪水。在他心中,赵如水像兰花一样羞答答地绽放,像西子河水一样清亮透明。她的生命、她的青春、她的容貌、她的未经污染的善良和不谙世事的单纯,完全是来自家乡西子河的营养。

一曲终了,赵如水从吴雪峻的眼前消失。

吴雪峻又回到现实中,此时,他忽然感到痛,一种深入骨髓、直抵心灵的痛。他非常清楚,如果不离开家乡,而是与赵如水一块儿成立自卫队,并加入共产党,那么,赵如水就会活下来,他的人生将发生翻天覆地的变化。

为了从内疚和痛苦中解脱出来,吴雪峻决定尽快回到穿越剧中。至于穿越剧最终如何发展和演变,吴雪峻并不清楚,但这又是他想知道的。他的思想一半在现实中徘徊,一半在梦幻中游弋,迷迷糊糊之中,再次拿起赵如水送给他的笛子。

笛声响起的那一刻,吴雪峻的身子又钻进钱币的四方孔,回到穿越剧中。

四、一声长啸

年轻气盛的龟田因为与坂田意见不合，上书日军指挥部告了坂田一状，日军指挥部长官也觉得坂田过于谨慎，特别是对日益壮大的游击队清剿不力感到恼火，遂下令调离坂田，由龟田接任。

坂田离任那天，一大早便起了床，穿着笔挺的军装，腰间佩戴天皇赐予的刀，在据点边的一块空地上来回走动，眉宇之间阴沉沉的。在空地上转悠几圈之后，坂田来到马房，把千里红从马房里放出，摸了摸它的头，说："千里红，你现在自由了，去找你的主人吧。"

心领神会的千里红朝坂田投去感激的目光，坂田在它的脊背重重地拍了一下，所有的情感都蕴藏在里面。

千里红准备离开之际，龟田忽然出现，拉住千里红的缰绳："千里红不能走。"

"为什么？"坂田冷冷地望了龟田一眼。

"我要驯服这匹烈马。"

"笑话，我这个驯马高手都不能驯服它，你行？"

"即便我不能驯服它，也不能让它走。"

"那你想把它怎么样？"

"杀了它！"龟田眼里闪出凶光。

"哈——哈——哈——"坂田大声笑道，"你杀了它能解决什么问题？"

"杀一儆百，给游击队形成威慑。"

"龟田，你太天真了，千里红只是一匹马，杀了它不仅不会对游击队形成威慑，反而增添他们对我们的仇恨。"

"不管怎么说，就是不能放走千里红。"龟田恶狠狠地说。

"龟田，你不要老跟我闹别扭。"坂田板起脸，"毕竟我是你的上司，在没有离开前，我还是你的长官。"

龟田的脸涨得通红。

"作为一名驯马高手，我看到千里红的第一眼就喜欢上了它，原以为可以驯服这匹马，可事实证明，这种想法太傻太天真，千里红这匹马爱憎分明，傲岸且有气节，无论我威胁恫吓还是给予优厚待遇，它都不为所动，一匹马尚且不能征服，何况游击队？"

"坂田君，你不能长敌人的志气，灭皇军的威风。"

"也许是我错了，但我从千里红身上看到了一个民族、一个国家的气节。作为一名军人，我替日本的未来担忧。"

"坂田君，我总算看透你了，一个胆小鬼，每次战斗总是缩手缩脚，歼灭游击队的大好时机都给你浪费了，你这样做，是要上军事法庭的。"龟田瞪起双眼。

"我上不上军事法庭并不是你说了算，龟田君，你务必记住，在我离任之前，我还是这支部队的最高长官。现在，我命令你放下缰绳。"

"不放。"龟田咆哮道。

坂田发怒了,拔出钢刀搁在龟田的肩膀上,龟田没想到坂田会来这一手,他的手一抖,缰绳落到了地上,千里红抓住时机,飞奔逃离日军据点。

望着渐行渐远的千里红,龟田禁不住捶胸顿足。

"龟田君,用不着叹息。"坂田收起了钢刀,"我离开之前,给你留下几句话:对付游击队要悠着点,不能逼得太狠,否则你没吃掉游击队,游击队反过来会吃了你。另外,对黑虎他们要好一点,别看他们平日蔫不唧儿的,但他们也有气节和尊严,如果反戈一击,会要了你的命!"

尽管吴雪峻在游击队的日子过得很滋润,但每当想起原先朝夕相处的千里红,内心便隐隐作痛。

其实,千里红心里也一直挂念着吴雪峻,离开日军军营之后,它朝游击队交战的地方飞奔而去,只见它四蹄翻腾,长鬃飞舞,宛若一只雄鹰义无反顾地向前飞翔。

当千里红来到被日军俘获的地方,它愣住了,那里并没有主人吴雪峻的身影,千里红并不气馁,它昂起头,目光炯炯地望着四周连绵的群山,希望能发现游击队的蛛丝马迹。

远山隐隐约约传来笛声,这熟悉的笛声让千里红精神为之一振,它朝发出笛声的地方狂奔而去。

跑了一段路后,千里红来到湖畔,它侧耳细听,湖那边的笛声响起,千里红异常激动,飞速蹚进湖水,向宽阔的湖面游去,平静的湖面顿时荡起阵阵涟漪。

游到对岸之后,千里红继续飞奔,四处寻找笛声发出的地方,令千里红略感失望的是,当它向着笛声发出的方向跑去时,

203

却发现笛声在它身后,向身后跑去时,笛声却在远方响起。

既然寻不到笛声发出的地方,千里红便横下心来,往前方那座山的山顶上跑。

一身傲骨的千里红跑到高山之巅,面对天上朵朵彩霞和脚下郁郁葱葱的树木,发出一声地动山摇的长嘶。

此时,吴雪峻正眯着眼倚靠在赵如水身上,听妻子吹笛,悠扬笛声响起的时候,吴雪峻轻轻地打着拍子,哼起家乡的民谣,哼着哼着,便悠然进入梦乡。

吴雪峻梦见千里红,只见千里红不顾一切地向他飞奔而来,日本鬼子架起机枪,向它疯狂扫射,千里红浑身是血,奔跑中的它最终倒下,但目光仍向吴雪峻所处的方向深情眺望……

惊出一身冷汗的吴雪峻猛地跳起,这一刻,高山之巅传来千里红的长嘶。

这熟悉的声音一下子抓住吴雪峻的魂,他不顾一切地向着高山之巅飞奔而去。

心有灵犀,千里红远远就听到那踩在心扉的脚步声从弯弯小路上响起,立即朝发出声音的方向飞奔而去。

近了……近了……更近了……最终,吴雪峻和千里红相遇,千里红不停地拱背跳跃,长声嘶叫,快乐得不可名状,吴雪峻则走上前,用手轻轻地抚摩它的身躯,他发现千里红比以前更加消瘦,身上的鞭痕清晰可见,吴雪峻的鼻子酸了一下,眼里蓄满了泪水。

龟田上任后,立即把黑虎叫进办公室。

"黑虎,最近一段时间,有没有发现游击队的行踪?"龟田阴冷的目光直刺黑虎。

"报告太君,游击队大大的狡猾……"

"八嘎,黑虎,你就是废物一个。"龟田猛地拍了一下桌子,粗暴地打断黑虎的话,"我命令你派出探子,仔细侦察,一旦发现游击队行踪,皇军立即出兵将其歼灭。"

"是!"黑虎点头哈腰。

根据龟田的指示,黑虎马上派出探子侦察游击队的行踪。可游击队来无影去无踪,黑虎派出的探子根本就打探不到游击队的消息。一段时间过去了,黑虎没有得到游击队任何有价值的消息,这让龟田极为恼怒,他把黑虎叫进办公室,劈头盖脸就是一顿痛骂。

对于龟田粗暴无理的辱骂,黑虎忍气吞声。黑虎脾气虽好,可最终还是被龟田的一句话给彻底激怒,龟田指了指一只猎犬,傲慢地对黑虎说:"我养只狗,它还会替我看门呢。"

黑虎的脸黑了下来:"太君,你不要污辱我的人格,我也是个有尊严的人。"

"尊严?"龟田一声狞笑,"你根本没有资格在我面前谈什么尊严。"

"黑虎,你把人马召集好,明天,我们一块儿去搜山。"龟田挥挥手。

"太君,游击队躲在哪个角落,我们都弄不明白,如何搜山呀?"

"少啰唆,叫你去,你就快去。"龟田板下脸。

第二天一大早,龟田带着人马出发,来到游击队经常活动的一座山边,大手一挥,命令走在队伍最前列的伪军去搜山。

"太君,此山地势险要,倘若游击队真的躲藏在这座山里,我们在明处,他们在暗处,打起仗来,肯定要吃大亏的。"黑虎蹙起眉头。

"少废话，马上开始搜。"龟田怒吼道。

万般无奈下，黑虎只好带着伪军开始搜山，快到半山腰时，龟田的手一挥，日军才开始慢腾腾地上山。

"大哥，日军这样做，明显是拿我们当炮灰呀。"黑虎的心腹于山平在他耳边小声嘀咕道。

"我何尝不知。"黑虎轻叹一声，"现在，我们已经上了贼船，当了汉奸，只好任日军摆布。"

"这样的日子过得憋屈，还不如我们在山里当土匪滋润。"于山平一脸的愤怒。

"不要乱说，如果让龟田听到，我俩可就没命了。"黑虎竖起食指。

于山平依然是一副愤愤不平的模样。

说话间，远处忽然传来笛声。

赵如水还活着！

当黑虎听到这熟悉的笛声，脑子里立即闪出赵如水的倩影。赵如水大难不死让黑虎欣喜不已，他微微闭上双眼，整个人像木桩儿一样呆呆地戳在那儿，心泅透在这美妙的旋律之中。

正当黑虎如醉如痴的时候，枪声忽然响起，伪军走在前面的人马顿时倒下一大片。

此时，黑虎才清醒过来，看到伪军损失惨重，便带着残兵败将向后撤。

伪军一路溃败，龟田气得两眼冒烟，给了带头逃跑的黑虎一个响亮的耳光，命令他带着溃败的伪军折回身子，继续上山与游击队作战。

在龟田的高压之下，黑虎只好带着残兵败将继续向山上推进。

看到伪军又往山上冲，吴雪峻和邹成平大旗一挥，游击队人马枪炮齐鸣，伪军顿时又倒下一大片。

年轻气盛的龟田不甘心失败，命令日军向游击队发起猛烈的进攻。

战场上硝烟弥漫，血肉横飞。

游击队占据有利地形，一次次击退日伪军的进攻。

战斗中，远处忽然飞来一发子弹，黑虎的帽子被人打飞，紧接着一声清亮的声音从山上飘来："黑虎，刚才我送给你一发子弹，是在提醒你，不要再当汉奸了，赶快悬崖勒马！"

梦中情人赵如水发出的喊声让黑虎斗志全无，他知道凭着赵如水的枪法，可以一枪崩了他，可她却给黑虎留条性命。看来，不能再与游击队纠缠下去了，否则只有死路一条。

黑虎大手一挥，带领伪军向后撤退，杀红了眼的龟田看到黑虎撤退，立即又给了他两记响亮的耳光。挨了耳光的黑虎梗起脖子，粗着嗓门说："太君，我军伤亡惨重，如果再不撤退，必将全军覆没。"

"没我的命令，你居然敢带领部队撤退，不怕我毙了你？"龟田把枪口对准黑虎的额头。

黑虎整个人僵在那里，不作声。

"进攻不进攻？"龟田大声问。

"不进攻。"黑虎梗起脖子，大声应答。

"轰！"一发炮弹落在龟田的不远处，几名日军被炸得身首异处。

龟田慌忙掉过头，看到居高临下的游击队占据绝对优势，脑子迅速冷静下来。

"撤！"龟田放下顶在黑虎额头上的枪，异常沮丧地下达撤退命令……

这场战斗让盛气凌人的龟田吃尽苦头，痛定思痛的他明白了一个道理，不能在山上与占据天时地利人和的游击队硬拼，只有把游击队引到平地，才能将他们一举歼灭。

龟田开始绞尽脑汁琢磨如何才能歼灭游击队。经过深思熟虑，他终于想出一个自认为可行的方案。他立即召开作战会议，把自己的想法说出。龟田的如意算盘是让一小股日军佯装运送武器，引诱游击队前来劫持，日伪军在山上设下伏兵，游击队人马一出现，就将他们一网打尽。

"万一游击队不来呢？"龟田的副手山本问道。

"不可能，现在游击队缺乏武器弹药，他们正竖起耳朵打探我们的消息，只要我们在行动之前放出风声，他们肯定会来。"龟田充满自信。

坐在作战会议室最角落的黑虎打了个激灵。

"黑虎，你对作战方案有什么意见？"龟田阴森森的目光从远处探来。

"方案很周密，我完全同意。"黑虎点了点头。

"这次行动，黑虎带队当先锋，游击队人马一出现，你们就立即出击。"

"太君，上回搜山的时候，我的部队损失惨重，现在还没恢复过来，恐怕难担大任。"黑虎面露难色。

"放肆，叫你们当先锋，那是皇军看得起你们，你若敢违抗，军法论处！"龟田面色铁青，冷冷的目光刺得黑虎全身发毛。

开完会，黑虎面色凝重地回到屋子。

"大哥，又遇到什么烦心事？"于山平轻声问道。

"在新的作战计划中,龟田这兔崽子又叫我们当先锋。"黑虎长长地叹了口气。

"队长,我们部队在前次战斗中伤亡惨重,现在是休养生息的时候,再到战场上当炮灰,弟兄们不乐意呀!"于山平情绪激动。

黑虎不说话,过了许久,问:"山平,实话告诉我,现在弟兄们情绪怎么样?"

"队长,俗话说'良禽择木而栖,贤臣择主而事'。过去,坂田对我们还不错,弟兄们都觉得日子过得不赖,也就没什么想法。现在龟田这王八蛋上任,根本就没把我们当人看。弟兄们对龟田和那帮日本鬼子深恶痛绝,都不想当汉奸,只要你振臂一呼,大伙便全反了。"

"山平,我也给你句掏心窝子话,我也不想当被万人唾骂的汉奸,也想换一种活法。"

"怎么个活法?"

"与游击队联手,干掉龟田和日军。"黑虎的牙咬得格格响。

"那我们怎么与游击队取得联系?"

"对呀,怎么才能与游击队取得联系呢?"黑虎蹙起眉头。

说话间,门突然打开,黑虎和于山平立即拔出枪。

站在黑虎和于山平面前的是黑大个钟笑天,前不久加入伪军。钟笑天有文化,字写得好,平日见到人,总是憨憨地笑,大伙便给他起了个"笑面虎"的绰号。钟笑天不仅爱笑,还爱开玩笑,大伙都喜欢跟他相处,他到哪里,哪里就会传出鞭炮一样的笑声。黑虎特别喜欢钟笑天,钟笑天到部队没多久,他便把钟笑天留在身边当警卫员。

黑虎和于山平将枪口对准钟笑天,钟笑天并不慌张,憨憨地笑。

"臭小子，你干什么？"黑虎低着嗓子问。

"你们之间的对话，我都听到了。"钟笑天眨了眨眼。

"笑面虎，你若敢出去乱说，小心我拧下你的狗头。"于山平狠狠地敲了一下钟笑天的脑壳。

钟笑天还是一脸憨憨的笑。

"笑面虎，别跟我兜圈子，快说，你的葫芦里究竟装的啥药。"黑虎把枪重重地拍在桌面上。

"那我就打开天窗说亮话了。"钟笑天表情一下子严肃起来，"实话告诉你们，我是游击队政委邹成平派来的卧底，任务是策反你们。"

"原来你是奸细，就不怕我一枪崩了你？"于山平把枪口对准钟笑天的脑门。

钟笑天并不慌张，悠闲自在地在一张靠背椅上坐下，跷起二郎腿说："不怕。"

"为什么？"黑虎问道。

"因为你们的敌人不是我。"

"那我们的敌人是谁？"

"小日本！他们才是我们共同的敌人。龟田这个龟孙子，每次打仗，都让你们当炮灰，你们被他当枪使，连一点尊严也没有，这还是人过的日子吗？现在你们要想当个堂堂正正的中国人，只有一条路，那就是与游击队合作，干掉龟田和他手下那帮小日本。"

"笑面虎，你的话真是讲到我的心坎上了，我和于山平正准备带着兄弟们造反，你帮我们牵个线。"黑虎猛地拍了一下桌子，弯曲的腰杆挺得笔直。

第二天一大早，钟笑天骑着红玉悄悄地离开据点，快马加鞭直奔游击队时常出没的山脚下。

"红玉,千里红就在这座山里面,你想不想见到它?"钟笑天轻轻地拍了一下红玉的背。

红玉听了钟笑天的话,顿时兴奋起来,它沿着崎岖的山路奋力向山顶飞奔而去。

到达半山腰的时候,红玉忽然发出一声长嘶。

此时,千里红正在游击队据点附近的草地边悠闲自在地吃着草,红玉的长嘶传来,它一下子便听出这声音是红玉发出的,便奋力朝发出声音的地方飞奔而去。

红玉和千里红终于在游击队据点边见面,看到千里红,红玉显得十分兴奋,它亲昵地伸出脸与千里红的脸相互摩挲,千里红则羞答答地努起嘴唇挨在红玉的身边,睫毛下闪烁着妩媚的表情。

红玉与千里红亲昵的时候,邹成平、吴雪峻和钟笑天正蹲在草坪上,商议下一步行动的计划,很快便有了妙计。为了不引起日军的怀疑,钟笑天接受任务后,立即赶回日军据点。

五、瓮中捉鳖

当一小股运送武器的日军在羊肠小道里出现时,游击队人马果然从山坡上杀出,运送武器的日军和游击队人马立即展开枪战。藏在远处森林里的龟田见状,禁不住一阵狞笑,正当他欲下令黑虎带领军队向游击队发起进攻时,副手山本忽然拉住他的手:"长官,这可能是游击队下的套,我们切不可贸然出击。"

"山本君,为啥会有这种想法?"龟田问。

"如果游击队的主力人马前来,他们的指挥官邹成平和吴雪峻一定会出现,可现在游击队的人马却由赵如水带领,且队形松散,似乎醉翁之意不在酒。"

听了山本的话,龟田禁不住抽了口冷气,举起望远镜,仔细观察前方日军和游击队交战周围的地形。此时已是秋末冬初,树木大都落下蜷曲的黄叶,一派肃杀萧条的模样,树林和山坡上没有任何人烟出没的迹象。

龟田对前方的山坡和树林梳篦式地搜索几遍之后,虽然没有发现任何可疑的迹象,但那张阴冷的面孔却始终绷紧,他扭头对身边的山本说:"山本君,前面那个山坡,地形非常险恶,你带一部分人马随黑虎他们出击,我带主力部队按兵不动,以防万一。"

龟田原先制定的计划是伪军与日军部队倾巢出动攻击游击队,但听了山本的话后,忽然改变主意,只命令小股日军部队随伪军一块儿出击,龟田和他的主力部队则继续龟缩在森林里。

"龟田真是一只老狐狸!"黑虎咬牙切齿。

伪军开始出击,小股日军紧随其后。

黑虎一声令下,伪军忽然掉过枪头,朝日军疯狂射击,山本还没反应过来,手下的日军便倒下一大半。

对于黑虎的反戈一击,龟田大感意外,在他眼里,伪军都是软蛋,可现在这些软蛋居然吃了豹子胆,敢在太岁头上动土,气得两眼冒烟的龟田再也顾不了那么多了,他把指挥刀高高举起,发出狼一样的咆哮:"杀!杀!杀!"

黑虎带领的伪军并不是日军主力部队的对手,他们一边顽强地抵抗,一边向羊肠小道撤退。

此时羊肠小道上的战斗已经结束,小股日军已被游击队人马消灭,游击队人马便与伪军兵合一处,与龟田的人马展开恶战。

日军火力很猛,伪军和游击队人马在日军猛烈炮火的打击下,且战且退。

战局一边倒的时候,山坡上突然响起了嘹亮的军号声。

按原先游击队与黑虎之间的约定,游击队小股人马袭击日军运输武器的人马之后,藏在森林里的伪军与日军便会倾巢出动,待日军进入包围圈后,埋伏在山上的游击队主力人马与反戈一击的伪军联手,打龟田个措手不及,而后,来个瓮中捉鳖全歼日军。但游击队和黑虎的如意算盘并没有打响,日军出动小股部队打乱了他们原先制定的方案,黑虎只好带领伪军提前向小股日军开火。躲在山坡上的吴雪峻有点按捺不住内心的焦虑，想带领游击队的主力部队冲下山坡与日军交战，但被邹成平强行按在战壕里。邹成平心里非常清楚，贸然出击会使武器装备处于完全劣势的游击队主力部队付出惨重的代价。

看到龟田带领的日军果然中计，进入游击队的口袋，邹成平大手一挥，军号声顿时响彻云霄，游击队主力部队如同猛虎下山，打得日军人仰马翻。

龟田见中了埋伏，急忙指挥人马后撤，游击队主力部队岂会让到手的肥羊旁落，他们向日军发起疾风暴雨般的进攻。日军显然没料到游击队的进攻会如此犀利，他们的阵营出现慌乱，但在龟田的呵斥下，日军很快稳住阵脚，一场短兵相接的战斗打响。

在这场血肉横飞的恶战中，黑虎异常勇猛，他骑着红玉朝日军发起凶狠的进攻。伪军在他的带领下，一改往日缩头乌龟的模样，他们与游击队人马并肩作战，打出了中国人的血性。

在日军阵营里横冲直撞的黑虎与山本交上了手，骑着高头大马的两人都铆足了劲，誓要把对方扳倒。十几回合下来，黑虎占据优势，体力渐渐不支的山本且战且退，黑虎步步紧逼。在一块大岩石边，黑虎像雄狮一样从马背上跃起，手里的大刀直取山本的脑袋，山本还没反应过来，整个脑袋就被黑虎削了下来。

黑虎的这一刀让指挥作战的龟田抽了一口冷气，他恶狠狠地举起枪朝黑虎射击。

"砰！"一声枪响，龟田射出的子弹击中黑虎的要害部位，他勇猛的身影轰然倒下。

看到主人死了，红玉两眼血红，疯狂地冲向日军阵营，慌乱的日军急忙举枪朝它射击，红玉顿时血流如注，在生命的最后一刻，马蹄仍在向前，保持着勇往直前的冲锋姿势。

红玉的死，让千里红异常愤怒，它不顾一切地向前冲锋。马背上的吴雪峻疾行中，不断挥舞着闪着寒光的刀，一个个日本鬼子的头颅滚落在地。

在吴雪峻的示范作用下，游击队和伪军向日军发起更加猛烈的进攻，日军开始溃败。

看到败局已定，龟田急忙命令部队后撤，但吴雪峻和邹成平岂会放过这个大好机会？他们带领人马步步紧逼。

狂妄自大的龟田终于尝到兵败如山倒的滋味，他开始孤注一掷，溃退中的他突然掉过头，朝吴雪峻开枪。

"砰！"枪声响起的时候，千里红猛地高高跃起，挡住射向吴雪峻的子弹。

千里红中弹了，它发出一声长嘶后，便缓缓倒下。

千里红倒下之后，从马背上摔下来的吴雪峻完全暴露在龟田的射程里，当他举枪朝吴雪峻射击的时候，冲在队伍最前面的王瘸子一个箭步上前，将吴雪峻扑倒在地。

"砰！"一声枪响，王瘸子中弹了。

看到王瘸子用自己的血肉之躯保护吴雪峻，龟田咬牙切齿。当他再次举枪欲朝吴雪峻射击时，一发子弹忽然从远处飞来，直接钻进龟田的脑袋，龟田顿时四仰八叉地倒了下去。

这致命一枪出自赵如水之手。

随着龟田被击毙，日军很快就被游击队和伪军全部歼灭。

惨烈的战斗结束了。

小芳和赵铁锤扶起王瘸子时，王瘸子瞪了赵铁锤一眼，断断续续地说："龟儿子……我不能再跟你斗了……我走之后……你要照顾好小芳。"

"王瘸子，你不会死的，不会死的，一定能活下来。"赵铁锤紧紧地抱住王瘸子的身躯,泪如雨下。

"我也……不想死呀……还想娶……小芳呢。"王瘸子掉过头深情地望了一眼泪眼蒙眬的小芳,鼓足浑身气力说,"傻丫头……"

话未说完,人就断了气。

匆匆掩埋完王瘸子的尸体后,邹成平、吴雪峻和赵如水一块儿赶到黑虎身边,他们发现黑虎虽早已断了气,但左手仍紧紧地护住胸口,似乎有什么秘密怕被别人发现。吴雪峻和赵如水费了好大的劲,才掰开他那护住胸口的手,他们惊奇地发现黑虎左侧内衣口袋里珍藏着赵如水送给他的那只用红绸子包裹着的短笛。

赵如水的脸上顿时有了泪水,她拿起短笛吹起了一首忧伤的曲子。笛声似雨打芭蕉,声声断肠;似黑云堆集,骤雨来临;又似从远处滚滚而来的雷声,惊涛拍岸,卷起千堆雪。这时赵如水的情感完全融进笛声中,透过笛声,她仿佛看到了黑虎往日的音容笑貌。赵如水的笛声一半是悲壮,一半是激越,她的情感透过笛声得到淋漓尽致的宣泄,泪水不知不觉从她的眼里飞溅而出。

一曲终了,惊奇的事情发生了,黑虎的嘴角竟然透出淡淡的微笑,眼角滑出晶莹剔透的泪水。

神奇的事情还在继续,厚葬黑虎之后,当人们将红玉和千里红这对情侣合葬在一块儿时,从墓地里忽然飞出两只白鸽,它们在蔚蓝的天空比翼双飞。

赵如水又吹了一首曲子,纯净、晶莹、细腻、迂回的笛声,潺潺流淌在野花盛开血流成河的战场上,在空中比翼双飞的白鸽听到笛声,开始向台湾海峡方向飞翔……

吴雪峻眼里顿时涌动着泪水,他伸出手,想把那白鸽揽在怀里时,时空隧道这一刻突然拐了个弯……

吴雪峻的身子从永历通宝钱币四方孔钻出,重新回到现实中。眼前的白鸽虽然消失了,但他的心却搁在了遥远的彼岸。

六、 海的那边是故乡

在吴雪峻心中,福州是他的第一故乡,福州是他的血脉之源、血肉之根,在那块土地上,他经历了一次缠绵悱恻的爱情;山东西子村则是他的第二故乡,他在那里有自己刻骨铭心的初恋。两块土地上,尽管有纠缠不清的是非恩怨,有残留在心底的爱恨情仇,有太多的辛酸回忆,有人情世故的纠葛,但他的心底仍深深地怀念着故土的一草一木,山山水水。

只是,眼前这条深深的台湾海峡割断了他的思念!

吴雪峻只能站在海边,倾听着海水的呜咽,任凭它日夜震撼着自己的耳膜。

台湾海峡在吴雪峻的目光中,每天都发生着细微的变化,轻轻的海风在海面上弹奏着时而凄凉时而欢快的曲子。日子就这样一天又一天地滑过,此时的吴雪峻心如止水,他压根就没想到命运会发生改变。

那是一个阳光明媚的日子,一名国民党军长官到岛上视察,吴雪峻和其他国民党官兵一道在营房列队欢迎长官的到来。

长官姗姗而来，吴雪峻看到长官的那一刻，禁不住打了个愣怔，这位白发苍苍，看上去和蔼可亲的长官不就是自己原先的老上司赵平成吗？

赵平成也从欢迎队伍中认出吴雪峻，见到吴雪峻的那一刻，他疾步上前，猛地拍了一下吴雪峻的肩膀，激动地说："臭小子，怎么会在这里？"

吴雪峻一时语塞。

赵平成对金门驻军的长官说："这位是我的老部下吴雪峻，他有百步穿杨的枪法，是二十一军公认的神枪手。"

赵平成说罢，从身上拔出枪递给吴雪峻。

"臭小子，给大伙露一手吧。"赵平成朝吴雪峻做了个手势。

从赵平成手里接过枪，吴雪峻挺直身板子，嘴角挂出几缕洒脱的笑纹儿，信心十足地往靶场上一戳，神枪手的架势便显露出来。

上弹夹，装子弹，响亮亮的咔嗒声。

"砰！砰！……"五声响声震撼整个靶场。

"10环、10环、10环、10环、10环。"当报靶员的声音传过来时，靶场上掌声雷动。

赵平成也跟着鼓掌，继而又指了指天空中飞翔的白鸽说："臭小子，你不是擅长射天上飞翔的鸟吗？你把那只白鸽射下来。"

吴雪峻举起枪，当他把枪对准那只在天空中悠闲飞翔的白鸽时，握枪的手开始颤抖，额头上甚至冒出冷汗。

见吴雪峻迟迟不扣动手枪的扳机，赵平成疑惑地问道："臭小子，怎么了？"

"长官，我下不了手。"吴雪峻搁下手里的枪，长长地叹了一口气。

"为什么？"

"在我心中，白鸽代表着和平，我痛恨战争，讨厌背井离乡。"吴雪峻说到这里，眼里流出泪水，他原想克制内心的情感，但当眼泪如潮水般奔涌而出时，他情感的大堤顷刻之间彻底崩溃，他朝大陆方向跪下，如狼般的号哭从喉咙里散裂开来。

吴雪峻放声悲哭引来老兵的共鸣，靶场上顿时传来低低的哭泣声。

赵平成的眼里也涌满泪水。

见到赵平成后，吴雪峻的命运出现转机，当赵平成了解到吴雪峻的境遇时，禁不住一阵唏嘘，他指示驻扎金门部队的长官，一定要给吴雪峻一个说法。

有了赵平成这句话，吴雪峻的仕途之路柳暗花明，很快，他就成为驻守在金门国民党军部队的营长。

吴雪峻当上营长没多久，就发生了一件让他痛心的事情。

那是一个夏日的夜晚，吴雪峻手下的一个兵借上厕所的机会，跑到海边，抱着一个汽车轮胎，一头扎进海水，向大陆方向奋力游去。

听说手下的兵叛逃，吴雪峻急忙吹哨点名，发现三班少了一个兵——刘大头。

对于刘大头，吴雪峻再熟悉不过。刘大头二十出头，长着一个硕大的脑袋，额头如同一块凸出并随意向两侧扩展的大岩石，一双小眼睛龟缩在额头下面，给人一种大树底下好乘凉的感觉。在班里，战友们经常摸着刘大头的头，调侃道："大头大头下雨不愁，你有雨伞我有大头。"

战友们拿刘大头开涮，刘大头并没有表现出多大的愤怒，他用半是茫然半是忧伤的目光看着你，让大伙不知道他的葫芦里究竟装的什么药。

事实上，吴雪峻在当上营长之前，就与刘大头认识。吴雪峻到海边看海的时候，时常看到刘大头在岸边眺望彼岸。

吴雪峻悄无声息靠近刘大头，浑然不觉的刘大头摇晃着左手，用透着沧桑的口吻自言自语道："孩子，你在哪儿呢？妈找你找得好辛苦啊。"

刘大头的右手举过头顶，急切地应答道："妈，儿在海那边。"

"傻孩子，为啥不回来？"刘大头的左手在空中做了个摔巴掌的姿势。

这一刻，刘大头沉默了，低下头，双手握在一块，指关节分开，再合拢，再分开。

令人窒息的沉默。

站在一旁的吴雪峻轻轻地拍了一下刘大头的肩膀。

刘大头如梦初醒，急忙掉过头，看到吴雪峻站在身旁，异常窘迫地说："大哥……我……我。"

吴雪峻什么也不说，紧紧地握住刘大头的手。

两人一起看海。此时，大海轻柔地抚摩着金门岛，仿佛是和金门岛在絮絮细语，远处有几只海鸥在蔚蓝的天空中翱翔，给海水抹上一层鲜亮的色彩。

"想家了？"吴雪峻问。

刘大头点了点头。许是为了掩饰内心潮水般的冲动，他从身上抽出烟，递给吴雪峻一根后，自己也叼上一根，猛地吸上一口后，慢悠悠地吐出憋在胸口的烟雾，不知是被烟呛了，还是其他什么原因，他的眼里充盈着泪水。

"家在何处？"

"厦门。海那边上岸就到了。"

"家里还有什么人？"

"只有一个……老母亲……我俩……相依为命。"刘大头抽搐道。

吴雪峻不再问了，因为他知道再问下去，一定会触动刘大头内心最敏感最痛楚的神经……

那天夜里，吴雪峻和营里的几个军官在海边焦虑地来回踱步。此时，海风已经没有了白天的柔情，吹在身上，有着一种刺入骨髓的寒意，海水拍打岛屿所发出的声音就像一首凄凉委婉的曲子。

吴雪峻非常清楚刘大头如果叛逃成功，他便负有不可推卸的责任，肯定会挨个处分，弄不好会丢了头上的乌纱帽。

历经太多太多的苦难折磨后，吴雪峻的棱角早已抹平，功名利禄在他看来如同过眼云烟，对于头顶上的乌纱帽，他并不是太在乎。在金门这个弹丸之地，吴雪峻举目无亲，头上那顶乌纱帽既不能光宗耀祖，也不能飞黄腾达。正因为心静如水，吴雪峻面对刘大头的叛逃才能泰然处之，他的心头甚至冒出一个荒唐的想法：希望刘大头叛逃成功。

当这个想法从吴雪峻脑海冒出后，他禁不住打了个寒噤，目光投向海的那边。黑漆漆的夜空下，海的那边就像一块黑幕，笼罩着吴雪峻的整个视野，虽然视野里一片漆黑，但冥冥之中，吴雪峻似乎能看到刘大头抱着汽车轮胎，在海里劈波斩浪。这种幻觉刺激着吴雪峻的神经，他整个人莫名地兴奋起来，两条腿开始轻微地颤抖。

幻境还在延续，刘大头爬上了海那边的沙滩后，他的母亲早已翘首等待在那里，看到儿子，老泪纵横的她将儿子紧紧地揽在怀里……

　　这样的幻觉刺激着吴雪峻的神经，让他越发亢奋，他的腿颤抖得更加厉害，眼角甚至涌出激动的泪水……

　　第二天拂晓，在海边徘徊的吴雪峻忽然看到一个男人抱着汽车轮胎向岸边靠拢。吴雪峻一眼便看出那个男人便是刘大头，此时的刘大头已经精疲力竭，他的头歪倒在轮胎上，双手胡乱地打着水。

　　吴雪峻的心不由一沉，脸顿时灰暗下来。

　　当刘大头拼上最后的气力游上岸后，迷迷糊糊的他兴奋地冲站在岸边的吴雪峻等人喊："解放军同志，我是国民党兵刘大头，我是来投诚的。"

　　刘大头话音刚落，便昏厥了过去。

　　原来刘大头在海里迷失了方向，打了个圈后，又回到了起点，并错以为已到大陆。

　　结局是谁都能想到的，刘大头醒后，立即接受审讯，并被处以死刑，由吴雪峻执行枪决。

　　枪决前，吴雪峻和刘大头共进最后一餐饭，刘大头知道自己吃完这餐饭就要上路，就敞开肚皮狼吞虎咽。吃饱喝足之后，他对愁眉苦脸的吴雪峻说："大哥，我能不能托付你一件事？"

　　"说吧，只要我能做到，万死不辞。"吴雪峻拍了拍胸脯。

　　刘大头从内衣口袋里摸出一张纸，递给吴雪峻后，用十二分虔诚的口吻说道："这张纸上画着我家的位置，将来你若有机会回大陆，替我回去看看我的老母刘芳庆，她孤苦伶仃一个人……"

　　刘大头忽然哽咽，朝吴雪峻跪下，紧紧地抱着他的腿，低声哭泣。

　　吴雪峻眼里涌满泪水，轻轻地抚摩着刘大头的头问："刘大头，你为什么要干这样的傻事呀？"

"我……想……妈……妈。"刘大头泣不成声。

"如果再给你一次机会，还会犯同样的错误吗？"

"会！一定会！"

"傻瓜，那可是要杀头的。"

"我……知……道。"刘大头抽搐道，"可我……这条命……是老母亲给的，我必须……报答她，哪怕……付出……生命。"

"好兄弟，我答应你！"

"当真？"

"一诺千金！"吴雪峻泪花点点。

刘大头长长地嘘了一口气，好像一桩心事已了，肩上的千斤担子轻了，绷紧的脸部肌肉也松弛下来，露出虽然惨淡却藏着温情的微笑。

根据刘大头的遗愿，吴雪峻把行刑的地方选择在金门岛海边一块风景迷人的地方。

五花大绑的刘大头主动走到指定地点。

"我已经准备好了，你们开枪吧。"刘大头微笑地说。

吴雪峻向前跨了一步，虽然是个身经百战的老兵，但此时却紧张得浑身发抖。他从来没执行过死刑的口令，更何况面前的是自己的战友。

"预备——瞄准——放！"吴雪峻的声音在风中颤抖。

枪声响了，刘大头稍稍摇晃了一下，随即又恢复了平衡，行刑士兵射出的子弹一发只是擦破刘大头的面颊，一发打在膝盖上，火药的烟雾消散之后，刘大头的脸上依然挂着微笑。

"兄弟们，枪打得准点，让我走得痛快些。"刘大头大声喊道。

"预备——瞄准。"吴雪峻又举起了手。

行刑士兵又举起了枪,这回他们的枪抖得更加厉害,吴雪峻明白并不是行刑士兵枪法不准,而是他们对自己的战友下不了手。

吴雪峻停顿了一下,最终还是把到嘴的"射击"两个字咽回肚子里,长长叹了口气后,从行刑士兵手里接过了枪。

吴雪峻将子弹推上膛后,刘大头朝他笑了笑:"大哥,走近点,我有话要对你说。"

吴雪峻走近刘大头,刘大头低声在他耳边嘟哝:"大哥,下手轻点儿,我的灵魂还要化成白鸽,飞回大陆呢。"

吴雪峻点了点头,眼水模糊了视野。

背过身子,抹去大把大把的眼泪之后,吴雪峻再次举起枪。此刻,刘大头背过身子,对着大海声嘶力竭地喊:"海峡,为啥要割断中国台湾与中国大陆的联系呀?为什么,究竟是为什么呀?"

大海无语。

"海峡,为啥要割断中国台湾与中国大陆的联系呀?为什么,究竟是为什么呀?"

刘大头带着哭腔的声音在台湾海峡的上空飘荡。

大海依旧无语。

一只白鸽从海这边飞向大陆,刘大头的目光紧紧地追随着白鸽。

当白鸽消失在茫茫台湾海峡的那一刻,刘大头"扑通"一声跪下,哭泣道:"妈妈,儿不能尽孝了!"

……

处决完刘大头,吴雪峻时常来到海边,怀着沉重的忧郁和内疚，望着大海。这时候，他的眼前总会出现幻觉：刘大头的冤魂从大海中冒出来，伸出血淋淋且尖利的爪子抓他的心，吴雪峻急忙背过身子，泪水如潮水般奔涌而出……

老兵，只有经历过残酷战争洗礼的老兵才能真切地体会到这泪水的痛与恨，从战争苦难中走来的老兵坚强的外表下裹着一颗比其他人脆弱得多的心，他们不仅在梦中流泪，清醒的时候也会流泪。其实能用泪水宣泄自己的情感还算好，最怕把泪水憋在肚子里，日久天长，便会生出很多不测，在刘大头被处决后，吴雪峻营里接二连三地发生老兵自杀的事情。

那段时间，吴雪峻时常孤身一人在台湾海峡边行走，默默地思考着生与死的问题。

生是生命的开始，一切事物皆如此，一棵参天大树的生命开始于它被埋在沃土之中，一只鸡的生命开始于它的破壳而出。生是伟大的、美丽的、高尚的，每个人都只能享受一次。

与生相反的是死，死令人厌恶和排斥。如今，刘大头的死又让吴雪峻加深了对死亡的恐惧。

生只有一次，死也只有一次，生的时候发生的事让你无法忘却，而死，预示着一切灰飞烟灭。

在海边，每次对生与死深入的思考都让吴雪峻陷入深深的迷茫与痛苦之中，他变得噩梦缠身、神志恍惚。一次训练忽然晕倒在地，被送到了台北的一家医院，经过医生仔细地检查，发现他患有严重的心理疾病。

在医院接受治疗期间，赵平成来看望他。

吴雪峻紧握赵平成的手，开门见山道："老首长，我不想在金门待下去了。"

"为什么？"赵平成问。

吴雪峻的手在膝盖上搓来搓去,就是不应答。

"臭小子,有啥话就说出来,憋在心里多难受。"

"因为金门离大陆太近了。"吴雪峻把心窝子的话掏出。

"想家了?"

吴雪峻不语,眼里闪烁着泪水。

赵平成的眼也红了一圈。

没过多久,赵平成把吴雪峻从金门调到台北任职,事业上虽算不上春风得意,但也可以说四平八稳。按说吴雪峻应该满足了,但他却始终怏怏不乐,大陆情结就像剪不断理还乱的春藤时刻缠绕着他……

七、 第二次穿越

在台北上班后，吴雪峻形成了一个习惯，每天傍晚都要登高向大陆方向眺望。

大陆方向虽然影影绰绰，吴雪峻内心却是涛声阵阵。他想起在金门度过的那些年头，孤枕难眠的他只能靠穿越来安慰自己伤痕累累的心灵。当与赵如水的穿越故事结束之后，他的内心深处感受到震撼，这种震撼让吴雪峻有了枯木逢春的感觉，那似乎干涸的心灵重新有了春水的滋润。

有了第一次令吴雪峻刻骨铭心的穿越剧之后，肯定会有第二次。

冥冥之中，吴雪峻的眼前飘出林痴梦的倩影，浑身禁不住一阵颤抖。

激动？

悲伤？

忏悔？

迷茫？

还是……

当各种复杂的情感充斥着吴雪峻的心扉时,他明白第二个穿越剧的到来就像滚滚海水,任何方式都无法阻碍它的惊涛拍岸。

其实,穿越剧如何跌宕起伏地演变,吴雪峻并不知道,就像他不知道明天会发生什么事情一样。正是因为没有谜底,才让吴雪峻对扑朔迷离的穿越充满期待。

一个明月高照的日子,吴雪峻将那枚神奇的永历通宝钱币举在头顶,闭上双眼的那一刻,神奇的一幕出现了,他的身旁猛地刮起旋风,此时的他早已身不由己,身子骨就像一根羽毛轻飘飘地穿过四方孔,落到好望山上。

"吴雪峻,我怀孕了!"林痴梦表情严峻地对吴雪峻说。

"究竟是不是我的?"吴雪峻皱起眉头。

"肯定是!"林痴梦非常肯定地说,"因为最近两个多月,我都以身体不适为由,没有与鲁虎军同房。"

"那我们应该怎么办?"

"现在鲁虎军还不知道我已经怀孕,我们赶紧离开这里吧。再说我早已厌倦没有爱情的生活,我的梦想是换一种活法。"

"你喜欢什么样的活法?"

"雪峻,与你相爱后,我时常梦见我俩到一个遥远的地方开始隐居生活,结几间草屋,耕几亩农田,种几块菜地,两人恩恩爱爱,日子过得悠闲快乐,这样的生活不是令人心驰神往吗?"林痴梦眼里闪出一丝亮光。

"那是陶渊明构想的世外桃源,现实生活中根本就不存在。"

"肯定存在,我就憧憬那样的生活。"

"你先回去,让我好好想想。"吴雪峻朝林痴梦挥挥手。

"你快做决定呀!"林痴梦焦急地催促道。

"让我好好想想。"吴雪峻瞪了林痴梦一眼。

看到吴雪峻生气,林痴梦只好采取曲线救国的办法:"雪峻,我能问你一个问题吗?"

"问吧!"

"林子里有10只鸟,随着一声枪响,林子里还有几只鸟?"

"一只鸟都没有了。"吴雪峻笑了笑,"痴梦,这个妇孺皆知的题目,你就不要拿来考我了。"

林痴梦瞪了吴雪峻一眼:"回答错误,林子里有两只死鸟。"

这下轮到吴雪峻惊讶了,他注视着林痴梦,林痴梦并不慌张,非常认真地说:"随着一声枪响,一只鸟被枪击中了,它的伴侣因为失去爱人而悲痛欲绝,也一头撞死在地上,它俩一道离开了这个世界……"

"世上真有这样的鸟?"

"有。"林痴梦望了一下星空,"那是一对爱情鸟!"

"你见过爱情鸟?"

"梦里见过。"

"痴梦,你不能老生活在梦幻中。"

"雪峻,我这人没什么爱好,就是爱做梦,梦想让我始终保持一颗年轻浪漫的心。"

吴雪峻心动了一下。

"雪峻,你不是常说,你不爱江山,更爱美人吗?"林痴梦依偎在吴雪峻怀里呢喃。

吴雪峻把林痴梦揽在怀里,这一刻,他的整个身躯都沤透在幸福的潮水之中。

"生命诚可贵,爱情价更高。为了爱情,我一定搁下功名利禄,换一种活法。"

229

林痴梦的话字字都打在吴雪峻的心坎上。现在摆在吴雪峻面前的有两条路：一条路是继续在鲁虎军的手下过着一人之下、万人之上的悠闲自在日子，并择机谋取他的位子。但要实现这个目的，就要放弃爱情，以除掉自己心上人林痴梦为代价。另一条路是与林痴梦一块儿远走高飞，过自己想过的幸福生活。

毫无疑问，此时吴雪峻心里的天平是倾向第二种选择，为了林痴梦，他愿意抛弃一切。

吴雪峻与林痴梦两人紧紧地抱在一块，这时候，奇迹忽然出现，一只披着金黄色羽毛的红嘴爱情鸟从天边飞到两人身边，月色朦胧的天空顿时刷上一层亮丽的色彩。

"爱情鸟，世上真有爱情鸟！"林痴梦兴奋地跳了起来。

爱情鸟在两人的身边停下来，吴雪峻和林痴梦兴高采烈地坐了上去。

爱情鸟缓缓飞向夜空。

夜晚的星空很美丽，紧紧依偎在一块儿的吴雪峻和林痴梦望着繁星，心里不断地憧憬着未来美好的生活。

云层下端的山谷里忽然传来一阵笛声，这笛声穿透云层，落入吴雪峻和林痴梦的心海，两人禁不住伸出头，向发出声音的地方望去。

行进中的爱情鸟听到笛声，身子打了个颤，吴雪峻和林痴梦同时从爱情鸟的背上跌落到一座山上。

此时，一位牧童正在山上吹着《魂兮归来》的曲子，曲子里透出浓浓的伤感，一大群穿着孝衣的男女跪倒在一个硕大的棺材边泣不成声。

这群人自称为乌东国的官员和百姓，他们正在山顶上为刚刚死去的国王吴成材举办隆重的升天仪式。主持这场升天仪式的是乌东国最老的法师，只见他闭着双眼，嘴里念念有词。

吴雪峻和林痴梦从天而降，刚好落在吴成材的棺材上。眼前这一幕让乌东国所有臣民目瞪口呆，他们的耳边响起吴成材临终前的话："我去世之后，你们要举办隆重的升天仪式，到时我的转世之身会重新回到乌东国，我还是乌东国的国王。"

难道眼前的这位仪表非凡的男子就是吴成材的化身？就在大家困惑之际，法师朝立在棺材上惊魂未定的吴雪峻和林痴梦叩首："陛下和娘娘，容小人一拜。"

既然法师都认定吴雪峻就是吴成材的化身，乌东国众官员和百姓也不再怀疑，他们一齐朝吴雪峻和林痴梦叩首，口呼"陛下万岁"。

转瞬之间，迷迷糊糊的吴雪峻便被乌东国臣民拥立为新的国王，而林痴梦则顺理成章地成为王后。

成为乌东国国王之后，吴雪峻的人生轨迹发生彻底的变化。

每天一大早，吴雪峻迈着轻快的步子走出皇宫，身旁两名荷枪实弹的侍卫紧随左右。放眼望去，能见一幢幢鳞次栉比的农舍，农舍的周围挂着各种农具和到附近江河打鱼的网，农舍的前方是一条涓涓流淌的溪流，谁也不知道溪流的源头在何处。吴雪峻的身后是装饰得富丽堂皇的宫殿，宫殿入口处有两只石雕的狮子，走进宫殿，就像走进一个光怪陆离的世界，天花板上和墙上到处都悬着金属做的禽鸟树木、珠镶金绣的奇怪植物，宫殿正中是吴雪峻的宝座，这是他平日会见臣民的地方，宝座根据古代帝王坐的龙椅模式设计，宝座的两侧陈列着金器、银器、翡翠、玛瑙和各种珠宝，这些珍宝让吴雪峻有说不出的幸福和满足。宫殿的后面则是住宅，整个住宅以典型的四合院为基础，组成一个个封闭的建筑群，各座房子之间错落有致，很好地解决通风、采光和排水问题。宅院的左侧是一座外表装饰得十分华丽的小楼阁，里面住着吴雪峻的爱妻林痴梦，楼旁建着一个大花园。宅院的右侧则是吴雪峻的住所，房间里金漆的家具、大理石的装饰、象征着权力与地位的藤椅，让人眼花缭乱。宅院前方有一个荷花池，那是吴雪峻平日修身养性的场所。吴雪峻每次从荷花池旁走过，总感到心旷神怡，目光徐徐地从晶莹剔透的荷叶上扫过，脑海里漾出宋代诗人杨万里的诗句："接天莲叶无穷碧，映日荷花别样红。"

一阵清脆悦耳的声音在空中激越回荡。钟声在乌东国这个与世隔绝的地方代表时间，每过一个时辰敲一次钟，这抑扬顿挫的钟声，宛如浓稠的乳胶一样带有磁性。每次吴雪峻听到钟声，胸前总有一股激流在奔涌，他为自己成为这个陌生国度的君主感到得意与自豪。在乌东国，吴雪峻就是权力的象征，他一言九鼎，那握在手中的宝剑，能让违抗者人头落地。

成为国王之后，吴雪峻根据自己的构想，给乌东国的百姓分配任务，乌东国麻雀虽小，五脏俱全，百姓在各行各业干得有声有色。最重要的经济收入是鸦片，种植罂粟无须高超复杂的技术，当人们把一片片茂密的森林砍倒烧毁之后，仅肥沃的腐殖层就可以连续几年使鸦片丰收，当地力耗尽之后，乌东国百姓又开辟新的耕地，反正这里有无边无际的土地可供使用。每年春天一到，漫山遍野的罂粟开出鲜艳的花朵，使人不由想起明代诗人赞美它的诗句："含烟带雨呈娇态，傅粉凝脂逞艳妆。"

在吴雪峻眼里，罂粟的动人之处不仅在于它的美，更重要的是它能换取大把大把的钞票。在乌东国这个巴掌大的地方建有一个小型的鸦片、吗啡加工厂，设备虽然简陋，但每年春天都能生产出大量的鸦片和吗啡。这些毒品全部运出乌东国，与上海滩早有联系的黑帮势力进行交易，一手交钱，一手交货。完成毒品交易之后，他们用卖毒品换来的钱购买百姓必需的日用品，而后喜气洋洋地满载而归。

在乌东国，原先的君主吴成材深知毒品的危害，严禁任何百姓吸食毒品，一旦谁以身试法，立即枪毙。吴雪峻继承吴成材的传统，只要有人吸食毒品，格杀勿论。

"一个好汉三个帮。"原先的君主吴成材统治这个弹丸之地的时候，有两名丞相。左丞相王特，自从吴成材将部落迁移到这个荒无人烟的地方之后，他就一直负责料理财务。在这样一个与世隔绝的地方要做好这项工作并不是件容易的事情，王特年届七十，是个很有经济头脑的人，他在乌东国发行自制的铜钱，并设立一个商品市场，每家每户都可以到那里买卖。由于治理有方，乌东国百姓过上衣食无忧的日子，在这块土地上，从未发生过百姓争购物品和通货膨胀的事情。右丞相吴徐成年富力强，性情豪爽，一身功夫，掌管着乌东国的部队，负责贩卖毒品以及从外面的世界购置物品，是原先君主吴成材的侄儿，对吴成材忠心耿耿。吴雪峻指示他贩卖毒品后，不仅要购买物品，更要购置枪支、弹药武装乌东国的保家队，他不折不扣地执行，让吴雪峻颇为满意。因为与外面的世界有接触，吴徐成经常带回一些乌东国百姓不知道的消息，比方说北伐军节节胜利，蒋桂战争爆发，红军进行二万五千里长征，最新的消息当然是日军发动侵华战争，国共两党再次合作，共同抗击日军的侵略。对于吴徐成带回的各种消息和奇闻轶事，吴雪峻津津有味地听着，之后，他会自言自语地说："外面的世界很精彩，但也充满罪恶。"

追溯乌东国的来源，那得从前任国王吴成材说起，吴成材光绪年间中了进士后，担任新民县县令，辛亥革命爆发之后，清王朝倒台，他也解甲归田。

吴成材当了几年县令，捞了不少的实惠，拉了几车的金银财宝回家。看到父老乡亲过着饥寒交迫的日子，吴成材大发善心，拿出一部分金银财宝换成粮食和布料救济穷人。吴成材的善举让他在家乡声名鹊起，许是对兵荒马乱的日子感到厌倦，吴成材突然萌发一个奇想：去开辟一个晋代诗人陶渊明描述的世外桃源，在那里过逍遥快活的日子。当这个想法从吴成材脑海里蹦出后，就扎下了根。

为了实现自己的梦想，吴成材开始对村民讲述自己美好的愿望与想法，那时正值霍乱流行，出于对霍乱的恐惧和对美好生活的憧憬，村庄里的许多百姓卷起铺盖，携老带小跟着吴成材去开辟新天地，他们浩浩荡荡地向南挺进。一路上，有不少流离失所的百姓加入他们的队伍，他们顺着遍布石头的河岸往下走，到达一片茂密的森林，并沿着森林一直往里走。在随后几天里，他们见不着阳光，脚下的土地潮湿、松软，杂草越来越密，飞禽的啼鸣和狼的号叫声令人毛骨悚然。吴成材带领这批人在昏暗、恶劣的境地里艰难地行进，夜晚照亮他们的只有萤火虫闪烁的微光，回头的路已经没有，因为他们开辟的小径一下子就隐没在杂草里。

"不要紧，我们一定能找到一个好的安身之地！"吴成材不断地鼓励心灰意冷的百姓。终于，他们走出了森林，在一块依山傍水的草地上搭起帐篷。群龙不能无首，百姓们一致推选吴成材当他们的首领。吴成材也不退让，作为清朝的官员，对当皇帝有着与袁世凯一样的痴迷，他穿上自制的龙袍，接受百姓的顶礼膜拜，并将现在居住的那块土地取名为乌东国，吴成材成了乌东国的君主。

　　要想在一块从未开垦过的土地上立足，并不是件容易的事情。乌东国有的是疯长的竹林和茅草，这样险恶的环境并没有难倒吴成材和他的臣民们，他们就地取材，在崖壁之下，用一些树干作为支柱，在上面架上横条做棚子，使其呈中间高两边低的金字塔状，再盖茅草或树皮以避风雨，这样以树干、竹枝、茅草和泥浆等搭建起来的简陋屋子，成了乌东国百姓刚开始时的栖息之所。他们日出而作、日落而息，凭着勤劳和智慧，在荒芜的土地上建起了一座座房子。

　　经过多年铸剑为犁、生生不息的奋斗，乌东国有了自己的架构。它远离喧嚣嘈杂，山脉绵延、林莽深深、依山傍水，宛若一颗未经雕琢的红宝石镶嵌在幽静、原始的茫茫林海中。因为土地肥沃，每年粮食收成都很好，百姓从此过上了富足的生活，他们不再遭受战争的蹂躏，时间一长，便淡忘了外面的世界。也许是因为缺少与外界的交流，乌东国百姓开始变得夜郎自大，他们固执地认为乌东国是世界上最美、最富有的地方。

　　在乌东国，吴成材拥有至高无上的权力，他管理乌东国基本上沿袭当县令时的那一套方法，吴成材制定的那些不成文的制度在乌东国极少有人敢违抗，百姓在这块巴掌大的地方安居乐业，过着井然有序的日子。从仕途出来的吴成材有一个根深蒂固的观点："万般皆下品，唯有读书高。"吴成材就是靠读书发迹的，因此，他很重视教育，在乌东国设立学堂，学生们念的书主要是孔夫子的《论语》及唐诗宋词等。每天早晨，当读书声在乌东国的上空响起时，吴成材的脸上总会漾出满足的微笑。

　　在乌东国待的时间长了，许多问题便暴露出来，百姓们从家乡带来的衣服大多变得破烂不堪，许多生活用品得不到及时补充。这些问题吴成材看在眼里，富有眼光的他命令吴徐成开辟通往外面世界的秘密通道，用从家乡带来的金银财宝与外面世界的百姓交换生活必需品。燃眉之急虽然解决了，但如此坐吃山空也不是个办法，吴成材为乌东国的未来忧心忡忡，直到有一天，吴徐成用重金从外面世界买来一大包罂粟种子，吴成材才转忧为喜。

自从种下罂粟后，吴成材再也不用为钱发愁。每年春天，都有人来乌东国收购罂粟，随着吴成材腰包的膨胀，他再也不愿外人闯进领地，他从外面购置机器生产鸦片、吗啡。随着毒品事业的发展，吴成材成立了一支武装部队，取名为保家队，吴成材深知生活在这样一个荒无人烟的环境里，没有武装部队肯定不行。保家队成员都是乌东国里的棒小伙子，他们以加入保家队为荣，自从保家队成立之后，再也没有外人敢来乌东国，狼群也不敢袭击乌东国的百姓。

吴雪峻在乌东国继位之后，延续吴成材制定的政策。在与林痴梦商议之后，他在某些方面进行大胆的修改，比方清朝以三寸金莲为美，吴雪峻讨厌小脚、走起路来一摇三晃的女人，他下令乌东国以后出生的女性不得裹脚。吴成材有王后林宝雪和一群爱妾，看到丈夫时常与其他女子风花雪月，与吴成材青梅竹马的王后林宝雪抑郁而亡。结发妻子的死对吴成材触动很大，没过多久，他突发疾病而死。

林痴梦将前车之鉴牢记在心，觉得在乌东国要想拴住吴雪峻的心，就得制定法规让他不能在情感上越雷池半步，她要吴雪峻务必牢记"万恶淫为先"，实行严格的一夫一妻制度，国王也不能例外。

对于林痴梦提出的要求，吴雪峻欣然接受，林痴梦是他心中的女神，他固执地认为自己除了林痴梦，不可能再爱上任何女性。为了表明对林痴梦的爱，他把吴成材原先留下来的宫女全部送出宫，还下命令，谁若犯了通奸罪或一夫多妻，必定严惩。乌东国百姓对吴雪峻这一举动拍手称快。

为了使各种法规更加规范，吴雪峻对法规中的某些内容进行补充完善。比如在乌东国一个人犯了盗窃罪，法不当死，应受一定数目的杖责，在吴成材掌权的时代，杖责随意性很大，完全根据判官的喜好，这无形中助长判官手中的权力，出现行贿受贿的现象。现在，吴雪峻命人制定杖责的尺度，例如 10 下、20 下、30 下，杖责完全根据偷窃物品的价值和盗窃案的情节而量刑，并由他亲自作出批示。吴雪峻在乌东国实行的一系列新政深得人心，百姓们都对新国王顶礼膜拜，在他们看来，吴雪峻是上天赐给乌东国百姓最好的礼物，他能带领乌东国百姓战胜眼前的重重困难。

受到百姓的拥戴，吴雪峻开始飘飘然，而让他感到舒畅的远不只这些。傍晚到来的时候，他时常与林痴梦手挽着手漫步在庭院里。这时候，幸福的感觉便弥漫在吴雪峻的周身，他再也不用像过去那样与林痴梦在刀锋上演绎爱情故事。他与林痴梦之间光明正大轰轰烈烈地相亲相爱，甜蜜爱情滋润下的林痴梦光彩照人。乌东国世外桃源般的生活让她从容适意、无拘无束、悠闲自得，让她忘记人世间所有烦恼。在这里，没有战争的纷扰，更没有人性的尔虞我诈，茉莉花的芬芳灌溉了她，动听的山歌沐浴了她。她就像一只野生的小兔子，在这块未经污染的原始森林里，无拘无束快活逍遥地奔跑着，脚下松软的草坪、天上飞翔的鸟儿、林里醉人的花香、飘落的桃花瓣，让她产生飘飘然的感觉，她的整个身心醉倒在一幅幅如诗如画的风景中。

悠闲自在地生活一段时间之后，林痴梦走进讲堂，给乌东国的学生上起了语文课。在三尺讲台上，她最喜欢给学生们上陶渊明的《桃花源记》，当她抑扬顿挫地朗读《桃花源记》时，目光总会飘向风景如画的窗外，脸上绽放出花儿般的笑容。

林痴梦的梦在乌东国生根发芽。

在乌东国，吴雪峻最喜欢带着大队人马狩猎，浩阔无云的天空，海浪翻涌一般的森林，让吴雪峻心旷神怡。他骑着马在森林里自由地驰骋，偶有一只野兔从马前一掠而过，眼见野兔即将钻进茫茫的森林，吴雪峻忽然举起枪，看似不经意的一枪却正中野兔的要害部位，野兔当场毙命。跟着吴雪峻一起狩猎的人群顿时发出雷鸣般的欢呼，吴雪峻的精彩表演并没有结束，他忽然举起枪朝空中射击。

"砰！"随着一声枪响，飞翔的大雁落下，在大雁落地的那一瞬间，吴雪峻忽然拍马赶到，接住大雁。

吴雪峻的身手让手下佩服得五体投地，但吴徐成却冷眼旁观，在他看来，如果不是吴雪峻的半路杀出，乌东国的国王宝座非他莫属。原先，他认为吴雪峻这个外人在乌东国肯定待不下去，没想到他干得比原先的国王吴成材更出色，更得人心。更让吴徐成忌惮的是吴雪峻还有一身的功夫，在吴雪峻面前，吴徐成收起锋芒，但在他谦逊的外表下却隐藏着杀机。

八、杀机四伏

在乌东国,吴雪峻每天早晨 7 点钟准时起床,与林痴梦一块儿吃过丰盛早餐后,便开始处理事务。乌东国鸡毛蒜皮的事还真不少,但对于处理这些小事,吴雪峻却乐此不疲,他会严格按照自己制定的法规处理事情。

批完奏折后,吴雪峻志得意满地走出屋子,骑着马到乌东国的大街上溜达……

远处忽然传来悠扬的歌声——

>我们都是中国人
>何必自称乌东国
>井底之蛙睁开眼
>世界原来如此大
>跳出水井是条龙
>蹲在井底永是虫
>还是当条中国龙

再也不当乌东虫

听到这抑扬顿挫、底气十足的歌声,吴雪峻抬起头,发现小巷深处站着一个老人,老人高高的个儿,宽宽的肩,长着一副古铜色的脸孔,一双铜铃般的眼睛,尖尖的下巴飘着一缕山羊胡须。别看他已年过古稀,唱起歌来,声音像洪钟一样雄浑有力。

老人一边唱歌,一边朝吴雪峻所处的位置走来。

老人名叫刘东雨,医术精湛,人称再世华佗,乌东国的男女老少生病都找他。按说像刘东雨这样的人在乌东国应当非常吃香,但老人家犯倔,老和吴成材闹别扭,认为把整个部落搬到这个与世隔绝的地方绝对是个错误,坚持认为整个部落必须迁到外面,这样才能跟上时代的步伐。吴成材当然不能容忍刘东雨散布这些动摇民心的言论。为此,他专门设了一个牢房,牢房里关押的唯一犯人就是刘东雨。吴成材让刘东雨在牢房里闭门思过,可刘东雨执拗地认为自己的观点正确,他编了这么个歌谣嘲讽吴成材是井底之蛙。吴成材虽然对刘东雨的言语非常恼怒,却不敢对他下毒手,因为他是乌东国的神医,没有了他,乌东国百姓就得备受疾病的折磨。刘东雨虽然蹲牢房,但没有闲下来,每天都有人到牢房里找他看病。

吴雪峻继位之后,把刘东雨从牢房里放出,让他重新获得自由。

在乌东国,吴雪峻与刘东雨交谈过几次,惊奇地发现刘东雨虽然在这个闭塞的地方生活多年,但知识渊博,医学、地理、历史、文学样样精通。更让人称奇的是他的举止谈吐,透着一股闲云野鹤般的飘逸、仙风道骨般的潇洒。以后的日子,吴雪峻经常与刘东雨一块谈古论今,从秦始皇的焚书坑儒说到现在日本发动的侵华战争。刘东雨对日本发动的这场罪恶的战争深感愤怒,他执拗地认定日军在这场战争中必将失败,中华民族是绝对不会向外来势力低头的。

刘东雨是个有远见的人,从牢房放出后,之所以想方设法靠近吴雪峻,就是想游说他早日带领乌东国百姓离开这个与世隔绝的地方。

作为一国之君,吴雪峻也认为在这么个小地方,自封乌东国实在荒唐可笑,但却不愿意离开。因为在这里,他可以颐指气使,乌东国的百姓对他的话言听计从,而离开这里,他什么也不是。吴雪峻虽然不愿意离开,但对刘东雨的劝说,既没有表示支持,也没有说反对,这让刘东雨心里燃起希望,他多次找吴雪峻,要他迅速带领百姓走出去。此时,吴雪峻方才明白刘东雨的难缠。为此,他有意疏远刘东雨,刘东雨要见他,吴雪峻总是找借口闭门不见。

见到骑马的吴雪峻,刘东雨急忙凑上前去问:"吴雪峻,你何时带我们离开这个鬼地方呀?"

在乌东国,只有刘东雨敢直呼吴雪峻的名字,对于刘东雨的不敬,吴雪峻打心眼里感到厌恶。但为了在大众面前表现出自己的大度,他把不满深藏在心底,敷衍道:"刘东雨,这可是件天大的事情,必须细细斟酌呀。"

"吴雪峻,不能再犹豫了,我们这一代人在荒山野岭里生活,下一代可不能再耽搁下去了,必须走出去。"

"现在日本鬼子打进来了,到处战火纷飞、兵荒马乱,我们还是在这个世外桃源里生活更逍遥自在呀。"

"世外桃源?吴雪峻,你认为这里是世外桃源?"

"是的!"

241

"吴雪峻，我觉得你和吴成材都是井底下的青蛙——只看见簸箕大的一块天。"

"刘东雨，你怎么能胡说八道？"吴雪峻拉长了脸。

"吴雪峻，我说的都是肺腑之言。日本鬼子既然打到中国了，我们就要与全国人民一道同仇敌忾，共同抗日，怎么能躲在这么个山沟沟里享清福?! 再说，你不惹日本鬼子，并不等于日本鬼子不会来惹你。"

"放肆，你这个糟老头，再乱说话，小心我砍了你的狗头！"吴雪峻厉声呵斥。

刘东雨傲然挺立："我已经是一把老骨头了，这条命你什么时候想要，我随时奉上。"

刘东雨软硬不吃，吴雪峻只好悻悻而去。

在大街小巷转悠几圈后，吴雪峻骑着马儿拐进一条小道，抬头望去，满眼都是铺天盖地的绿，或如涌涛，或如屏障，或如凝云，或如烟岚，虽有浓淡深浅，却都郁郁葱葱，天上飘浮着的几朵彩云，也都印染上一层薄薄的绿色。小道两旁是肥沃的田地，劳作的农夫们时而悠长、时而短促的吆喝声响彻上空，他们一边唱着歌儿，一边向田里撒种子。田野边，几缕蓝色的烟低低地缭绕着，那是牧童们燃起篝火。小径两旁的树上群鸟啁啾，唱出一个明丽的早晨。置身在如诗如画的环境中，吴雪峻的坏心情早已烟消云散，轻轻徐来的轻风让他神清气爽，他情不自禁地哼起了歌谣。

悠闲自在地穿过小道后，吴雪峻在一栋小楼阁前停了下来，抬头眺望阁楼那扇打开的窗，只见吴成材的爱妾刘媚娘正在窗前慢悠悠地梳理着头发，那把梳子从飘逸的长发中梳出万般风情，令吴雪峻目不暇接、叹为观止。梳完头，刘媚娘掉过头，发现吴雪峻注视着她，眸子瞬间变得朦胧且含蓄，双颊飞起红晕。她娇媚地朝吴雪峻微微一笑，如同花蕾上绽出一抹鲜亮的色彩，吴雪峻的心不由得躁动起来。

原先，吴雪峻一直认为自己对林痴梦的感情坚不可摧，但遇到刘媚娘后，他的爱情防线便开始摇摇欲坠。

那是一个阳光明媚的日子，吴雪峻再次骑着马在乌东国小巷里穿梭时，一条粉红色的手帕从刘媚娘阁楼里飘出，轻风徐过，手帕朝吴雪峻所处方向飘去。马背上的吴雪峻似乎闻到一股扑面而来的清香，他的心顿时变得湿润柔软，恍恍惚惚中，只觉得如花似玉的刘媚娘正款款而来，心醉神迷的他伸出手臂想拥抱，她却化成一缕青烟袅袅飘去，落在吴雪峻手中的只是那条粉红色的手帕。

"陛下，不好意思，我的手帕弄脏您的身子了。"刘媚娘柔柔的声音从阁楼里飘出。

《水浒传》中潘金莲落下的竹竿正好打中西门庆的头，引出一段轰轰烈烈、刀光剑影的爱情悲剧。刘媚娘肯定看过这部名著，只是她没有从潘金莲的身上吸取教训，而是从潘金莲那里学会如何使手段勾引男人。潘金莲用竹竿，刘媚娘使手帕，潘金莲无意，刘媚娘则是精心谋划，手段比潘金莲更高明、更暧昧。

吴雪峻握着粉红色的手帕，朝刘媚娘笑了笑。

"陛下，请稍等片刻。"刘媚娘朝吴雪峻淡淡一笑后，身影便从窗口消失，当轻盈的脚步声从楼梯响起时，吴雪峻忽觉心悸、气促。

满面春晖的刘媚娘像一阵清风迎面扑来。

"陛下，媚娘该死，惊扰陛下了。"刘媚娘羞赧一笑，弯腰朝吴雪峻深深地鞠了个躬。

吴雪峻从马背上跳下，把粉红色的手帕递了过去，刘媚娘伸出纤纤玉手接过，交接过程中，她故意有一个停顿动作，让她的手像一只乖巧温顺的小绵羊停泊在吴雪峻的手心里，当吴雪峻要握她的手时，她媚眼含娇、风情万种地把手抽出。

这一刻，吴雪峻彻底被征服了，他与刘媚娘就像西门庆与潘金莲一样，不可避免地发生了苟且之事。一个干柴，一个烈火，两人很快便爱得轰轰烈烈、死去活来。自从与刘媚娘有了私情之后，吴雪峻开始对怀孕在身的林痴梦失去兴趣，他们之间的情感再也不像先前那样熊熊燃烧。对于丈夫的微妙变化，心细的林痴梦不可能没有察觉，经过调查，她很快便发现了吴雪峻和刘媚娘之间的私情。对于吴雪峻的出轨，林痴梦痛心疾首，从她与吴雪峻私奔的那天起，林痴梦就认定吴雪峻对她的爱是真挚的，可没想到吴雪峻在乌东国养尊处优生活一段时间之后，便开始见异思迁。为了让自己的心上人悬崖勒马，林痴梦决定找个合适时间与吴雪峻促膝谈心，让他重新回到自己的怀抱。

那是一个明月高照的夜晚，林痴梦与吴雪峻一块儿在庭院里赏月。

"陛下，你有没有发现今天的月亮特别圆？"林痴梦的头轻轻地依偎在吴雪峻的身上。

"哦。"吴雪峻心不在焉。

"陛下似乎有什么心事？"

"没有。"吴雪峻轻轻地咳嗽一声。

"那我出一道题，请陛下作答。"

"你说。"

"有一对饥寒交迫的恋人来到一个荒无人烟的地方，忽然，天上掉下一块大馅饼，陛下，你说应该如何处置？"

"我如果是那个男人,一定把大馅饼让给心爱的恋人。"

"那如果是掉下一个比他恋人更年轻漂亮的姑娘呢?"

"这……"

"陛下,你要相信相濡以沫的夫妻比露水情人强得多。"

吴雪峻的脸顿时青一块、紫一块,语无伦次地应答:"王后的话,我铭记在心。"

"陛下,我送你一句忠告,不知你是否愿意听?"

"但说无妨。"

"我们是患难夫妻,爱情路上必须且行且珍惜。"

"王后所言极是。"吴雪峻羞愧地低下头。

吴雪峻嘴上这么说,但当他回到自己的住处时,心又飞到刘媚娘身边,尽管他知道迷上刘媚娘是个错误,但此时的他已是人在情场,身不由己。

听密探禀报吴雪峻又去会刘媚娘,林痴梦伤心欲绝。看来,现在警示或者劝告都无法让吴雪峻回心转意,要想拴住吴雪峻的心,只有期盼肚里的孩子平安诞生,这样吴雪峻就可能重新回到她的身边。

几个月之后,林痴梦分娩,生了个胖儿子。中年得子的吴雪峻欣喜若狂,他把儿子起名为吴成功,历经坎坷的吴雪峻希望儿子将来做什么事情都能马到成功。

正如林痴梦所预料的那般,儿子吴成功降临后,吴雪峻一股脑儿的心思都放在孩子身上,每天处理完公务,都到后宫陪伴林痴梦母子,一家三口其乐融融。

刘媚娘原先认为自己已经彻底征服了吴雪峻,可当吴成功降临后,吴雪峻再也没有跑出宫与她约会。遭到冷落的她感到心痛,自从与吴雪峻有了风花雪月的浪漫故事之后,刘媚娘发现自己深深地爱上了外表英俊、才华横溢的他，那段时间，刘媚娘认为自己是乌东国最幸福的人，可令她万万没想到的是两人之间的感情居然如此脆弱。

刘媚娘的心在滴血。

在外人看来，刘媚娘柔情似水、毫无城府。其实，她的骨子里镌刻着好强与心计。在吴成材的后宫里，刘媚娘凭着自己的美貌与手段，打败了与她争宠的妃子，深得吴成材的宠爱。现在，刘媚娘碰到最强劲的对手——王后林痴梦，她发誓要不择手段把吴雪峻从林痴梦身边抢回来。

怎样才能赢得这场女人与女人之间的战争？正当刘媚娘绞尽脑汁的时候，吴徐成悄然走进她的屋子。

"丞相大人大驾光临，有何贵干？"刘媚娘朝吴徐成鞠了个躬。

"媚娘客气了。"吴徐成朝刘媚娘作了个揖，笑吟吟地问，"前些日子，我听说媚娘好福气，深得陛下的宠爱，可有此事？"

刘媚娘的脸上飞出红晕。

"可我又听说最近陛下很少眷顾？"吴徐成忽然话锋一转。

"您怎么知道？"刘媚娘倏地变了脸。

"世上没有不透风的墙。"

"丞相大人，那我应该怎么办？"

"我倒有一计，不知媚娘可愿意一试？"

"只要能让陛下重新回到我的身边，上刀山下火海都愿意。"

吴徐成在刘媚娘耳边低声嘟哝了几句话，刘媚娘频频点头。

"如果事成，你怎么感谢我？"吴徐成离开前，忽然掉过头问。

"请丞相大人喝酒。"

"我不喝。"

"那丞相大人想要什么？"

"亲你一口。"吴徐成说罢，在刘媚娘脸上轻轻地捏了一下。

刘媚娘脸上顿时飞起红晕。

第二天，吴徐成向吴雪峻汇报完工作，突然凑近吴雪峻，低声说道："陛下，刘媚娘托我向您问好！"

吴雪峻的心尖颤了一下，最近一段时间，他一门心思都放在妻子林痴梦和儿子吴成功的身上，根本无暇顾及刘媚娘。随着与妻子林痴梦之间感情加深，刘媚娘渐渐从他的脑海里淡去。而今，吴徐成重新提起刘媚娘，吴雪峻的眼前立即闪出刘媚娘秋波荡漾的明眸，心底顿时起了波澜。

看到吴雪峻这副表情，吴徐成趁热打铁："陛下，这段时间，刘媚娘没见到你，变得神志恍惚，茶饭不思，整个人瘦了一圈，现在已卧病在床，陛下还是去看看她吧。"

吴徐成的话使吴雪峻更加心烦意乱，他朝吴徐成挥了挥手："你退下吧，容我考虑考虑。"

吴徐成退下之后，吴雪峻在屋里开始焦灼地来回徘徊。一边是生死与共的患难夫妻，一边是风情万种的情人。吴雪峻都难以割舍，儿子的出生，让他暂时忘了刘媚娘，但他的心里仍然留着刘媚娘的位置，现在听说刘媚娘病倒，吴雪峻心里更增添怜香惜玉的感觉，决定马上出宫看望。

当吴雪峻走进刘媚娘屋子时，病恹恹地卧倒在床的刘媚娘一骨碌便起了身，猛地扑到吴雪峻怀里，泪水奔涌而出，这泪水打在吴雪峻心底最柔软的部位，他紧紧地将刘媚娘揽在怀里，一番温存过后，刘媚娘显得更加妩媚动人，小鸟依人地偎在吴雪峻的怀里。

"陛下最近喜得贵子，可不要劳累过度呀。"刘媚娘轻声说道。

吴雪峻笑了笑："人逢喜事精神爽，朕最近虽然劳累，但精神状态很好，倒是媚娘要保重身子呀。"

"陛下这么说，媚娘心里暖乎乎的。"刘媚娘朝吴雪峻飞了个媚眼，"陛下何时把媚娘召进宫里呀？"

"这个……"吴雪峻面露难色，到乌东国后，他制定了从国王到庶民都要遵循一夫一妻的法规，深受百姓的爱戴。现在，如果自己带头违反法规，那不是搬起石头砸自己的脚吗？以后，在百姓面前怎么树起威望？怎么对得起结发妻子林痴梦？

看到吴雪峻犹豫，刘媚娘继续穷追猛打："陛下，只要把媚娘召进宫，让媚娘做牛做马，媚娘都愿意。"

吴雪峻心乱如麻，欲望告诉他，把刘媚娘召进宫，就可以随时享受她的撩人春色，理智却告诉他，绝对不能这样干，否则后果不堪设想。

"陛下，您说话呀。"刘媚娘撒娇道。

"容我斟酌斟酌。"吴雪峻敷衍道。

看到吴雪峻打太极，刘媚娘决定把吴徐成的计谋搬出来，她捧起一杯凉茶端到吴雪峻的面前。

"陛下请用茶。"

听到刘媚娘百灵鸟般的声音，吴雪峻心情大悦，抬手便将凉茶一饮而尽，而后抹了抹嘴说："小美人，我要回宫看宝贝儿子哟！"

望着吴雪峻远去的背影，刘媚娘露出得意的笑容，信心满满地说："我就不信陛下喝了掺有回心转意药的茶水，还不回到我的怀抱！"

吴雪峻回宫之后，立即来到林痴梦的小阁楼看望爱妻和宝贝儿子,他在儿子脸上狠狠地亲了一口之后,忽然觉到头重脚轻、天旋地转。林痴梦看到丈夫痛苦地捂着头,急忙拖过一张凳子让他坐,吴雪峻刚坐下,便晕厥过去。

林痴梦心急如焚,急召刘东雨进宫,刘东雨给吴雪峻把脉之后,惊得头冒冷汗、脸色发青。

"陛下病情如何?"林痴梦急切地问道。

"陛下……中毒……了。"刘东雨的声音在颤抖。

"中了什么毒?"

"一归天。"

"老神医,赶快给陛下解毒吧。"

"老朽无能,解不了这种毒。"刘东雨擦了擦额头上的冷汗继续说,"一归天毒性极强,中了这种毒的人只能活一天。"

"老神医,难道就没有医治的手段了?"林痴梦跪倒在刘东雨面前,泪如雨下。

"在乌东国,一归天毒性最大,要想治好中毒的人,除非……"

"除非什么?"林痴梦紧紧抓住刘东雨的手。

"除非采到九鼎山山顶上的百香花。"

"九鼎山在哪里?我立即去采!"

"王后娘娘,使不得呀,九鼎山豺狼遍地,乌东国的人中了一归天的毒后,曾有人去九鼎山采百香花,但都有去无回。"

"我不怕!"林痴梦抬起头,抹去眼里的泪水,"陛下是我今生的至爱,是我生命的全部,只要能救活陛下,上刀山、下火海,我都愿意。"

"王后娘娘,去九鼎山凶多吉少,你可要三思呀。"刘东雨继续规劝。

"我主意已定。"林痴梦两眼坚定地望着远方。

"王后娘娘,既然你一定要去,我就不阻拦了,但我冒昧地问一句,究竟是谁敢对陛下下此毒手?"刘东雨问道。

"我原以为乌东国是世外桃源,现在看来,这种想法太天真了,这里同样充满阴谋与杀机,至于谁下的毒,我一时还猜不出来。"林痴梦在屋里踱起步子,脑子开始迅速地运转起来,过了一会儿,她停下步子,对刘东雨说:"老神医,无论如何,你都不能把陛下中毒的事情传出去,否则,后果不堪设想。"

"真有那么严重?"

"我有这个预感。"林痴梦点了点头,"只有守住陛下中毒这个秘密,下毒者才不敢轻举妄动,现在,我立即带几名亲信赶往九鼎山采摘百香花,在我离开后,老神医不得让任何人进陛下的卧室。"

"好,一切听从娘娘的安排。"刘东雨点了点头。

九、 绝处逢生

　　林痴梦带着三名亲信快马加鞭向九鼎山赶去,三个多小时之后,他们来到九鼎山下。

　　九鼎山高高耸立,一条羊肠小道伸向山顶,林痴梦拿起望远镜瞄准山顶,山顶悬崖边鲜艳夺目的花朵映入眼帘。

　　看到悬崖边的花朵与刘东雨画的百香花图案完全一致。林痴梦的心一阵激动,她和亲信把马拴在山脚下的树林里,而后,沿着崎岖陡峭的山路奔向山顶。

　　走到半山腰,一股阴森森的气息向林痴梦逼近,她打了个寒战,但仍义无反顾地向山顶奔去,到了山顶,清风徐来,长在悬崖边的百香花发出阵阵沁人心脾的香味。

　　林痴梦一行靠近百香花的时候,身后忽然传来一声令人毛骨悚然的狼嚎声。林痴梦打了个颤,急忙掉过头,只见森林里冒出几只狼,它们眼红得吓人,杀气十足地向他们逼近。

　　他们立即举枪朝恶狼射击,随着枪声的响起,九鼎山四周的群狼都向山顶冲来。

他们虽然消灭了向他们发起进攻的那几只狼,但更多的狼向他们涌了上来,它们的面目比先前的那几只狼更狰狞、更凶猛。

林痴梦和三名亲信一边朝狼群射击,一边爬到山顶边的石崖上。

狼群在一只又大又凶猛的头狼带领下,向石崖上的林痴梦等人发起进攻。好在地形对林痴梦等人十分有利,石崖身后左右三面是几人高的绝壁,狼绝对爬不上来。只有正面的石壁比其他三面稍矮而且坡缓,其高度狼是爬得上来的。

松了一口气的林痴梦抬起头,看到与石崖紧挨着的绝壁上的百香花正迎风飘荡,心一阵激动。忘掉身处险境的她伸手紧紧地抓住绝壁上突出的石头,奋力朝百香花所处位置攀登。

此时,群狼在头狼的带领下,开始向位于石崖上的三名亲信发起又一轮进攻,只见一只体型硕大的母狼两爪搭在石壁上,弓着腰,它身后的一只狼,踩着母狼的身子忽地一个蹿跳,恰好露出一个脑袋和双爪向位于石崖上的人扑去,一名亲信猝不及防,被恶狼拖下石崖,充满血腥味的一幕出现:狼群在头狼的指挥下,把拖下石崖的男人撕扯成几段,转眼间分食殆尽。

尝到甜头的群狼沿用老套路,向位于绝壁上的林痴梦另两名亲信发起进攻。此时,林痴梦剩下的两名亲信大惊,他们朝狼群疯狂扫射,狼群倒下了好几只,一轮凌厉的进攻被打退。

在人与狼展开生死较量的时候,林痴梦心无旁骛地向绝壁攀登。此时,她忘记了一切,在她眼里,只有盛开的百香花。

经过不懈努力,林痴梦攀登到长在绝壁边的一棵松树上,离百香花只有一步之遥,当她伸出微微颤抖的手准备采摘百香花的时候,脚忽然打了个滑,整个人摔倒在松树上,她的头撞在绝壁上,顿感天旋地转。松树剧烈地抖动了几下,虽然摇摇欲坠,但最终还是承受住林痴梦身躯的重压。

群狼与人对峙一段时间之后，它们如法炮制，又发起新的一轮进攻，随着枪声响起，群狼又倒下几只，但它们并没停歇。随着群狼前赴后继地向石崖上的林痴梦亲信发起进攻，林痴梦的一名亲信乱了分寸，他的脚下一滑，被一只恶狼抓住机会，拖下石崖，瞬间便被分食。

现在石崖上只剩下一名亲信，他颤抖的手紧紧地握着枪与狼群继续对峙。

那棵枝叶并不茂密、枝干并不粗壮的松树救了林痴梦一命，林痴梦虽然脑子晕乎乎，但整个人还是保持清醒的状态，百香花飘来的阵阵香味，让她的心里再次充满力量，她想站起身子，但右脚发出一阵椎心的疼痛。这时候，她才意识到腿摔伤了，更要命的是林痴梦挪动身子时，护着她身子的那棵松树一个枝干断了，现在这棵松树显然难以承受林痴梦的身躯，它不时发出剧烈的颤动，林痴梦的心顿时提到嗓子眼上。

身下那棵树颤动得越来越剧烈，现在，林痴梦若不迅速站起身子，那么摘取百香花只能是个梦想。她咬紧牙根，再次挪动一下身子，但脚下发出的椎心疼痛使她的努力再次失败。林痴梦万念俱灰，绝望之中，她再次闭上眼睛。

一阵清风徐来，林痴梦觉得有一个轻柔的东西拂过脸庞，睁开眼睛，远处似乎飞来红嘴爱情鸟！

林痴梦的身子一颤，一定要救活爱人的信念像潮水般猛烈地撞击着心灵，促使她再次试着站起身子。她的左脚挪动到身下那棵树的枝干上，并以它为支点试着站起身子，这次奇迹出现，她的脚不痛了，站起身子的她迅速抓住绝壁上一块突出的岩石，刹那间，身下的那棵松树坠下了石崖。现在林痴梦已没有退路，唯有向上攀登。她仰起头,眼前一片明亮,那是爱情鸟在前方引路,它让林痴梦产生无穷的力量,使她义无反顾地向上攀登,终于摘到百香花。百香花发出的淡淡清香让林痴梦悲喜交加,她眼里的泪水一滴一滴落在百香花上,百香花变得更加艳丽光彩。

手握百香花的林痴梦从绝壁上跳下,稳稳地落在石崖上。

此时,最后一名亲信正举枪与不断向石崖上扑来的恶狼展开生死较量,林痴梦落地的那一刻,他掉过头瞧了一眼,这稍纵即逝的机会被恶狼抓住,冲上石崖的恶狼把这一名亲信拖下石崖,眼前血淋淋的一幕让林痴梦目瞪口呆。现在,她相信刘东雨说的话,到九鼎山采摘百香花是拿生命做赌注的。但为了心上人,冒再大的危险,林痴梦也无怨无悔,她毅然从地上拾起三名亲信遗落的枪,与狼群继续对峙。

当狼群将林痴梦最后一名亲信完全装进肚皮后,它们并没有选择离开,而是将目光集中到林痴梦身上。随着头狼发出一声令人毛骨悚然的嚎叫,狼群又向石崖上的林痴梦发起进攻。

"砰!"一声枪响,冲在最前方的狼头部开花,鲜血四溅,狼群被林痴梦精准的枪法镇住,它们停止进攻。

没过多久,它们在头狼的带领下又开始一轮更凌厉的进攻,随着一只只狼的头部开花,它们的进攻又停了下来。

又过了一会儿,狼群再次发起进攻,此时,林痴梦的枪里已没有子弹,她拿起步枪的枪柄狠狠地击打冲上石崖的狼,一只只狼被打得滚落在地。这回狼群并没有停止进攻,它们被打落到石崖下面后,一骨碌就爬起来,再次向石崖上的林痴梦发起进攻。

面对越来越多的狼,林痴梦的心彻底地凉了下来,她意识到自己的生命即将被这些凶狠的狼吞噬。在生命即将终结前,她使出最后的气力将一只狼打下石崖后,仰天发出长长的悲叹:"苍天啊，你难道狠心看我被恶狼吃掉？！"

林痴梦的话音刚落，山谷上便传来一阵枪声，向石崖发起进攻的狼顿时倒下好几只，群狼们急忙掉过头，看到十余名戴着面罩荷枪实弹的男子一边射击，一边向石崖逼近。

看到即将到嘴的美食被那十余名男子搅了局，头狼恼羞成怒，它发出一声尖利的嚎叫，狼群便掉转头向那十余名男子扑去。

那十余名男子对狼群发起的进攻并不慌张，他们在一名穿着一件宽宽大大的貂皮袄、下巴上蓄着一撮三寸多长胡子的男子带领下，朝靠近的狼群疯狂射击，狼群顿时倒下了一大片。

站在石崖上的林痴梦见到那名男子，猛地吃了一惊，莫非他是……

当这种猜想从林痴梦脑海里蹦出之后，她的身子禁不住打了个颤。

坐镇指挥的头狼看到自己的手下一个个被消灭，它张开血口，向那些男子发起进攻。

"砰！"身材魁梧的男子朝奔跑中的头狼射出精准的一枪，头狼的脑袋顿时溅出血。头狼真不愧是头狼，在生命的最后一刻，忽然高高地跃起，朝身材魁梧的男子扑去，那男子急忙用手去挡，但面罩还是被头狼拉了下来。

林痴梦的判断完全正确，来者正是鲁虎军！

受到攻击的鲁虎军挡住头狼进攻后，朝头狼挥起一拳，头狼便从半空中坠落下来，在它要落地的那一刹那，鲁虎军朝它踢出一脚，头狼发出一声凄惨的叫声之后，落下山崖。

看到头狼轻而易举地被鲁虎军消灭，群狼无心恋战，四处逃窜。

鲁虎军来到石崖边，朝站在石崖上惊魂未定的林痴梦瞪起眼睛："痴梦，你这个傻丫头为啥跑到这么个狼群出没的地方？若不是我在望远镜里恰好看到你身处险境，立即上山相救，恐怕你现在已成为狼群的美食了！"

"谢谢你！"林痴梦手举百香花，朝鲁虎军微微一笑。

鲁虎军的心海立即荡起涟漪，伸出手把林痴梦从石崖上抱下，当他把林痴梦拥在怀里时，眼里顿时蓄满泪水："痴梦，你能告诉我，为什么要离开山寨吗？要知道，你离开的这些日子，我茶饭不思，带人马四处寻你。"

林痴梦急忙从鲁虎军怀里挣脱出来："我现在有一件非常急的事要办，等我下山办完了事，再回答你的问题，可以吗？"

鲁虎军尽管希望马上揭开谜底，但看到林痴梦不容商议的表情，态度便软了下来，朝手下挥了挥手："兄弟们，护送二夫人下山。"

十、戏中戏

林痴梦悄无声息地离开乌东国之后,吴徐成又去找刘媚娘。

"媚娘,你让陛下喝了回心转意药了吗?"吴徐成问。

"丞相,按您的吩咐,我把回心转意药下在了陛下平日常饮用的茶水里。"

"那陛下已经喝下了?"吴徐成鹰隼一样的目光紧紧地盯着刘媚娘。

"是的。"

"千真万确?"

"千真万确!"刘媚娘点了点头。

"媚娘,你干得真不错呀。"

"丞相,陛下喝下回心转意药后,真能回到我的身边?"刘媚娘半信半疑。

吴徐成一脸诡谲的表情。

"丞相说话呀。"刘媚娘面露焦急神色。

"媚娘,你觉得陛下这人怎么样?"吴徐成忽然把话题绕开。

"陛下心里时刻装着乌东国百姓，我和乌东国臣民都对陛下充满爱戴。"

"可我觉得陛下该死。"

"为什么？"刘媚娘瞪大眼睛。

"因为他抢走了我的王位。"吴徐成恶狠狠地说。

"这么说，丞相窥视王位已经很久了？"

"不错！"

"你不怕你的狼子野心被陛下发现？"

"他已经发现不了了。"

"为什么？"

"因为他马上要归天了。"

"陛下身体健康，精力充沛，你怎么说陛下要归天呢？"刘媚娘困惑不解。

"你说呢？"一脸坏笑的吴徐成反问道。

"丞相，难道你给我的回心转意药是毒药？"刘媚娘的声音变得颤抖起来。

"媚娘真是个聪明人。"吴徐成悠然地坐在藤椅上。

"丞相，你这个狼心狗肺的家伙，居然骗我给陛下下毒，我跟你拼了！"

"媚娘何必生这么大的气呢。"吴徐成干笑一声，"你要清楚，陛下归天，你我都脱不了干系，我是主谋，你则是帮凶。"

"没想到你竟然如此卑鄙。"刘媚娘咬牙切齿。

"无毒不丈夫。"吴徐成斜了一眼刘媚娘，"实话跟你说吧，我给你的回心转意药实际上是一归天毒药，这种药毒性极强，不管谁喝了这种毒药，都活不过 24 小时。现在，吴雪峻的生命是以分秒来计算，除非……"

"除非什么?"刘媚娘急切地问道。

"除非摘到九鼎山上的百香花,才能救回一条命。"

"那我马上去摘。"

"媚娘,千万不要开这种玩笑,九鼎山豺狼遍地,所有去摘百香花的人都有去无回。"

"那我应该怎么办?"

"你说呢?"吴徐成反问道。

刘媚娘不语。

"怎么不说话了。"吴徐成干笑道。

刘媚娘的额头冒出冷汗。

"媚娘,你要清楚,现在你与我是绑在一根绳上的蚂蚱,蹦不了你,也少不了我。"吴徐成目露凶光。

刘媚娘的身子禁不住打了个颤。

"媚娘,俗话说'识时务者为俊杰',你猜陛下去世之后,谁最有可能接替他的位置?"

"丞相一人之下,万人之上,又掌握兵权,陛下如果去世,接替人选非丞相莫属。"刘媚娘嗫嚅道。

"媚娘,既然你把乌东国的时局看得如此透彻,就应该知道下一步怎么做。"

"媚娘该死,冒犯丞相,还请丞相多多海涵。"刘媚娘急忙朝吴徐成深深地鞠了个躬。

"看来媚娘还算个聪明人,脑筋转得挺快。"吴徐成在刘媚娘脸上轻轻地捏了一把,刘媚娘的脸上顿时飞起红晕。

"丞相将来如果坐上皇位,可不能忘了媚娘呀。"刘媚娘朝吴徐成飞了个媚眼,一抹笑意妖冶而放荡。

吴徐成没想到刘媚娘如此快就改变态度,看来眼前这位娇媚的女人是墙头草，谁在乌东国权倾一方，她就偏向谁。对付这样的女人，吴徐成颇有心得，他在刘媚娘面前端起架子："媚娘，那你准备如何让朕忘不了你呀？"

"陛下，媚娘愿给您当牛做马。"

"朕不要牛马。"吴徐成在刘媚娘的腮帮上轻轻地拧了一把。

"那……"刘媚娘满脸羞赧之色。

"你知道朕想要什么吗？"吴徐成一脸的淫笑。

"陛下想要什么，媚娘就给您什么。"刘媚娘扭了扭水蛇腰，嗲声嗲气地应答。

这一刻，吴徐成被刘媚娘彻底征服，恶狼一样扑向刘媚娘……

与刘媚娘云雨之后，吴徐成急忙往皇宫赶，他要打探一下吴雪峻喝了一归天之后的身体反应。当他欲走进吴雪峻寝宫时，却被刘东雨拦住。

"陛下正在休息，请丞相大人切勿打扰。"

"我有要事须向陛下禀报，老神医还是让我进去吧。"吴徐成装出一副火急火燎的模样。

"陛下有令，今天任何人都不能入内，请丞相见谅。"

"那我如果硬闯呢？"吴徐成瞪了刘东雨一眼。

"陛下有令，谁胆敢私闯入内，军法处置。"刘东雨板下脸。

看到刘东雨这个倔老头不肯让步，吴徐成的口气软了下来："老神医，我想见娘娘一面，麻烦你帮我转告一下。"

"娘娘不在。"

"她去哪儿了？"

"我不太清楚。"

虽然进不了吴雪峻寝宫打探虚实，但吴徐成走出宫殿后，心里还是偷着乐，依据他的推断，吴雪峻肯定中了一归天的毒卧床不起，想到吴雪峻命归黄泉后，自己将坐上龙椅，吴徐成的步子便飘了起来，甚至在宫殿外哼着小调，得意忘形之际，刘媚娘忽然来到身边。

"丞相，您可不要高兴得太早了。"刘媚娘拉了拉吴徐成的袖子。

"我打探了一下，陛下果真卧床不起了。"吴徐成在刘媚娘耳边低声嘟哝。

"那王后在哪儿？"

"我问了老神医，他说不知道。"

"这里面肯定有文章。"

"会有什么文章呀？"

"刚才丞相一走，我便想起您说九鼎山上的百香花能救中毒者的命，我猜王后肯定会去摘。"

"你怎么会有这种想法？"吴徐成笑了笑，"王后不过是个手无缚鸡之力的弱女子，她怎么敢去那么危险的九鼎山。再说，即便去了，那也是肉包子打狗，有去无回呀。"

"你可不要低估这个女人的能量。"

"你了解她？"

"对，我对她太了解了。原先我一直认为自己可以取代她，成为吴雪峻的新宠，但结果是我败在她的手里，她明明知道我与陛下有染，却采取柔和的方式，这种柔中有刚以退为进的爱情态度让我一败涂地，我只能借助药物把陛下重新抢回，结果中了您的圈套。刚才，我回头一想，让陛下中毒也未必是件坏事，因为陛下死后，我就可以依靠您的能力将林痴梦碎尸万段，以解我心头之恨。"刘媚娘眼里闪出一丝凶光。

"媚娘放心，陛下死之后，我一定将王后娘娘抓来，任你处置。"吴徐成信誓旦旦。

"丞相，当务之急就是派出心腹，埋伏在林痴梦从九鼎山回来的必经之路上，绝对不能让她将百香花带回来。"

"你认为林痴梦能从九鼎山活着回来？"

"不怕一万，就怕万一。"

"好，我马上派人去埋伏。"

"还有一件事，丞相大人不要忘记了。"

"什么事？"

"你可是许诺一旦坐上王位，就封我为王后的啊。"刘媚娘纤纤玉手轻轻地搭在吴徐成的肩上，"大丈夫一言既出，驷马难追，丞相大人可要信守诺言呀！"

"一定！"吴徐成频频点头。

将所有事务安排完毕后，吴徐成和刘媚娘算了算时间，吴雪峻服下一归天的时间已经过去了23小时，离吴雪峻归天只差1个小时了。看到时机已经成熟，吴徐成大手一挥，他的手下干将便将乌东国的宫殿团团围住。

现在，当国王的梦想马上就能成为现实，吴徐成急不可待地和刘媚娘带着一帮亲信浩浩荡荡地向吴雪峻寝宫赶去。

"陛下身体欠安，谢绝会客，敬请丞相大人谅解。"刘东雨横在吴雪峻寝宫门口，冷冷地说。

"老神医，我听说陛下病入膏肓，心急如焚，你还是让我进去看看陛下的病情吧！"

"丞相大人，你别听信谣言，陛下只是中了风寒，稍作休息，便可康复。"

"老神医,你别跟我耍滑头,还是老实交代陛下的病情,让我们心里有所准备。"

"丞相大人,你说陛下得了什么病呀?"刘东雨反问道。

"中了一归天的毒!"站在吴徐成身边的刘媚娘应答道。

"媚娘,你说话可要负责任呀。"刘东雨瞪了刘媚娘一眼。

"倔老头,还是识时务点儿,你想陛下驾崩之后,谁是接替王位的不二人选?"

"当然是丞相大人。"刘东雨朝吴徐成微微鞠了个躬。

"那你还不让丞相进去?"刘媚娘咄咄逼人。

"谁说朕要驾崩了?"寝宫里忽然传来吴雪峻的声音,紧接着吴雪峻的身子从屋里旋了出来。

眼前这一幕把吴徐成和刘媚娘惊呆了。经过短暂的慌乱之后,刘媚娘马上反应过来,"扑通"一声跪下说:"媚娘听说陛下病了,心里着急,便拖着丞相大人来看望陛下。"

"刘媚娘,你这个贱人,为什么给朕下毒?"吴雪峻大声呵斥。

刘媚娘浑身发抖,声泪俱下:"陛下借媚娘十个胆,媚娘都不敢干这样的事,媚娘是中了吴丞相的奸计。他这个奸诈小人拿一归天骗我说是回心转意药,说陛下只要喝下,就能重新回到我的身边。"

吴徐成没想到刘媚娘一下子就将他出卖了,看来这个水性杨花的女人是个大祸害,他迅速从身上拔出手枪,一枪便要了刘媚娘的命。

"陛下,这个女人信口雌黄,留她是个祸害,我替陛下灭了她。"吴徐成朝吴雪峻挤了个难看的笑容。

"丞相,你这不是杀人灭口吗?"吴雪峻冷冷的目光刺向吴

263

徐成。

吴徐成已从慌乱中走出,有恃无恐地对吴雪峻说:"陛下,您知道中了一归天毒的后果吗?"

吴雪峻摇了摇头。

"中了这种毒只能活24小时,除非……"

"除非什么?"

"除非您服用了百香花。"

"丞相所言极是,朕刚才服用了百香花,立即就恢复过来了。"

吴徐成的心颤了一下,嘴皮子仍倔得很:"陛下,王后娘娘绝对摘不到百香花。"

"为什么?"

"因为……"

"因为你在我回宫的路上埋下了伏兵。"清亮的声音从吴雪峻的寝宫里传了出来,紧接着荷枪实弹的鲁虎军和林痴梦从屋里走了出来。

吴徐成的脸顿时发青。

"把他们给我押上来。"林痴梦的手一挥,众人便将两名吴徐成的亲信五花大绑押上前来。

"还不赶快从实招来?"吴雪峻厉声喝道。

两名吴徐成的亲信身子筛糠一样颤抖。

"不说,我就毙了你们!"林痴梦手里的枪顶在一名吴徐成亲信的额头上。

"我说,我说。"吴徐成的亲信跪倒在地。

看到阴谋即将败露,吴徐成恼羞成怒,他朝手下使了个眼神,心领神会的手下刚举起枪,早已埋伏在寝宫四周的吴雪峻人马抢先一步开枪，吴徐成的亲信纷纷毙命，只剩下吴徐成孤家寡人一个。

吴徐成输光全部赌本，开始孤注一掷，举枪欲朝吴雪峻射击，吴雪峻抢先一步朝他开枪。

"砰！"一声枪响，吴徐成手里的枪落地，鲜血从他的手臂上飞溅出来。

受了伤的吴徐成瞪大眼睛怒视着吴雪峻，咬牙切齿地说："吴雪峻，你这个卑鄙小人，使用妖术抢走我的王位，我恨不得把你碎尸万段。"

吴徐成说罢，伸出另一只没有受伤的手去拾枪，吴雪峻又朝他开了一枪，子弹击中了吴徐成的要害部位，他缓缓地倒下了，倒下的那一瞬间，还睁大眼睛怒视着吴雪峻。

看到吴徐成毙命，吴雪峻长长地吁了一口气，就在他失去警惕的时候，另一场惊心动魄的大戏又拉开帷幕。

刚才一言不发的鲁虎军忽然将枪顶在吴雪峻的额头上。

"吴徐成说得一点都没错，吴炮头你就是一个彻头彻尾的卑鄙小人，我待你恩重如山，你居然和我的痴梦脱条（即睡觉，土匪黑话），并把她拐走了。今天，我就是来找你算账的。"

事态的发展让吴雪峻始料不及，他的额头开始冒出冷汗。

"鲁虎军，你休要胡言，我不是被吴雪峻拐走，而是心甘情愿要跟他。"林痴梦杏眼圆睁。

"痴梦，我那么爱你，你为什么要这样做？"鲁虎军大声质问。

"因为我与你之间没有爱情！"

"那你与这个道貌岸然的吴炮头就有爱情？"

"不错！"

"看来痴梦是被吴炮头的花言巧语给迷惑了,今天,我要送这卑鄙小人上西天。"

鲁虎军说罢,扣动手枪的扳机。

"砰!"随着一声枪响,吴雪峻闭上了眼睛,以为自己与人世间的所有恩恩怨怨都将化成一缕青烟飘去,但令人始料未及的是他居然还活着。此时,林痴梦正挺立在他面前,她在鲁虎军开枪的一刹那,迅捷地伸出手,将枪管托向天空,由于枪管的震动,林痴梦的虎口被震裂,鲜血顺着虎口流出,但她的手仍紧紧地抓住枪管。

这时候,吴雪峻的人马将枪口全部对准鲁虎军和他的手下,吴雪峻正准备下令射击,林痴梦忽然喝道:"都给我放下武器!"

如同平地响起惊雷,众人一边把枪放下,一边把目光聚集到林痴梦身上。

林痴梦朝众人深深地鞠了个躬,开诚布公地说:"乌东国的父老乡亲们,现在,我将自己的真实身份告诉你们。我原先是土匪头子鲁虎军的二夫人,后来我爱上了雪峻,我与雪峻经过商议之后,决定远走高飞,便来到了乌东国,更是阴差阳错成了你们的国王和王后。现在,鲁虎军千里迢迢来找我,并在我危在旦夕的时候挺身相救,护送我回宫,可以说,我与雪峻的命都是鲁虎军救的。俗话说'一日夫妻百日恩',我实在下不了手杀鲁虎军,但鲁虎军想要我跟他回到好望山的土匪窝,我绝对不干。"

"我要与雪峻生活在一块儿。"林痴梦理了理略显凌乱的秀发,坚定地说,"因为,他是我今生今世唯一的爱!"

林痴梦的话刚说完,恼羞成怒的鲁虎军乘人不备,又举起枪对准吴雪峻的额头。

"吴炮头,你这个龟孙子,究竟使啥阴招让痴梦对你如此痴迷?"鲁虎军用枪管狠狠地击打吴雪峻的头部。

"鲁虎军,你休得胡来,否则,我命令手下开枪了。"林痴梦厉声喝道。

"我不怕死,龟孙子抢走我的至爱,我要与他同归于尽!"鲁虎军发出狼一样的叫声。

"当家的,你还是手榴弹的脾气———一拉就火呀,这里可是我的地盘,我奉劝你冷静点儿。"吴雪峻说道。

"你的地盘怎样,我今天就是要在这里灭掉你。"鲁虎军目露凶光。

吴雪峻顿时心虚,轻声细语地说:"当家的,我们是并肩作战的兄弟呀。"

"兄弟?"鲁虎军发出一阵令人毛骨悚然的笑声,"龟孙子,你可真会睁眼说瞎话,今天,老子是来摘瓢(即砍脑袋,土匪黑话),不'毛'你是'虾'的(即不杀你不算人,土匪黑话)。"

"鲁虎军,只要你不杀雪峻,我们什么条件都可以谈。"林痴梦的口气软了下来。

"我只有一个条件,你必须跟我回好望山。"鲁虎军的口吻不容置疑。

"没有回旋余地?"林痴梦问。

"没有!"鲁虎军瞪起小眼睛,山羊胡子在风中一抖一抖,"今天,我就是来'拿梁子'(即砍人头,土匪黑话)的。"

此时的吴雪峻真的绝望了,他痛苦地闭上双眼。

其实,到了这个时候,这出戏的高潮才真正来临——

乌东国王宫忽然冲进一小股荷枪实弹的日军部队,日军的突然降临,所有的人都惊呆了,吴雪峻和鲁虎军人马立即搁置争端,目光齐刷刷地注视到日军少佐姿木四郎身上。姿木四郎三十多岁，方正脸，鼻梁上架着一副金丝边眼镜，手上还戴着一副白手套，一只手卡在腰间的宽牛皮带上，另一只手五指并拢举在胸前，微微弯腰朝吴雪峻行了一个礼："陛下，打扰你了，多有得罪。"

"我们乌东国与你们小日本井水不犯河水，你们来这里干什么？"吴雪峻大声呵斥。

"陛下，皇军早就盯上了这块风水宝地，前一段时间，皇军多次派出特工和研究人员来贵地秘密勘探，发现这里储藏大量的煤矿，我们想在这里建一个工厂，为大日本帝国源源不断地输送煤矿……"

"你们不要做梦了，我们绝不同意。"林痴梦打断姿木四郎的话。

"妇道人家插什么话。"姿木四郎瞪了林痴梦一眼后，把目光注视到吴雪峻身上，"陛下，只要你们与皇军合作，让乌东国的百姓为皇军挖煤，你就可以继续当国王……"

"让我的子民为小日本当牛做马，我办不到。"

"陛下，跟皇军合作，好处大大的有，你可得三思呀。"

"与你们这些狼心狗肺的侵略者合作，那是与虎谋皮，绝不可能。"

"陛下，真想清楚了？"

"想清楚了。"

"陛下，你可不要敬酒不吃吃罚酒。不与皇军配合，后果很严重哟。"姿木四郎板下脸。

"什么后果？"

"陛下，如若不答应皇军的条件，你的国王当不成了，王宫将付之一炬。"姿木四郎朝手下做了一个手势，立即有一个日本兵拿来了火把。

吴雪峻的额头顿时冒出冷汗,刚才还兵戎相见的鲁虎军忽然伸出手紧紧地握住了他的手。从鲁虎军手里传来的丝丝暖意让吴雪峻有了底气,他义正词严地说:"我还是那句话,我们乌东国绝对不可能与你们这些侵略者合作,请你们马上离开。"

"陛下,你还是再好好斟酌斟酌。"

"我主意已定,你们请回吧。"

"吴雪峻,皇军不过是给你个面子,才称你为陛下,其实你只是一只井底之蛙,我劝你切不可夜郎自大,你的那些乌合之众与皇军较量,那是螳螂阻车。"姿木四郎叫嚣道。

"你们小日本不要张狂,马上给我滚回去。"鲁虎军狠狠瞪了一眼姿木四郎。

姿木四郎冷冷地瞧了一眼鲁虎军,说:"八嘎,你是什么东西,小心皇军拧下你的狗头。"

"小日本,看爷爷怎么收拾你。"头上青筋暴起的鲁虎军忽然举枪射击。

"砰!"一声枪响,姿木四郎当场毙命。日军指挥官倒地后,他身后的日军立即举起枪朝吴雪峻和鲁虎军人马疯狂射击。

激战中,吴雪峻和鲁虎军的人马占据人数优势,很快就将姿木四郎带来的小股日军消灭干净。正当他们准备欢庆胜利之际,日军大批人马源源不断地向王宫里涌来,站在他们身后的是日军指挥官中佐山田,他举着钢刀,歇斯底里地喊:"八嘎,将这些顽固不化的人通通杀死!"

恶战打响。

吴雪峻和鲁虎军人马利用王宫居高临下的地形,与日军周旋,但日军火力很猛,很快便完全占据了优势。看到形势不妙,吴雪峻想溜之大吉，却被林痴梦拖住。

"陛下，你不能临阵脱逃，否则军心将大乱。"

"可我怕吃子弹呀。"

"女流之辈都不怕死，你还怕什么？"林痴梦狠狠地瞪了吴雪峻一眼。

与林痴梦并肩作战的鲁虎军见吴雪峻这副熊样，开口就骂："吴炮头，你这个龟孙子就不能有点骨气？"

受到鲁虎军的嘲讽，吴雪峻脸上青一块、白一块，只好冒充好汉，继续带领人马与日军交火。但没交手多久，吴雪峻又没了底气，因为日军的进攻太猛烈了。

"痴梦，你不是爱做梦吗？"吴雪峻靠近林痴梦的身边，低声嘟哝道，"我们马上离开这个危险的地方，再去另一个地方寻梦。"

"我的梦就在这块土地上，小日本要占领我们的领土，除非从我的尸体上碾过。"

林痴梦宁为玉碎不为瓦全的态度让吴雪峻感到棘手，他只好继续与林痴梦一块抵抗日军的进攻。

日军的一发小钢炮朝林痴梦呼啸而来。眼见林痴梦有生命危险，站在她身边的鲁虎军一个箭步冲上前，把林痴梦扑倒。

"轰！"炮弹在林痴梦身边炸响。

巨大的炮声让林痴梦瞬间失去知觉，当她醒来时，发现压在她身上的鲁虎军鲜血淋漓。

"虎军，虎军，你醒醒！"林痴梦紧紧地抱着鲁虎军血肉模糊的身子，声嘶力竭地呼喊。

好一会，鲁虎军才慢慢睁开眼睛，吃力地说："痴梦，快跟我回去……"话未说完，便断了气。

林痴梦顿时泪如雨下。

王宫在日军猛烈炮火之下开始熊熊燃烧,看到王宫即将付之一炬,刘东雨悲从天降,从宫里冲出,张开双手,声嘶力竭地喊:"你们这些禽兽不如的侵略者,不要糟蹋我们辛苦创建的家园。"

"砰!砰!砰!"日军的子弹密集地朝刘东雨射来,刘东雨虽然身中数弹,仍梗起脖子,高声唱道:

> 我们都是中国人
> 何必自称乌东国
> 井底之蛙睁开眼
> 世界原来如此大
> ……

刘东雨充满悲壮的歌谣还没唱完,便倒地了。

战斗越来越激烈,许许多多巨大的铁块在空中崩裂开来,纷纷跌下,炸死者血肉模糊、肢体残缺。王宫在隆隆的炮火下摇晃、分解,地面跟大海一样剧烈地波动……这惨烈的情景让吴雪峻心惊肉跳,他意识到自己若再不逃离战场,肯定死路一条。在求生欲望的驱使下,他不顾林痴梦的劝阻,撒腿往后逃窜。

因为鲁虎军的离去,深陷悲伤之中的林痴梦看到吴雪峻居然在自己眼皮底下当逃兵,彻底绝望了,流着泪朝吴雪峻举起了枪。

"砰!"一声枪响。

子弹钻进吴雪峻的心脏,在椎心的剧痛中,吴雪峻两眼上翻,临死之前,使出浑身的气力,缓缓地掉过头,发现举枪的林痴梦一脸泪水。

"梦——醒——了!"林痴梦如同泣血的杜鹃,发出令人断肠的悲鸣。

蜂拥而上的日军冲进王宫,这一刻,王宫忽然塌陷下来,在冲天的火光中,一切灰飞烟灭……

在时空隧道里穿越的吴雪峻,身子不知不觉从永历通宝钱币的四方孔钻出,落到宿舍的床上,惊魂未定的他猛地从床上蹦起。

"着火了,着火了!"吴雪峻边跑边大声疾呼。

部队公寓房为之震动,官兵们纷纷跑出军营,当他们发现公寓房没着火后,便上前安慰在梦幻中游弋的吴雪峻。

"我还活着?"吴雪峻喃喃自语。

"还活着!"战友们拍了拍他的肩膀。

尽管穿越剧曲终人散,但吴雪峻还是有点不相信,伸出手摸了摸自己的脑袋,发现它还完好无损地立在颈部之上,这才确信自己还活着。

"活着真好!"吴雪峻长长地舒了一口气,一滴浑浊的泪水从眼角划过面颊,流到嘴边,他吮了一口,发现泪水很咸很苦……

十一、迟来的爱

作为一名大陆老兵，除了浓浓的大陆情结外，孑然一身的吴雪峻心里还有个期盼——拥有一个家，他的这个愿望在到达台湾第9年后，终于变成了现实。

吴雪峻的红娘是他的老首长赵平成，在他的撮合下，吴雪峻与在阿里山长大的阿姗结婚了。

阿姗小吴雪峻10岁，粗枝大叶、不拘小节、大嗓门，嫁给吴雪峻之前，曾有一次失败的婚姻。

吴雪峻与阿姗第一次见面是在阿里山附近的一家小饭店里。那天，吴雪峻点了好几盘菜，阿姗上桌后，也不谦让，撸起袖子，敞开肚皮津津有味地吃了起来。她一边吃，一边开门见山地自我介绍："本人名叫黄成姗，大伙都叫我阿姗，我这人有个毛病，就是性子急，眼里容不得沙子。当姑娘的时候，大伙给我起了个绰号叫'小辣椒'，现在人老珠黄了，大伙不叫我'小辣椒'，改称我为泼妇，我原先的丈夫因为受不了我的脾气，和我说拜拜了。"当阿姗不太标准的普通话像鞭炮一样在吴雪峻耳边炸响时，吴雪峻的眉头禁不住皱了起来。

在大陆，吴雪峻相处那么多的女子，还没有一位像阿姗那样大大咧咧的。第一次见面，阿姗给吴雪峻留下了很不好的印象。

与阿姗相亲后，赵平成立即把吴雪峻叫进自己的官邸问个究竟。

吴雪峻坦诚地告诉赵平成，自己对阿姗不满意。赵平成思索一会儿后说："我给你讲个故事吧，大哲学家柏拉图曾经问他的老师苏格拉底什么是爱情。苏格拉底让柏拉图到麦地里去找一支最大的麦穗回来，并且规定只能在前进的过程中找，不能返身折取。规定的时间过去后，睿智的柏拉图却无功而返，只因为他始终以为前面会有更大的，结果边走边看直到尽头都没有选中一支。于是苏格拉底总结说：这就是爱情。"

吴雪峻一脸的茫然："长官，这个故事与我有啥关系呀？"

赵平成意味深长地说："当然有关系，阿姗就是你今生要找的最大的麦穗呀。"

"可我对她一点感觉都没有呀。"吴雪峻锁紧眉头。

"臭小子，你已经是个四十多岁的男人了，不能再对女方有太高的要求，如果继续挑肥拣瘦，你在台湾只能当一辈子的光棍。"赵平成倏地变了脸。

吴雪峻低下头。

"臭小子，据我了解，阿姗对你挺满意，她说你正是她想找的男人。"赵平成猛地拍了拍吴雪峻的肩膀，"过了这个村，就没这个店，你回去好好想想，如果觉得我说得有道理，就与阿姗保持联系。记住，不能老看别人的短处，要多看优点。"

吴雪峻若有所悟。

吴雪峻第二次与阿姗见面，选择在一家咖啡屋里。

这次见面，吴雪峻从欣赏的角度出发，重新审视阿姗，发现阿姗其实很有女人味。她的眼睛清澈透明，吴雪峻可以从她的眼睛里读出她的所思所想，再从眼睛往上移，阿姗爬满细细密密皱纹的额头撞入他的眼帘，这一刻，吴雪峻怦然心动，觉得眼前这位女人就是未来生活的寄托。为什么会有这种感觉，他自己也说不清楚。

那天，吴雪峻和阿姗在咖啡屋一边喝咖啡，一边聊天。聊天的时候，阿姗的高跟鞋在地上画圈圈，作为一个在情场驰骋多年的男子，吴雪峻从阿姗画的圈圈里看出了她对自己的好感。吴雪峻每讲一句话，阿姗画圈圈的脚都会发出轻微的颤动，这细微的动作让吴雪峻看出她心中的波澜。

"你觉得我这人怎样？"吴雪峻忽然没头没脑地问了一句。

"还行，有男人味。"阿姗毫不掩饰。

"这样的人如果做你的老公，你觉得合适吗？"吴雪峻单刀直入。

阿姗虽然泼辣，但吴雪峻的突然表白还是让她措手不及，她红着脸低下了头，过了许久，抬起头问："你究竟喜欢我什么？"

"喜欢你额头上浅浅的皱纹。"

说这话时，吴雪峻的目光定格在阿姗的额头上，阿姗额头上浅浅的皱纹像海水一样波动起来，而吴雪峻的目光就像一叶小舟在海水里游荡。

吴雪峻的话一下子拉近了两人的距离，阿姗开始把这些年在情感之路上历经的苦难一股脑儿地说给吴雪峻听。说到动情处，她禁不住失声痛哭，吴雪峻眼里也涌出酸楚的泪。

分别的那一刻，吴雪峻紧紧握住阿姗的手，动情地说："阿姗，时事变迁，沧海桑田，我们都尝过了，像我们这样伤痕累累的人，更应该珍惜来之不易的今天。"

阿姗抬起头，柔柔地望了吴雪峻一眼，那目光，是洒满阳光的海岸，让吴雪峻那颗漂泊不定的心恬适、静谧，如同靠在岸边享受着温暖。

第二次见面，吴雪峻彻底改变了对阿姗的看法。此后，吴雪峻和阿姗又有过几次约会，然后这对苦命人相爱了。

吴雪峻与阿姗的爱情虽然没有像现代年轻恋人那样爱得天昏地暗死去活来，但他们的爱却很扎实。吴雪峻深深地感谢阿姗，因为她使吴雪峻这个远离故土在外漂泊多年的老兵有了停靠的港湾，并真切地品尝到家的温暖。记得新婚之夜，阿姗搂着吴雪峻的身子，亲昵地拖着长音叫"老公"时，吴雪峻禁不住老泪纵横，用颤抖的声音问："阿姗，我是……生活在梦里……还是现实中？"

"一半在梦里，一半在现实中。"阿姗小鸟依人地偎在吴雪峻怀里呢喃。

"你真会开玩笑。"吴雪峻抹去脸上的泪痕，欣慰地说，"与你结合，我有枯木逢春的感觉。"

"我的脾气不好，你怕吗？"

"不怕。"

"为什么？"

"有脾气的女人，就像一盘菜，放点儿辣椒，吃起来才有味道。"

吴雪峻这么一说，阿姗禁不住咧嘴猛笑，可笑过之后，眼里忽然涌出两行泪水，她紧紧地抱着吴雪峻说："我俩都是苦命的人，未来的日子应当心心相印。"

"老婆，你老公我要把你对我的爱永远铭刻在心，海枯石烂永不变。"

吴雪峻坚信他的声音不是从嗓子里发出的,而是从肺腑里蹦出的对妻子刻骨铭心的爱的宣言。

结婚不久,阿姗怀孕了。听说自己要当爸爸了,吴雪峻激动地把妻子紧紧地揽在怀里,用颤抖的声音问道:"阿姗,你真的……怀上了?"

依在吴雪峻怀里的阿姗点了点头。

"看来我那把老枪还挺管用的,一枪就击中了靶心。"吴雪峻拍了拍胸脯,得意扬扬。

"老公,不是你枪打得准,是我的靶子好。"阿姗轻轻地拧了下吴雪峻的耳朵。

"老婆说得对,是靶子好,瞎子都能上靶。"吴雪峻点头哈腰。

"狗嘴里吐不出象牙。"阿姗使劲拧吴雪峻的耳朵,吴雪峻痛得"哇"地叫出了声。

"老婆,你下手真狠呀。"

"谁叫你找了个泼妇呢。"

"老婆,你不是泼妇。"

"那是什么?"

"阿姗你是个天使,是上天赐予我的天使。"

"为什么?"

"阿姗,我这辈子经历的女人也算是多的了,你是第一个即将为我生孩子的女人,我感谢你!"吴雪峻边说,边上前给阿姗捶背。

阿姗手叉着腰,悠然自得地享受着丈夫的温情与关怀,她发现今天丈夫背捶得特别好,既不重,也不轻,便觉得特别舒服,禁不住哼起阿里山的民歌，哼着哼着，忽然从凳子上蹦了起来说："老公，说来也奇怪，我与前任老公结婚多年，始终没有怀上孩子，婆婆还以为我是不下蛋的母鸡，经常指桑骂槐地攻击我。"

"我不是告诉你了，我是个军人，靶打得特别准吗？"

"老公，说点正经的。"

"好，那我就给你点破迷津。"吴雪峻悠然坐下，跷起二郎腿，"因为我们是古代神话中的牛郎织女，我在海的那一头，你在海的这一方，一场内战，让我们这对命中注定的牛郎织女相会，老天也被我们的爱情感动，你说我们播下的爱情种子能不开花结果吗？"

"这话中听。"阿姗脸上漾出灿烂的笑容，不管吴雪峻愿不愿意，就在他的脸上狠狠地烙下一个火辣辣的吻。

十月怀胎之后，阿姗为吴雪峻生下一个男孩，吴雪峻把儿子起名为吴和平，后来阿姗又为吴雪峻生了一个女儿，吴雪峻把女儿取名为吴白鸽。

有了孩子之后，阿姗蛮横的真面目开始彻底显露出来。吴雪峻爱睡懒觉，周末休息的时候，如果不叫他能睡到日升中天。阿姗则不同，天蒙蒙亮就起床，她起床的第一个动作就是叫吴雪峻起床，见他光"嗯"不动窝，怒火上涌的她便狠狠地拧他的耳朵，她一边使劲地拧，一边大声说："懒虫，快起床买菜。"吴雪峻虽然耳朵被拧痛，仍不想离开温暖的被窝，敷衍道："姑奶奶，再让我睡一会儿吧。"阿姗气得大声骂道："懒虫，我要给小孩喂奶，还有一大摊的家务事，你不帮衬，我忙不过来。"见吴雪峻不吭声，阿姗便使出撒手锏，她从屋外端来一盆凉水，当吴雪峻的目光从被窝的缝隙看到阿姗端着盆子昂首挺胸进屋，立即明白事态的严重性。阿姗可是个说到做到的女人，在这方面，吴雪峻是有教训的,他清晰地记得第一次阿姗朝屋里端凉水时,他还以为阿姗开玩笑,却不料阿姗揭开被子,劈头盖脸就把一盆凉水浇了下去,那一刻,吴雪峻才算真正地领教到妻子的野蛮和粗鲁。现在阿姗又端水来了,揭被子的时候,故意放慢节奏,一手端着凉水盆,一手慢腾腾地揭,她要给吴雪峻腾出改正错误的时间。吴雪峻马上意识到警报已经拉响,便来一个鲤鱼打挺从床上蹦起,非常利索地穿上衣裤后,拿起菜篮子哼着歌儿上街买菜去了。

日子虽然过得磕磕碰碰,却充满温馨。不知是因为惧内缘故,还是因为受当父亲责任心的驱使,吴雪峻在阿姗棍棒加糖果的调教下,整个人变得利索起来,每天一下班,就回家替阿姗看孩子,阿姗则出去打临工,刷锅洗碗、搬运货物,只要能赚到钱,阿姗啥苦活累活都接。

经过多年的打拼,他们从部队公寓房里搬了出来,买了一套二手房,房屋虽然陈旧,但对吴雪峻这个在中国大陆和中国台湾颠簸了大半辈子的人来说,无疑是最奢侈、最高档、最幸福的享受。

住进旧屋的第一个夜晚,吴雪峻兴奋得这里摸摸,那里嗅嗅,晚上睡觉的时候,躺在舒适的床上,一边拍着脑袋,一边喃喃自语道:"吴雪峻啊,吴雪峻,没想到你这么个年过半百的糟老头,居然还能拥有一个家,一个真正属于你自己的家,没想到,真的没想到呀!"

吴雪峻说罢,肆无忌惮地开怀大笑,他的笑声在破旧的屋子里穿来荡去,震得房屋嗡嗡作响。

"老公,小心笑岔了气。"阿姗狠狠地拍了拍吴雪峻的肩膀,"不就是个破屋子嘛,怎么比范进中举还高兴呀?"

"阿姗，我们虽然结婚好些年了，但你还不能真切地体会到一个从大陆飘零过海老兵的内心世界。"吴雪峻的手指了指心口，不再说话了，低下头，掩着脸"呜呜"哭了起来……

有了属于自己的屋子之后，吴雪峻在屋外的一块空地上开垦出一块菜园，菜园里种着各种菜，还有一棵葡萄树。葡萄熟了，摘一个，咬一口，如甘露，似肴馔。

其实，比吴雪峻更想拥有一个属于自己家园的是阿姗，这位苦命的阿里山女子，自从有了家和孩子后，心情大好，整个人变得容光焕发，时常带着儿子和女儿在那片菜园里穿梭，快乐得就像飞来飞去的蝴蝶。阿姗与孩子们在菜园里嬉戏的时候，吴雪峻坐在摇椅上，一边哼着歌儿，一边远远地望着他们，一派逍遥快活的模样儿。

吴雪峻和阿姗的小日子过得有滋有味。

在吴雪峻这帮从大陆过来的老兵中，吴雪峻最惧内最疼老婆，每天早晨都是他去买菜，家务活抢着干，不嫖、不赌，每个月薪金如数上交。大陆到台湾的老兵聚会的时候，许多人经常拿吴雪峻开涮，他们说阿姗是武松，而吴雪峻则是景阳冈上的那只老虎，老虎尽管外表狰狞，但还是被武松治得服服帖帖。面对战友们善意的嘲笑，吴雪峻不恼不怒，被逼急了，会振振有词地说："'妻管严'是中华民族的传统美德，老婆因为爱我，才管得紧。"

"我们没听说过'妻管严'是传统美德，古代传统美德是'三从四德'。"战友朝吴雪峻眨巴了一下眼睛。

吴雪峻狡黠地眨了眨眼说："没错，是'三从四得'，所谓三从，就是太太出门要侍从，太太的吩咐要听从，太太说错的要盲从。所谓四得，就是太太化妆打扮要等得，太太生日要记得，太太打骂要忍得，太太花钱要舍得。"

吴雪峻的顺口溜被赵平成听到，他一边笑，一边狠狠地拍了拍吴雪峻的肩膀说："看来我这个红娘没看走眼，你和阿姗是天造的一对，地设的一双。臭小子，你肚子里花花肠子太多，就得找个镇得住你的女人，阿姗无疑是最佳人选哟！"

虽然吴雪峻与阿姗非常恩爱，但赵如水、吴春愁、林痴梦仍是吴雪峻抹不去的回忆。那些年，吴雪峻一直想把自己与她们之间的爱情故事写出来，可每当他提起笔，便觉得重若千钧，脑子里一片茫然。吴雪峻的心灵拒绝记录下那段带着苦涩和羞愧的回忆。于是，他只好停下笔，那段时间，吴雪峻学会忘却，因为只有忘却心灵的伤痛，才能更好地面对人生。

从大陆到台湾的老兵都有挥之不去的思乡情结，这种感情用任何言语描述都显得苍白无力。吴雪峻在台湾生活多年后，许多生活方式入乡随俗发生了改变，如果说他身上有唯一不变的东西，那就是刻在骨子里的乡愁。

那些年，吴雪峻经常独自一人到海边看海，刚到台湾时，看大海是深绿色的，时间长了，发现那不过是表面的颜色，渐渐地海水颜色变得复杂，好像在深绿色下面隐藏着各种各样的东西……慢慢地，吴雪峻的目光从大海移向远方，移向他魂牵梦绕的大陆，顿时心潮澎湃、愁肠百结。

十二、执手相看泪眼

花开花落，转眼到了20世纪90年代。此时的吴雪峻早已退休在家，那些日子，心平气和的他喜欢读些哲学和历史类的书籍，其他任何事情他似乎都提不起兴趣。但后来见到年过花甲的桥本三郎，他静如止水的心再起波澜。

那是一个阳光灿烂的日子，吴雪峻正坐在阳台上看书，冷不丁听到敲门声，阿姗起身开了门，一个满头银发的老人走进屋子，吴雪峻一看到这张脸，就觉得他与这个老人似曾相识。

老人问："你叫吴雪峻？"

吴雪峻机械地点点头。

老人的眼里涌动着泪水，用含糊不清的话说："我叫桥本……三郎。"

吴雪峻一下子怔住，透过时光隧道，眼前这位满脸皱纹的老人与五十多年前年轻英俊的桥本三郎的脸终于吻合在一块。

两个历经沧桑的老人紧紧地拥抱在一起，桥本三郎显得非常激动，老泪纵横地说起寻找吴雪峻的经历。他说，这些年，他一直在寻找吴雪峻，经过多方打听，终于打探到吴雪峻的下落。

吴雪峻困惑地问："我们是战场上的仇人，你为什么一直找我？"

桥本三郎说："我找你当然有我的道理。"

吴雪峻朝桥本三郎狡诈地笑了笑："当初俘虏你的时候，我的手枪里其实没有子弹了，如果有子弹，我可不愿跟你啰唆，早就一枪崩了你。"

桥本三郎也笑了笑："当初，如果不是那只不知从哪里飞来的鸽子落在我的枪口之上，我已与你同归于尽了。"

"一只白鸽会改变你的想法？"

"说出来你也许不信，我的妻子特别喜欢养白鸽，我们家养了很多白鸽，我当兵启程的那天早晨，妻子早早地放飞家里的白鸽，她说我也会像白鸽一样平安归来……我回归的时候，妻子放飞了家里所有的白鸽。"

"这么说鸽子是我的救命恩人。"

桥本三郎点点头："不错，鸽子是你的救命恩人，可你是我的救命恩人。"

桥本三郎停顿了一下，又开始叙述——

桥本三郎作为战俘被关进国民党监狱后，他原先所在部队的战友，要么战死，要么在日本政府宣布投降后剖腹自杀。而他因为被关在中方监狱躲过一劫。作为一名罪行较轻的战俘，桥本三郎没在监狱里待多久就被释放回日本，桥本三郎是他所在部队唯一活着回去的军人。

"我的那些战友大多都只有二十多岁，美好人生才刚刚开始呀。"桥本三郎嘟哝着，眼里的泪水再次夺眶而出。

吴雪峻说："你不要想那么多，人死不能复生。我们这些活着的人,应该珍惜生命,好好地活着!"

桥本三郎点点头。

"桥本君,这些年,我退休在家,潜心研究中国历史,我发现小日本真不是东西,一强大,就一股脑儿想着侵略别人。中国则是日本扩张侵略的最大受害者,甲午海战清王朝战败后,你们还要逼着清王朝割地赔款,让大陆同胞和台湾百姓陷入无尽的苦难和痛苦之中。后来,你们先出兵霸占中国东北三省,继而,发动全面侵华战争,我的母亲和妻子就是被你们这帮畜生杀死的。你们在南京制造丧尽天良的大屠杀,到今仍矢口否认,你们还是人吗?我看连畜生都不如。"吴雪峻猛地拍案而起,指着桥本三郎的鼻子大声骂道。

桥本三郎低垂着头,脸上青一块白一块。

骂过之后,吴雪峻觉得在远方来的客人面前有点失态,便说:"对不起,桥本君,我的话可能重了点。"

"一点都不重,句句在理。"桥本三郎朝吴雪峻深深鞠了个躬,"我代表不了日本国民,但可以代表我们全家向从苦难战争中走出来的你说声对不起。"

桥本三郎真诚的态度让吴雪峻心中的怒火消了大半。

桥本三郎接着说:"雪峻君,你这些年在研究历史,我也在研究历史,我觉得中国百姓是世界上最善良的。按常规日本战败后,应向中国提供高额的战争赔款,而中国政府却不要,如果是我们国家,肯定不会放过这么好的机会,肯定会提出高昂的战争赔偿。"

吴雪峻拍了拍桥本三郎的肩膀:"桥本君,日本如果多些像你这样有良心、懂得反省的人就好了。"

桥本三郎说:"雪峻君,你的话说到我的骨子里了,我痛恨侵略，反对战争。在我看来，侵略与战争从来都不会使正常而富有正义的人们感到舒心愉悦，只会使他们在惊心动魄之余承受着巨大的苦难。这些年，我一直是国内的反战积极分子，每次反战集会，我都在会上发表讲话，我对战争给中国民众留下的创伤感到深深的愧疚！"

……

那天晚上，吴雪峻在家里设下盛宴招待远道而来的桥本三郎，两个经历过战争风雨洗礼的老人开始聊起了天。桥本三郎告诉吴雪峻，他现在日子过得很美满，夫唱妻随，子孙满堂。虽然日子过很甜美，但心头却有一个伤疤，每当想起他的战友都已撒手归天，心头的伤疤便隐隐作痛，战友们的面孔便真实地浮现在眼前。

那天，桥本三郎在吴雪峻家里住了下来，他们成了无话不谈的好朋友。在吴雪峻家里住了几天后，桥本三郎回到日本，过了两年，因肺癌离开了人世。

噩耗传来的那天，吴雪峻的眼里老是晃动着一群一群白鸽在蓝天白云间自由飞翔的情景……

桥本三郎的去世对吴雪峻无疑是个打击，而更大的打击还在后头。这些年与吴雪峻风雨相伴的爱妻阿姗患上了胃癌，听到这个消息，吴雪峻几乎晕厥过去。

阿姗入院后，医生对她进行手术治疗，剖开腹部之后，发现癌细胞已经转移，无法进行手术，医生只好把腹部重新缝上。

现在，阿姗只剩下化疗一条路。化疗期间，当吴雪峻看到阿姗不断恶心、呕吐，头发一根根掉去，心如刀割，眼里的泪水禁不住噼噼啪啪地掉了下来。

"老公为啥哭？"阿姗问。

"老婆，你受这么多的苦，我心里难受。"吴雪峻哭道。

"老公，你一定要开心，只要你高兴，我就有战胜病魔的勇气。"阿姗紧紧地抓住吴雪峻的手。

两人的手紧紧地握在一块儿。

"老公，说些让人高兴的事吧。"

听了阿姗的话，吴雪峻便把肚子里老掉牙的笑话故事讲给阿姗听，阿姗边听边笑。笑过之后，她又抓住吴雪峻的手说："老公，你能不能把在大陆经历的爱情故事讲给我听？"

这下吴雪峻为难了，尽管当时的恋爱情景仍历历在目，但吴雪峻实在不愿意向阿姗诉说，便敷衍道："老婆，我手上的爱情线、生命线和事业线都是你的名字拼成的。我的心里只装着一个你，其他女子都是过眼云烟。"

"老公，别忽悠我了，女人的心最细，与你结婚的这些年，我曾多次看到你夜深人静时悄悄起床，左手握着短笛，右手抚摩一绺长发，在灯下絮絮低语发黄手绢上的诗句。你的这三件宝贝肯定都藏着故事。"

吴雪峻低头不语。

"老公，每个人都有一段心路历程，你就敞开心扉讲讲吧。"

"老婆，我们结婚那么多年，你从不问我曾经历的爱情，现在为什么突然问起？"

"以前我不爱听，现在却很想听。"阿姗在吴雪峻的怀里撒起了娇。

万般无奈，吴雪峻只好硬着头皮把自己与赵如水、林痴梦、吴春愁的故事一五一十地诉说给阿姗听。吴雪峻刚开始诉说时，显得很拘束，边讲边掉过头，看阿姗的表情是否有变化，此时阿姗与吴雪峻十指相扣，她那小灯泡般的眼睛定定地望着吴雪峻，一副洗耳恭听的模样。

阿姗的这副表情让吴雪峻心情放松,他在讲述的过程中,身心慢慢陷入故事之中,说到动情处,禁不住掬上一把辛酸泪,阿姗也陪着流泪……

阿姗住院期间,吴雪峻始终不离左右,但一次次痛苦万分的化疗,并不能挽救阿姗的生命。半年之后,阿姗整个人瘦得只剩下一把骨头,弥留之际,她紧紧地抓住吴雪峻的手,轻声说道:"老公,对不起,我不能陪你走完人生之路,未来的日子,你要多保重呀。"

吴雪峻泣不成声:"老婆……你不会走……我们要永远在一起。"

"不可能了。"阿姗酸楚地笑了笑,"老公,我走后,你再苦再累,也要把和平和白鸽培养成才。"

吴雪峻眼含热泪点了点头。

当阿姗把身后的事全部托付给吴雪峻之后,忽然抬起头,使出浑身的气力说:"老公,你知道我今生今世做得最对的一件事是什么吗?"

吴雪峻摇了摇头。

"嫁给你这个傻瓜。"阿姗苍白的脸上忽然有了红晕,"自从嫁给你之后,我就找到了人生的港湾,与你在一块儿生活,我就是这个世界上最最幸福的女人。"

"老婆,能娶你为妻,是我的福分,我感谢你这些年给我的爱。在我看来,你身上有五个宝,是我今生今世取之不尽、用之不竭的财富。"

"哪五个宝,说出来听听。"阿姗鼓起力气,低声问道。

"老婆,你呀——"吴雪峻轻轻地刮了一下阿姗的鼻子,"五件宝贝是扬在脸上的自信、长在心底的善良、融进血里的骨气、两侧外泄的泼辣、刻进生命的倔强。"

"老公这样夸我,我真的很开心。"阿姗眼里闪动着泪花。

吴雪峻紧紧握住阿姗的手。

"老公,如果真有来世,我们之间最好隔着台湾海峡,你在大陆那边,我在台湾这头,当我想你的时候,我的心漂洋过海去看你,当你思念我的时候,你的心穿越过海,来到我的身边!"

"那不是我所说的牛郎织女生活吗?"

"是哟,那样的生活才浪漫。"阿姗的声音越来越低。

尽管看到死神的召唤,但当吴雪峻把脸贴在阿姗脸上时,她的脸上还是泛出红光,呼吸也变得急促,断断续续地说:"老公……你知道我今生……今世最遗憾的事情……是什么吗?"

吴雪峻再次摇了摇头。

"老公,我之所以让你讲在大陆时的爱情故事,是想与你那些曾经相爱的恋人比较一下,究竟是他们长得漂亮,还是我长得漂亮。结果,你描述的恋人个个如花似玉,这让我自惭形秽,也让我生出今生今世最大的遗憾,不能在我当姑娘的时候,与你来一场轰轰烈烈的恋爱。老公,其实我当姑娘的时候长得挺漂亮的,大伙给我起个'小辣椒'的绰号,就是夸我既长得漂亮动人,又泼辣可爱……"

"老婆别说了,在我心里,你是这个世界上长得最漂亮的女人。"吴雪峻把阿姗紧紧地揽在怀里,泪水一滴一滴落在阿姗的身上。

"老公,一个女人就是一朵花,在她生长的过程中,只有一次开花的经历,那是在豆蔻年华。这些日子,我一直在做这样的设想,如果在我人生最美丽的开花季节,与你有一场轰轰烈烈的爱情，那是多美的事情呀。"阿姗暗淡的眸子蓦地闪亮了一下，好似灵魂中涌出一道光，把她的脸照得光艳动人。

短暂的回光返照后，阿姗头一歪，恋恋不舍地离开了人世。

吴雪峻顿时泪水化成倾盆雨……

患难与共的妻子离世，对吴雪峻是个重击。没过多久，对吴雪峻有知遇之恩的长官赵平成也身患重病，弥留之际，他专门让人传话给吴雪峻，说想见他一面。

见到吴雪峻的那一刻，赵平成伸出微微颤抖的手紧紧地抓住他的手说："臭小子，你可来了。"

吴雪峻眼里涌动着泪水："长官，雪峻来迟了。"

赵平成眼里也闪出泪花："臭小子，是我的错，我不想让你分心难过，所以生病后，一直瞒着你，可现在病越来越重，眼看时日不多，只好把你唤来。"

吴雪峻紧紧地握住赵平成的手，低声哭泣。

"臭小子，哭啥哭，软蛋一个。"赵平成低喝道。

吴雪峻止住哭泣。

"臭小子，今天我之所以把你叫来，是因为这些年有个心结一直缠绕着我。"

"什么心结？"

"收了你那么贵重的青铜鼎，却一直没办法还给你，心里很愧疚。"

"长官千万不要这么说，没有你的恩泽，我不可能有今天的幸福生活。"

"你觉得今天的生活幸福吗？"

赵平成这句话一下子把吴雪峻难住了，真不知道应该怎么回答。

289

"其实大陆过来的官兵,包括蒋公,都有挥之不去的大陆情结。"赵平成长长地叹了口气。

吴雪峻的眼里又涌满泪水。

"臭小子,你还记得一个人吗?"赵平成忽然把话题绕了个弯。

"谁?"

"陈二傻。"

"记得,他当过我的警卫员。"

"他还活着。"赵平成停顿了一下,"那天,他冒着生命危险冲进战场,硬是将身负重伤的刘雪兵团长救出,并背着刘团长往师部狂奔,快到师部的时候,日军射来的炮弹在他身边爆炸,他的右手被炸飞了,但他忍着剧痛,鼓起所有的气力,将奄奄一息的刘团长背回师部,到师部后,刘团长因伤势过重死去了。"

赵平成的一席话让吴雪峻浑身不自在,脑子里忽然闪出一个镜头:当他向后逃跑的时候,陈二傻正龇牙咧嘴地往战场飞奔而去,他的身子与陈二傻的身子擦肩而过……

"臭小子,你应该感到羞耻,你是那场战斗中唯一的逃兵。"赵平成虽病入膏肓,但射来的目光咄咄逼人,让吴雪峻如坐针毡。

"谁告诉你的?"吴雪峻嗫嚅道。

"陈二傻!"

吴雪峻的身子打了个激灵:"长官,那你为什么不处置我,反而让我官复原职。"

"我是个即将进入坟墓的老人,今天就打开天窗说亮话。抗战结束后,我之所以让你到军营来找我,并不是想给你恢复职务,而是欲把你送上军事法庭。"

"那为什么改变主意呢?"吴雪峻嗫嚅道。

"原因很简单,你送给我了一个价值连城的青铜鼎。"

"这么说青铜鼎改变了我的命运。"

"它不仅改变了你的命运,也改变了我的命运。"赵平成又是一声长叹后,向吴雪峻说起掏心窝子话。原先,在撤退台湾的国民党高级军官里没有他的名字,他被安排留在大陆继续与解放军作战,得知这个消息后,赵平成坐立不安,他将吴雪峻送给他的青铜鼎转送给了职务比他更高的长官。由于有了长官的帮衬,他的名字最终被列入撤退台湾的高级将领名单中,离开前,他执意把陈二傻带到台湾。

"二傻是个孤儿,举目无亲,那场恶战又让他缺了一只胳膊,我非常同情他,到了台湾之后,他的命还是苦,因为憨厚老实,又缺只胳膊,一直找不到对象。这些年,二傻一直打光棍,过着孤苦伶仃的生活。"赵平成眼里涌动着泪水。

"长官,你为什么不把二傻在台湾的消息早点告诉我呢?或许我可以帮衬他些。"

"我不能告诉你,因为他心里对你有很深的仇恨。"

"那你为什么现在要告诉我呢?"

"因为我走之后,希望你们两人能化干戈为玉帛,不要把仇恨带到棺材里。再说,二傻这人体弱多病,我走了之后,希望你能帮我多照顾照顾他。"

吴雪峻点了点头,两人聊了一会儿之后,赵平成忽然蹙起眉头问道:"臭小子,你原先是个视死如归的勇士,是个铮铮铁骨的汉子,从你身上随便抽出一块骨头,都能敲出钢铁的声音,可后来怎么突然变得如此贪生怕死?"

"我自己也琢磨不透。"吴雪峻苦苦一笑。

"臭小子,你琢磨得透,就是不愿意说。"

"长官,那你讨厌我吗?"

赵平成阴着脸,不说话。

一阵沉默之后,吴雪峻开口:"长官,我确实贪生怕死,但我认为我是战争的最终胜利者。"

"此话怎讲?"

"长官,我最近在看海明威的《永别了,武器》这本书,书中有句话引起我的共鸣:'在战争中我观察了好久,并没看到所谓神圣、光荣的事物,所谓牺牲,那就像芝加哥的屠宰场,只不过是屠宰好的肉,不是装进罐头,而是就地掩埋……'"

"你说我们是屠宰场里的牲口?"赵平成打断吴雪峻的话。

"长官,我不是那个意思。"

"那你什么意思?"

"我是说我们不要做无谓的牺牲,在战场上哪怕我们跪着生存下来,也是最大的胜利者,因为活着,活着才有明天啊!"

"臭小子,以前我也一直抱着你这个想法。可现在行将就木,脑海里忽然蹦出截然不同的观点,我认为作为一名军人,为国捐躯、死得其所才是最好的归宿!"

与赵平成谈完话,当吴雪峻走出屋子时,刚好碰上前来探视赵平成的陈二傻。只见他满脸刻着深深的皱纹,发白的八字胡子,脖颈上有一大块战争留下的伤疤,缺只胳膊的衣服在风中颤抖。看来,战争与乡愁在这个老兵身上留下了很多的痕迹。

见到吴雪峻,陈二傻原先还有点笑容的脸立即阴了下来,瞪大双眼,恶虎般冲上前来,对吴雪峻拳打脚踢。他一边打,一边龇牙咧嘴地骂:"打死你这个懦夫!打死你这个懦夫!"

挨了打的吴雪峻落荒而逃。

没过多久,赵平成去世了,吴雪峻不敢去送行,因为他怕再挨陈二傻一顿痛打。为了改善与陈二傻的关系，吴雪峻曾托其他老兵为他说情，但陈二傻脑子一根筋，始终不肯原谅吴雪峻。

赵平成去世一年之后，陈二傻也走了，临终前，他有两个要求。第一，他死后，将他的骨灰撒入台湾海峡。他是一个孤儿，在大陆虽举目无亲，但心里却有放不下的思念与牵挂。在台湾生活了这么多年，他与台湾也有了一份难以割舍的情感，他希望自己死后，能化成台湾海峡的一只鱼，游弋在大陆与台湾之间，或者变成一只鸟，在大陆与台湾之间穿梭。

陈二傻的第二个要求则是撂下一句狠话：不许吴雪峻来为他送行，因为吴雪峻如果来了，会玷污他的灵魂。

陈二傻临终前的一席话深深地刺痛了吴雪峻，他的心在滴血。

一连串的重击，让形单影只的吴雪峻变得多愁善感，他开始细细地品嚼自己走过的人生之路，品嚼那几段刻骨铭心的爱情。历经沧桑的老人品嚼爱情的感受，比年轻人绝对要深刻且真诚。如果把爱情比作一枚青橄榄，那么年轻人肯定把橄榄含在嘴里三下五除二，很快就把核给吐出来，他甚至连留在嘴边淡淡的清香都忘了。而老人则完全不同，他把橄榄含在嘴里，细细地品，慢慢地嚼，橄榄只剩下核了，他仍把它含在嘴里，老人觉得核是不能轻易吐出的，因为核里面往往蕴藏着许多爱的真谛。于是，吴雪峻就在嘴里把核拨弄来拨弄去，还真品出许多的滋味。

吴雪峻的一生都在枪林弹雨和滚滚红尘中度过，但风花雪月的故事就像过眼云烟，真正能让吴雪峻记住的女人只有赵如水、林痴梦、吴春愁和阿姗。

赵如水是吴雪峻的初恋，也是吴雪峻的第一任妻子，如果吴雪峻听从赵如水的话，加入共产党，那么他的人生就会像穿越剧一样，波澜壮阔、风生水起。阿姗是唯一与吴雪峻生活在一起三十多年的女人，他们的夫妻生活波澜不惊、平平淡淡。吴春愁这位娇柔的福州女，她的脸上可以绽放出最美的笑容，也可以布满让所有痴情男子为之心碎的愁容，她像雾像风又像雨，有时离吴雪峻很近，有时却遥不可及。与林痴梦那段爱情则让吴雪峻感到刺激，她不是吴雪峻的妻子，却是这世上任何男人都想拥有的红颜知己，这些年，吴雪峻的脑海缠绕着一些谜团：林痴梦掉下悬崖后如何脱身的？一段时间不见，整个人怎么就由风吹欲倒的弱女子变成了一位英姿飒爽的侠女？她又为什么在最后时刻放负心郎一条生路？这都是吴雪峻心头解不开的谜。

四个女人都深深地镶嵌在吴雪峻的生命里，她们让吴雪峻为之动容，为之落泪，并让吴雪峻产生回大陆看一眼的冲动。但这种冲动很快就被扼杀在萌芽里，在他风烛残年的日子里，如果回大陆，一定会触景生情、伤感过度而使原本就很脆弱的身体不堪重负。吴雪峻宁愿以回忆和穿越来维持生命的火焰，让火焰一直燃烧必须日复一日地提供给养，以防熄灭，而给养的最好办法是在年迈之年，再来一次荡气回肠的穿越。

当吴雪峻把穿越人物锁定在吴春愁身上时，耳畔禁不住响起吴春愁的话语："宋朝是我最喜欢的朝代，那个朝代有我崇拜的诗人李清照，梦里有她的身影，我就不再孤独。当然，最让我心驰神往的是能见到天成，那一刻，我就是这个世界上最最幸福的人！"

当这句看似平淡却蕴藏着丰富内涵的话从吴雪峻心尖滚过时，他再也控制不住自己的情感，在海边的宾馆订了个房间。进屋后，吴雪峻第一个动作就是推开窗户，大海立即撞入眼帘。他的目光向大海的那边探去，这一刻，海的尽头出现一个影影绰绰朦朦胧胧的世界。

"宋朝，我终于看到宋朝的天空了！"吴雪峻振臂呐喊，那枚永历通宝钱币听到吴雪峻心底发出的喊声后，心有灵犀的它从吴雪峻的内衣口袋里蹦出，飞向空中的它就像一块磁铁，将吴雪峻的身子吸引。吴雪峻的身躯如同一根细细的线，穿过四方孔后，化成一只白鸽，朝宋朝的天空奋力飞去。

十三、 第三次穿越

化成白鸽的吴雪峻在宋朝的天空里徘徊几圈后，最终选择在福州南后街武林高手吴飞针家里投胎。

转眼间20年过去，福州的山水把吴雪峻哺养成眉清目秀的年轻小伙子，南后街的人都说吴雪峻身上有股傲气。

傲在何处？答曰：眉宇间，骨子里。

吴雪峻的眼睛并不大，却很有神，走在大街上，当他轻摇花扇、面露微笑地用眼角扫了扫芸芸众生时，江湖高手成竹在胸的神情便淋漓尽致地从脸上透了出来。

至于吴雪峻骨子里藏着一股傲气的说法，那则要追溯到他的父亲吴飞针。吴飞针在南后街大名鼎鼎，有一手绝活儿，那便是飞针。平日，他在家里苦练功夫。腾、挪、闪、越、击拳、抡腿、摇臂、飞腿，令人叹为观止，正当你看得眼花缭乱之际，他手上的飞针忽如闪电般飞出，圆圆的鱼缸留下梅花形7个小孔，水便顺孔而出……

吴飞针这手绝活儿令南后街所有的人都叹服。吴飞针功夫好，人缘也不错，平日爱替穷人打抱不平。由于名声在外，衙门想让他当捕快，被他婉言谢绝。南后街的人都说吴飞针一身傲气。但有一人对吴飞针的绝活儿不以为然，此人名叫刘飞钉，飞钉是刘家的家传秘技，刘飞钉手中的铁钉出手快而准，"嗖——"一阵风，飞钉就直飞目标。

在南后街，敢向吴飞针叫板的只有刘飞钉。

有一次，吴飞针在大街上表演飞针绝活时，掌声中夹杂着一声尖利的嘘声，发出嘘声的当然是刘飞钉，他站在一旁，冷眼旁观，一副不屑一顾的模样儿。

"前辈多多指教！"吴飞针朝刘飞钉笑了笑。

"凭你这半桶水，也敢出来闯荡？"刘飞钉挑衅道。

吴飞针挺起腰板："那你也露一手，让我开开眼界。"

"你知道爷们儿是谁吗？"刘飞钉瞪起眼睛。

"谁不知你是大名鼎鼎的刘飞钉呀。"

"既然知道，还不洗耳恭听教诲？"

"我是想听，但手上的针不答应呀。"

"那我们比画比画？"

"既然飞钉想过招，那我就舅老爷请春客——奉陪到底。"

在南后街，两人都是火暴性子且互相看不顺眼。今日，针尖遇麦芒，必有一番厮杀。

两人摆开架势。按约定由刘飞钉先向吴飞针出招。

"接招。"刘飞钉大吼一声，握在手中的7根铁钉朝10米开外的吴飞针飞去。

吴飞针腾空而起，在空中漂亮地翻了个跟斗后，飞钉早已从他身边飞过。但飞钉从身边掠过发出的声音仍使吴飞针惊出一身冷汗。

轮到吴飞针出招了，只见他手轻轻一摆，7根飞针闪电般掠出，待飞针飞出后，吴飞针喊："接招！"

10米开外的刘飞钉也腾空而起，但晚了半拍，7根飞针异常精准地刺进他的体内，刘飞钉捂着伤口，仓皇而逃……

吴飞针的脸上透出一丝冷笑，但笑过之后，却有心痛的感觉，他狠狠地抡了自己几巴掌后，急忙回到家，拿了疗伤药火火燎地往刘飞钉家里赶。

到了刘飞钉的家，吴飞针方知受伤的刘飞钉已带着儿子刘天成乘一辆马车走了，至于去何处，无人知晓……

吴飞针孤立在刘飞钉家门口，泪如泉涌……

吴飞针击败刘飞钉后，名声大振。南后街的人送给他一个"江湖第一高手"的雅号。但吴飞针并不因自己打败刘飞钉而洋洋得意，而是显得怏怏不乐，他派人四处寻觅刘飞钉的下落，但一直没有得到消息，吴飞针的心里平添几分惆怅。

俗话说："虎父无犬子。"既然吴飞针功夫这般了得，他的独子吴雪峻也绝非等闲之辈。吴雪峻小的时候跟着父亲练腰、练腹、练手、练背、练筋……每次都练得汗流浃背、腰酸背痛。但令南后街人奇怪的是并没有人看过吴雪峻练飞针的绝活儿，虽没见，但谁也不会相信吴飞针会让祖传的飞针秘技失传。

转眼间过了10年，吴飞针悄然离开了人世。吴飞针去世后，吴雪峻做了一件令所有人困惑不解的事，他命人把家院门口的那棵大榕树砍了，这棵大榕树可不是一般的树，吴家几代人的飞针功夫都是以榕树为靶子练出来的，大榕树的树干像纳的鞋底，千洞百孔。

难道吴雪峻要改弦易辙，淡出江湖？

非也！吴雪峻举手投足和他父亲相比，简直是一个模子里倒出来的。他平日爱替穷人打抱不平，遇到泼皮无赖在街上耍横时，便从手里拿出一根飞针在空中晃了晃，这根飞针比平日吴飞针手里的飞针大、粗、耀眼，阳光照射在飞针上所反射出的光芒足以让泼皮无赖心惊肉跳、抱头鼠窜。

在南后街，没人见过吴雪峻的飞针朝谁下过手，但这丝毫不妨碍吴雪峻成为南后街的名人，人们笃定吴雪峻的功夫比他的父亲更了得，更有傲骨。

吴雪峻在江湖上名声大振，却有一个人对他不服气，那就是刘飞钉的儿子——刘天成。

话说刘飞钉那次和吴飞针比武失败后，又羞又恼的他带着儿子刘天成离开南后街，到一个非常偏僻的地方找郎中疗伤，伤虽疗好，功夫却被废了一半。以后的日子，他隐姓埋名，潜心指导儿子苦练飞钉本领。刘天成也很争气，他白天练，夜里练；夏日顶着烈日练，冬天冒着风雪练。经过多年苦练，刘天成的功夫远在父亲之上。

前些日子，刘飞钉身患重病，临终之前，刘飞钉把刘天成叫到跟前，嘱咐刘天成一定要为他报仇，找吴飞针算账，吴飞针若已不在人世，也要找他儿子吴雪峻算账。

含泪埋葬父亲后，刘天成踏上了复仇之路……

那是一个春暖花开的日子。吴雪峻到福州郊区春游，穿过一条小巷时，听到从"肖香"酒家传出悦耳的歌声，便心情不错地踏进酒家。

此刻，踏上复仇之路的刘天成正好在这家酒家喝酒。他一边喝酒，一边盘算着如何向吴雪峻复仇。

酒家里一位外地来的歌女正在卖唱，歌女长得十分标致，手抱琵琶，琵琶声和着悦耳的歌声在屋里缭绕。弹完一曲，众人皆喝彩。其中有一位公子打扮的青年人色眯眯地走上前，用手捏了捏姑娘的胳膊说："小娘子，歌唱得不错嘛。"

"客官见笑了。"歌女羞怯地扭过脸。

得寸进尺的青年人岂肯罢休，他又上前一步，在歌女的脸上使劲捏了一下，发出一阵淫笑……

"休得无礼！"吴雪峻拍案而起。

青年人转过头，冷冷地望了一眼吴雪峻："愣头青，少管闲事，你知道爷爷是谁吗？"

"路见不平，拔刀相助。我管你是谁。"

"在爷爷的地盘上，还从来没有人敢用这种口吻对我说话。"青年人撩开衣衫，摆出一副决斗的架势。

"那你报上姓名。"吴雪峻一副成竹在胸的模样儿。

"好，那你听好了，爷爷我是陈小勇，陈大金的儿子！"

陈大金是这块地盘上的第一高手，他的儿子陈小勇也绝非等闲之辈，陈小勇武艺虽好，但喜欢寻花问柳，因而臭名远扬。

"陈大金我知道，那可是堂堂正正、光明磊落的江湖高手，你可不要玷污了你父亲的好名声。"

"少废话，你是谁？"陈小勇恼羞成怒。

"我是福州南后街吴飞针的儿子吴雪峻！"

吴雪峻刚报上姓名，全屋子的人都抽了一口冷气。陈小勇也愣了愣，随即又镇静下来："你吴雪峻也太爱管闲事了吧，这里可不是你的地盘呀。"

陈小勇说罢，回头朝周围扫了扫，立即有四位大汉手抢大刀跳将出来，把吴雪峻团团围住。

吴雪峻并不慌张，从身上慢悠悠地拿出一根亮光闪闪的飞针，在空中晃了晃，而后对陈小勇说："我手上的这根针可是长了眼睛的,我给你兜个底,你若被这根针刺中要害,保准走不出7步就……"

吴雪峻故意把"死"字咽到肚里,从吴雪峻目光里透出的那股笑傲江湖的神色让陈小勇头上冒出冷汗,他急忙朝手下几个打手使了个眼神,几个人便灰着脸退出了酒家。

陈小勇走后,吴雪峻走到惊魂未定的歌女面前,把五两银子掷在桌上,说:"这里不宜久留,带上这些银子,赶紧离开……"

"谢大人救命之恩。"歌女朝吴雪峻深深地鞠了个躬后,飘然而去。

这一幕,刘天成看在眼里。吴雪峻走后,刘天成悄然跟上。

在一片森林里,刘天成忽然朝走在前方的吴雪峻大声吼道:"吴雪峻,拿命来!"

吴雪峻掉过头,只见一个年轻小伙站在身后,单看那透彻的目光,就知有深厚的功夫在身。吴雪峻正欲问话,那小伙便纵身向前一跃,竟然毫无声息地贴在与吴雪峻近在咫尺的一棵树上,两脚离地六七尺,原来他左手无名指轻轻地钩在树枝上,仅凭着一指之力便轻而易举地悬起整个身子。

吴雪峻知道遇到了高人,虽然心里紧张,却装出一副成竹在胸的模样,轻摇扇子问:"你是何人?"

"我是刘飞钉的儿子刘天成。"刘天成从树上一跃而下,怒目而视。

刘天成话音刚落,吴雪峻完全没了刚才的傲气,"扑通"一声跪下。

"吴雪峻,你为啥下跪?"

"我是替父谢罪。"

"此话怎讲?"

"我父亲吴飞针与你父亲比武归来后,痛心疾首地对我说,他犯了武林大忌。刘飞钉在飞钉之前先喊'接招',让他有充足的时间应招。而他则在飞针之后才喊'接招'。这使刘飞钉没有时间应招……父亲临终时,要我将来见到刘飞钉或者他的儿子,一定要代他谢罪。"

"先父对我可不是这么说,他说之所以不敌吴飞针,是因为吴飞针飞针速度比他的飞钉快多了,说明吴飞针的功夫远在他之上。"

吴雪峻长长叹了口气:"冤家宜解不宜结,冤冤相报何时了,上一代的恩怨,就让它过去吧。我们这一代应当化干戈为玉帛,不知你意下如何?"

"你的建议很好。刚才你在'肖香'酒家一身正气退无赖的情景,便让我佩服,但佩服之余,我又想和你过过招,领教领教你的功夫。"

"这……"

"难道你未战先怯?"

"兄弟,不瞒你说,父亲没把飞针功夫传给我。"

"你骗谁,你身上的那根针是拿来干什么的?"

吴雪峻笑了笑,便从身上拿出那根亮光闪闪的针,在空中轻轻一折,针断了,原来针心是一根细细圆圆的竹子,外表则镀上一层亮光闪闪的金属。

"呀——"刘天成发出一声惊叫。

吴雪峻一声叹息:"父亲在误伤刘飞钉后,决意不把飞针绝活传给我,临终前,他还特意嘱咐我把家门口用来练功的榕树砍掉……"

刘天成困惑不解:"那你平日为啥拿着飞针唬人?"

吴雪峻长长叹了口气:"人世间不平的事情实在太多,我又喜欢打抱不平,于是便用竹子做了一根样子十分吓人的针,别看针是假的,但它是有锋芒的,锋芒在我心中……"

刘天成沉默了许久,他拍了拍吴雪峻的肩膀说:"兄弟是个真正的汉子,我们到酒馆一叙,你意下如何?"

吴雪峻非常爽快地点了点头。

两人进了酒馆,几杯酒入肚之后,便有了话题。

刘天成说:"兄弟,你的父亲因噎废食,不教你武功,那是他的不对,而你心高气傲、爱打抱不平,用竹子装飞针,虽然镇住了不少的人,但毕竟不是长久之计,总有一天要现出原形。你要像你父亲一样,有一身的真功夫,才能路见不平拔刀相助。"

吴雪峻的脸上布满愁云:"兄弟所言极是,我也知道这不是长久之计,但父亲没把武艺传授给我,我该怎么办呢?"

"你可以拜师学艺呀。"

"拜谁为师?"

"云顶山上的刘一真和尚一身功夫,却深藏不露,我的表妹正在寺里跟他学艺呢。"

"请问你的表妹芳名?"吴雪峻顿时来了兴致。

"吴春愁。"刘天成斜了一眼吴雪峻,"她可是个长得如花似玉的姑娘,你一定喜欢。"

吴雪峻拉住刘天成的手:"那你带我上山,我要拜师学艺。"

"我现在要去远方,只能修书一封,你将信交给刘一真和尚便行。"

"兄弟,你要去哪里呀?"

"实不相瞒,现在国难当头,作为一名汉人,谁也无法容忍靖康之耻,我要加入岳家军,抗击金军。"

303

"岳家军如雷贯耳，我做梦都想成为其中一员，兄弟你带我一块儿去吧。"

"你不能去。"

"为什么？"

"战场上刀光剑影、血雨腥风，你手无缚鸡之力如何与凶残的金兵较量？"

吴雪峻的脸顿时青一块白一块。

"兄弟，等你练好了武功，就到岳家军找我，我们并肩战斗，共同杀敌。"刘天成端起满满一杯酒敬吴雪峻。

两人一饮而尽。

十四、练就鸳鸯剑

与刘天成分别之后,吴雪峻按刘天成提供的地址,找到了云顶山。云顶山松柏苍翠,淡淡的晨雾从林中溢出,把这里装饰得含情脉脉,远处的山和水,就像羞答答的少女,轻轻地撩开脸上的面纱,露出美丽的面容。此情此景,让吴雪峻感慨万端:"这可真是神仙住的地方呀。"

沿着弯弯曲曲的山路往上走,树枝上的鸟儿开始引吭高歌,吴雪峻的心情格外舒畅,健步如飞,很快到了山顶。

一位慈眉善目的老和尚从寺里走出:"施主来云顶山有何贵干?"

"大师可是刘一真?"吴雪峻朝老和尚作了个揖。

"阿弥陀佛,贫僧正是。"老和尚双手合十。

"大师,请受徒弟一拜。"吴雪峻跪拜在地。

"快快请起。"刘一真和尚急忙上前扶起吴雪峻。

"大师,这里有刘天成给您的信。"吴雪峻从内衣口袋里掏出一封信,毕恭毕敬地递给刘一真和尚。

刘一真看了信之后,说:"贫僧与你素不相识,仅凭天成一封信,就要收你为徒,岂不是笑话?"

"大师,徒儿事出有因。"吴雪峻再次跪倒在地,在刘一真的面前,把自己的人生经历和盘托出。

听了吴雪峻的话,刘一真沉思片刻,说:"雪峻,你的父亲和天成的父亲刘飞钉都是贫僧的世交,既然你的父亲吴飞针没传授你武功,贫僧更不能传授。"

"大师,原先我认为靠忽悠人也能行走江湖,现在看来,这种想法太天真了。当刘天成一心要与我比武时,我就露馅了,还好刘天成是个讲义气的汉子,不然我早已成为他的钉下之鬼。有了那回教训,我发誓一定要学到真功夫。大师若不收我为徒,徒儿便长跪不起。"

"贫僧年迈多病,无心收徒,你还是回去吧。"刘一真拂袖而去。

吴雪峻早已横下一条心,一定要从刘一真那里学到真功夫,为了让自己的梦想变成现实,他在地上一直跪着,一天时间过去了,吴雪峻饿得头昏眼花,但任凭风吹日晒,仍跪在地上一动不动。

又过了一天,吴雪峻因体力不支,晕厥过去。

待吴雪峻醒来时,发现自己躺在床上,床边站着一位年轻的小姑娘,姑娘端庄又美丽,见吴雪峻醒来,便一脸好奇地看着他。

"这是在哪里?"吴雪峻问。

"师父看到你晕倒了,叫我把你扶进屋。"

"你叫吴春愁?"吴雪峻朝姑娘笑了笑。

"你怎么知道?"吴春愁瞪大双眼。

"你的表哥刘天成告诉我的。"

"他现在何处?"吴春愁抓住吴雪峻的身子,急切地问道。

两人说话间,刘一真飘然而至。看到吴雪峻醒来,他长长吁了口气:"唉,愣小伙,总算醒过来了!"

"大师,请受雪峻一拜。"看到刘一真,吴雪峻身子骨虽然异常虚弱,但还是迅捷地从床上爬起,跪倒在地。

"雪峻,请起吧。"

"大师如果不收我为徒,我就一直跪着。"吴雪峻犟劲上来,三头牛都拉不回。

"师父,雪峻哥这么诚心拜你为师,你就收下这个徒儿吧。"吴春愁也替吴雪峻求情。

"雪峻快快请起。"刘一真朝吴雪峻做了个手势。

"大师答应收下我了?"吴雪峻两眼发亮。

"春愁,把我的龙嘴大茶壶拿出来,我要请雪峻喝茶。"刘一真朝吴春愁使了个眼神。

"雪峻哥,还不谢过师父?"吴春愁猛地拍了一下吴雪峻的肩膀。

"大师还没答应呢。"吴雪峻依旧虔诚地跪着。

"你这个愣头青,师父用当家宝贝龙嘴大茶壶请你喝茶,就是要收你为徒呀。"

"你怎么知道?"吴雪峻傻了吧唧还犯倔。

"师父收徒有个规矩,只有他看中的徒儿,才会邀他一块儿喝茶。我和天成哥上山时,师父也拿出龙嘴大茶壶请我喝茶,我就成了师父的弟子了。"

"真有此事?"吴雪峻两眼发亮。

刘一真捋须浅笑。

"还不赶快谢谢师父?"吴春愁趁热打铁。

"谢师父。"吴雪峻朝刘一真叩了三个响头。

"你俩在唱双簧呀?"刘一真摆出一副骑虎难下的样子,内心却很滋润,拿起龙嘴大茶壶,为吴雪峻斟上满满一杯茶。

以后的日子,吴雪峻人生的画卷就在云顶山上展开,每天,他和吴春愁一块来到山顶边一块空旷地上跟刘一真练功,作为武林高手的儿子,吴雪峻习武的悟性非常高,没过多久,就把刘一真教的武功学深悟透。

看到吴雪峻武艺日益高强,刘一真乐得捋须叹道:"雪峻得贫僧真传也!"

与吴雪峻相比,吴春愁则是三天打鱼,两天晒网,每次练功都开小差,两眼怔怔地望着远方。

"春愁,你在想什么?"刘一真关切地问道。

"师父,天成哥怎么一走就杳无音信呀?"吴春愁眼里噙满泪水。

原来,刘天成和吴春愁青梅竹马两小无猜,长大成人之后,吴春愁一直缠着刘天成,嚷着要刘天成快点将她娶回家,可刘天成脑子里还没有成家的想法。一心报国的他为了实现加入岳家军抗击金兵入侵的愿望,使出金蝉脱壳的办法,把吴春愁哄到云顶山向刘一真学艺后,便悄然离去。

见师父刘一真一言不发,吴春愁拉住吴雪峻的手,追问道:"雪峻哥,你说天成哥什么时候回来看我呀?"

面对吴春愁的问话,吴雪峻只好云里来雾里去,就是不肯透出刘天成加入岳家军的事,因为刘天成再三叮嘱,绝对不能把他投奔岳家军的事告诉给表妹吴春愁,以免她担心。

吴春愁对吴雪峻敷衍的话很不满意,继续刨根问底,吴雪峻被逼急了，便心生一计："春愁，我们比一比，看谁诗吟得好！"

说到吟诗，吴春愁的脑海里暂时没了刘天成的影子，她背着手，悠然自得地吟起李清照的《如梦令》："昨夜雨疏风骤，浓睡不消残酒。试问卷帘人，却道海棠依旧。知否，知否，应是绿肥红瘦。"

吴春愁吟完诗，吴雪峻击掌叫好。

"雪峻哥，你也来一首。"

吴雪峻摆摆手："惭愧，我胸中全是浊酒，并无半句诗书，哪敢在你面前班门弄斧。"

"今天，你非得吟一首诗给我听。"吴春愁撒娇道。

吴雪峻无奈只得笑了笑："好，那我就献丑了。"

吴雪峻说罢，便摇头晃脑地吟起歪诗："春眠不觉晓，处处闻鸡叫。夜来采花声，口水流多少。"

"师兄，你背错了，应该是：春眠不觉晓，处处闻啼鸟。夜来风雨声，花落知多少。"吴春愁纠正道。

吴雪峻拍了拍脑袋："唉，我这个花岗岩的脑子，读不进诗呀。"

吴春愁哈哈大笑。

虽然把吴春愁逗乐了，但吴雪峻心里却不是滋味，觉得骗单纯天真的吴春愁是一种犯罪。

在云顶山上练功的那些日子，吴雪峻的心里洒满阳光。平日，天刚蒙蒙亮，他就起床，来到云顶山边那块空旷的草坪上，此时太阳还没露出地平线，天空、山谷、树林都处于日出前最绮丽迷人的时刻。优美的环境既能使吴雪峻精神振奋，更能让他产生灵感，父亲吴飞针练功的情景一幕幕从眼前闪过，腾、挪、闪、越、击拳、抢腿、摇臂、飞腿。吴雪峻学着父亲的一招一式练起来，那行云流水般的动作就像一曲气势磅礴的乐章奏响在云顶山的上空，当一连串动作一气呵成之后，吴雪峻学着父亲的手法，将手里的飞针飞出。刚开始，飞针没飞多远就落地，吴雪峻并不气馁，继续埋头苦练，很快便悟出飞针必须掌握的"快、狠、准"的窍门。

快就是要疾如闪电；狠就是要将内力运行到指尖，透出一股杀气；准就是要瞄准目标，一招制敌。

此时，吴雪峻一招一式与父亲吴飞针惊人地相似，随着他的手轻轻一抖，飞针闪电般飞出，草坪边的松树上立即留下梅花形的小孔。

每次练完功，吴春愁总会端来一杯热茶，汗流满面的吴雪峻轻轻啜一口，便觉得有股淡淡的清香润入心脾。

"师兄，你的武功真棒哟！"吴春愁夸奖道。

"和你的天成哥比呢？"吴雪峻朝吴春愁眨了眨眼。

"虽然你武功了得，但若与天成哥比，还差老鼻子远呢。"吴春愁一脸的自豪和得意。

吴雪峻的心酸了一下。

"怎么，不服气？"吴春愁斜了吴雪峻一眼。

"岂敢，岂敢。"

"不过，师兄最近武功突飞猛进，照这样势头发展下去，将来肯定会成为天成哥之下、万人之上的武林高手。"

"师妹这句话中听。"吴雪峻朝吴春愁笑了笑。

在云顶山上，吴雪峻的日子过得滋润逍遥，每天练完功，就跟着吴春愁一块品茶吟诗。吴春愁最爱吟描述缠绵爱情的古诗，"在天愿作比翼鸟，在地愿为连理枝""两情若是长久时，又岂在朝朝暮暮"，这些脍炙人口的诗句，吴春愁朗朗上口。

听吴春愁吟诗,吴雪峻如沐春风。

"师兄,你也吟一首。"吴春愁吟完,笑盈盈地望着吴雪峻。

"我不会。"

"你非得吟一首。"吴春愁不依不饶。

"那我就献丑了。"吴雪峻清了清嗓子,端起一副诗人的架子,吟道:

> 从前有座山,
> 山里有座庙,
> 庙里住仨人,
> 师父刘一真,
> 师兄吴雪峻,
> 师妹吴春愁,
> 兄妹一条心,
> 试看谁能敌。

"师兄,你不要乱编诗,我是和天成哥一条心,与你沾不上边。"吴春愁瞪了吴雪峻一眼。

"我在瞎说。"吴雪峻朝吴春愁做了个鬼脸,"但这世上什么事情都有可能发生,白天鹅一不留神就会爱上丑小鸭。"

"你讨打,讨打。"吴春愁的拳头雨点般落在吴雪峻身上。

看到吴雪峻和吴春愁嬉戏打闹,站在一旁的刘一真禁不住哈哈大笑:"雪峻,我看你与春愁挺有夫妻相,两人若能成为夫妻,这辈子一定很幸福。"

"师父,您可不能乱点鸳鸯,我的心里只装着我的天成哥。"吴春愁急得直跺脚。

"师妹,如果你的天成哥远走高飞,到很远很远的地方去了呢?"吴雪峻轻声问道。

"无论他到哪里,我都要找到他,因为我的心里只有他一个人。"吴春愁语气铿锵。

吴雪峻的心咯噔了一下。

转眼间,吴雪峻已在云顶山上练了半年的功夫,得到刘一真传的他武艺日益精湛,更让人叫绝的是吴雪峻把他父亲练就的飞针领悟透彻。现在,他飞针的速度比他父亲更快、更准、更狠,他的这手绝活令刘一真都叹为观止。

"雪峻,你武艺练得炉火纯青,可以下山了。"刘一真笑呵呵地拍了拍吴雪峻的肩膀。

"师父夸奖你了。"吴春愁也上前拍了拍吴雪峻的肩膀,"师兄,我在山上待腻了,我们一块儿下山,寻找天成哥。"

"春愁,你还要留在山上,继续跟为师学艺。"

"为什么我不能下山?"吴春愁撅起嘴。

"因为你武艺练得不精。"刘一真摸了摸发白的胡子,"再说,你的表哥天成有嘱咐,让你务必留在山上。"

"刘天成这个负心郎,把我甩在山上,自个儿跑到外面逍遥快活,我一定要找他算账。"吴春愁气得直跺脚。

见吴春愁执意要走,刘一真轻轻叹了口气后,把吴雪峻和吴春愁招呼到自己身边说:"既然春愁想走,我也不拦了,在你俩下山之前,为师想把祖传绝学鸳鸯剑传授给你们,不知你们是否愿意学?"

"愿意!"吴雪峻和吴春愁异口同声。

"鸳鸯剑是男女两人配合用剑,舞剑的时候要做到心无旁骛、心心相印,这样的剑法阴阳互补,达到珠联璧合、水乳交融的程度，能产生极大的威力。"

听说学鸳鸯剑要与吴雪峻做到心心相印，吴春愁的嘴撅了起来，吴雪峻则显得兴高采烈，拉着吴春愁的手说："师父，我们愿意学！"

"好，既然你俩愿意，那为师就把这门绝学传授给你们！"刘一真说罢，进屋从铁箱里拿出一把剑。剑的剑柄有美丽的鎏金纹装饰，还安装了中指凸箍，看上去既大气又有风骨。

刘一真拿起剑，开始了行云流水般的表演，一连串的动作犹如惊涛拍岸，又似浪遏飞舟。就在吴雪峻和吴春愁为刘一真刚性十足的剑法击节叫好之际，刘一真忽然变招，手中的剑舒缓下来，如同潺潺流淌的溪水，又似悠悠荡荡的琴声，行将结束的时候，他手中的剑上下翻飞，如道道闪电划破长空。这套鸳鸯剑法刚中有柔、柔中带刚，血中有肉、肉中有血，就像一幅画，既有神来之笔的灵性，更有点睛之笔的神韵，让吴雪峻和吴春愁目不暇接……

一套剑法演练完毕，吴春愁急切地上前拉住刘一真的袖子，大声嚷道："师父，我想学鸳鸯剑。"

"真的想学？"

"真的。"吴雪愁噘着嘴。

"雪峻，你想学吗？"

"师父，你这不是明知故问吗？"吴雪峻俏皮地朝刘一真眨了眨眼。

刘一真笑了笑，从铁箱里又拿出一把宝剑，那把宝剑比刘一真手里的宝剑小一号，它的造型优美而雅致。

刘一真将手中的剑交给吴雪峻，小一号的剑交给吴春愁。

吴雪峻拿起剑，觉得这把剑就是为他量身定做的，握在手里,不像是人找到剑,更像是剑在等待人,手与剑,一下子便形成默契,做到"心剑合一"。吴雪峻感叹剑的神奇时,身旁的吴春愁已把小一号的剑舞得风生水起。

见两个徒弟都与剑形成默契,刘一真捋着花白的胡子,开心地笑了。

以后的日子,吴雪峻和吴春愁跟着刘一真练起鸳鸯剑。练剑时,当吴雪峻的肩膀与吴春愁的肩膀轻轻地靠在一块儿,他便觉得心跳加快,血脉偾张,这一刻,吴雪峻发现自己已经深深地爱上了吴春愁。

经过一段时间勤学苦练,吴雪峻和吴春愁已经掌握了鸳鸯剑的精髓。吴雪峻舞剑的时候,手里的剑如同一位青壮年的汉子,浑身喷涌出血性,剑柄上闪烁出的光泽,有一种黄金的质感,和高贵、神奇、狂野、傲伟的神气,这一刻,日月星辰围绕在剑体上奔跑,像火苗在熊熊地燃烧。与吴雪峻相比,吴春愁的剑法显得柔情似水,那风情万种的回眸一笑,让人心猿意马,握在她手里亮闪闪的剑就像一把暗香涌动的花扇,微微一动,便会招引无数蝴蝶的到来,看似漫不经心地轻轻一挥,蕴藏着让人猜不透看不明的杀机。

舞剑的时候,当吴雪峻的肩膀轻轻地靠上吴春愁的香肩时,两人的剑法立即产生奇异的力量,只见剑光闪动,人影飞舞,鸳鸯剑产生的威力如同火山爆发,又似惊涛骇浪。

看到吴雪峻和吴春愁练就如此绝技,刘一真喜笑颜开,决定放吴雪峻和吴春愁下山。在他俩下山的前一天夜晚,刘一真提着龙嘴大茶壶,邀吴雪峻在空旷的草坪上品茶。

朦胧的月光下,刘一真将一碗清水注入龙嘴大茶壶里,盖上壶盖,茶壶里便传来动人的声响,似远山的钟声,似寺庙里的磬音,令人心旷神怡。

刘一真微闭双眼,似乎陶醉在这悦耳的声音里,又似乎若有所思。

水开了,刘一真开始泡茶,只见他把壶把儿微微抬起,一股小水流冒着白气直奔盛茶的杯子,顿时,茶香弥漫开来。

啜一口茶,刘一真说:"雪峻徒儿,明天春愁跟你下山,你可得多多关照一下你这位娇气任性的小师妹。"

吴雪峻点了点头。

"雪峻徒儿,我讲一个铸剑的传说,你想不想听?"

"洗耳恭听!"吴雪峻饶有兴致。

刘一真侃侃而谈——

春秋战国时期,干将莫邪夫妻俩铸剑,铁汁三月不出。这天夜里,莫邪说服了丈夫干将,站在炉台之上,要往炉子里跳。干将简直要疯了,狂呼大叫,命令300名童男童女,把头发指甲剪下来扔到炉子里,300人披麻戴孝,拼命装炭,扯动巨大的牛皮制的风箱,之后一齐跪倒在炉前。莫邪纵身一跃,像一根羽毛投入火中,以身殉剑。顷刻间,炉里发出咕嘟咕嘟的声音,火焰腾空而起,照红半边天,青铜的熔浆开锅了,喷溅而出,"干将""莫邪"雌雄两剑铸成了……

"真有那么传奇?"吴雪峻的舌头明显短了一截。

"那只是个传说。"刘一真笑了笑,"不过这个传说故事说明一个道理,剑身上熔铸了人的精气血肉!"

"师父,真有那么玄乎?"

刘一真不语,抬头望天。

"师父,你在想什么?"

刘一真依旧不语,拿起茶杯,微微啜了一口后,陷入更深的思索之中。

一阵静默。

过了许久，刘一真终于开口："雪峻徒儿，你知道我为什么要把压箱底的功夫教给你们吗？"

吴雪峻摇了摇头。

刘一真的眼里闪动着泪水："雪峻徒儿，实不相瞒，春愁是我的亲生女儿呀！"

一向内敛沉稳的刘一真此刻泪如泉涌，道出自己人生的酸楚经历——

刘一真年轻的时候，与本村青梅竹马的阿秀姑娘结婚，两人过着夫唱妻随、恩恩爱爱的日子。那段时间，他拜高人为师，练就一身武功后，将武艺传给妻子，阿秀聪慧过人，很快便将丈夫传授的武功学深学透，两人一边切磋武艺，一边潜心研究，自创出一套威力无穷的鸳鸯剑法。后来，他们的宝贝女儿出生，女儿出生后不久，妻子阿秀得了一场怪病，撒手人寰，这让刘一真悲痛欲绝。后来，灾难接踵而至，他的家乡被洪水淹了，刘一真抱着女儿侥幸躲过一劫，但他的父母和亲人全被洪水冲走。历经多次浩劫之后，刘一真万念俱灰，把女儿送给了刘天成的大姨，刘天成的大姨给刘一真的女儿取名为吴春愁。

把女儿送给刘天成的大姨之后，刘一真到云顶山当和尚，遁入佛门后，一边念经，一边练武。十多年过去之后，刘天成找到了刘一真，说他的姨父和大姨已经相继去世，吴春愁就寄养在他的家里，现在他的父亲刘飞钊去世，家里只剩下孤苦伶仃的他和吴春愁。面对家庭的窘迫，吴春愁毫不在意，时常黏着刘天成，摆出一副非刘天成不嫁的架势，让刘天成很伤脑筋。此时的刘天成脑子里根本没有结婚的念头，靖康之耻让他怒火中烧，他立志要加入岳家军上前线与金兵作战,并随时做好战死沙场的准备。刘天成希望自己上前线后,吴春愁能回到父亲的怀抱。于是,刘一真让刘天成把吴春愁哄上了山。

送走吴春愁之后,刘天成想替父亲报完仇再去加入岳家军,可在报仇过程中,发现吴雪峻是个有情有义的汉子,便推荐他上山跟刘一真学艺,并写了一封信给刘一真,说吴雪峻人品很好,是吴春愁可托付一生的男人。

刘一真的故事讲完了。摆在跟前的茶壶还是龙嘴大茶壶,锃光瓦亮,人却一下子苍老了下来。他低垂着头,脸上纵横交错的皱纹里刻满痛苦与沧桑,两条腿甚至微微颤抖起来。此时,吴雪峻幡然领悟了看似简单的拜师学艺,其实蕴藏着许多令人唏嘘的曲折故事。

"雪峻徒儿,现在,你明白老夫为什么要把压箱底的绝技传授给你们了吧。"刘一真眼里涌出浑浊的泪水。

"师父请放心,春愁下山之后,我一定会悉心照料她!"吴雪峻紧紧地握住刘一真的手。

"其实,我很舍不得让春愁走,毕竟她是我心头的一块肉。可这小丫头脾气倔得很,一定要下山去找天成,看来我是拴不住她的心了,你就带她到前线找天成,如果天成还活着,就让他娶了春愁,如果……"刘一真欲言又止。

"师父,还有什么嘱咐?"

"我现在就把心窝子的话全部掏出。作为你的师父,我可以看出你对春愁情真意切,我也十分希望你俩能结为夫妻。但春愁的心里始终放不下天成,如果天成在战场上阵亡,雪峻,你无论如何得把春愁娶回家,能做到吗?"刘一真定定地望着吴雪峻。

吴雪峻"扑通"一声跪在地上:"师父,徒儿一定能做到。"

"不反悔?"

"决不反悔!"吴雪峻用百分之百肯定的口吻说道。

"好,有徒儿这句话,为师就放心了。"刘一真重重地拍了一下吴雪峻的肩膀,"雪峻,在你下山之前,为师有个忠告,请你务必记在心头。"

"徒儿聆听教诲。"

"雪峻,练武之前,你的锋芒藏在心中,那是因为你有初生牛犊不怕虎的锐气,现在,你虽有一身功夫,却要把心中的锋芒抹去。练武之人必须明白"武艺再高高不过天、天资再厚厚不过地"这个道理。在世间行走,要懂得谦虚谨慎、礼让三分。不到万不得已,千万不要和春愁亮出鸳鸯剑这招杀招,得饶人处且饶人,切不可将人逼上绝路!"

"师父教诲,徒儿铭记在心!"跪在地上的吴雪峻朝刘一真叩了个响头。

"雪峻徒儿,行走江湖,为师还有一句话要说。"刘一真摸了摸花白的胡子,一字一顿地说,"人有心,剑有魂!"

十五、 小试牛刀

第二天一大早,吴雪峻和吴春愁下山,师父刘一真并没有为他们送行,吴雪峻心里很清楚,师父不忍心看到自己的爱徒和他今生今世唯一牵挂的女儿远走他乡。想到与师父离别后,不知何时才能再见上一面,吴雪峻悲从天降,泪水"哗哗"地流了下来。

"师兄,下山应该是件很高兴的事呀,为什么流泪?"吴春愁大惑不解。

"我想师父。"

"有什么好想的,这个老和尚把我困在云顶山上一年多,我恨死他了。"吴春愁嘟起嘴。

吴雪峻真想告诉吴春愁,刘一真就是她的亲生父亲,但话到嘴边,又咽了下去。

"师兄,我们说点高兴的事情吧。"吴春愁抬起头,仰望天上的朵朵白云,一脸憧憬地说,"这次下山,我最大的愿望是找到天成哥,你一定要帮我这个忙哟。"

"师妹放心,我一定帮你。"

"师兄,你真好!"

"好在哪?"

"嘴甜,特会哄人开心。"

"有没有你的情哥哥天成好?"

"嗯……没有。"

"如果天成哥不在了,我能不能取代他的位置呢?"

"师兄,如果再胡说八道,我就不理你了。"吴春愁板下脸。

"师妹所言极是。以后,我若再胡说八道,就挨耳光。"吴雪峻边说,边给自己一记响亮的耳光。

吴春愁笑了:"师兄,你不要打自己了,我们吟诗好不好?"

"好啊,我最近还真想出一首好诗,不知你愿不愿意听?"

吴春愁竖着耳朵,一副洗耳恭听的模样。

吴雪峻瞧了吴春愁一眼,开始吟道:

> 清纯水灵人人爱,
> 凝脂嫩肤水灵灵。
> 嫣然一笑微翘嘴,
> 出水芙蓉实在美。

"这首诗有那么点儿味道,看来师兄肚里有点墨水了。"吴春愁深思片刻之后,微微皱眉,"喂,师兄,你这首诗写谁呀?"

"此人远在天边,近在眼前。"吴雪峻朝吴春愁狡黠地眨了眨眼。

"师兄又拿我开涮。"

"我这是实话实说。"

"师兄肯定在骗我,我如果真有你说的那样美,为什么天成哥会离我而去呢?"吴春愁低声嘟哝。

吴雪峻的心再次咯噔了一下,脸顿时阴沉了下来。

"师兄为啥又不高兴呀?"

吴雪峻不知如何应答,便轻轻咳嗽一声后,言归正传:"师妹,如果寻找天成的路上会遇到千难万险,你愿意吗?"

"孟姜女为了找丈夫,千里迢迢来到长城,我只要能找到天成哥,上刀山、下火海也愿意。"

吴春愁的一腔痴情感动了吴雪峻,他轻拍一下吴春愁的肩膀:"师妹放心,我一定会帮你找到天成哥,不过在找到天成哥之前,我们得为自己身上佩带的宝剑起个名字,我想把我的宝剑取名为'雪峻剑',你的那把宝剑取名为'春愁'剑,不知师妹意下如何?"

"这个想法很好。"吴春愁拍手叫好。

"能博师妹一笑,我真开心,不过还有一件更开心的事要告诉你。"

"快说。"

"我的老家三坊七巷现在正在闹花灯,我们一块儿赏花灯去。"

"三坊七巷,那是我梦中的天堂。师兄,快带我去呀!"吴春愁乐得合不拢嘴。

三坊七巷是福州这个千年古城历史和文化的精髓所在,始建于西晋末年。在王审知建罗城之前,唐代福州人还使用着晋代建造的子城,南门护城河外的南门大街(今八一七北路,俗称南街)是一片繁华的商住文化区。当时闽江的沙洲沉积到那里,那里便出现了一片陆路与河道并存的"开发区"。"安史之乱"时，南迁避难而来的各界人士很自然地选择这片平整的土地，开始为新一轮创业而组建家园。一个以士大夫阶层、文化人为主要居民的街区，在南街附近形成，这就是今天人们常说的三坊七巷街区。三坊七巷坊巷纵横，石板铺地；白墙瓦屋，匠艺奇巧；不少还缀以亭、台、楼、阁、花草、假山，融人文、自然景观于一体，烘托出福州城独具一格的风范。这块风水宝地人杰地灵，众多著名的政治家、军事家、文学家、诗人从这里走向辉煌。

"春光结胜百花芳，元夕纷华盛福唐。银烛烧空排丽景，鳌山耸处现祥光。"这是宋代诗人对福州三坊七巷灯市的描述，灯市已然成为三坊七巷盛世繁华的象征。

在三坊七巷里游荡，吴春愁大开眼界。那里的狂欢气氛与山上的清冷形成鲜明对比，各路艺人八仙过海，各显神通。吞刀吐火、分茶弄水、吹拉弹唱、踏滚木、走索，各种表演让吴春愁大呼过瘾。当然，最吸引吴春愁眼球的还是闹花灯，花灯舞动的时候，灯火闪烁，人潮涌动，叫好声此起彼伏。吴雪峻和吴春愁在熙熙攘攘的人流里兴高采烈地穿梭着。四周绘有山水人物、历史故事、飞禽走兽、奇花异草、亭台楼阁等景致的花灯琳琅满目，让人目不暇接。

"师兄，我还是第一次看到这么多花灯。"吴春愁大为感叹。

"师妹，你喜欢什么样的灯，我给你买。"回到福州南后街后，吴雪峻重新端起阔少爷的架子。

吴春愁选了又选，最终在一盏通红的橘灯面前停下步子。

"师妹，你为什么选橘灯？"吴雪峻问。

"师兄，我喜欢它的颜色，它象征着吉利与喜气。"吴春愁一脸的兴奋。

"好，那就将它买下。"吴雪峻正要付钱，忽然一位汉子横在跟前。

"吴少爷，别来无恙。"汉子冷冷地说。

吴雪峻不禁抽了口冷气，没想到在这里居然碰上了自己的冤家——邻县的陈小勇。

"怎么，不认识我了？"陈小勇手叉着腰，斜着眼看向吴雪峻。

吴雪峻心里有点纳闷，这里可是自己的地盘，陈小勇怎么敢在这里与自己耍横呢？尽管脑子里打着问号，脸上却堆出笑容："大侠大老远赶来看花灯，辛苦了！"

"上回，你在我的地盘里，让我颜面尽失，我正四处找你算账，没想到今日你自己送上门来了。"陈小勇鼻孔里哼出一口粗气。

吴雪峻想发火，但想起师父临别时的教诲，硬是把怒气咽下，拖着吴春愁迅速离开闹花灯的地方。

风风火火地走了一段路后，两人在一棵大榕树下停下步子。

"师兄，那家伙太可恶了，我们何不教训他一顿？"吴春愁撅起嘴。

"师妹，临别时师父有教诲，得饶人处且饶人，我可是记在心坎上了。"

"师兄，你太懦弱了，不像个男子汉。"吴春愁白了吴雪峻一眼。

说话间，尾随吴雪峻和吴春愁的陈小勇带着一帮手下将两人团团围住。

"吴大侠，我仰慕你的武艺很久了，想与你过过招呢。"陈小勇张开马步，摆出一副决斗的架势。

"兄弟，我们之间有芥蒂，但那都已是往事。现在，我俩应当化干戈为玉帛，不知兄弟意下如何？"吴雪峻朝陈小勇作了个揖。

"呸，谁跟你是兄弟，吴雪峻，实话告诉你，上次你在我的地盘坏了我的好事之后，我就专门派人打探你，但你却人间蒸发，没有了任何音信。我派手下潜入你家，从你卧室里偷了几根你平日用的飞针，没想到飞针居然是竹子做的，想到被你所骗，我发誓一定要你好看，现在总算逮到机会了。"陈小勇说罢，如恶狼一样朝吴雪峻扑来。

吴雪峻且战且退，陈小勇步步紧逼。

看到陈小勇和吴雪峻恶斗，陈小勇的手下便朝吴春愁一拥而上，企图非礼这位如花似玉的姑娘。吴春愁可不是软柿子，她从身上拔出利剑，与陈小勇的手下展开厮杀。

看到吴春愁被陈小勇的人马围困，吴雪峻大声喝道："陈小勇，快令你的手下住手，否则，我就不客气了。"

"吴雪峻，休得啰唆，看招。"陈小勇朝吴雪峻来了个饿虎扑食，吴雪峻敏捷地闪过后，拔出剑，陈小勇见状也拔出剑。

在与陈小勇拼斗中，吴雪峻看到吴春愁在众人的猛攻之下，渐渐不支，他急忙杀入包围圈，与吴春愁并肩战斗。

陈小勇带着手下将两人围在中间。吴春愁朝吴雪峻使了个眼神，心领神会的吴雪峻立即与吴春愁靠在一块儿。

此时，陈小勇和手下抢着剑，一窝蜂地拥了上来。

吴雪峻和吴春愁使出了绝招——鸳鸯剑，那如同火山爆发一样的威力立即把陈小勇一伙人打得丢盔弃甲、哭爹喊娘。

"大侠饶命！大侠饶命！"一脸灰土的陈小勇跪在地上乞求。

陈小勇的手下见主子跪下，也急忙跪地求饶。

吴春愁并不罢休，举剑欲取陈小勇的性命，剑即将落下之际，被吴雪峻挡住。

"师妹，休得胡来。"吴雪峻瞪了吴春愁一眼。

看到师兄发火，吴春愁尽管不情愿，还是收起剑。

吴雪峻扶起吓得浑身筛糠似的陈小勇："兄弟，这回长见识了吧？山外有山，在江湖行走，千万不能太张狂。"

"谢大侠教诲。"陈小勇朝吴雪峻深深地鞠了个躬。

"兄弟，你带手下离开吧。"吴雪峻朝陈小勇做了个手势。

陈小勇带着手下离开，没走几步，又折回身子，朝吴雪峻再次跪下："大侠，我行走江湖很多年了，从没败得如此惨过，你功夫高超，但更让我敬佩的是你宽阔的胸襟，我们想拜你为师，不知你是否愿意？"

吴雪峻笑了笑："我与师妹有要务在身，马上就要远行，不能收徒。"

"那大侠什么时候回来呀？"

"我也不清楚。"

当吴雪峻和吴春愁一块儿踏上寻找刘天成之路时，他们才发现要在岳家军找到刘天成并不是一件容易的事情。

此时的宋朝战事频繁，百姓流离失所，吴雪峻和吴春愁所到之处满目疮痍。此情此景，吴春愁义愤填膺，她对吴雪峻说："师兄，金兵实在太可恨，我们在岳家军里找到天成哥之后，也加入岳家军，共同抵御金兵的入侵。"

"可现在的岳家军在哪儿呢？"吴雪峻蹙起眉头。

"只要我们不怕困难，就一定能找到。"吴春愁信心满满。

"倘若真的找到了天成，你想对他说什么？"

"我要悄悄对他说：'天成哥，你是我今生今世唯一的爱。'"吴春愁的脸上飞起红晕。

吴雪峻的心咯噔了一下，这一刻，穿越剧戛然而止，吴雪峻从宋朝天空坠入宾馆房屋里。

十六、 宋朝的天空

在宋朝的天空里穿越,吴雪峻并没有尝到幸福的感觉,当他从穿越剧里走出时,禁不住扪心自问:"吴春愁究竟真正爱过我吗?"

当这个疑问从吴雪峻心头蹦出之后,他感到了悲哀,直到现在,他都不清楚吴春愁是否真正爱过自己。虽然没有得到答案,但这丝毫不妨碍吴雪峻对吴春愁的思念,毕竟两人之间互相慰藉、互相温存、互相搀扶走过了一段时光,尽管灰暗,但也不乏阳光的照耀。尤其是吴春愁在小巷深处那充满淡淡忧伤的回眸一笑,深深地嵌在吴雪峻的脑海里,嵌在他的生命中,每当这一幕在脑海里闪过,他就思绪翻涌。

夜,静悄悄。

辗转反侧的吴雪峻打开宾馆房屋的灯,坐在台灯下,一边倾听海水冲击沙滩发出的响声,一边从内衣口袋里小心翼翼地摸出吴春愁送给他的手绢。当吴春愁绣在上面的字跃入眼帘时,他的心海起了波澜,轻轻地吟道:

> 你走上战场
> 梦是我给你的唯一行李
> 你想我的时候
> 就把梦装在怀里
> 等你，等你，等你
> 等你回福州来听雨

吟到这里，吴雪峻停顿了一下，眼前鲜活地跳出吴春愁的身影，她朝吴雪峻淡淡一笑，吴雪峻的心顿时湿润了，继续念道：

> 我留在家里
> 爱是你给我的唯一礼物
> 我想你的时候
> 就把爱埋在心里
> 等你，等你，等你
> 等你回福州来听雨

吴雪峻忽然哽咽了，与吴春愁在福州度过的美好时光在昏暗灯光下开始一幕幕地闪过，恍惚中，他觉得吴春愁就在灯光下，淡定从容地干着针线活。

吴雪峻怦然心动，慢慢靠近吴春愁。

听到脚步声，吴春愁放下手中的针线活，站起身子向吴雪峻靠拢。

咫尺之间，两人停下步子。

"春愁，你爱我吗？"吴雪峻问。

吴春愁低着头,不语。

"春愁,你爱我吗?"吴雪峻锲而不舍。

"看着我的眼睛!"吴春愁抬起头。

吴雪峻定定地望着吴春愁的眼睛,看到了两团火焰般燃烧的彩云,顿时兴奋异常,伸出手想去握吴春愁的手,却发现她化成一朵彩云飘然而去……

吴雪峻的心空了。

第二天一大早,吴雪峻便起床看海,此时刚好碰上海水涨潮,海潮汹涌澎湃、咆哮飞腾;森森碧波柔情依依、深情款款。海潮和碧波亲吻时托起的浪涌,陡涨陡落,訇然作惊涛拍岸之声。情感的波涛奔涌着,拓展着,海潮在那里找到了停泊的港湾,碧波在这里寻到了永恒的知音……海潮和碧波联姻后,在吴雪峻目之所及的近海,构筑成一道色彩斑斓的风景线。此刻,即便是再高超的画家,也难以描绘出这无与伦比的景色。

眼前这幅妙不可言的画卷让吴雪峻沉醉,他的心变得柔软且湿润,情不自禁地诵读起徐志摩的《再别康桥》:

> 轻轻的我走了,
> 正如我轻轻的来。
> 我轻轻的招手,
> 作别西天的云彩。
> 那河畔的金柳,
> 是夕阳中的新娘。
> ……

朗诵充满浪漫情怀的《再别康桥》的时候,吴雪峻抬起头,眼望蓝天,心里忽然蹦出一个念头:吴春愁或许曾经爱过自己。

当这个念头冒出之后,吴雪峻又从那枚神奇的钱币的四方孔飞回宋朝。

历经千难万险,吴雪峻和吴春愁终于打探到刘天成的下落。两人见到刘天成的时候,他正带领岳家军小股骑兵与金兵展开厮杀。

战场上,刘天成全身披挂,甲胄鲜明,雄姿英发,手握一柄寒光闪闪的战刀,与一名金军将领厮杀。刀光剑影中,刘天成渐渐占据优势,在他的猛攻之下,金军将领且战且退。

见到梦中情人刘天成,吴春愁激动万分,禁不住高声喊:"天成哥,春愁来找你了!"

听到这熟悉的声音,与金军将领拼杀的刘天成禁不住打了个愣怔,就在他分神之际,刚才落入下风的金军将领抓住这个稍纵即逝的机会,像恶狼一样向刘天成冲去,手里利剑直取刘天成的心脏。

刘天成急忙用刀抵挡金军将领的进攻,但已经来不及了,虽然挡住了金军将领犀利的攻势,但他的身子还是被刺中,血流如注的他滚下马匹。

当金军将领举起利剑,准备砍下刘天成首级时,吴雪峻和吴春愁拍马赶到,金军将领的剑与吴雪峻手里的剑撞击在一块儿,火花四溅。

与吴雪峻一交手,金军将领就意识到自己碰上了强硬对手,他朝手下做了个手势,立即有十余名金军士兵朝吴雪峻围了上来,他们手握战刀,如狼似虎、气势汹汹。

吴雪峻见来者不善,便朝吴春愁使了个眼色,心领神会的吴春愁身子与吴雪峻紧紧地靠在一块。

当金兵猛扑上来时，吴雪峻和吴春愁齐声大吼，鸳鸯剑法产生了巨大的威力，转眼之间，金军十多名骑兵全部毙命，又有十多名金军骑兵冲了上来，很快也被吴雪峻和吴春愁刺落马下。

金军将领倒吸一口冷气，他压根儿没想到文质彬彬的吴雪峻和娇小玲珑的吴春愁武艺居然如此高强，为了活命，他仓皇而逃。

吴雪峻也不追赶，只见他的手轻轻一抖，手中飞针"嗖"的一声飞出，直取金军将领的咽喉，金军将领发出一声尖利的惨叫后，从马背上摔下，当场毙命。

金军将领一死，金兵立即向后逃窜。

战斗结束了，吴雪峻和吴春愁急忙将受伤的刘天成扶起，随军的郎中立即给刘天成清洗伤口，进行简易包扎。伤后的刘天成尽管很疲惫，但看到吴春愁和好友吴雪峻前来助阵，显得格外兴奋。

心上人受伤，吴春愁肝肠寸断，她扑到刘天成怀里痛哭："天成哥，都怪我让你分神受伤，都是我的错。"

刘天成拍了拍吴春愁的肩膀："表妹，我之所以受伤，那是因为武艺不够精湛，与你无关。"

刘天成如此豁达大度，让吴春愁对他更加仰慕，她将身子紧紧地贴在刘天成的身上。

吴春愁对刘天成的柔情蜜意，让吴雪峻心生醋意，他背过身子，将深深的痛苦和失落埋在心底。

"表妹，没想到一段时间不见，你的武艺练得如此高强。"刘天成感叹道。

"天成哥，我练武功，还不是为了来找你啊。你太坏了，加入岳家军，连个招呼都不打。"

吴春愁握着拳头鼓点一样落在刘天成的身上。

刘天成朝吴春愁笑了笑，笑里既含着愧疚，也带着淡淡的忧伤。

"你参加岳家军，为什么不告诉我？是不是不喜欢我？"吴春愁一边步步紧逼，一边用燃烧着激情的目光盯着刘天成。

"表妹，你不是喜欢吟诗吗？快给我吟一首。"许是为了躲开吴春愁在敏感问题上的纠缠，刘天成将话题绕开了。

"天成哥，你真的爱听？"

"爱听！"

"好，那我就给你吟一首唐代的爱情诗吧。"吴春愁说罢，背着手吟起唐朝杜秋娘写的《金缕衣》：

劝君莫惜金缕衣，
劝君惜取少年时。
花开堪折直须折，
莫待无花空折枝。

吴春愁借助杜秋娘的诗向刘天成表露情怀，刘天成听得脸红心跳。

"天成哥，你现在就离开岳家军，我们一起闯荡江湖、逍遥自在去。"吴春愁眯着眼睛憧憬道。

"我绝不会离开岳家军。"刚才还深陷情感泥潭不能自拔的刘天成听到吴春愁要他离开岳家军，他浑身打了个激灵。

"为什么？"

刘天成的目光定定地望着远处的大好河山，良久之后，收回目光，吟道：

生命诚可贵,
爱情价更高。
若为山河在,
二者皆可抛。

从刘天成嘴里冒出的每个字都刚性十足,看得出,为了收复大好河山,他已将生死置之度外了。

"天成哥,你难道要狠心地抛下我?"吴春愁痛哭道。

"为了抵御金兵的入侵,我只有对不起你了。"刘天成轻轻地推开了吴春愁,走到吴雪峻面前,拍了拍闷闷不乐的吴雪峻的肩膀:"士别三日当刮目相看,兄弟武艺如此高强,让我佩服,现在大敌当前,我们何不联手抗击金兵。"

"难道金兵还会来进攻?"吴雪峻惊讶地问道。

刘天成点了点头。

"我们刚刚经历了一场恶战,将士疲惫,不如先收兵,养精蓄锐之后,再与金兵决战。"吴雪峻劝道。

"我何尝不是这样想,但岳飞将军已经给我下了死命令,要我死守阵地,以免金军切断岳家军主力部队的粮食供给线。"

"金兵刚吃了败仗,说不定不会来了。"吴春愁说。

"不可能,岳将军的死对头金兀术绝对不会善罢甘休,他一定会再次前来攻阵。"

正如刘天成的预料,当金军统领金兀术得知袭击岳家军补给线的人马遇到强敌大败而归后,勃然大怒的他下令悍将金木真立即带领精锐人马前去攻阵。当金木真带领人马气势汹汹地攻来时,刘天成、吴雪峻、吴春愁与将士们早已严阵以待。

"刘天成,识时务点,快快下马投降,否则,我军铁骑立即踏平你的阵营。"金木真叫嚣道。

"金木真,你不要嚣张,岳家军没有软蛋,我们誓死不降。"刘天成的话铿锵有力。

"刘天成,不要执迷不悟了,你就那么点人马,哪能抵挡得住我们的铁骑。"

刘天成大声应道:"金木真,我们个个都是铁骨铮铮的好汉,你敢来攻,我们一定让你死无葬身之地。"

金木真气得两眼冒烟,下令猛攻刘天成的阵地。

经过前一场的厮杀,吴雪峻和吴春愁已经有点疲惫,面对强敌,他俩再次使出鸳鸯剑,他们的肩膀紧紧地贴在一起,甚至可以说是黏成一团,青铜剑与肉体合二为一,立即产生出巨大的威力,如闪电般的剑划开金兵胸膛时,犹如快刀切开豆腐一样轻巧。两人杀得金军人仰马翻,但这批金兵显然训练有素,他们吃了苦头之后,便有了对付鸳鸯剑的办法。

当吴雪峻和吴春愁背靠背,继续使出鸳鸯剑的时候,他们立即向后撤,张弓拔弩向吴雪峻和吴春愁射箭,两人只得用剑抵挡金军射来的箭,一轮箭雨之后,金军又向他俩发起猛攻。吴雪峻和吴春愁尽管疲惫,但他们的背始终贴在一块,他们心里很清楚,对付这帮凶残的金兵,离不开威力无比的鸳鸯剑法。

当吴雪峻、吴春愁与金兵绞杀在一块儿的时候,刘天成正带领岳家军人马与金木真的人马展开惨烈的厮杀,此时的刘天成虽然受了伤,仍像猛虎一样向金木真发起进攻。

作为金军的一名悍将,金木真武艺高超,与受伤的刘天成较量一番后,渐渐占据优势。刘天成虽然处于劣势,却决不后退一步。

金木真的攻势越来越凶猛，刘天成的身上连中好几刀，血流如注的他仍咬着牙继续与金木真拼杀。

刘天成如此玩命，金木真大感困惑，他朝刘天成做了个放行的手势说："你现在带兵退去，我可以放你一条生路。"

"誓死不退！"刘天成发出天崩地裂般的吼叫后，举刀朝金木真冲去。

金木真的刀刺进了刘天成的胸部，刘天成倒下之前，忽然睁圆眼睛，使出浑身的劲，将手中的铁钉朝金木真飞去，这蕴含着他全身功力的奋力一掷，直取金木真的咽喉，金木真当场毙命。

刘天成也倒下了……

看到情哥哥倒下，吴春愁心如刀割，她的剑法开始乱了，鸳鸯剑的威力大打折扣，金兵立即占据优势，他们将吴雪峻和吴春愁团团围在中间。

"春愁，现在是胜负成败的紧要关头，一定要挺住！"吴雪峻的一声吼叫让吴春愁猛然醒悟，当她的身子与吴雪峻再次贴在一块时，内心充满仇恨的她剑法比先前更加犀利凶猛，与吴雪峻的配合更加流畅且透着一股杀气，金兵顿时倒下一大片，他们开始后退。当他们拿起弓箭准备再次射击的时候，吴雪峻忽然腾空而起，将手里的飞针向四周的金兵甩去，金兵顿时人仰马翻……

恶战仍在继续。

此时金兵人数虽然占优，但主将已死，且又碰到劲敌，金兵的士气渐渐开始涣散，取代金木真成为金军将领的金童木见无法取胜，只好鸣金收兵。

战斗刚结束，吴春愁就跑到刘天成的身边，此时的刘天成早已断气，但他如虹的目光、山脊般的骨架、紧握战刀的姿势，真实体现了一个斗士生命终结前的奋力一搏。

吴春愁将刘天成的身子紧紧地揽在怀里，失声痛哭……

刘天成走了，吴春愁的心碎了，她与吴雪峻一块儿回到福州。

山还是那个山，水还是那个水，但刘天成却不在了，吴春愁在刘天成的老屋前久久徘徊，实在无法接受失去刘天成的现实。

怎样才能让吴春愁从苦痛里走出，成了摆在吴雪峻面前的一个难题。他想了很久，最终，在闽江边建了一个小木屋，小木屋一间住着吴雪峻，另一间住着吴春愁，吴雪峻想让吴春愁在与江水接触中，慢慢变得开朗起来。

闽江边，吴雪峻和吴春愁一块儿干起艄公的活儿，他们以一叶扁舟一柄竹篙厮守着这条江。

每天早晨，吴雪峻和吴春愁一块儿来到河边，待客人上船后，吴雪峻的竹篙一点，略一轻晃，小舟就轻盈地向前飞去。

当船行出一段路后，吴春愁津津有味地讲起自己与刘天成之间的浪漫爱情故事。吴春愁的爱情故事其实很平凡，但当她把自己的情感完全融入后，听起来就让人回味无穷了。

吴春愁讲故事的时候，吴雪峻不再划船，托着下巴静静地听，任由渡船向前漂荡。

每次，听吴春愁讲起她的爱情故事，吴雪峻都深陷其中，尤其是吴春愁说起刘天成抗击金军的英勇壮举时，吴雪峻的眼里总闪烁着晶莹的泪花。

"刘天成现在情况如何？"船上的客人禁不住好奇地问道。

"他还在岳家军里，当上了将军，活得很滋润。"吴春愁一脸的得意与自豪。

"那你们什么时候成亲呀？"

"快了!"吴春愁的目光望着远方,脸上漾出幸福灿烂的微笑,看得出,她整个人都陶醉在自己构想的虚拟世界之中。

客人下船之后,吴春愁望着空荡荡的船,心里顿时生出无限的落寞和孤独,禁不住唱起当时在福州广为流传的民谣《月光光》:

月光光,照池塘,骑竹马,过洪塘,洪塘水深难得渡,娘子撑船来接郎。问郎长,问郎短,问郎此去何时返?
……

唱着唱着,吴春愁眼里的泪水悄悄地滑落下来……

十七、 水中月

"我与吴春愁之间还会有什么样的故事？"当吴雪峻扪心自问的时候，他从宋朝的天空再次跌回中国台湾海边那间房屋里。

晚上，当吴雪峻打开台灯时，眼前又出现了一名女子，不过，这回不是吴春愁，而是女儿——吴白鸽。

"爸爸，你为什么一人跑到海边？"

"爸爸想中国大陆那边的人哟。"

"想谁？"

"吴春愁，一个与《红楼梦》里的林黛玉一样愁肠百结的清纯女子。"

"爸爸，你与她什么关系呀？"

"在中国大陆，我与她有一段缠绵悱恻的爱情故事，后来，她自杀了。从那刻起，我就觉得欠她太多太多，这些年，这个心结一直缠绕在心头，挥之不去。"

吴雪峻哽咽了，他的目光透过窗户，飘向寂静的夜空，渐渐地，他的眼前幻化出奔流不息的闽江水，江水一浪一浪向前涌动,在闽江的尽头孤零零地盛开着一朵洁白的莲花……

吴雪峻的心海再起波澜,这一刻,有一股无形的力量将他推向永历钱币的四方孔,并最终落在福州的闽江边。

在涛涛的闽江水面前,吴雪峻第一次大胆地向吴春愁表露爱意。听完吴雪峻的真情表白,吴春愁脸上浮现出一抹红晕,羞答答地说:"师兄,其实,我早就看出你的心意了。"

"春愁,嫁给我吧,我会一生一世永远爱着你。"吴雪峻紧紧地握住吴春愁的手。

吴春愁的手轻微地抖动了一下,然后从吴雪峻的手心抽出:"师兄,请原谅我,我还忘不掉天成哥。"

"我坚信时间最终会洗掉你对天成的记忆。"

"我也希望从心底抹去对天成的记忆,但很难。"

"师妹,我会一直等下去,哪怕天荒地老、海枯石烂。"

"难得师兄一片痴心,我劝你还是另找个好姑娘,好好过日子,不要因为我耽搁终身大事。"

"师妹,我相信总有一天你会爱上我!"吴雪峻对赢得吴春愁的爱情仍充满信心。

一个明月高照的夜晚,吴雪峻和吴春愁在渡口边迎来一个虽年过半百,但气质高雅的女子,她那气定神闲的微笑、宠辱不惊的淡定、风过无痕的从容,给两人留下了深刻的印象。

"客官要去哪儿?"吴雪峻问。

"艄公,我想在渡船上领略了闽江的风光,看一看江面上的白鹭,不知你们能否满足我的愿望?"女子问道。

渡船只为看风景,这是吴雪峻当艄公以来碰到的第一个这样的客人,他好奇地望着这位卓尔不群的女子。

"可以呀。"吴春愁脸上难得地露出微笑,"客官,你的一席话让我想起一首词。"

"什么词?"女子饶有兴趣。

"李清照的《如梦令》。"吴春愁在船上大声吟道:

　　常记溪亭日暮,沉醉不知归路,兴尽晚回舟,误入藕花深处。争渡,争渡,惊起一滩鸥鹭。

女子听了吴春愁声情并茂的吟诵,眼里闪出一丝亮光。

"妹妹,你知道我是谁吗?"女子问道。

"我虽然猜不出来,但你一定是个不同凡响的人物。"吴春愁忽然拍了一下脑袋,脱口而出,"莫非你就是李清照?"

"妹妹,还真给你猜对了,我就是李清照!"女子朝吴春愁点了点头。

"清照姐姐,久仰大名,读你的词,句句都打在我的心坎上。"

"妹妹,爱情是人生最美好的一章。它是一个渡口,在渡口边,我们都对未来生活充满憧憬。"

"清照姐姐,你现在还怀念赵明诚吗?"

"赵明诚是我今生唯一的爱,我一直把他镌刻在心头。"李清照理了理被风吹乱的长发,一副宠辱不惊、闲看庭前花开花落的淑女风范。毕竟李清照的一生感悟过、惊喜过、忧伤过,当人生的经历沉淀在心,积存深厚,便会凝结成幽深的一个眼神、一个嘴角不经意的笑,这样的魅力,需要时间练就。

"上船哟——"

李清照与吴春愁交谈正欢之际,浑厚的嗓音不经意间从吴雪峻的喉咙缓缓流出。

李清照和吴春愁手拉手上了渡船。

吴雪峻的竹篙往岸边轻轻一点,渡船就晃晃悠悠地飘向远方。此时的闽江风平浪静,江面上静静地卧着一轮弯弯的月亮。

"闽江真美。"李清照感慨万千。

"对,真美!"吴雪峻和吴春愁异口同声。

"你们俩心都想到一块儿去了,莫非是夫妻?"

吴春愁摇了摇头。

"妹妹,我是一个过来人,看得出这位艄公对你情有独钟。"李清照朝吴春愁笑了笑。

"可惜我已有如意郎君。"吴春愁的魂似乎被水中皎洁的月亮勾走,"我的郎君名叫刘天成,是位英俊潇洒的小伙子,现在正在岳家军里任将领……"

"妹妹,你有所不知,岳家军的统帅岳飞已被奸臣秦桧以'莫须有'的罪名杀害,现在岳家军已解散,你的郎君究竟身在何处?"

"我不清楚他在何处,但我知道他一定还在前线抵御金兵。"

"妹妹,那你最近有没有见到你郎君?"

吴春愁摇了摇头。

"你郎君常回家看你吗?"

吴春愁脸上漾出幸福的微笑:"有,今年春节,他专程从前线归来看我。"

此时,吴雪峻不再划船,任由渡船向前漂荡。

一阵静默之后,李清照说:"妹妹,你的内心有很多的苦痛。"

"清照姐姐从哪儿看出来的呀?"吴春愁瞪大双眼。

"你内心伤痛都隐藏在眼角浅浅的皱纹里。"李清照拍了拍吴春愁的肩膀。

"姐姐,从你的诗作中,我了解到你也是个经历苦难的人,比方说:寻寻觅觅,冷冷清清,凄凄惨惨戚戚。乍暖还寒时候,最难将息。"

"妹妹说得一点都没错,失夫之痛让我时常夜不能寐,但人不能一直生活在痛苦之中,不能老是水中望月,必须直面现实,才能重新扬帆起航。"

吴春愁不语,目光仍定定地望着水中那轮月亮。

一缕轻风从江面徐来,江面上荡起的涟漪把水中的月亮切割成块块碎片。

吴春愁从吴雪峻手里接过竹篙,试图用它抹平水纹,让水中的月亮变得更加清晰明亮。但她的努力显然是徒劳的,水中的月亮被竹篙搅动后,变得更加支离破碎。

当吴春愁发现自己的努力都是徒劳,轻轻地叹了一口气后,把瘦瘦的竹篙往水中一点,嘴里喝喊:"走哟——"

吴春愁透着淡淡失落和惆怅的嗓音在清凉的空气中弥漫开来,显得格外虚幻。

船在闽江里转了几圈之后,又回到起点。吴雪峻和吴春愁扶着李清照下船。

"领略了闽江的风景,我这一趟没有白来。"李清照抖了抖身上的江水,看了看吴雪峻,又瞧了瞧吴春愁,许是看出两人各有自己的心思,她拍了拍吴春愁的肩膀说,"妹妹,走出心中的阴影,你就能重新拥有一片蓝天。"

继而,李清照又掉过头望一眼吴雪峻,意味深长地吟道:"问君能有几多愁,恰似一江春水向东流!"

李清照说罢,飘然而去。

望着李清照远去的背影,吴春愁心里生出凄凉与感慨,对着

冷幽幽的闽江又唱起《月光光》:

月光光,照池塘,骑竹马,过洪塘,洪塘塘水深难得渡,娘子撑船来接郎。问郎长,问郎短,问郎此去何时返?……

行进中的李清照听到透着浓浓伤感的歌声,肩膀一耸一耸的,看得出,她流泪了。

花开花落,转眼一年时间过去了。
又是一个明月高照的夜晚,吴雪峻和吴春愁两人撑着船在闽江上漂荡,那天吴春愁上身着窄袖短衣,外面套一件对襟的长袖小褙子,褙子的领口和前襟都绣上漂亮的花边,下身是一条紫色长裙,脸上涂着淡淡的妆,显得淡雅幽柔、朴实自然。

吴雪峻撑着船在闽江里行进,船到江正中的时候,吴春愁望着水中的那轮月亮,若有所思地说:"去年的这个时候,清照姐姐正坐在我们的船上呢。"

吴雪峻说:"师妹,你还记得清照姐姐说的那句话'人不能一直生活在痛苦之中,不能老是水中望月,必须直面现实,才能重新扬帆起航'吗?"

"清照姐姐说得一点都没错,但我始终无法从心底抹去对天成哥的思念。"

"师妹,有句话不知该不该说?"

"但说无妨。"

吴雪峻的目光扫了扫四周,此时的闽江两岸空旷辽阔,无边无际,混沌一片,柳树坚硬而稀疏,村落朦胧。天地间寂静极了,吴雪峻唯一能听到的就是水流的声音,这声音真实且亲切,撞击着吴雪峻的心扉,他的心跳顿时加快。他鼓足全身的力气,大声朝吴春愁喊:"师妹,我爱你!"

吴雪峻情真意切的声音在寂静的闽江上空回荡。

听到吴雪峻的喊声,吴春愁的身子微微打了个颤后,朝吴雪峻凄迷地笑了笑。

"师妹,嫁给我吧!"吴雪峻朝吴春愁伸出手。

吴春愁没有去握吴雪峻的手,目光又注视着水中那轮明月。

一阵令人窒息的沉默之后,吴春愁说:"师兄,男人与女人之间要有缘分。两个人相遇,你喜欢我,我喜欢你,这才叫缘分。如果两个人都不喜欢,就算遇上几百万次,都不算缘分。如果一个喜欢一个不喜欢,喜欢的死缠不放,不喜欢的想走,那更不是缘分,是痛苦。"

"那你说我们之间有缘分吗?"

"你说呢?"

"春愁,今天我也把话挑明了,我一直爱着你,就像等待发芽的种子,虽然不能确定未来是否能结出果实,却真心而倔强地等待着。"

"谢谢你!"吴春愁惨淡一笑,"可我心里只能装下一个男人——刘天成,我与他之间如同两棵树被栽到一起,日子久了,在地面上看还是两棵树,在地底下,早就长成了一条根。"

"可其中的一棵树已经枯萎。"

"那另一棵树也即将枯萎。"吴春愁说罢,纵身一跃,跳到江里那轮明月中。

明月碎了……

吴雪峻并没有去救吴春愁,这一刻,他终于明白吴春愁今天为什么打扮得如此漂亮,她是要去见心上人刘天成呀!吴雪峻并不想搅了她今生今世最美好的梦,此时,他除了在船上轻轻地抚摩吴春愁留下的"春愁"剑仰天长叹眼泪纵横之外,还能做些什么呢?

吴春愁到另一个世界与刘天成团聚了。

吴春愁走后,吴雪峻仍孤身一人守着闽江。

花开花落,春去秋来。吴雪峻的一叶扁舟一柄竹篙始终伴随着闽江,厮守着那只渡船,他成了渡口一道苍凉的风景。

那段时间,"雪峻剑"和"春愁剑"成了吴雪峻最大的精神寄托。夜静更深的时候,他时常对着"春愁剑"喃喃自语道:"春愁!春愁!"

刹那间,"春愁剑"剑光一闪,一位长发飘飘的妙龄女子飘然而至。

——哦,是春愁!

吴雪峻的心一阵悸动,拔起"雪峻剑",白花花的剑光照亮春愁那张妩媚动人的脸庞,她哗然出鞘,犹如明珠出土,光彩四射,剑在空中划出一道美丽的弧线,犹如一道彩虹落在吴雪峻的心坎。吴雪峻整个人愣怔在那儿,待她的香肩轻轻地靠近时,他心中的血顿时沸腾,他拔出剑,剑在寂静的夜空里发出嗡嗡的嘶鸣和铮铮的私语,像一双恋人在窃窃私语。

这时候,吴雪峻觉得自己是这个世界上最幸福的人,他完全沉醉在舞剑营造的氛围中,沉迷于如诗如画的幻境里。可当他收剑的那一瞬,吴春愁却飘然而去。

怅然若失的吴雪峻只好怔怔地望着夜空,此时,他总算明白了师父刘一真关于剑有魂的说法是那么精辟,那么令人伤感和怀旧。

那段时间,陈小勇经常带着手下一帮人来与吴雪峻做伴,他们对酒当歌。每次喝得酩酊大醉的吴雪峻总会来到江边,一边望着江中的明月,一边举起酒杯,自言自语道:"来,来,来,天成和春愁,我敬你们这对恩爱夫妻一杯酒。"

吴雪峻边说,边举着酒杯晃晃悠悠地朝前走……没走几步,栽了个跟头,身子便从钱币重新回到海边的房屋。

海风轻轻地吹,沉湎在穿越剧里的吴雪峻眼里饱含泪水,做了个举杯的动作。

站在吴雪峻身旁的吴白鸽,急忙将父亲的手拉住说:"爸,你怎么还在梦境里游弋呢?"

这一刻,吴雪峻才发现自己又穿越回到现实世界。

"白鸽,你知道我梦见谁了吗?"

吴白鸽摇了摇头。

"我原先的恋人吴春愁,后来又梦见了李清照。"

"那你的心结解开了吗?"

"解开了。"

"怎么解开的?"

"酒!"吴雪峻大声应答。

"爸,既然酒能为你解开心结,你就喝下这一杯吧!"吴白鸽为父亲倒上满满一杯白酒。

吴雪峻仰起脖子,一咕嘟就把白酒装进肚里。在酒精的麻醉下,情感找到了发泄口,他猛地推开窗户,对着茫茫大海大声唱起《月光光》。唱着唱着,民国的吴春愁与宋朝的吴春愁从幽静小道向他走来,过去与现在、朦胧与现实在吴雪峻脑海里翻腾,他的思维出现了短路。为了让自己冷静下来,他闭上双眼,慢慢地,现实与梦幻重叠,真实生活中的吴春愁从他脑海里清晰地勾勒了出来,她袅袅地飘到吴雪峻的身边,在他的身旁翩翩起舞。吴雪峻伸出手,想把吴春愁揽在怀里,可她却化成一朵云飘走……

下　部

一、 故土在召唤

如果不是后来发生的那一件事，吴雪峻也许永远也不会离开台湾。

2000年台湾大选，国民党落败，民进党上台，这对吴雪峻这个来自中国大陆的老兵来说打击实在太大，一段时间来，他一直悒悒不乐，卧床不起，而吴雪峻的儿子吴和平却因为阿扁的当选兴高采烈。

在家里，吴和平和吴白鸽的性格截然不同，吴白鸽乖巧听话，是父亲的贴心小棉袄，追随父亲加入国民党。吴和平则从小叛逆，经常与吴雪峻唱对台戏，吴雪峻是国民党，吴和平却要当父亲的对手，加入民进党，母亲阿姗去世之后，他们父子的关系就更加紧张了。

陈水扁上台后，吴雪峻与吴和平有了一次唇枪舌剑。

吴和平："爸爸，阿扁当选，我看到台湾独立的希望了。"

吴雪峻："臭小子，从古到今，台湾岛就与大陆血脉相连唇齿相依，为什么要闹独立？"

吴和平:"爸爸,独立对我们有很多好处……"

吴雪峻:"臭小子,别在我面前自以为是,我听了恶心。虽然我身在台湾,但我的血系里始终有一条黄河的支流,你是我的儿子,你的身上也同样流淌着中华民族的血液!"

吴和平:"爸爸,你当过逃兵,所以怕打仗。"

吴雪峻:"对,我是怕打仗,因为我这辈子打了太多的仗,见了太多的腥风血雨,我厌恶战争。在我看来,战争中每一发炮弹的落下,都可能砸碎年轻士兵的梦想;每一颗子弹的射出,也许就有一个灵魂与这个世界永别。我们每个人来到这个世界,都有生存与呼吸的权利,都是自己的天使,每个人都是自己生命的主角,为何要成为战争中的炮灰呢?这种想法一直深深地扎根在我心底,以至于你出生之后,在给你起名字的时候,我脑子里第一个蹦出的词就是'和平',我想只要我的儿子能过上和平安宁的日子,就是这个世界上最幸福的人。"

……

那天,吴雪峻与吴和平之间发生激烈争吵后,不欢而散。吴雪峻对自己当逃兵的经历并不感到羞耻,作为一名军人,自从亲密战友鲁方死后,这些年来,他便经常做噩梦,妻子阿姗离世后,噩梦越来越多,并且都与战争挂上了钩。噩梦中经常有炮弹在他的上空炸响,那震耳欲聋的声音洗去他所有的勇气,所有的誓言,所有的信念。他的身体开始战栗,脑子里满是杂乱无章的鸣叫,他趴倒在地上,土地便是生命的摇篮,天空则是死亡的海洋。恍惚之中,血肉模糊的鲁方忽然从地面上钻了出来,他的军装碎烂,伸出又粗又黑的手去抓吴雪峻。兄弟,救救我呀。鲁方哀求道。吴雪峻伸出颤抖的手去拉鲁方,鲁方的手冰冷且带有一股浓浓的血腥味。两人的手握在一块儿时,鲁方的面部表情变得异常狰狞，他的手猛地发力，吴雪峻发出一声凄惨的叫声后，从人间坠入阴森森的地狱。此刻，噩梦戛然而止，惊出一身冷汗的吴雪峻习惯性的动作是伸手摸摸自己的脑壳，发现自己还活着，长长地吁了口气，眼里闪动着晶莹的泪花。

　　战争是残酷的，生与死有时就在咫尺之间。吴雪峻喃喃自语道。回溯他的军旅之路，如果不懂得珍惜生命，早已成了炮灰，之所以能在战场上化险为夷，是因为眼观八路，耳听四方，一旦发现战场上形势大好，便挺起胸脯，公鸡般地昂着头，高亢嘹亮地唱着军歌向前冲去；如果形势不对，撒腿便跑，吴雪峻跑得比任何人都快，比任何人都有技巧。比方说大多数人都是沿着一条直线跑，而吴雪峻则在逃跑中拐来拐去，因为吴雪峻知道子弹是不会拐弯的，这样有技巧地跑，中弹的概率比别人小得多。对于在战场上当逃兵，吴雪峻并不后悔，更不自责。在他看来，当英雄和当烈士是得名声，而当逃兵则是实实在在捞实惠，吴雪峻热爱生命，知道生命只有一次。如果吴雪峻有三条命，一条拿来当英雄，一条拿来当烈士，可压箱底的最后一条还是为了保住性命，宁愿背上骂名，也要当逃兵，因为逃兵有命活。可是，今天儿子以逃兵羞辱吴雪峻，他却感到异常气愤，因为当逃兵是吴雪峻的痛处，是他的隐私，这隐私只有吴雪峻自己来揭，才能把握住分寸，做到不痛不痒。其他人来揭，就会发出椎心的疼痛。再说，吴和平根本没有权力来揭父亲的短，他生在和平年代，细皮嫩肉，爱看言情小说，他没有经历过战争的洗礼，不知道战争的残酷，不明白战争的腥风血雨。

　　与儿子争吵后，心灰意冷的吴雪峻思乡情绪更浓了。那段时间，他迷上了登阿里山，晴天的破晓时分，吴雪峻就孤身一人登上阿里山的塔山观赏云海，但见云海茫茫，瞬息万变，时而像连绵起伏的冰峰从山谷中冒出,时而像波涛汹涌的大海,从天外滚滚而来,吴雪峻的目光在云层里穿梭的时候,耳畔似乎能听到阵阵马蹄声响起,由远及近。凝眸远眺,只见林痴梦正骑着高头大马从天边飞奔而来,她朝吴雪峻挥了挥手,骏马秋风,笑靥如花,苍茫的大地顿时注入了鲜活之气、青春之美。

吴雪峻一阵欣喜,当他伸手想拥抱林痴梦时,马背上的女人忽然变成了柔情依依的赵如水,最后又变成了脸上带着淡淡忧伤的吴春愁。每一幕的变化,都有一个令人魂牵梦萦、肝肠寸断的故事,当一个个故事在吴雪峻脑海里翻过时,他感到了痛,一种刻骨铭心的痛。

那段时间,登山成了吴雪峻的必修课,回忆成了他的精神食粮。

在阿里山附近住了一阵子后,吴雪峻又来到台湾海峡看海。

吴雪峻与奔流的台湾海峡的情感随着岁月的增长日渐加深。站在波涛汹涌的台湾海峡面前,他的嘴里不由自主地嘟哝着诗人余光中的《乡愁》:

小时候,
乡愁是一枚小小的邮票,
我在这头,
母亲在那头。
长大后,
乡愁是一张窄窄的船票,
我在这头,
新娘在那头。

念到这里,吴雪峻不出声了,喉咙似乎被什么东西给堵住了。压在心底的情感就像火山一样爆发出来,他的声音哽咽了。过了许久,平复下来的他继续念道:

后来啊!
乡愁是一方矮矮的坟墓,
我在外头,
母亲在里头。

而现在,
乡愁是一湾浅浅的海峡,
我在这头,
大陆在那头。

念完诗,吴雪峻觉得有巨大的铁锤一下下地砸到心上,心里充盈的鲜血喷薄而出,涌上大脑,直灌眼眶。他颓然倒在沙滩上,让海水浇湿满头的银发,让奔涌而出的泪水融入台湾海峡。

在这样一片苍茫的世界里,只有海水能读懂吴雪峻那颗伤痕累累的心,只有海水能听见他发出的长长叹息,只有海水能体会他内心的孤独和痛苦。从万古不竭的海水里,吴雪峻看到了意志的力量,听见了生命的声音。他把大海当作自己的人生知己,他把思念的种子深深地埋进大海里,希望大海能带去他对中国大陆那边亲人的思念,尽管这样的想法非常荒唐,但吴雪峻仍执拗地认为这样的奇迹会出现。恍惚之中,他化成一只白鸽在中国台湾海峡的上空飞翔。

何处是故乡?

何处有亲人？

何处是归宿？

何处在召唤？

白鸽不知道，真的不知道。也许是看到了太多太多的苦难，它的翅膀沉重、目光迷茫。它在潮起潮落的大海里徘徊，用心灵感知柳绿花红、山高水长、地老天荒……

台湾海峡，你是怎样一条让历经沧桑的耄耋老兵恍如隔世的大海哟！

当对家乡和亲人的思念如同惊涛骇浪一样拍打着吴雪峻的心扉时，他意识到回中国大陆走一趟是一位风烛残年的老人今生最大最坚定的心愿，谁也无法阻挡，谁也无法抗拒。当这个念头在他心头扎下根后，吴雪峻铁下心来一定要回中国大陆走一趟，即便腿脚不便，爬也要爬回中国大陆！

虽然下了决心，但吴雪峻还是有所顾虑，他非常清楚，儿子尽管与他志不同道不合，但毕竟是自己的骨肉，一旦知道年迈多病的父亲要回中国大陆探亲，肯定会和吴白鸽一块儿阻止。于是，吴雪峻便瞒着家人悄悄地整理自己的行李，离开的时候，偷偷地把一封信搁在桌上，信上只有几个字：我回中国大陆探亲，勿念！

就这样，吴雪峻绕道香港，飞回魂牵梦绕的中国大陆。当他走下飞机，大厅里忽然飘出费翔的《故乡的云》："归来吧！归来哟！别再四处漂泊。"这略带伤感的旋律使吴雪峻难以自已，他捂住脸，尽量不让眼里的泪水流出。旁边的空姐急忙走过来，扶着吴雪峻问是否需要帮助，吴雪峻朝空姐微微一笑，说："谢谢，不必了。"话音刚落，吴雪峻觉得自己又化成白鸽，正从中国台湾海峡艰难地向中国大陆方向穿越，尽管飓风和汹涌的海浪随时可能吞噬它的生命，但它仍义无反顾、永不言悔……

二、 如烟往事

吴雪峻回到西子村的那天，天光铺地，万物敞怀，暖风和畅。走在乡间小路上，麦苗醉人的青郁之香溢满心扉，一两声牤牛叫声从村子的深处传来，迟缓而凝重，温暖且熟悉。一只芦花鸡飞到房顶上，伸着脖子叫，它把吴雪峻到来的消息，告诉村中的人和人以外的万物。有两只猪用前爪扒着猪圈的泥墙，抬起肮脏的头，哼哼叽叽地朝老人打起招呼。一条不知从哪里跑来的小黑狗，像见到亲人一样，一边摇着尾巴，一边做起吴雪峻的向导，小黑狗独特的热情抚慰着老人，温暖着老人，吴雪峻把它看成西子村的使者。

行进的过程中，吴雪峻用深情的目光打量着西子村的山山水水，一草一木，这一刻，他的脚打起了哆嗦，心跳加快，满满的乡愁刹那间填满心扉。

虽然在台湾生活多年，但在吴雪峻的生命基因里、血液中、潜意识里，还是觉得这些民宅、麦苗、鸡鸭离他最近，至此，吴雪峻幡然醒悟，村庄才是他的根、他的家。他本来就是从这鸡鸭声中、从麦苗的纹理里走出去的,他属于它们,它们也属于他。

西子村的父老乡亲们张开双臂热情欢迎吴雪峻的归来,看到孩时的好友个个都变成白发苍苍的老人,吴雪峻不得不感叹时光的无情,听说母亲刘晚秋和发妻赵如水被日军杀死的惨烈情景,他禁不住搔胸顿足、失声痛哭……

当泪水如汹涌江水喷涌而出的时候,吴雪峻儿时朋友刘忠平轻轻地拍了一下他的肩膀说:"雪峻兄,不要太难过,如水被杀后,有人替她报仇雪恨了。"

"谁?"吴雪峻急切地问道。

"黑虎!"刘忠平的眼闪亮了一下。

"能告诉我事情的经过吗?"吴雪峻紧紧地抓住刘忠平的手。

在西子村,刘忠平老人以擅长讲故事闻名,每次讲故事之前,刘忠平都要点上一根烟,这回也不例外,他也点上一根,只是点烟的时候,原先讲故事保持气定神闲的他,这回却平静不下来,手颤抖得厉害,以至于点了三次,烟才点着,随着淡淡烟雾飘出,刘忠平的声音响起——

日军到西子村扫荡,主要目的是向村里百姓搜集粮食,以解决前方日军主力部队粮食不足的问题。他们在西子村烧杀奸淫,无恶不作,赵如水和村里一些年轻貌美的女子,因为不愿受到日军的凌辱,被日军杀害,西子村顿时变得满目疮痍、哀鸿遍野。

日军在西子村附近驻扎后,在那里修建据点,一年之后,由于前方作战部队粮食紧缺,日军贴出布告,命令附近村庄百姓三天之内务必给日军送粮食或者其他食品,如若不送,轻则烧毁房屋,重则处以极刑。

日军贴出布告的第二天早晨,太阳刚从东边探出头,黑虎便让红玉驮着满满的两桶米酒,迎着旭日,向着日军据点而去,他边走

边用浑厚沙哑的声音唱:

> 红红米酒沉甸甸,
> 阿哥心里似刀绞。
> 如水你死得真惨,
> 阿哥想你泪汪汪。

唱着唱着,黑虎的身子开始晃动起来,他痛苦地蹲下身子,大滴大滴浑浊的泪水刷刷地往下落。

"如水,黑虎哥好想你哟。"黑虎一边自言自语,一边将耳朵贴向草地,似乎能听到赵如水轻盈的脚步,那熟悉的笑声,像扯细的糖丝,袅袅地在空中回旋。

黑虎离开西子村后,村里流传着两个版本:一个版本是他加入中国共产党的军队,现在正跟随八路军的队伍南征北战。另一个版本是他上山当土匪。其实这两个版本都是错误的,黑虎并没走得很远,他在离西子村六十多千米远的一个酒店里拜店主为师,学习酿酒技术。黑虎之所以没有走远,那是因为他的心里搁不下赵如水,她是黑虎心中永远的牵挂。

酒店店主见黑虎勤快能干,有意将女儿许配给他,但黑虎心里始终无法忘却赵如水,他婉言谢绝店主的好意,闷着头学酿酒。经过一番苦心钻研,黑虎酿酒技术突飞猛进,成了方圆百里的酿酒高手。

那段时间,沉湎于酿酒之中的黑虎额头上始终有着一个解不开的结,他时常借酒消愁,但酒越喝,额头上的结拧得越紧。

一天,黑虎在街上逛荡的时候,凑巧碰见一位西子村来的老乡,老乡告诉他,赵如水被日军杀害了……

"如水——如水——"黑虎站起身子,声嘶力竭地叫喊起来,他的声音在空荡荡的山谷间回荡,但不管怎么叫喊,都听不到如水的回应。黑虎再次绝望地蹲下身子,他眼里的泪水慢慢凝聚起来,变成两小块露着寒光的冰,一抹粉红色的曙光落入他的眼眶,就像一把火苗,把冰融化成滚烫的开水,接着又化成烈火。

快到日军据点了,黑虎从红玉身上释下米酒,手轻轻地拍了拍红玉的身子,一语双关地说:"红玉,我走了,你以后要多多保重。"

红玉想跟着黑虎走,却被挡住。

"我们来世再见。"黑虎朝红玉酸涩地笑了笑,猛地掉过头,挑起米酒,迎着旭日迈出坚定的步子。

在鬼子设置的据点外,黑虎亮开嗓门唱:

红红米酒香喷喷,
玉皇闻酒涎口水,
阎王见酒跳三尺。
一杯入口三分醉,
两杯入口醉三天,
三杯入口魂出窍。

黑虎边唱,边挑着酒晃晃悠悠地往日军据点靠近。接近日军据点的时候,据点里闪出一个年轻的日本兵,手握明晃晃的步枪,走到黑虎跟前,歪着头,用生硬的中国话问道:"八嘎,你的什么的干活?"

"皇军辛苦了,我挑两担酒来慰问你们。"黑虎朝日本兵咧了咧嘴。年轻的日本兵正要说什么,肩膀被从岗楼里慢悠悠走来的麻生田拍了一下,急忙噤声。

　　黑虎望了一眼麻生田,发现这位日军军官笔挺的军装下,一派硬朗的军人气质清冷而凌厉,左侧面颊留着一道深深的疤痕。黑虎立即意识到眼前这名日军军官就是杀害赵如水的主谋,他的心跳不由得加快。

　　麻生田冷冷的目光直逼黑虎,赵如水那一刀虽然没有要了他的命,但把他的魂给吓出来了,他开始提防任何中国人,现在来一个送酒的百姓,麻生田当然不会轻易相信黑虎的话,他在黑虎的身边转了一圈后,突然把刀搁在黑虎的脖子上,歇斯底里地叫嚷道:"八嘎,你的良心大大的坏!"

　　黑虎的脸上掠过一丝不易觉察的慌乱,但瞬间即隐去,他拿起浸在酒里的瓢子,斟上酒,笑容可掬地说:"皇军大大的辛苦,来,喝口米酒暖暖身子骨。"

　　麻生田的目光仍定格在黑虎的身上,突然又大声喝道:"八嘎,快把身上的衣服脱掉。"

　　黑虎的心瞬间似乎揣进兔子,急促地跳动,略显慌乱的他微微一颤,手里的瓢子便落到酒桶里,那直沁心扉的酒香让他脑际豁然开朗。

　　"八嘎,快把身上的衣服脱下来。"麻生田提高嗓音。

　　"嘻——"黑虎笑了一声,"长官,这么冷的天气,把衣服脱掉会着凉的,让我喝口酒,再把衣服脱掉,行不?"

　　听了黑虎的话,麻生田绷紧的脸略微松弛,口气也缓和下来:"好,那你就先喝一口吧。"

　　黑虎用瓢子斟上酒,然后咧开嘴"咕嘟咕嘟"几口便将瓢里的酒喝光,黑虎的脸透彻地红了下来,他闭上双眼,脸上漾出飘飘欲仙的神情,那喷着酒香的嘴嘟哝道:"好酒,好酒哟。"

年轻的日本兵见了,用胳膊捅了捅麻生田,麻生田的鼻翼开始轻微地抖动,那扑鼻的酒香已让嗜酒如命的他有点魂不守舍。

黑虎又喝了一大口酒后,整个人变得东倒西歪,他扯起嗓门唱道:

红红米酒香喷喷,
玉皇闻酒涎口水,
阎王见酒跳三尺。
一杯入口三分醉,
两杯入口醉三天,
三杯入口魂出窍。

黑虎歌声里飘荡着淡淡的酒香,麻生田嘴里的口水顿时咕嘟嘟地冒了出来,他拿起瓢子,尝了一小口,那酒香气馥郁,回味绵长。麻生田的酒瘾这会儿被彻底勾了出来,心里的戒备荡然无存,他发出一声尖利的口哨声后,七八个日军士兵从据点里跑出,嘴里嗷嗷乱叫地扑向散发着醇香的酒。

黑虎的脸上漾出一丝浅浅的微笑,他用眼角的余光冷冷地瞥了瞥那些争着喝酒的日本鬼子,猛地将衣服撩开,露出绑在身上的炸药,奋力拉响导火索后,冲上前紧紧地抱住喝得醉醺醺的麻生田。麻生田见势不妙,拼命挣扎,但黑虎的身躯就像一个打紧的死结牢牢地箍住他。

麻生田见无法挣脱,便气急败坏地拔出手枪对准黑虎的额头,这一刻,黑虎嘴里发出震天动地的吼叫:"你们这些王八蛋,我送你们上西天。"

"轰!"一声巨响……

刘忠平再也说不下去了，蹲下身子，失声痛哭，吴雪峻的眼里也涌满了泪水。

刘忠平痛哭一场后，又开始叙述——

正在日军岗楼不远处吃草的红玉听到爆炸声，一切都明白的它奋力扬蹄朝爆炸声发出的地方飞奔而去。

爆炸的地方血肉横飞，但红玉还是一眼便认出黑虎的尸体，它跪在主人的身旁，发出一声声令人肝肠寸断的悲鸣。

岗楼里的日军听到爆炸声后，纷纷冲出来，他们举着枪一步一步地向红玉靠近，面对日军的步步逼近，红玉眼里没有恐惧，只有愤怒。

随着一名日军指挥官指着红玉发出叽叽呱呱的喊叫，日军恶狠狠地冲上前来，他们用枪托使劲地敲打着红玉的臀部，只见红玉一声嘶叫，扬蹄一脚蹬翻一名日本兵，并以排山倒海的气势撞向日军，日军顿时被红玉撞得人仰马翻。日军指挥官原先想把红玉当作"战利品"，但看到它如此狂野，便命令手下向红玉开枪射击，所有的枪都朝红玉开火，红玉不停地奔跑着，子弹倾泻在它身上，它倒在了黑虎的尸体边，身上渗出一片血红……

那天傍晚，吴雪峻给母亲刘晚秋扫完墓后，来到赵如水的墓前，惊讶地发现黑虎的墓与赵如水的墓紧挨着。西子村的百姓都说，其实赵如水最该爱的人是黑虎，那是一个有情有义、有血有肉、愿意为她捐躯的铁血男儿。

吴雪峻首先在黑虎的墓前烧了些纸钱，当火苗升起的时候，吴雪峻的眼里闪出黑虎拉响炸药导火索的那一瞬间的场面，耳边响起黑虎生命最后一刻的怒吼："你们这些王八蛋，我送你们上西天。"

这山呼海啸般的吼声一声接着一声，敲打着吴雪峻的神经，这一刻，他落泪了。

给黑虎烧完纸钱,吴雪峻在结发妻子的墓前枯坐着。

夜幕降临,吴雪峻仍不肯离去。

夜晚,月色亮得有些诡异,薄雾在空气中弥漫开来,因为这层薄雾,月色一下子变得朦胧而凄凉,让秋天的深夜多了一阵寒意。

轻风拂面,一股淡淡的幽兰香味袅袅飘来,这气息感染着吴雪峻的神经,使他恍若隔世,也使他情怀迷离。他的脑海里闪出一朵清新淡雅的兰花,花蕊上依稀可以看到一个女子的身影。

那不是发妻如水吗?

吴雪峻的眼眶湿润了,残存在脑海中赵如水的记忆碎片迅速拼凑起来。很快,她的面庞真实而自然地勾勒出来,吴雪峻首先看到的是她那长长的秀发,紧接着,她转过头,清澈如水的目光定定地望着吴雪峻,吴雪峻在她的注视下,低下了头,赵如水见他这般模样,银铃般笑开,她的笑声很甜很纯,就像家乡流淌的清泉,清泉缓缓流入吴雪峻那日渐干瘪的身躯,吴雪峻的周身顿时弥漫着快乐的感觉。恍惚中,他伸出双手拥抱赵如水,可触碰到的却是一团冷冷的风,吴雪峻的梦这一刻醒了,他从身上摸出赵如水送给他的笛子,悠扬的笛声潺潺流淌在山谷时,吴雪峻记忆的闸门彻底打开,一段看似遥远却又真实如初的情景又展现在眼前——

"雪峻,你为什么出走?"赵如水低声问道。

"猜猜看。"

"生我的气。"赵如水嫣然一笑。

吴雪峻点了点头。

"那又因何而归呢?"

"你再猜猜。"

"因我而归。"赵如水充满自信。

"为什么会有这样的想法呀?"吴雪峻故作惊讶。

"因为我养的白鸽,每次放飞后,都会重新归来。"

"我并不是你养的白鸽呀。"

"在我眼里,你就是一只白鸽,一只停在我心口上的白鸽。"

……

在西子村待上一段时间之后,吴雪峻来到国民党部队与日军激战的地方——台儿庄。

"东方古水城,英雄台儿庄。"这是世人对这座敦厚、传统且深邃的历史名城的赞誉。

站在名城的土地上,吴雪峻略带忧伤的目光从青山绿水间拂过,心头禁不住潮起潮落,眼前闪出刘天成等英雄与日寇浴血奋战的场面,战场上残阳如血,枪炮声、呐喊声汇成一曲悲壮的乐曲经久不息地回荡在上空,地上到处弹坑累累、尸横遍野,毁坏的大炮、卡车、武器散乱地丢弃于地……

当充满血腥的战争场面从吴雪峻脑海里闪现时,他的眼角充盈着泪水。作为一名从战争年代走过来的老兵,随着岁月的增长,吴雪峻对这些英雄充满敬仰,甚至达到顶礼膜拜的程度。从台儿庄山水间走过时,他总是踮着脚尖行走,生怕惊醒地下沉睡的刘天成和他的那些战友们。

在台儿庄战役纪念馆,一幅幅血与火交织的画卷、一个个英雄鲜活的雕塑、一件件烈士的遗物都在吴雪峻心海激起阵阵涟漪。心潮澎湃的他轻轻地嘟哝着林徽因为在武汉会战中牺牲的弟弟林恒所做的诗作——

弟弟,我没有适合时代的语言

来哀悼你的死;

它是时代向你的要求,
简单的,你给了。
这冷酷简单的壮烈是时代的诗
这沉默的光荣是你。

假使在这不可免的真实上
多给了悲哀,我想呼喊,
那是——你自己也明了——
因为你走得太早。
……

  吴雪峻再也吟不下去了,这一刻,他感到了痛,这是一种只有参加过战争的老兵才能真切地体会到的痛,这种痛融进血脉、渗入骨髓、直抵心扉,并很快传遍全身,在锥心刺骨的疼痛之中,吴雪峻终于理解吴春愁执着地爱着刘天成的缘由。

三、 揭开谜底

离开台儿庄之后,吴雪峻又风尘仆仆地赶到青和尼姑庵。

在青和尼姑庵,吴雪峻发现原先破旧的尼姑庵早已大变样。尼姑庵的房子都是最近几年新建的,寺里香火缭绕,前来烧香拜佛和求签的人很多,庵的外围风景迷人,细水长流。经过打听,吴雪峻才知道青和尼姑庵主持林痴梦 3 年前就已离开人间。得知这个消息后,吴雪峻脑子一片空白,他茫然地在殿内佛像前跪下,嘴里嘟哝着谁也听不清的话,眼里滚动着酸楚的泪水,吴雪峻就是以这种独特的方式为昔日的红颜知己林痴梦送行。

此后的一段时间,吴雪峻在青和尼姑庵边的小木屋里住下,他渐渐地习惯了这里的生活。这期间,吴雪峻曾到过离庵不远的好望山。好望山是新开发出来的风景区,它的周围建着密密麻麻的旅馆。在熙熙攘攘的人流里,吴雪峻虽然找不到鲁虎军、孤云和黑黑的葬身之处,但还是感慨万千。

在台湾的那些日子里,吴雪峻脑海里经常出现千里红和孤云这两匹马的影子。尽管孤云对吴雪峻忠心耿耿,但它最后时刻的背叛，还是深深地刺痛了吴雪峻的心，并让他对孤云深恶痛绝。在吴雪峻眼里，千里红虽然与他相处的时间不长，但值得尊敬，当要它在爱情与主人之间做出选择时，它坚决抛弃爱情，选择主人。在赛马比赛中，为了主人，毫不留情地将恋人红玉甩在身后；为了救赵如水，愿意献出自己的性命。

两匹马，凝聚了吴雪峻太多的情与仇、爱与恨。

现在故地重游，往事一幕一幕地在吴雪峻脑海里闪现，那么清晰真切，仿佛触手可及。恍惚中，他的脑海里勾勒出一幅天高云淡、绿草如茵的画面，千里红和孤云分别从两侧走出，它们在这个画面上纵情驰骋，整个画面顿时灵动起来。

威武、强壮、俊逸、潇洒……吴雪峻不知道该用什么样的词语来形容这幅美不胜收的画面，他情不自禁地对着画面喊：千里红！

千里红看到主人，兴高采烈地从画面里跃出，吴雪峻急忙伸手拥抱它，这时候，他才发现那是个梦。为了让梦继续，吴雪峻闭上双眼，千里红再次出现在脑海中。

"千里红，你想我吗？"

千里红点了点头。

吴雪峻鼻子一酸，泪水扑簌簌地落下。

情感得到淋漓尽致地抒发之后，吴雪峻朝画面里孤独行走的孤云打了个过来的手势。以往，吴雪峻朝孤云做这个手势，它肯定会朝主人狂奔而来，但今天的它一反常态，朝吴雪峻做手势的相反方向奔去，吴雪峻听到的只是一阵阵令人心碎断肠的马蹄声。

吴雪峻的心猛地一抽，意识到这马蹄声就是孤云背叛他时发出的，这马蹄声如此熟悉，如此令人心碎断肠。在台湾，每当孤云的马蹄声在吴雪峻睡梦中响起的时候，惊出一身冷汗的他总会从床上猛地蹦起来。

"我还活着？"吴雪峻摸着头喃喃自语道。

"死老头，三更半夜发什么疯？"阿姗拧起他的耳朵，往被窝里拖。

被窝虽然温暖，但吴雪峻的心里还是涌动着阵阵寒意，那一刻，他总算明白因噎废食这个成语并不是古人凭空杜撰出来的。自从孤云彻底抛弃他，并将他置于死地之后，作为驯马高手的吴雪峻变得讨厌马，在台湾，他拒绝骑任何马匹，看到飞奔的马，就感到头晕，只要电视里出现马的画面，总要切换频道。

这些年，孤云的马蹄声一直是吴雪峻的梦魇。

虽然吴雪峻觉得孤云发出的马蹄声令人厌烦，甚至会让他毛骨悚然，但今天他还是耐着性子听。这一刻，他忽然心生悱恻，抬起头，只见孤云从画里跃出，奔向好望山的顶峰，昂着高高的头颅，与苍天大地傲然对视，一副雄视万物的神情。它的通体散发出卓尔不群、异于一切同类的禀赋，嘴微微地张开，似乎有什么话要说。

——哦，孤云，我的战马！我的神马！

吴雪峻的心一阵悸动，也就在这一刻，他终于读懂了孤云的心，原谅了孤云的背叛。现在，吴雪峻认为孤云为了爱情，背叛朝夕相处的主人是天经地义的。

爱情可以战胜世界上任何的东西！这是孤云想说却无法表达的话语。

在庵里，吴雪峻与新住持刘春燕有比较多的接触，刘春燕是林痴梦的徒弟。她嗜好品茶，经常拿自己庵里产的茶叶招待吴雪峻。原先，吴雪峻还谈不上有潜心品尝那浓酽液体的雅兴，但在庵里，却不可名状地对这苦涩且微甜的饮料感兴趣，就像刘春燕所说，品茶就是要把茶叶放在舌面上用心品味，精神上就犹如注入镇静剂，使人宁心安神。

"雪峻，你的品茶之道渐入佳境了。"刘春燕跷起大拇指。

"常与住持一块儿喝茶，自然就领悟了。"吴雪峻淡淡一笑。

"师父在世时，常教诲我，人就像茶叶一样，必须细细地品。"

"言之有理！"

"我能不能冒昧地再问一次，你真的就是吴雪峻？"

"我确实是吴雪峻，从台湾归来的老兵。"

吴雪峻记不清自己多少次回答刘春燕的询问，每次她问这个问题时，目光总是定定地望着吴雪峻，极力想从吴雪峻的脸上找到答案。吴雪峻不厌其烦地回答着同样的问题，他意识到刘春燕之所以反复问他同一个问题，肯定有缘故，没准儿，能从她那里解开这些年一直缠绕在心头的谜团。

不出所料，刘春燕通过对吴雪峻的多次询问和观察，确定老人就是吴雪峻后，她把一个封得严严实实的木盒子庄重地交给吴雪峻。她说，这个木盒子是林痴梦临终前托付给她的。林痴梦叮嘱刘春燕，木盒子里藏着一个秘密，庵里任何人都不能打开这个木盒子，只有一个名叫吴雪峻的人来到青和尼姑庵找她时，才能把这个木盒子交给他，他是这世上唯一必须了解这个秘密的男人。

吴雪峻轻轻地打开木盒子，林痴梦清秀的字跃入眼帘——

吴雪峻：

我料定你肯定会来青和尼姑庵找我，如果问我为什么会有这种感觉,我可以告诉你,这是我的第六感。

吴雪峻,你是我在人世间最爱的人,同时也是我最恨的人。在遇到你之前,我与鲁虎军维持着没有爱情的夫妻关系。应该说,鲁虎军对我够好了,他千方百计为我创造好的生活环境,对我言听计从,想以此拴住我的心,但我的灵与肉始终无法与他融合。那时我的心如同一潭死水,可自从你出现后,我平静的心灵荡起涟漪,发现自己爱上了你,为了你,我愿意赴汤蹈火。可我万万没想到你是个伪君子,为了达到目的欲置我于死地。那天,当吴大炮把我从悬崖上推下时,我万念俱灰,只想一死了之,可是当我醒来时,发现自己正躺在一张舒适的床上,我的身边站着几个尼姑。原来,我摔在悬崖下的一棵树上,而青和尼姑庵就在悬崖下方的不远处。她们见有人挂在树上,就把梯子架到那棵树边,救下我。由于受了惊吓,我肚子里的小生命夭折了。

我是个爱做梦的女子,但这一刻,我的美好梦想彻底破碎。我恨你这个道貌岸然的负心郎,这种恨与过去对你的爱一样深刻。随着时间的推移,我心中的复仇火焰越烧越旺,在这种情绪支配下,身体刚刚恢复过来的我向那位老尼姑道别,老尼姑把我送出庵门,临别的时候,老尼姑双手合十,嘴里嘟哝着:"阿弥陀佛,苦海无边,回头是岸。"说罢,拂袖而去。我怔怔地望着老尼姑的背影,当庵里再次响起悠长空旷的钟声时,我的心尖颤了一下,觉得老尼姑话中有话,意味深长。

离开庵后,我开始四处漂泊。一天傍晚,我在山村的一家小吃店吃过晚饭,正准备赶路,突然感到一阵头重脚轻,紧接着四周便开始急剧旋转,后面的事情我便一无所知。只是当我醒来时，才发现自己睡在一间装饰得富丽堂皇的屋里，一位年过半百、满脸纵横着核桃壳般皱纹、身材魁梧的男人笑眯眯地朝我走来。

他是陈三马，是这一带独霸一方的土匪头子，他手下人马比鲁虎军更多。那家小吃店是陈三马手下人开的，见有美貌女子，他们便在食物里下了药，我中计后，他们便把不省人事的我抬上山，送给陈三马做压寨夫人。

但我抵死不从，陈三马为了让我能死心塌地跟他，答应我提出的三个要求。

这三个条件是：不得打听我的身世和来历；必须派人教我练习手枪射击；过些日子，借我两百人马，由我带领人马去报一个私仇，至于报什么仇，不能打听。

陈三马为了让我心甘情愿地投进他的怀抱，咬咬牙答应了我的条件。

经过一段时间的埋头苦练，我的枪法大有长进，当我觉得复仇时机成熟，便向陈三马提出借兵下山。征得陈三马的同意，我带领两百人马向鲁虎军的山寨挺进……

人真是奇怪的动物，尽管我已认清你是个伪君子。可当我见到你时，心却硬不起来，这时，我才发现自己是多么脆弱与无能。也许是残留在心里对你的爱比恨更多的缘故，我最终打算放你一条生路。

那时，我的脑子乱哄哄的，而前方鲁虎军人马与日军的恶战吸引了我，鲁虎军面对日军枪林弹雨视死如归的英雄气概深深地感染了我。于是，我带领人马冲进战场，与鲁虎军并肩作战。

战斗结束了，鲁虎军却永远离开了我，他是死在我怀里的，这成了我多年来挥之不去的痛。随着时光的流逝，我越发觉得在这个世界里，鲁虎军才是最值得我爱的男人！

原本我要实现对陈三马许下的诺言，但最终我食言了。

我对陈三马手下人说："我此刻早已万念俱灰，根本无心嫁人，你们回去转告陈三马，就说我对不起他，希望他多多保重。"说罢，策马扬长而去……

从我出家为尼的那天起，我与你之间的恩恩怨怨已经彻底了断。对于当初手下留情放你一条生路，我并不后悔。更何况我们曾经爱过恨过，当这一切都成为往事，我们就会变得心平气和。这些年，我一直坚信你还活在世上，并在寻觅我的踪影。作为一名出家人，经过那次刻骨铭心的打击后，我对尘世早已无所留恋，只有潜心修身养性。

佛说，这一世所有的相遇，都是上一世的重逢。爱了，是续写前世故事。恨了，是了却前尘仇怨。没有哪次相遇可以准备，没有哪次重逢可以预演。生命是一场情理之中的意外。我希望你能记住这句话。

看完信，吴雪峻呆呆地坐在那里，此时正是雨季，霏霏细雨斜斜地打在窗口，发出点点响声，这响声因为夜色的来临，显得空旷且苍凉。吴雪峻的心头莫名地涌出一缕悲伤，他站起身子，迈着蹒跚的步子来到墙角一幅嵌着黑色镜框的相片边，当目光触及镜框里的那张相片时，禁不住触电般地一颤。相片中的老尼姑额头和眼角布满细碎的皱纹，皮肤也失去光泽弹性，仿佛被岁月风干，那平坦的鼻梁使她眉间宽阔，看上去像是在微笑，而东方女子充满睿智的恬淡和忍受痛苦的坚韧就隐藏在那淡淡的微笑中。她微张的嘴似乎要对吴雪峻说什么，霎时，吴雪峻觉得心跳加快，伸出颤抖的手从内衣口袋里摸出林痴梦送给他的那绺长发，把它轻轻地搁在镜框的上沿，轻轻地说："痴梦，我终于寻到你了！"

随着发自肺腑的一声呼唤，吴雪峻眼前幻化出蓝天、白云、高山、深谷，一位黑衣侠女骑着一匹骏马从这幅画面里悠悠地飘向远方，最终化成了一个点，永远停留在吴雪峻视野的那一端。

四、泪水化成倾盆雨

福州是吴雪峻大陆之行的最后一站。

那是一个细雨纷飞的日子，吴雪峻漫步在三坊七巷，青春岁月的回忆，如秋波般悄悄漾开，那样真切，那样清晰。这一刻，他总算明白为什么人们总说故乡是游子心灵的客栈、灵魂的港湾。三坊七巷之于他这个在外漂泊几十年的游子，除了那一个又一个古老而又精雕细刻的建筑，那让人一步三回头的幽深小巷，那生生不息的灵气，先人们低泣与叹息的灵魂，还有刻入骨髓的思念和眷恋！

雨一直下，吴雪峻在三坊七巷里慢悠悠地行走，巷子里散发出的气息幽香且醇厚、淡雅而芬芳，这种气息足以使人醉在其中。他闭上双眼，感到自己真正是置身于一个丰盈奇异的时光截面，那帧帧旖旎的岁月倒影里涌现出一个熟悉的女子身影，她的微笑就像黑夜里的一缕光，一下子便让幽深的小巷变得明亮起来。

"春愁！"吴雪峻嘴里嘟哝道，兴奋异常的他想上前抓住吴春愁,她却化成一缕青烟飘去。

梦幻虽然消失了,但吴雪峻心头却被浓浓的柔情所缠绕。

在三坊七巷转悠几圈后,吴雪峻走进小巷深处的一家小吃店,点了一碗"七星鱼丸"和炒米粉,吃着放了猪肉丝、海蛎干、生蚝、虾肉、香菇丝的炒米粉,再品肉香味美的"七星鱼丸",跳跃于舌尖上的记忆是那样清晰,吴雪峻仿佛又回到往昔与吴春愁一块儿吃"七星鱼丸"时的情景——

"我们曾经见过面?"吴春愁一边吃着鱼丸,一边轻声问道。

吴雪峻笑了笑:"对,在小巷里。"

"你是军人出身?"吴春愁拿勺子的手微微颤抖。

吴雪峻点了点头。

"那你为什么不上前线杀鬼子?"

"受了伤,现在家里养伤。"

"伤在何处?"

"心口。"

吴雪峻话音刚落,坐在对面的吴春愁眼里立即滑出泪水,当泪水流过面颊的时候,吴雪峻伸出手,想替她抹去,却发现眼前的一切都是梦。

这一刻,吴雪峻禁不住潸然泪下。

在福州亲戚家住下之后,吴雪峻便有了为吴春愁扫墓的想法。经过多方打听,终于打探到刘天成的父母为刘天成和吴春愁在闽江边的一块山地上建了一个墓。

那是一个细雨蒙蒙的日子,吴雪峻在亲人的搀扶下,来到刘天成与吴春愁的墓地。在那里,吴雪峻惊讶地发现一位拄着拐杖、与自己年龄相仿的老人正凝立在墓边。

细细的雨丝把老人的身影刻成一尊雕像。

走近老人，首先映入吴雪峻眼帘的是老人拄着拐杖的手，那是一双被岁月的牙齿啃得干瘦的手：灰黄的皮肤，像是陈年的黄纸，上边满是水渍一般的斑点。一根根青筋突起在皮肤上，使皮肤与指骨间有条缝隙。

吴雪峻目光定格在老人的手上，想从老人的那双手上看出他的身份。当吴雪峻的目光从老人的左手移到右手时，发现老人右手虎口边长着厚厚的老茧，立即推断那是一个老兵。

"老人家，你从哪儿来？"吴雪峻走上前，轻轻地拍了拍老人的肩膀。

老人掉过头望了望同样白发苍苍的吴雪峻，像调皮的孩子眨巴一下眼睛，用带着浓浓的东北口音说："不要问我从哪里来，我的故乡在远方。"

冷不丁被老人幽默了一下，吴雪峻原本压抑的心情变得开朗起来，继续问道："老人家，今年多大岁数？"

"八十有六哟。"

"我俩同岁。"吴雪峻激动地握住老人的手。

老人拍了拍吴雪峻的肩膀："没想到你这么大岁数，身子骨还这么硬朗。"

"我们都当过兵，虽然老了，但身板子就是比没当过兵的挺。"吴雪峻一脸的自豪。

"你怎么知道我当过兵？"老人惊讶地望着吴雪峻。

吴雪峻笑了笑："你右手虎口边的老茧。我们这些从战场上走过来的老兵，虽然很多年没摸枪，但右手虎口边的老茧就像从母体带来的胎记，永远跟随着我们。"

吴雪峻说罢，将右手摊开，虎口边也长着厚厚的老茧。

两个老人相视一笑。

"老人家，你当了多少年的兵？"

"28年。"老人仔细打量吴雪峻一番后反问道，"你呢？"

"我当了将近40年的兵。"吴雪峻苦苦一笑，"当然，也当过逃兵。"

"这么说，你是国民党兵？！"

"为什么这么认为？"

"因为共产党部队很少逃兵。"

"真给你说对了，我是国民党军官，从台湾归来。"

"我从辽宁来，专程来看九泉之下的老战友。"老人原本轻松的表情变得凝重，他的目光再次移到刘天成和吴春愁的墓上，眼里含着泪水。

"老人家，你参加过台儿庄战役？"吴雪峻问道。

老人点了点头，开始用平缓的口吻讲述自己与刘天成之间的故事。

老人名叫赵委山，台儿庄战役期间，他与刘天成在一个连，赵委山任连长，刘天成任副连长。赵委山和刘天成一个来自北方，一个来自南方，地域不同，却相处融洽。刘天成不仅打仗勇敢，而且很风趣，即便战场上子弹在身边飞来飞去，也面不改色地与大伙谈天说地，他特别爱讲一些福州的顺口溜，比如"八背（倒霉）煮水都会夹鼎（粘着锅底）""不会游泳，却怪自己蛋蛋大""七溜八溜，来到福州""轻声讲重话，会急又没汗""赌钱输穷鬼，犬吠癫呆人"。当他捏着腔调用福州话说这些顺口溜时，大伙都会被他脸上生动滑稽的表情逗得哈哈大笑。

刘天成还有一个特长就是手脚特别灵活。有一天夜里，连队经过一座山时，听到山上有崖蛙叫，刘天成的眸子忽然闪亮起来，兴奋地对赵委山说："我们去捉崖蛙吃。"

赵委山皱起眉头："崖蛙不好捉。"

刘天成笑着说："我小的时候抓过崖蛙，有经验，你们在这里歇会儿，我带几个兵去抓。"

说罢，他就招呼几个兵，打着手电去抓崖蛙，没过多久，就抓了两大桶的崖蛙兴冲冲地回来。晚上，连队在山里点着篝火，崖蛙成了锅里的美味佳肴。那天，刘天成显得特别兴奋，他一会儿和这个战友坐在一块儿，过一会儿屁股又挪到另一个战友身边。当听到战友嘴里发出吧唧吧唧的响声时，他的嘴里似乎塞进一块化不开的蜜糖，晚上睡着后，脸上仍定格着幸福的微笑。

以后的日子，连队转战南北，当部队经过田野时，刘天成就下田抓泥鳅、鳝鱼。刘天成的手脚非常灵活，每次下田都有收获，以至于每次刘天成卷起裤脚儿准备下田时，都有一两个馋猫流出口水。刘天成的这手绝活儿，那些北方来的兵怎么也学不会。

刘天成虽然大大咧咧，但也有娘们儿的一面。台儿庄战役打响的前夜，刘天成躺在床上辗转反侧，搅得睡在旁边的赵委山也难以入睡，他用手捅了捅刘天成，轻声问："天成，咋不睡，想啥呢？"

刘天成小心翼翼地将手伸进内衣口袋，摸出吴春愁的相片，轻声问道："连长，这姑娘长得怎么样？"

赵委山瞄了一眼，顿时两眼发直："天啊，太漂亮了！她是你什么人呀？"

"过门不久的媳妇呀。"刘天成一脸的幸福。

"美死你了！"赵委山赞叹道。

"连长，一想起媳妇，我就睡不着觉。"刘天成脸上笑出一朵鲜艳的花朵。

"天成,明天就要打仗了,别太兴奋,先把儿女情长搁在一边,早点休息吧。"赵委山背过身子。

刘天成主动靠近赵委山,在他耳边嘀咕:"连长,打完这仗后,你能不能批我几天假?"

"想上哪儿?"赵委山掉过头问。

"回去看一下媳妇。这些天,我的脑子里老是晃动着媳妇的影子。"

"万一死了呢?"赵委山冷不丁冒出一句。

刘天成狠狠瞪了赵委山一眼后,背过身子,不与他说话。但没过多久,刘天成又掉过头,轻声地说:"连长,你说得还真有点儿道理,我们这些军人,脑袋都拴在裤腰带上,谁敢保证自己能从枪林弹雨中活出来?万一……"

赵委山急忙道:"呸!呸!呸!天成,你可不要胡说八道,我刚才不过和你开个玩笑,你千万不要当真。"

第二天,台儿庄战役打响,那是赵委山与刘天成这辈子打得最扬眉吐气的战役,经过一番恶战之后,中国军队取得战场上的绝对优势,当嘹亮的冲锋号角响起的时候,赵委山与刘天成从战壕里跃出,带领手下的兵猛虎一样扑向日军。

在与日军短兵相接的白刃战中,刘天成死了,刘天成是用自己的身子挡住一个日本鬼子刺向赵委山的刺刀而死的。台儿庄战役最终以国民党军队大获全胜而告终。战斗结束后,赵委山和战友们眼含热泪扶起刘天成,发现他已经悄悄地走了……

赵委山说到这里,停顿下来,用拐杖重重地捣了一下地面说:"台儿庄战役虽然打赢了,但我却失去了今生今世最好的战友,更何况他是用生命保住了我的生命。这些年,有一个问题一直在我脑海里盘旋:委山,当你看到鬼子的刺刀刺向刘天成的时候,你会用身子挡刺刀吗？"

这一刻，老人忽然蹲下身子失声痛哭，吴雪峻的眼里也挂满泪水，他轻轻地拍了拍赵委山的肩膀，安慰道："委山兄弟，人死不能复生，做这样的假设，没有任何意义。既然天成把活的机会留给你，你就应该好好地活着。"

"我也是这么想的，可当这个问号从脑海里闪出，我整个人就崩溃了，我不能像天成那样，拿自己的生命换取战友的生命呀。"老人捶胸顿足，大声痛哭。

痛痛快快哭了一场后，老人继续叙述道："台儿庄战役之后，伤痕累累的我又参加了许多战役，打败日本鬼子之后，解放战争接踵而至，此时的我早已对战争充满了厌烦，便当了逃兵，从国民党部队逃回家乡。'文化大革命'期间，我因为当过国民党军官，被关进牢房，历经苦难。可不管受怎样的打击，我都好好地活着，因为我知道这条命是用战友的生命换来的，我得为自己，更要为天成好好地活着。'文化大革命'结束之后，组织上给我平了反，从牢房里出来之后，我每年雷打不动，都会从老家赶来，为刘天成扫墓。"

赵委山说罢，挺起略显弯曲的腰杆，朝刘天成和吴春愁的墓行了一个标准的军礼后，带着无限的伤感走了。

吴雪峻永远也不会忘记赵委山离开时那令人断肠的深情一瞥。

扫墓归来后，吴雪峻原想返回台湾，却出现咳嗽、气促等症状，只好在亲戚家里住下，吃了几天药之后，症状没有缓解，反而更加严重。亲人们把他送到当地医院检查，结果令他大吃一惊，原来是患了肺癌，并且已是晚期，失去手术治疗的最佳时机。

现在，吴雪峻有生以来第一次真正直面死神。战争年代虽然死神也多次向他逼近，但每次都能逢凶化吉，这次面对死神，吴雪峻意识到自己再也躲不过，他拒绝医生制定的治疗方案，孤身一人来到厦门。

站在厦门这座开放的城市土地上，吴雪峻拿着刘大头给他的那张地图发愣，根本无法从鳞次栉比的高楼大厦里挖出刘大头家在何处，母亲是否健在。吴雪峻唯一能做的，就是在心里默默地祈祷刘大头的母亲健康长寿。

找不到刘大头的母亲，怅然若失的吴雪峻在靠海的宾馆里住了下来。

五、 最后一次穿越

傍晚，彩霞朵朵。

吴雪峻来到海边。

作为一位病入膏肓的老人，吴雪峻此时的心情反倒平静下来，他想起《庄子·外篇·知北游》中曾有这样一句话："人生天地之间，若白驹之过隙，忽然而已！"是的，在天地宇宙之间，生命是短暂的，但回忆却是不可磨灭的。回想起人生路上种种漂泊、不幸和失败，吴雪峻觉得自己就像海上的一只船，在暴风骤雨面前，帆樯绳索都被风暴所摧折，从云端抛入海底，虽然历经磨难，但船还是在曲折中前进、困难中进取，并在与暴风雨的较量中，收获沉甸甸的幸福与甜蜜。当然，最让吴雪峻引以为豪的是，人生路上偶遇了四个漂亮女子，她们如同一本书、一樽酒、一杯茶，与她们在一块儿，吴雪峻活出了人生的精彩，悟出了生活的精髓，他觉得他的时间虽然不多了，但即便走进坟茔，他的骨骼上仍镌刻着她们的印记。

海风轻轻地吹，吴雪峻长长地吸了口气，略带咸味的气息把他的肺甚至整个身体都滋润透了，仿佛整个人泡在云层里一直在轻轻地飘。那种被万物融化的感觉真的无比神秘，吴雪峻顿时变得精神抖擞，目光向海那边眺望，他把自己对人世间所有的感悟和思考都凝聚在这充满情感的眺望之中。这时候，他发现从大陆往台湾方向眺望与从台湾向大陆方向眺望有着完全不同的内涵。在台湾，每当他向大陆方向眺望时，海的尽头总会影影绰绰地闪出赵如水、林痴梦、吴春愁的影子，现在，吴雪峻目光尽头出现的是阿姗。

"老公，一个女人就是一朵花，在她生长的过程中，只有一次开花的经历，那是在豆蔻年华。这些日子，我一直在做这样的设想，如果在我人生最美丽的开花季节，与你有一场轰轰烈烈的爱情，那是多美的事情呀。"阿姗临终前的话就像涨潮的海水猛地灌进吴雪峻的耳中。

吴雪峻的眼眶湿润了，当他再次向台湾方向眺望时，视野里出现一只白鸽，从大陆沿着蔚蓝色的海峡向着台湾方向穿越。

蓝天、大海、白鸽构成一幅生动的画面。

当白鸽最终在吴雪峻视野里消失之后，他的眼前忽然飘出一位美丽的姑娘，姑娘的脸蛋是那么漂亮、身材是那么苗条、笑容是那么灿烂。

那不就是年轻时候的阿姗吗？吴雪峻的心一阵悸动。

"阿姗，阿姗，我终于见到你了！"吴雪峻面对奔流的台湾海峡，用嘶哑的声音深情呼唤，刹那间，他的双眼奔涌出滚烫的泪水。泪眼蒙眬之中，他拿出那枚钱币，奇迹再次出现，他的身子如同射出的箭，从永历通宝钱币的四方孔正中穿过，飞向蔚蓝色的天空，最终落到清朝年间台湾的阿里山。

在这出穿越剧里，吴雪峻化成一名年轻帅气且武艺高强的黑旗军将领，在一个云雾缭绕的清晨，吴雪峻与几个黑旗军战友们一块儿来到阿里山游玩。

作为黑旗军的一名年轻猛将，吴雪峻在中法战斗中崭露头角。那天，黑旗军与法军展开激烈的厮杀，毛头小伙吴雪峻骑着战马冲锋在前，一位高鼻子的法国士兵举枪准备朝他射击，眼疾手快的吴雪峻抢先一步，手起刀落削下法国士兵的脑袋。另一个法国士兵想为战友报仇，他在吴雪峻的身后举起枪，吴雪峻稍微瞄一眼，就知道有人准备朝他下毒手，于是他将手中的刀朝那个法国士兵奋力一掷，刀如闪电般飞出，敌人的头瞬间被削下。这震撼人心的一幕大长黑旗军的士气，让法国侵略者惊慌失措。

这场战斗最终以黑旗军的大胜告终。吴雪峻一战成名，成为黑旗军著名将领刘永福的得力干将，以后的日子，他随刘永福南征北战，立下了赫赫战功。

1894年9月，吴雪峻随刘永福来到台湾。黑旗军移师台湾，应验了"树大招风"之说。因为在中法战争中屡挫法军，刘永福率领的黑旗军威名远扬。清廷虽然招安黑旗军，却始终不相信这支反清出身的队伍。招安之后，黑旗军被调回国内，随即开始逐渐裁撤，刘永福则挂了个广东南澳镇总兵之名，不予实权。清廷为了支走不受信任的黑旗军，便把刘永福调往台湾，黑旗军到台湾后，刘永福的职务是"帮办"，实际上并没有什么实权。

在台湾生活一段时间之后，吴雪峻深深地爱上这个风景秀丽的岛屿，对台湾最负盛名的阿里山更是充满向往。当他向刘永福提出想带手下去阿里山观光时，刘永福非常爽快地答应了。

阳春时节，阿里山漫山遍野开满了殷红、洁白的樱花，一堆堆，一丛丛，艳丽多姿，与森林的黛绿嫩翠交织成一片锦绣，阿里山群峰像穿上绿底红花的盛装。迷人的风景，让吴雪峻和他的战友们如痴如醉。

在盛开的樱花边转了几圈后,吴雪峻抬起头,看到一个姑娘站在高高的山顶上,姑娘并不娇艳,淡淡妆,天然样。

阳光下,姑娘背着篓筐,面带微笑。

从半山腰上徐来的一阵轻风让吴雪峻怦然心动,他在心里说:真美!

高山顶上的姑娘似乎心有感应,目光飘然向下,看到一位一身戎装的帅哥朝她憨憨地笑。

姑娘回报一个灿烂的微笑。

姑娘的微笑点燃了吴雪峻的激情,他带领几个黑旗军的战友朝山顶奔去,姑娘则从山顶往下走。

半山腰的地方,吴雪峻与姑娘见面。

"姑娘到阿里山干吗?"吴雪峻笑容可掬。

"采药。"姑娘打量一眼吴雪峻后好奇地问,"请问你们是何方神圣?"

"我们是驻守台湾的黑旗军。"

"这么说你们来自海那边?"

"对!"吴雪峻点了点头。

姑娘"哦"了一声后,低头下山。

吴雪峻目送姑娘下山,直至姑娘的身影从眼前消失。

吴雪峻和他的战友在阿里山山顶游玩一阵后,便一块儿下山了。穿过迂回曲折的林区,呈现在他们眼前的是清澈如镜的姊妹潭。

在那里,吴雪峻与那位姑娘再次不期而遇。此时姑娘正坐在湖边,两眼望着碧绿的湖水,那熠熠的杏仁眼像从心底涌出的泉水,清澈甘美。

吴雪峻朝姑娘笑了笑。

姑娘看到吴雪峻，低下头，脸颊浮起两朵红云，浓密的长睫毛轻轻地扑动着。

"姑娘，请问芳名？"吴雪峻向姑娘靠近。

姑娘似乎没听到吴雪峻的话，目光仍定定地望着湖水。

姑娘不搭话，吴雪峻顿感愁闷。

姑娘像一阵风从吴雪峻眼前飘过。

吴雪峻目送着这道亮丽的风景渐行渐远，当姑娘快要从他的视野里消失时，她又忽然转过身，朝吴雪峻挥挥手，大声说："我叫阿姗，阿里山的姑娘，绰号'小辣椒'。"

阿姗说罢莞尔一笑，闪烁出的光泽使吴雪峻的心扉"嘭"的一声明亮了许多，他不禁打了个激灵，身子便从永历通宝钱币的四方孔钻出，重新落在海边。

"高山青，涧水蓝，阿里山的姑娘美如水呀，阿里山的少年壮如山……"吴雪峻站在海边禁不住唱起这首脍炙人口的民歌。

歌声在咸咸的海风中飘荡，吴雪峻眼里涌动着泪水。

伴着泪水的歌声最动听，和着歌声的泪水最动情。歌声是生命河床的激流，泪水是情感峡谷的川流。吴雪峻虽然已是个快走到生命尽头的耄耋老人，但在歌声和泪水的激荡下，整个人变得意气风发，仿佛回到青春勃发、指点江山的岁月，浑身上下忽然冒出无穷的力量。此时，一个谁也无法遏制的念头从他的脑海里蹦出——在生命之灯熄灭之前，一定要将与阿姗之间的爱情穿越剧淋漓尽致、荡气回肠、刻骨铭心地进行到底！

永历通宝钱币似乎知道吴雪峻所思所想，他的歌声刚停，它便把吴雪峻带回穿越剧中。

六、青春肩并肩

1894年7月,日本挑起事端,随后中日甲午战争爆发,清军战败。1895年4月,中日两国订立《马关条约》,清政府将台湾割让给日本。清政府还下旨,将驻台湾的文武百官调回内地。《马关条约》签订的消息传到台湾,岛内立即炸开了锅,全台百姓如雷轰顶,他们奔走相告。台湾各界鸣锣罢市,强烈抗议清政府把土地奉送仇敌,表示"全台赤子誓不与倭人俱生""与其生为降俘,不如死为义民",决心抗击日寇侵略。

5月29日下午,台湾基隆港遭到日本军舰的猛烈炮轰,日军正式进攻台湾,台湾最高首领唐景崧接到日军在澳底登陆的消息后,方才如梦初醒,慌忙派手下带领人马去防守三貂岭。

三貂岭是基隆和澳底之间的一道天然屏障,道路险阻,易守难攻,大有"一夫当关、万夫莫开"之势。如果早有驻军布防,完全有机会挡住日军的进攻,至少也能为其他地区的防守赢得时间。但是当台军赶到三貂岭时,日军已抢先一步在山顶上安营扎寨。

经过一番恶战，三貂岭失守，基隆门户大开。台湾守军死战数日，基隆失守，紧接着，基隆通向台北的门户狮球岭被日军攻占。

此时，唐景崧的心思已经不在抗日作战，而是想着如何逃跑。6月4日晚，他偷偷地从后门溜走，先是藏入德国商行，随后又跑到了沪尾港的船上。

最高首领弃台而逃的消息很快传开，台北群龙无首，侵台日军轻而易举地占领了台北。10天之后，日军将领桦山资纪在台北主持"始政典礼"。当日本得意扬扬地宣布"始政"的时候，根本就没想到一场汹涌澎湃的抗日保台运动正拉开帷幕。

日军占领台湾的那天，位于台湾彰化的黑旗军将领刘永福紧急召集幕僚到军营里议事。

"刘将军，我们下一步棋应该怎么走？"吴雪峻急切地问道。

刘永福并不表态，摸了摸唇边的胡子，反问道："众将先说说自己的想法吧！"

"一寸河山一寸血，我们誓与台湾共存亡！"吴雪峻慷慨激昂。

"对，我们誓与台湾共存亡！"众幕僚个个手握拳头，群情激愤。

作为一名身经百战、老谋深算的将军，刘永福被大伙同仇敌忾的精神所感动，他站起身子，掷地有声地说："众将的话说到我的心坎上了，自古以来，台湾隶属我中国，我奉朝廷之命驻防台湾，当与台湾共存亡。面对凶残的日军，我们必须要有万人一心、兵民一气、不计生死的气概。"

刘永福停顿了一下，手在下巴颏上摩挲着，目光从众幕僚身上拂过,最终落在足智多谋的吴彭年将军身上,他语重心长地说:"彭年将军,我命你率黑旗军七星队驻防台中重镇彰化八卦山炮台,阻击日军南犯,务必死守阵地。"

"遵命!"吴彭年将军欣然受命。

"吴雪峻,你随吴将军一块儿去守彰化吧。"刘永福拍了拍吴雪峻的肩膀。

"遵命!"吴雪峻喜形于色。

当吴雪峻从军营里走出时,一个熟悉的倩影撞进眼帘。

"阿姗,你怎么到黑旗军的军营里来了?"吴雪峻惊叫道。

阿姗打了个愣怔,当看到站在面前英武的小伙子就是在阿里山邂逅的那位小伙,兴奋且带点羞涩地说:"大哥,没想到我们又相遇了。"

"相逢是首诗哟。"吴雪峻望着冰清玉洁的阿姗,禁不住发出一声感慨。

"大哥,既然你在黑旗军,就替我说个情吧!"阿姗央求道。

"说什么情呀?"

"我想加入黑旗军!"阿姗举起纤纤玉手大声喊。

"与如狼似虎的日寇作战,那是要冒生命危险的,女流之辈还是远离战争吧。"

"国家兴亡,匹夫有责。我虽为女儿身,但有拳拳报国之志,只要能保住领土,愿付出生命!"阿姗这时完全不顾淑女形象,手叉着腰,一副大义凛然的模样。

吴雪峻瞪大眼睛,仔细地打量了一番阿姗,发现阿姗与第一次在阿里山见面时一样风采照人,略微不同之处是她那柔情似水的身影背后隐藏着坚毅与不屈,就像山野里可爱的小辣椒。

"阿姗,好样的,巾帼不让须眉,看来你的'小辣椒'绰号绝非浪得虚名。"吴雪峻朝阿姗跷起大拇指,"我同意你加入黑旗军!"

"大哥,此话当真?"

"当真。"

"嘻——我总算可以杀敌报国了。"阿姗又蹦又跳。

阿姗来到黑旗军后,吴雪峻把军营里一支德国老毛瑟枪分给她,老毛瑟枪打一枪装一发(和今天的单发猎枪类似),射速低,但在当时已经是先进武器了,阿姗接过老毛瑟枪后,欣喜若狂地扬起小拳头:"大哥,我终于有杀鬼子的武器了!"

自从阿姗来到黑旗军后,吴雪峻的心里便充满阳光。每天早晨,当他起床来到训练场时,总能看到阿姗举着枪,眯着眼瞄准前方悬着的一个苹果。她的飘逸长发盘在头上,身上背着一把长刀,看上去仿佛一具古琴背在身后。朝霞轻柔地网在脸上,把阿姗骨子里蕴藏的美生动地勾勒出来,就像微展的鲜花,有着一种可爱的姿态和色泽,让人心胸荡漾。

女人是一道风景!吴雪峻禁不住发出感叹。

作为一名身经百战的将领,吴雪峻明白与日军的恶战可能要付出生命的代价,在恶战即将到来之前,他期盼经历一场爱情。毕竟,这些年跟随刘永福南征北战,误了个人婚姻大事,原先,吴雪峻睡梦中经常勾画出各种各样的新娘子,有大家闺秀的、有风情万种的、有秋波荡漾的……但在阿里山遇到阿姗之后,吴雪峻的梦里只剩下阿姗那张秀丽的面孔。当阿姗的倩影融进黑旗军后,吴雪峻越发觉得这是冥冥之中命运的安排,在他心中,阿姗就是天边的一抹彩霞、田野里的一株花朵。

"砰!"阿姗扣动老毛瑟枪的扳机,前方的苹果顿时炸开了花。

吴雪峻热烈地鼓掌。

阿姗掉过头,看到身后的吴雪峻,脸顿时羞得通红:"大哥,莫见笑。"

在军营里,阿姗不称吴雪峻将军,而是管他叫大哥。如果换作别人这样称呼,吴雪峻肯定会拉长脸,可现在听到阿姗亲昵的称呼,心里既感到暖洋洋,又有一份莫名的躁动,他上前拍了拍阿姗的肩膀说:"阿姗,你到军营不久,便练就了好枪法,真不简单哟。"

"都是大哥教导有方。"阿姗把枪交给吴雪峻,"大哥也给小妹亮一手吧!"

吴雪峻接过枪,刚好一只麻雀从头顶上飞过,他举枪便射,枪声一响,血淋淋的麻雀便落到地上。

"大哥枪法真准哟!"阿姗禁不住拍手叫好。

吴雪峻摆了摆手:"雕虫小技不值夸奖。"

"大哥不要谦虚,有这么准的枪法,上了战场,一定能将日寇打得屁滚尿流。"阿姗的小拳头握得紧紧的。

"阿姗,你给我兜个底,为什么对日寇如此仇恨?"

"前些日子,我的哥哥在澳底与日寇的激战中死了。我的父母早亡,我从小与哥哥相依为命,现在我在人间最亲的人也被日寇夺去性命,听到这个噩耗,我痛不欲生,我要报仇。"阿姗眼里涌动着泪水,硬是咬着牙,不让泪水流出。

黑旗军操练一段时间之后,便开赴彰化八卦山炮台。

1895年8月24日,吴彭年将军和客家反抗军领袖吴汤兴、徐骧率黑旗军和客家军在彰化郊外的头家厝伏击日军近卫步兵第三联队的中冈佑保大佐纵队。阿姗参加了这场战斗,埋伏在战壕里的她看到日军人马出现,按捺不住内心激动的她当即便准备射击,却被身边的吴雪峻按住身子:"沉住气,日寇还没进入我们的包围圈。"

当日军完全进入包围圈后,随着吴彭年将军一声令下,黑旗军和客家军人马一起举枪朝日寇射击,阿姗射出的子弹把一位日本军官的帽子打飞,日本军官虽无受伤,但吓得面如土色的他还是瘫倒在地。尽管没有击中日本军官的要害部位,但看到日本军官的这副狼狈相,阿姗还是长长地出了口恶气。那场伏击战日军伤亡三十余人,其余日军落荒而逃。

战场上小试牛刀,阿姗尽管没有击中日军,但还是兴奋得手舞足蹈,吴雪峻则很平静:"妹子,真正的硬战还在后头呢。"

隔日,日军果然气势汹汹地重新发动攻势,这次他们显然有备而来,黑旗军与他们交锋后,便处于劣势。吴彭年将军看到日军攻势异常猛烈,而头家厝又无险可守,便下令部队撤退。

吴彭年将军下达撤退命令的时候,吴雪峻带领的黑旗军先头部队与日军激战正酣。面对日军的猛烈进攻,吴雪峻沉着冷静,带领黑旗军打退日军一次又一次的进攻。

吴雪峻指挥战斗的时候,阿姗始终不离左右,让他心里格外温暖。可吴彭年将军下达的撤退命令,让吴雪峻不得不将一腔杀敌热血暂时隐埋,他指挥黑旗军的先头部队有条不紊地撤离战场。

黑旗军安全地撤离头家厝后,阿姗对吴雪峻一脸的不满。

"咦,我还以为你是个大英雄,却不料是只大狗熊。"阿姗嘲讽道。

"阿姗,敌强我弱,我们撤退是不得已的事情。"

"吴雪峻,我一直尊称你为大哥,是因为我把你当作英雄来崇拜,可万万没想到你居然是个懦夫,我不愿意在黑旗军继续待下去了。"阿姗嘟着嘴将手里的老毛瑟枪扔给吴雪峻后便准备离开军营。

"阿姗,你要到哪去?"吴雪峻大声喝道。

"我要重回头家厝杀日寇。"阿姗从背上拔出亮光闪闪的刀。

"给我站住。"

看到吴雪峻暴跳如雷,阿姗定住步子。

吴雪峻大步流星地追上前,紧紧地抓住阿姗的手:"妹子千万不要干傻事,现在去头家厝,无疑是羊入虎口,只要你沉得住气,以后有的是仗打。"

"真的吗?"

"真的!"

"可我还是有点疑虑。前些天,我听说黑旗军在台湾抗日,不过是做样子给台湾百姓看,其实你们早已无心恋战,想回大陆那边。"

"谁告诉你的?"吴雪峻双眼瞪得比灯笼还大,"我们黑旗军历来是一支敢与洋人侵略者叫板的部队,在越南的时候,我们就把法国侵略者打得屁滚尿流。正因为我们能打仗,朝廷才把我们派到台湾,我们黑旗军的将士们绝不是贪生怕死之徒。"

"那你们为什么要撤退?"

"那是战略战术的需要。"

"你没骗我。"

"骗你天打五雷轰。"

"大哥,你这么一说,我总算明白了,你们是真正打日寇的。"

"明白就好,小辣椒。"吴雪峻轻轻地刮了一下阿姗的鼻子。

阿姗的脸顿时涨得通红。

日军扫荡头家厝之后,通过侦察,发现大肚溪南岸聚集了黑旗军、乡勇、义军等抗日队伍,心高气傲的第二旅团长山根信成命令日军强渡大肚溪,企图一举消灭位于大肚溪的反抗力量。

此时,黑旗军、乡勇、义军早已埋伏在大肚溪的岸边,日军快靠岸的时候,随着吴彭年将军一声令下,枪炮声四起,黑旗军几乎将所有重武器与军火都投入到大肚溪阻击战。

战场上硝烟弥漫,弹火纷飞。

作为黑旗军先头部队的领头雁,吴雪峻早就憋了一口气,他凝神屏气举枪瞄准一名日军年轻军官。

"砰!"一声枪响,子弹击中敌人头颅,顿时鲜血四溅。吴雪峻这一枪打出了黑旗军的气势,站在他身边的阿姗兴奋地拍了拍吴雪峻的肩膀:"大哥好样的,小妹也给你露一手。"

阿姗手起枪响,那闪着火光的子弹准确地击中一个日本兵的要害,看到敌人一声惨叫后,四仰八叉地倒下,阿姗眼里流出激动的泪水。

"阿姗,好样的!"吴雪峻朝阿姗跷起大拇指。

大肚溪恶战,黑旗军、乡勇、义军同仇敌忾,击退了日军的疯狂进攻。

日军虽然被击退,但不甘心失败,他们在夜色的掩护下,从大竹庄附近山谷,悄悄爬上了八卦山。

第二天凌晨,驻守在八卦山上的义军发现日军时,日军已布满山谷,并接近八卦山东侧高地。

面对强兵,义军从容应战。八卦山上顿时炮火连天、硝烟弥漫、杀声震野,义军与日军为争夺八卦山阵地展开殊死决斗。

日军装备精良,且有备而来,在与义军的恶战中完全占据优势,义军首领徐骧率部与日军血战,经过一番惨烈的激战,义军少数人马突出重围。

日军攻占八卦山的时候,吴彭年将军率领的黑旗军和日军在大肚溪又展开了一场激战。黑旗军由吴彭年将军坐镇指挥,作为一名驰骋沙场的老将,吴彭年并没有被日军气势汹汹的进攻吓倒,他从容镇定地指挥着战斗。吴雪峻则率领黑旗军的先头部队奋力抗击日军。

战斗中,阿姗始终陪伴在吴雪峻的身边。

激战正酣之际,吴彭年将军抬起头,遥望八卦山,顿时吸了一口冷气,此时的八卦山上已经挂上日旗。八卦山是俯瞰彰化城的制高点和守卫彰化城的天然屏障,地形险要,是兵家必争之地,吴彭年将军深知八卦山的重要性,看到八卦山失守,他无心恋战,急令黑旗军撤离战场,驰援八卦山的义军。

黑旗军半路上与从山上退下来的徐骧余部会合,两支拧在一块儿的部队猛虎一样冲上山,与日军白刃相搏。

大刀与刺刀对杀,发出"吭吭嚓嚓"的响声,在血肉横飞的对杀中,吴雪峻表现异常勇猛,他舞动一把鬼头大刀,先是把一名日军敌人的头颅像削泥一样劈下,然后又轻猿般跳跃到另一个敌人跟前,随着一道闪电的划出,又一个鬼子的脑袋掉下……

日军的嚣张气焰完全被吴雪峻手里寒光四射的大刀给镇住,他们发出一阵惊呼:

"剃头刀!"

"剃头刀!"

吴雪峻杀得兴起之时,身后突然有一名鬼子举着刺刀恶狠狠地朝他刺来,站在吴雪峻身旁的阿姗眼疾手快,举刀挡住鬼子的刺刀。

与日军拼红了眼的吴雪峻忽然感到身后一阵寒风袭来,急忙掉过头，只见阿姗正与那个偷袭他的鬼子绞杀在一块儿。

吴雪峻见状，大吼一声，手里的大刀直取鬼子的脑袋。鬼子急忙挥枪抵挡，但哪能挡得住吴雪峻的泰山压顶，他手里的枪被吴雪峻大刀劈断，鬼子正想后撤，吴雪峻手中的大刀如同一阵疾风吹过，鬼子整个脑袋就像皮球一样飞了出去。

尽管吴雪峻和阿姗表现异常勇猛，但黑旗军还是在这场残酷的肉搏战中处于下风。日军依靠人多，将黑旗军和义军团团围住，四面环攻，黑旗军和义军陷入浴血苦战。

作为一名身经百战的老将，吴彭年面对凶残的日军，毫无惧色，他身先士卒，在与日军拼杀的过程中，身负重伤，但仍与将士们血战到底。

战斗越来越惨烈，指挥作战的吴彭年，舍死拼命，身上的鲜血一滴一滴淌在地上，生命的最后一刻，他举起剑，奋力高呼"大丈夫为国捐躯，死而无憾！"后，轰然倒下。

统帅倒下，吴雪峻心如刀割，杀红了眼的他准备冲进敌营与日军鱼死网破，被阿姗奋力拦下，她抱着吴雪峻的身子大声说道："留得青山在，不怕没柴烧。大哥，现在形势对我们很不利，还是先撤退吧。"

吴雪峻抬起头，看到战友一个个倒下，而日军却源源不断地涌来，他那发热的脑子迅速冷静下来，觉得阿姗言之有理，他朝阿姗使了个眼神，心领神会的阿姗与吴雪峻并肩作战，杀出一条血路后，迅速撤退。

两人远离战场的时候，日军的几发炮弹在他们的身边爆炸。

"轰！轰！轰！"巨大的炮声让吴雪峻瞬间失去知觉……

吴雪峻惊出一身冷汗，急忙睁开眼睛，发现自己的躯壳已从穿越剧里挣脱出来，重新回到宾馆舒适的床铺上。摸了摸脑袋，发现自己还真真切切地活在这个世界，他长长地吁了口气后，开始细细地梳理这个富有传奇色彩的穿越剧。

这时候，门铃响了。

打开门，儿子吴和平和女儿吴白鸽的身影映入眼帘。

"爸爸，我们总算找到你了。"吴白鸽眼泪汪汪地拉着吴雪峻的手。

原先经常与父亲较劲的吴和平，这次见到父亲，也不与老人家争执，他面部表情严峻，目光呆滞地望着吴雪峻。

显然，吴和平和吴白鸽已经从亲戚那里得知了父亲的病情。

"爸爸，我和白鸽一块儿接你回台湾。"吴和平用略带沉重的口吻说道。

"月是故乡明，水是故乡甜，我在大陆日子过得很充实，不想回去了。"吴雪峻摆了摆手。

"爸爸，你的家在台湾，不在大陆呀。再说你现在重病在身，我们要接你回去治疗。"

"我现在吃什么药都不管用了。"吴雪峻摇了摇头。

"爸爸，你还是跟我们回去吧，我们离不开你呀。"吴和平急了，紧紧地握住老父亲的左手，吴白鸽则紧紧地抓住吴雪峻的右手。

吴雪峻沉默了，开始梳理此次大陆之行。应该说大陆之行收获颇丰，为结发妻子赵如水和冷艳恋人吴春愁扫了墓，看了红颜知己林痴梦留给他的信。随着一个个谜底的揭开，一件件往事的再现，吴雪峻感到心满意足之余，也有淡淡的惆怅。西子村的百姓都说赵如水其实最该爱的人是黑虎；吴春愁已与她的至爱刘天成合葬；林痴梦留给他的信里说，她最该爱的人是鲁虎军。吴雪峻在大陆的三个至爱，爱情的归宿都不是他，这是吴雪峻始料不及的,也让他备感失落和孤独。

"爸爸,我要告诉你一个秘密。"刚才一直沉默不语的吴白鸽忽然开口。

"说吧。"

"爸,妈妈临终前几天,拉着我的手,悄悄地告诉我,等她去世后,希望我能为爸爸你找个老伴。听了她的话,我一脸的为难,妈妈见我这副表情,便说,你的爸爸是个经历苦难的老兵,从战争的血雨腥风里走来,经历了太多的苦难与创伤,外表上看,他很坚强,但内心格外脆弱,晚年的他孤苦伶仃,就像一朵行将枯萎的花儿,如果有个老伴陪在身边,给他精神慰藉、心灵灌溉,生活就不会太凄凉太悲伤……"吴白鸽哽咽了。

女儿的话让吴雪峻心底刮起了飓风,与妻子阿姗相亲、相爱、生活的片段就像飓风卷起的浪花,点点滴滴落在心坎上。此刻,他忽然觉得也许在人世间,阿姗才是最疼最爱他的女人,两人平淡无奇的生活背后其实蕴藏着人世间最幸福、最浪漫、最值得回首的东西。

"爸爸,你还是跟我们回去吧。"吴和平和吴白鸽继续紧紧地抓住父亲的手,他们眼里的泪水噼噼啪啪地落在吴雪峻的身上,也落在吴雪峻心灵最柔软的部位,他抬起头,用略显激动的口吻说:"好,我跟你们回去,但现在不能走,我在厦门住得很舒服,你们让我安静下来,我要完成今生最后一个穿越剧,也是最能让我动情的一个梦。和平和白鸽,你猜我的这个故事里,谁是女主角?"

吴和平和吴白鸽摇了摇头。

"你们的母亲阿姗!"吴雪峻的脸上漾出幸福灿烂的微笑。

"爸爸,看来你永远保存着一颗年轻浪漫的心。"吴和平动情地说。

397

"孩子们，在爸爸的人生履历表上，贪生怕死、当逃兵的经历绝对是个污点，可在我人生的最后一次穿越剧中，我变成了一个硬汉，一个视死如归的真正男人，这样的穿越使我忘记了疾病，变得激情飞扬。"吴雪峻用充满自豪的口吻说道。

　　"爸爸，你的梦里，妈妈长得什么模样?"吴白鸽好奇地问道。

　　"梦里你妈妈绰号叫'小辣椒'，不仅长得漂亮，而且勇敢泼辣，是个抗日巾帼英雄。"吴雪峻从身上摸出那枚永历通宝钱币，转瞬之间，他又重新回到穿越剧中。

七、 心会跟爱一起走

当吴雪峻醒来时,发现压在他身上的阿姗鲜血淋漓。原来,炮弹响起的那一刻,阿姗不顾生命危险,将他扑倒在地,用自己的身躯替吴雪峻挡弹片。

日军继续向吴雪峻所处的位置开炮,吴雪峻急忙背起阿姗往树林里跑。

跑出一段路后,吴雪峻掉过头,发现没有追兵,便将晕厥过去的阿姗轻轻放在草坪上,用清水给阿姗清洗伤口,而后撕下一块衣服将伤口包扎起来,忙完之后,吴雪峻在阿姗身边坐下,耐心地等待着阿姗醒来。

过了半个小时,阿姗醒了过来。

"战斗结束了?"阿姗问。

"结束了。"

"其他战友呢?"

"都死了。"吴雪峻哽咽道。

阿姗扑在吴雪峻怀里"呜呜"地哭,吴雪峻眼里的泪水也奔涌而出。两人痛哭一场后,阿姗伸出手,紧紧地抓住吴雪峻的手:"大哥,我们一定要振作精神,东山再起。"

"我是一个异乡人,手上又没一兵一卒,如何东山再起?"吴雪峻一脸的迷茫。

"大哥,不要说丧气话,你是否愿意留在台湾抗日?"阿姗的目光定定地望着吴雪峻。

"我虽从大陆来,但心已与台湾百姓连在一块,誓与宝岛共存亡。"

吴雪峻慷慨激昂的表白,让阿姗脸上重新透出微笑:"大哥,我们离开这里吧。"

"去哪里?"

"回我的故乡——阿里山!"阿姗用充满自信的口吻说,"我在阿里山养好伤后,我们一块儿组织义军再与日寇较量!"

"阿姗,你的这个主意很好,我举双手赞成。"

吴雪峻的支持让阿姗很感动,她欲站起身与吴雪峻握手,但刚站起来,腿上便产生椎心的痛,整个人晃了晃,便倒了下去,幸亏吴雪峻反应快,扶住她。

"阿姗,你刚受伤,不能站立,我背你回家。"吴雪峻俯下身子。

阿姗犹豫了一下,最终还是伏在吴雪峻的背上,当吴雪峻重新背起阿姗的时候,心里涌满幸福和喜悦,他能闻到阿姗身上淡淡的芳香,能感受到她剧烈的心跳,特别是阿姗那环绕在他脖子上的纤纤玉手,更让他暂时忘记了心头的伤痛。

走出很长很长一段路之后,吴雪峻开始喘气。

"大哥,你是不是累了,要不要休息一下?"阿姗呵气如兰的唇,轻轻地吐出关怀。

"不累!"吴雪峻朝阿姗笑了笑,"你趴在身上,我的心就特别温暖踏实,身上有无穷的力量。"

阿姗伸出纤手轻轻地打了一下吴雪峻的脸:"你别逞能,背了这么长一段路,肯定累了,还是休息一下吧。"

阿姗的知冷知热让吴雪峻心生感动,他把阿姗轻轻地搁在鲜花盛开的草坪上,此时已是黄昏,丝丝细雨送来阵阵寒意,吴雪峻将身上的外衣脱下轻轻地披在阿姗的身上。

"谢谢!"阿姗朝吴雪峻淡淡一笑。

"该说感谢的是我,炸弹爆炸的那一瞬间,如果不是你趴在我身上,受伤的就会是我,也许这一刻,我已经不在这个世界了……"

"不许胡说八道。"

"阿姗,我这是实话实说。"

阿姗低下头,脚在地上画起了圈子,她画圈的姿势很优美,只是那微微颤动的脚趾透露出一个花季少女的朦胧情怀。

吴雪峻继续紧逼:"阿姗,我想问你一个问题,你要如实回答。"

"问吧。"阿姗画圈的脚趾又微微颤动了一下。

"什么原因让你舍命救我?"

"你说呢?"

"我猜你爱上我了!"

阿姗的脸上顿时有了红晕,见阿姗芳心大动,吴雪峻的手故意向她的手方向挪动,他的手轻轻地碰了一下阿姗的手,阿姗的手触电一般往回缩。吴雪峻可不愿意半途而废,他的手再一次碰到了阿姗的手,这回,阿姗的手没有再往回缩,吴雪峻微微颤抖的手终于勇敢有力地握住了阿姗的纤纤玉手,两人的手越握越紧,从阿姗手心透出的丝丝冷汗让吴雪峻意识到阿姗对他的感情。此时,吴雪峻显得既恐惧又兴奋,觉得这时候绝对不能松开手,于是他就一直紧紧地握着阿姗的手。

时间在这一刻凝固了。

过了许久,阿姗的手轻轻地从吴雪峻的手心里抽出。两人同时抬起头,向八卦山的方向眺望。此时,八卦山上的战斗虽然结束,但依旧火光冲天,远处飘来的风里还夹杂着一股浓浓的血腥味。

此情此景,让深藏在阿姗心底的痛苦再次爆发,她扑在吴雪峻的怀里,大声痛哭。

当悲伤的感情如一江春水流走之后,阿姗的眼里只剩下仇恨:"大哥,大敌当前,我们只能将儿女情长的事搁在一边,把日寇从台湾赶走之后,我们再谈恋爱,好吗?"

"好!"吴雪峻语气铿锵,"我发誓要为死去的战友们报仇雪恨,将日寇赶出宝岛后,我一定娶你为妻,在阿里山扎下根!"

历经千辛万苦,吴雪峻终于把阿姗安全地送回阿里山的老家,他一边精心照料受了伤的阿姗,一边打听台湾民众抗日的消息。令吴雪峻备感沮丧的是他听到的都是坏消息。

彰化失守了,日军兵分几路大举南下,黑旗军和义军拼死抵抗,战斗演变为一村一镇逐个争夺。日军凭借强大的军事优势,逐步蚕食着台湾的土地,但也付出了高昂的代价。

在与日军交战中,大量黑旗军人马战死沙场,统帅刘永福原希望能得到朝廷的援助,但朝廷却抱着袖手旁观的态度。刘永福在援助无望的情况下,抱着遗憾离开台湾回到大陆,群龙无首的黑旗军人马只好投降,受到日军的百般虐待,抗日义军转入地下，他们分散在台湾的各个角落，继续与日军展开不屈不挠的战斗。

当吴雪峻把了解的情况告诉阿姗时，阿姗理了理秀发后问道："大哥，你有什么想法？"

吴雪峻昂起头："大丈夫与其生为降俘，不如死为义民，我要与日寇血战到底。"

"大哥，你是铁了心的？"

"阿姗，你难道怀疑我的决心？"吴雪峻脸上青筋暴出。

"大哥，我不过是和你开个玩笑。"阿姗拍了拍吴雪峻的肩膀，充满自信地说，"日寇貌似强大，其实外强中干，我们一定能打败他们！"

经过一段时间的治疗，阿姗伤愈了，风风火火的她立即走街串巷，鼓动父老乡亲抗日，她的鼓动与倡议得到父老乡亲的积极响应，很快阿姗便在阿里山拉起了一支抗日小分队。

阿姗推选吴雪峻当这支小分队的队长，却被吴雪峻拒绝："阿姗，你是本地人，小分队里的人都是你的父老乡亲，我当这支队部队的队长显然不合适。"

"那谁合适呀？"

"你！"

"不行，不行。"阿姗急忙摆了摆手，"我一个妇道人家，怎能担此大任？"

"行。"吴雪峻重重地拍了一下阿姗的肩膀，"'小辣椒'有胆量，有气魄，巾帼不让须眉，由你担任队长，肯定错不了。"

"真的？"

"真的！"吴雪峻用不容置疑的口吻说道，"你担任队长后，我当你的副手，做你的左膀右臂。"

"一个身怀绝技的抗日英雄,当女流之辈的副手,会不会很委屈呀?"

"不会,我想尝一尝绿叶衬红花的滋味。"

"好,那我就试试吧。"

抗日小分队成立后,由阿姗任队长、吴雪峻任副队长。

按照分工,小分队由吴雪峻组织训练,吴雪峻给小分队成员上的第一堂课是如何与日军拼刺刀。

吴雪峻根据自己在八卦山跟日军拼刺刀的经验,绘声绘色地讲述心得。

为了让授课更有针对性,吴雪峻提出由小分队一个队员装扮日军,可大伙都对日军深恶痛绝,谁都不愿意装扮。吴雪峻喊破嗓子,就是没人站出来,他只好将求助的目光抛向阿姗,阿姗显得胸有成竹,她朝助手刘小妹使了个眼神,心领神会的刘小妹便亮开嗓门喊:"哪位哥哥站出来装扮鬼子,授课结束之后,我为他唱一首歌。"

刘小妹的话音刚落,小分队人群里立即蹦出一个膀大腰圆的黑脸汉子,他叫黄痴山,大伙儿都叫他"呆子",之所以这么叫,那是因为他憨厚老实,经常被战友们捉弄。在阿里山,黄痴山的家与刘小妹的家挨在一块儿,小时候,他们便常一起在竹林里捉竹虫、掏鸟窝,追打刚会飞的嫩鸟。说他俩之间青梅竹马可能夸张了点儿,但不能否认两人从小就有好感。黄痴山原先并不热衷加入小分队,可听说刘小妹加入了,便屁颠屁颠地来到小分队。

在小分队,黄痴山与刘小妹之间接触多了,彼此间的关系更加密切。别看黄痴山傻呵呵的模样,其实他在女人堆里还是挺吃香的,他的身上最能打动姑娘芳心的东西,那就是痴。训练场上,他舞起的大刀如闪电般穿行,透着一股男子汉特有的阳刚之气。黄痴山如此卖力地耍大刀,其实是想引起刘小妹的注意,在众人的叫好声中,刘小妹出现了,刘小妹一出现,黄痴山那痴呆的目光便奔向她,看得刘小妹脸红心跳。

黄痴山的痴情让刘小妹怦然心动。

虽然黄痴山和刘小妹彼此间有好感,但那层薄薄的纱始终没有捅破。现在刘小妹振臂一呼,黄痴山当然要积极响应,尽管他十分讨厌装扮成日军。

有了黄痴山这个假想的对手,吴雪峻的表演便有的放矢,刀光剑影之中,他把杀敌的一招一式生动地展现在小分队队员面前。

吴雪峻课上得形象生动,小分队队员个个练得卖力,苦练一段时间之后,吴雪峻又开始讲解与日军交战时必须掌握的技巧。

要练就这身功夫,没有任何窍门,只有一个办法:苦练!吴雪峻边说,边舞起大刀,大刀时而如闪电般穿行,时而如行云流水,引得大伙阵阵喝彩。

训练结束后,吴雪峻坐在树下,逍遥自在地吹起笛子。吹笛子的时候,吴雪峻总是摇头晃脑,把自己的情感融入进去,优美的旋律就像清凉的山泉缓缓地流向远方。

每次吴雪峻吹笛子的时候,阿姗总是侧耳细听,一副陶醉的模样儿,她还会情不自禁地随着音乐节奏跳起欢快的舞蹈。

阿姗翩翩起舞的时候,刘小妹总会站在阿姗身边为她击掌叫好。此时,黄痴山便悄悄地摸上来,嬉皮笑脸地说:"小妹,你唱首歌为阿姗队长助兴吧。"

"不行,不行,我歌唱得难听死了。"刘小妹摆了摆手。

"不要谦虚了,你歌唱得比百灵鸟还动听,每次听到你的歌声,我就……"黄痴山欲言又止。

"就什么呀?"刘小妹斜了黄痴山一眼。

"我就激动得浑身直哆嗦。"黄痴山的话音刚落,脚真打起了哆嗦。

黄痴山这副痴痴的模样,让刘小妹心里暖洋洋的。虽然心里高兴,脸上却不露声色:"阿姗姐歌唱得比我好,你还是请她唱吧。"

"还是你唱得中听。"黄痴山朝刘小妹憨憨地笑。

"为什么?"

"因为我喜欢你!"黄痴山凑近刘小妹耳边悄悄地说。

"可我不喜欢你,呆子一个。"刘小妹手叉着腰,继续演戏。

"骗人,你也喜欢我。"

"哪看出来?"

"上回我装扮日军的戏演完之后,你拼命地鼓掌,眼里还含着泪水呢。"

刘小妹愣了一下,没想到傻头傻脑的黄痴山在情感方面居然如此细腻。

"对了,我想起你当时还许诺要为装扮日军的队员唱首歌,刘小妹,你可不能耍赖哟。"

看来歌不唱不行了,刘小妹把粗粗的辫子一甩,大大方方地亮开嗓门唱道:

> 梦萦阿里山,
> 耳畔响笛声。
> 有缘寻涧水,
> 欲仙乐逍遥。

当悦耳的声音回荡在林间时,黄痴山的腿抖得更厉害了。黄痴山的这副表情,让小分队的队员们笑得前俯后仰,他们一边笑,一边起哄:"癞蛤蟆想吃天鹅肉哟!"

一个月黑风高的夜晚,阿姗和吴雪峻带领小分队袭击日军军营。那天,阿姗手里拿着老毛瑟枪,腰间佩一支剑,头上插着红白两朵小花,脖子上围着一条龙凤相戏的洁白绸巾,身上穿着一件艳丽的衣服,远远看去,既像一个女侠客,更像一位即将出嫁的姑娘。

阿姗带着人马悄悄靠近日军军营,日军哨兵对阿姗的这身装扮非常好奇,还以为是嫁新娘的队伍路过,根本没有在意。就在日军哨兵放松警惕之际,阿姗手里的枪忽然响了。

"砰!"阿姗看似漫不经心的一枪却准确地击中那位哨兵的额头。

哨兵轰然倒地的那一瞬,还瞪着双眼望着阿姗,他万万没想到这位装扮艳丽的姑娘居然是个杀手。

"兄弟们,杀呀!"看到哨兵中弹倒下,吴雪峻大刀一挥,众人如同猛虎一般冲进日军军营。

前些日子,日军在当地驻扎下来,当时他们的警惕性很高,曾四处侦察,没有发现附近有抗日队伍后,便放松戒备。现在,阿姗的人马从天而降,打得日军措手不及,他们只好仓促应战。

战斗中,吴雪峻的身影始终陪伴在阿姗的左右,一个膀大腰圆的日军端着刺刀朝他刺来,吴雪峻抡起大刀,用刀背使劲磕他的刺刀,日军的刺刀歪了,吴雪峻的大刀借着回力从后往前抡了一圈,再向前一刺,立即刺中日军,再使劲儿一拧,日军"啊"的一声惨叫,鲜血四溅,当场毙命。

"剃头刀又来了！"一位日军看清吴雪峻就是八卦山上砍日军头颅如探囊取物的剃头刀时，禁不住发出一声惊叫。

惊叫声使日军军心涣散，小分队则士气高涨，他们把吴雪峻教的刀法发挥出来，一磕一砍，快如闪电，许多拿着刺刀的日军还没弄清怎么回事，脑袋便搬了家。

日军指挥官中山一郎见状，急忙下令人马撤退，但来不及了，吴雪峻已像一座山一样横在他的面前。

"八嘎，快让开，否则死路一条。"中山一郎举着钢刀咆哮道。

"小日本，你别在我面前耍横，知道大爷的绰号吗？"吴雪峻挥舞大刀，步步紧逼。

"长官，他是剃头刀。"中山一郎身旁的一名士兵话音刚落，脑袋就被吴雪峻削了下来。

中山一郎倒吸一口冷气，孤注一掷的他举起钢刀恶狠狠地朝吴雪峻扑来。

吴雪峻敏捷一闪，而后猛地腾空而起，举着大刀若大鹏展翅，疾掠至中山一郎的身后，右足自上而下，狠狠踏在中山一郎的后脑上。

中山一郎打了个踉跄后，重新站稳脚跟。

"这一脚是让你们知道，血债血偿，中国人一定会讨回来！"吴雪峻舞动手里的大刀。

中山一郎恼羞成怒，又举起刀向吴雪峻扑来。

吴雪峻又是一闪，他左腿膝盖微曲，右足猛踏上一步，左足自下而上飞起一脚，脚面重重抽在中山一郎的下颚。一声清脆的骨裂声起，中山一郎口喷鲜血，轰然倒地。

"这一脚，是替所有惨死在你们日本人手下的百姓给的！"吴雪峻在中山一郎面前秀起肌肉。

中山一郎挣扎着站起身子，虽然败局已定，仍负隅顽抗。当他又一次嗷嗷叫地举刀扑来时，吴雪峻没再给他抵抗的机会了，飞起一脚，将中山一郎手中的钢刀踢飞，而后抢起大刀，寒光一闪，中山一郎的脑袋便搬了家。

这场大战最终以小分队大获全胜而告终。

"大哥，你真不愧剃头刀的美称呀！"阿姗夸耀道。

"我哪比得上队长呀，你开的第一枪就打出了小分队的士气。"

"大哥，你不要夸我了，再夸，我都分不清东西南北了。"

"我不是在夸你，而是打心底里佩服你这个巾帼英雄。"吴雪峻低声逗道，"阿姗，现在日军已被我们打得屁滚尿流，你就信守诺言，嫁给我吧。"

"我们有约在先，把日军赶出台湾后，才嫁给你。"阿姗撅起嘴。

"等把日军赶出台湾，恐怕我们都老了。"吴雪峻故意拉长脸，摆出一副老态龙钟的模样。

阿姗忍俊不禁。

两人谈笑间，小分队的队员们已经清理完战场。黄痴山的身上挂着沉甸甸的战利品，见吴雪峻和阿姗在打情骂俏，便凑上前，嬉皮笑脸地问："队长，雪峻大哥在向你求婚呀？"

"别瞎说。"阿姗装出一副恼怒的模样。

"队长，何必生这么大的气呢？我觉得雪峻大哥不错，武功好，人又实在，你嫁给他错不了。"

"呆子，你在拉郎配呀？"阿姗白了黄痴山一眼

"雪峻确实不错呀。"黄痴山拉了一下站在阿姗身边的刘小妹

袖子,"小妹,你说呢?"

"呆子,队长心里明镜似的,用不着你瞎操心。"刘小妹敲了敲黄痴山的脑袋。

阿姗的脸顿时红到耳根,掉过头看了看黄痴山,又瞧了瞧刘小妹,说:"你们俩居然一唱一和。呆子,我问你,你喜欢小妹吗?"

"喜……欢。"黄痴山的舌头明显短了一截。

"小妹,你喜欢呆子吗?"

"他傻头傻脑的,看了就讨厌。"刘小妹娇嗔道。

"小妹,既然你不喜欢呆子,我就把他介绍给其他女队员,你可不要介意哟。"

"队长,谢了。"黄痴山拉住阿姗的手,装出一副感激涕零的模样。

阿姗与黄痴山合演的这出激将戏把刘小妹彻底惹怒,她狠狠地拧住黄痴山的耳朵,骂道:"呆子,想不到你肚里还藏着花花肠子,你若敢三心二意,小心姑奶奶打断你的腿。"

吴雪峻站在一旁,笑眼旁观事态的发展。看到刘小妹中计,便上前拍了拍黄痴山的肩膀,笑眯眯地说:"呆子,你好福气哟,小妹爱上你了,你可以抱得美人归了。"

"嘻——既然郎有情妾有意,我就当你们的红娘,早点把事办了。"阿姗笑眯眯地说。

"那我什么时候能当上新郎呀?"黄痴山一副猴急的模样。

"呆子,等不及了?"吴雪峻笑道。

"再等下去,我就要跳墙了。"

"呆子,队长和雪峻还没办,你急什么?"刘小妹又使狠劲拧了一下黄痴山的耳朵。

410

此时，收拾好战场的战友们全部围了上来，他们身上都挂着战利品。看到大伙一脸的喜气，吴雪峻给大伙打起预防针："弟兄们，我们可不能被胜利冲昏了头脑，日军肯定不甘心失败，一定会组织疯狂的反扑。下回，日军与我们交手，肯定会吸取教训，想方设法避开贴身肉搏，他们会在远处朝我们开枪，不让我们的大刀靠近他们。"

"那我们应该怎么办？"一个队员蹙起眉头问道。

"大伙不是缴获了很多日军的长枪吗？日军用长枪向我们射击，我们也用长枪对付他们。如果打不赢，我们就撤到深山里面与日军周旋。"吴雪峻的大手在空中有力地挥了一下。

"可我们不会使这玩意儿呀。"一位队员把手里的长枪拨弄来拨弄去，还是没搞清楚怎么用。

"怎么使用长枪，那你们得问队长，她可是个呱呱叫的神枪手，大伙要不要让她表演一下枪打飞鸟的绝活儿？"吴雪峻大声问道。

"要！"大伙齐声应道。

见大伙的目光齐刷刷地注视到自己身上，阿姗屏气凝神，举枪朝树枝上的鸟儿射击。

"砰！"一声枪响，血淋淋的鸟儿顿时从树枝上掉了下来。

大伙齐声欢呼。

小分队凯旋后，便分成两组，一组队员握有长枪，由阿姗教他们射击本领；另一组则耍大刀，他们与吴雪峻一块儿，把大刀耍得更加随心所欲。

八、 凤凰涅槃

抗日小分队操练得红红火火的时候，日军悄悄地摸了上来。此次，日军显然做了充足的准备，他们调集了大量精锐部队，在炮火的掩护下，从四面八方向小分队扑来。由于上次吃过苦头，日军这次不与小分队贴身肉搏，他们躲在远处举枪朝小分队人员射击，小分队的大刀发挥不出优势，长枪又少，与日军交锋一阵子后，便处于劣势。吴雪峻和阿姗紧急商议后，决定带兵突围。经过一番激烈的交战，小分队终于从日军的包围圈里打开了一个缺口，阿姗和吴雪峻迅速带着突围出来的人马向深山里转移。凶狠的日军步步紧逼，把突围出来的小分队人马团团围困在山上。

"哟西，只要下山投降，就饶你们不死。"日军指挥官朝山上大声叫嚷道。

山里没有回音。

"只要下山投降，就饶你们不死。"日军指挥官继续大声叫嚷。

山里还是没有回音。

日军指挥官见小分队人员没有回应，便举起刀，就在他准备下达攻击命令的那一瞬，阿姗的枪响了。

"砰!"一声枪响，子弹不偏不倚地击中了日军指挥官的头颅。

"打得好！打得妙，打得小日本哇哇叫。"抗日小分队队员齐声喝彩。

阿姗这一枪压制了日军的嚣张气焰，他们的人马开始向后撤退。

"日军开始撤退了，我们可以下山了吗?"阿姗问吴雪峻。

吴雪峻摇了摇头："这是日军的诡计，他们想引我们下山，然后再包抄上来……"

事实证明吴雪峻的判断非常正确，日军佯装撤退后，看到小分队人马并没下山，过了两个小时之后，又重新包抄上来。

日军指挥官被阿姗击毙后，新的指挥官是一位刀疤脸，他脸上的刀疤就是在八卦山与吴雪峻拼刺刀时留下的，那天，他挨了吴雪峻一刀后，幸亏跑得快，否则早就没命了。现在，当刀疤脸看到吴雪峻被围在山上，牙齿虽咬得格格响，却不敢轻易发起进攻，因为他领教过吴雪峻大刀的厉害，他命令部队在山下安营扎寨，准备将小分队人马困死在山上。

面对日军铁桶似的围困，吴雪峻并不慌张，悠然从身上拿出笛子，吹起《春江花月夜》，那充满柔情蜜意又带着淡淡忧伤的旋律飘飘荡荡在山谷里，飘荡在小分队队员们的心坎上，一脸陶醉的他们暂时忘记了自己艰难的处境。

看到大伙如痴如醉，吴雪峻忽然改吹《霸王别姬》，笛声忽然变成涛声，跌宕汹涌、惊涛拍岸。

大伙凝神屏气，侧耳细听，发现那跌宕起伏的曲子虽然处处充满杀机,却埋下了希望和力量、坚贞与不屈的种子,这样的种子无论落在台湾哪个角落,都能落地生根,茁壮成长。

一曲终了,阿姗和大伙一块儿鼓起了掌。

"大伙有没有听出什么?"阿姗大声问道。

"有。"一个血气方刚的年轻男子高喊,"曲子里透着一股血性!"

"说得好!"阿姗接过年轻男子的话茬,"我们现在虽然被包围在山上,但决不屈服,誓与日军血战到底!"

"一寸河山一寸血,我们誓与日军血战到底!"吴雪峻振臂高呼。

"一寸河山一寸血,我们誓与日军血战到底!"小分队所有队员发出震耳欲聋的吼声。

此后,小分队士气空前高涨,他们击退了日军的多次进攻。

刀疤脸见拿不下山头,只得向上级请求援兵,很快日军又派出大量的援兵。

日军援兵到来后,吴雪峻和阿姗意识到要带兵突出重围,已经是件不太可能的事了。

"大哥,我们应该怎么办?"阿姗面色凝重。

"还是那句话,一寸河山一寸血,誓与日军血战到底!"

"大哥,现在已到了生死攸关的紧要关头,我想问一个问题,你愿意回答吗?"

"问吧。"

"你后悔没返回大陆,留下来跟我一块儿抗日吗?"

"不后悔!"

"为什么?"

"因为我痛恨日寇。"吴雪峻的眼里射出怒火。

"那我再问你一个问题。"

"问吧。"

阿姗忽然低下了头,那微微颤动的脚趾在地下胡乱地画着圈圈,圈圈画得不成规则,张牙舞爪。但在吴雪峻的眼里,却又另有景致。那歪歪扭扭的笔画都是阿姗用心写就的,每一笔都浸着个"情"字。

当一个歪歪扭扭的圈子画出之后,阿姗终于鼓起勇气:"大哥,你爱我吗?"

"爱,你是我心中的女神!"吴雪峻紧握阿姗的手。

"愿意娶我为妻吗?"

"愿意!"

"那我们明天就成亲吧!"

"你不是说要等到把日寇赶出台湾的那一天吗?"

"那个日子可能等不到了。"阿姗的话语里透出淡淡的忧伤。

吴雪峻把阿姗揽在怀里,轻声问道:"明天日军肯定会向我们发起进攻,我们举行婚礼合适吗?"

"为什么不合适呢,把日军的炮火当作我们婚礼的礼炮,岂不是件很浪漫的事情吗?"依偎在吴雪峻怀里的阿姗呢喃道。

"阿姗,你这个主意太妙了,你能嫁给我,那是我的福分,我就是这个世界上最幸福的人!"吴雪峻两眼生辉。

第二天早晨,阿姗的打扮和第一次袭击日军时一样,手里拿着老毛瑟枪,腰间佩一支剑,头上插着红白两朵小花,脖子上围着一条龙凤相戏的洁白绸巾,身上穿着一件艳丽的衣服,她的身边跟着副手刘小妹。

"同志们,年轻漂亮的阿姗要嫁给英俊潇洒的吴雪峻,大伙说好不好?"刘小妹大声问道。

"好！"大伙齐声鼓掌。

"阿姗，来一曲——"

"吴雪峻，来一曲——"

在小伙和姑娘们的起哄声中，大大方方的阿姗亮起嗓门唱了一首阿里山的民歌，歌声裸露着八月骄阳般火辣的情肠。阿姗的歌声刚落，便引来小分队姑娘们一阵喝彩。

轮到吴雪峻表演了，他亮开嗓门儿，唱起自己拿手的情歌，吴雪峻的歌声雄浑有力，一浪顶着一浪，一浪高过一浪，引来小伙子们的阵阵欢呼。

"轰！"一发炮弹在婚礼现场边爆炸。

"你们瞧，日军知道我与阿姗结婚，也发来炮弹表示祝贺！"吴雪峻调侃道。

大伙顿时哄堂大笑，唯独黄痴山没有笑，他梗起脖子喊："大哥，你和阿姗队长办婚事，可不能落下我和刘小妹。"

"不会拉下你们，这个媒婆我当定了！"阿姗拉起刘小妹的手，郑重地交到黄痴山的手心里。

"呆子，你想娶小妹为妻吗？"

"想！做梦都想！"黄痴山紧紧地握住刘小妹的手，浑身禁不住又打起哆嗦。

"轰！"日军的又一发炮弹落下。

"日军还真够意思，知道我们要举办两场婚礼，又发来炮弹祝贺！"吴雪峻继续调侃道。

欢笑声中，全副武装的日军已经把山头围得水泄不通。

"哟西，只要你们下山投降，就饶你们不死。"日军指挥官刀疤脸大声叫嚣道。

婚礼现场的气氛顿时凝重起来。

"大伙谁想投降,可以下山,我们绝不阻拦,不愿意投降的,留下来与日军血战到底!"阿姗紧攥小拳头。

"一寸河山一寸血,我们誓与日军血战到底!"小分队的队员异口同声。

"好,那我们就以血还血,以牙还牙。"吴雪峻挽起袖子,摆出一副决一死战的架势。

"以血还血,以牙还牙!"全体小分队振臂高喊。

振聋发聩的喊声在山谷里回响着,这是一次真实的精神检阅,喊声凝结着仇恨和激情。吴雪峻从这滚滚而来的喊声中感受到力量与温暖,似乎闻到了扑面而来的浓浓血腥味。这一刻,在猎猎军旗下背水一战的欲望汇成一河血红的潮水,在他的身上哗哗流淌。

刀疤脸听到山上江海咆哮般的喊声,恼羞成怒的他下令向小分队发起猛烈的进攻。因为惧怕吴雪峻和小分队的大刀,刀疤脸让日军的先头部队戴着一种可笑的铁围脖。铁围脖用一块半月形的铁片,将其折成半圆,在上沿两头打两个洞,用铆钉铆在钢盔上,戴上钢盔时,铁围脖即围在后脖子上面。

"别看日军很嚣张,其实他们外强中干,内心非常惧怕我们,你们瞧他们的这副打扮就知道了。"吴雪峻用大刀指了指冲在最前面的一个日军,"大伙看我怎么收拾这个家伙。"

吴雪峻言罢,猛地腾空而起,挥舞大刀直取冲在最前面的日军士兵的头颅,日军士兵慌忙用手里的枪去挡,吴雪峻的大刀落下那一刻,忽然绕了个弯,变成取日军士兵的头颅,大刀如疾风吹过,日军士兵尽管头上戴着铁围脖,仍被吴雪峻削下头颅。

另一位站在远处戴着铁围脖的日军士兵见吴雪峻如此勇猛,举枪欲朝吴雪峻射击,这时候,阿姗的枪响了,举枪的日军立即毙命。

吴雪峻的大刀砍出了士气，战壕里拿大刀的队员在黄痴山的带领下，如同猛虎般扑向日军。

两军绞在一块儿，杀得血肉横飞，天昏地暗。

肉搏战中，吴雪峻越战越勇，在他的带领下，小分队汉子们个个奋勇杀敌。日军顿时倒下一大片。

"剃头刀又来了，剃头刀又来了！"日军先头部队出现慌乱，开始向后撤退。

刀疤脸不愧老奸巨猾，看到先头部队被小分队的大刀杀得溃不成军，并不急着让后面的部队上前相救，而是让他们举枪瞄准大刀队的队员，日军先头部队一撤，大刀队队员便暴露在日军的射程之内，随着刀疤脸一声令下，日军枪炮齐发，大刀队队员顿时倒下一大片。

"哟西，杀！杀！杀！"刀疤脸拔出钢刀，发出狼一样的叫声。

吴雪峻带领剩下的大刀队人员与扑上来的日军展开惨烈的肉搏战。战场上，呐喊声、枪炮声、拼刺刀声把吴雪峻的神经连根抠起，火热的血液在骨骼里此起彼伏汹涌澎湃。他挥舞着大刀，奋勇杀敌，身上被子弹击中多处，但顾不上包扎，血染战袍的他与战友们布下铁桶阵，不断抗击日军疯狂的进攻。

恶战在继续，小分队队员的鲜血渗进山林深处，灌进草木根须，铸进岩缝石隙。搏杀中，战友们一个个倒下，日军仍源源不断地向山头发起进攻。此情此景，让黄痴山心急如焚，他冲吴雪峻大声吼道："大哥，你快带兄弟们撤退，我来断后。"

"不，我要和鬼子血战到底。"吴雪峻咬牙切齿。

"大哥，你不带兵撤退，我们将全军覆没。"黄痴山额头青筋暴起,奋力将吴雪峻往后一推,而后抡起大刀,冲进敌阵。

吴雪峻含泪带领剩下的几个弟兄撤退。

黄痴山与日军绞在一块儿搏杀,身上虽然伤痕累累、鲜血淋漓,仍咬紧牙关,浴血奋战,他的右手臂被日军砍掉。只见他的身体微微向后晃了一下,最后又站直,挥动仅剩的左臂,鼓足最后的一点力量将手中的大刀甩出,大刀如一道闪电飞向一名日军的要害部位。

日军发出一声尖利的惨叫后,当场毙命。

黄痴山倒下那一瞬,缓缓回眸,朝战壕里的刘小妹发出一声情真意切的悲叹。

战壕里的刘小妹听到直抵心灵的叹息声,再也按捺不住了,抱起炸药包,从战壕里跃起,向日军阵地冲去。

"轰!"一声巨响,日军先头部队被炸得人仰马翻,刘小妹自己也身受重伤,奄奄一息的她使出浑身的气力爬向黄痴山血肉模糊的尸体。

"呆子……我终于……可以永远……和你在……一起了。"刘小妹紧紧地抱住黄痴山的尸体,头轻轻地依偎在黄痴山的身子上,脸上漾出甜蜜的微笑,闭上了双眼。

眼前悲壮的一幕让吴雪峻痛不欲生,他咬着牙,硬是把悲伤压在心底,回到战壕,此时,他的脸上、身上、腿上已是血肉模糊。

阿姗紧紧地抱住吴雪峻,失声痛哭。

"现在不是哭的时候,快拿起长枪继续与日军作战!"吴雪峻大声吼道。

阿姗急忙抹去泪水,举起长枪瞄准日军。

日军越来越近,阿姗一声令下,长枪队队员一齐向日军射击,顿时枪声大作,残酷的战斗再次打响。

日军在炮火的掩护下占据绝对优势,由于弹药短缺,阿姗带领的长枪队很快便弹尽粮绝。

"把这些顽固不化的人通通杀了!"刀疤脸叫嚣道。

日军恶狼一样冲了上来,战壕里小分队队员扔掉枪,拿起刀冲出战壕与日军肉搏。吴雪峻并没有像刚才那样跃出战壕,精疲力竭的他朝阿姗使了个眼神,心领神会的阿姗眼里顿时涌出泪水,她背过身子,抹去泪水之后,伸出颤抖的手,从战壕里拿出早已准备好的炸药,绑在她与吴雪峻的身上。

没过多久,冲出战壕的小分队人员全部壮烈牺牲。现在,小分队人马只剩下吴雪峻与阿姗,两人在日军的枪口下,紧紧地抱成一团。

战场上出现短暂的平静。

看到伤痕累累的吴雪峻,刀疤脸冷笑道:"剃头刀,八卦山恶战,你差点要了我的命,现在落到我的手里,看我怎么收拾你。"

刀疤脸说罢,举着刀向吴雪峻靠近,吴雪峻松开拥抱阿姗的双手,掸掸身上的泥土,收起两腿并且挺直腰杆,眼睛里射出的寒光直刺刀疤脸。刀疤脸的身子不由打了个颤,呆呆地站在原地,举刀的手微微颤抖。

"阿姗,你爱我吗?"吴雪峻的目光重新落到阿姗身上。

"爱!"阿姗的脸上飞起红晕。

"你当我的新娘后悔吗?"吴雪峻用充满激情的口吻继续问道。

"永不后悔!"阿姗大声应答。

吴雪峻再次把阿姗紧紧地揽在怀里,揽在自己的生命中。

"雪峻,有一句话我想对你说。"小鸟依人的阿姗低声呢喃道。

"说吧。"

"我想为你生个孩子。"阿姗的脸涨得通红。

"我们……会有……机会的。"吴雪峻哽咽道,泪水模糊了他的双眼。

"真的吗?"阿姗天真无邪地瞪大双眼。

"真的。"吴雪峻抬起头,"你看,有一只爱情鸟来接我们了。"

"它要把我们接到哪里呀?"

"天堂!"吴雪峻眯着双眼憧憬道,"那是一个美丽的地方,在那里,我们会相亲相爱,白头偕老。"

"我喜欢!"阿姗笑靥如花。

经过短暂的慌乱之后,刀疤脸看清吴雪峻手里没有武器,于是钢刀一挥,日军便将吴雪峻和阿姗团团围住,他们的枪口齐刷刷地对准吴雪峻和阿姗。

刀疤脸朝吴雪峻挤出一副笑脸:"剃头刀,我看你是条汉子,只要你愿意投降,为天皇陛下效力,我愿放你和你的女人一条生路。"

时间在这一刻凝固了。

吴雪峻理了理阿姗略显杂乱的秀发,轻声问道:"阿姗,你是愿意留在尘世还是去天堂。"

"天堂,我们的家园在天堂!"阿姗说道。

"好,那我们就一块儿走吧!"吴雪峻抱紧阿姗,猛一抖擞,全身肌肉唰地绷紧,一道响亮的膛音发出后,他与阿姗同时拉响了炸药的导火索。

"轰——"一声巨响……

九、 白鸽在台湾海峡飞翔

吴雪峻又从穿越剧里跌回宾馆的床上,落地的那一刻,禁不住振臂高呼:"让日寇见鬼去吧!"

睡在另两个房间的吴和平和吴白鸽急忙跑进父亲的屋子,此时,吴雪峻高傲地举着双手,还沉浸在令人荡气回肠的穿越剧之中,只是当吴和平和吴白鸽紧紧地抱住他的身子时,他才从穿越剧里醒来。

"和平、白鸽,你们知道我做了什么事吗?"吴雪峻问道。

吴和平和吴白鸽摇了摇头。

"我通过永历钱币的四方孔穿越到台湾清朝年间,做了一回抗日英雄,和你们的母亲一块儿当抗日英雄!"吴雪峻紧握拳头,高高地昂起头,这时候,他才猛然发现自己日渐干瘪的体内竟然蕴藏着雄浑黏稠的血液,膨胀着血管,激荡着心扉。

"爸爸,你不像个病人,倒像个英雄。"吴和平感叹道。

"我这辈子当了太多回的逃兵,苟且偷生的日子过得异常憋屈,现在在穿越剧里当一回烈士,让我有浴火重生、凤凰涅槃的感觉。"吴雪峻脸上漾出幸福灿烂的微笑,深藏在骨子里气吞万里如虎的军人气概彻底苏醒。

"爸爸,你今天的气色真好呀。"吴白鸽紧紧拉着父亲的手。

儿女一唱一和让老人心头暖流阵阵:"孩子们,爸爸现在心情很好,你们想不想听爸爸朗诵闻一多的《七子之歌·台湾》?"

"我们想听!"吴和平和吴白鸽击掌叫好。

吴雪峻清了清嗓子,开始用略带沙哑的口吻朗诵道——

> 我们是东海捧出的珍珠一串,
> 琉球是我的群弟,我就是台湾。
> 我胸中还氤氲着郑氏的英魂,
> 精忠的赤血点染了我的家传。
> 母亲,酷炎的夏日要晒死我了,
> 赐我个号令,我还能背水一战。
> 母亲,我要回来,母亲!

朗诵结束,吴雪峻竟无语凝噎。

一阵静默。

继而响起热烈的掌声。

儿女的掌声轻轻地拍打着吴雪峻的心扉,他的心头顿时被浓浓的温情所缠绕。此时,吴雪峻完全不像个病入膏肓的老人,他精神抖擞地拉起吴和平和吴白鸽的手:"走,我们一块儿看海去。"

晨曦初现,海面显得格外安静,细碎的波纹缎子般在广阔无边的海面从容不迫地铺张开来,柔柔的朝阳把沙滩边的碎贝壳照得晶亮。

吴雪峻站在海这边,目光凝聚在碧波荡漾的海面上。

过了许久,他的目光从海这边移到海那边,脸上布满忧伤。

"爸爸,你在想什么?"吴和平问。

"想你们的妈妈。"吴雪峻哽咽了一下,"人真是个奇怪的动物,在台湾的时候,我一直想大陆,想这边的亲人。可到了大陆,我的梦里老是闪动着台湾的亲人。现在,我总算明白了,无论我身在台湾,还是在大陆,挥不去的乡愁、斩不断的亲情都如同春藤一样缠绕着我。"

"爸爸,你什么时候与我们一块儿回台湾呢?"吴白鸽问。

吴雪峻不回答。

"爸爸,我们还是快点动身回台湾吧。"吴和平央求道。

吴雪峻思考片刻后,忽然拍了拍吴和平和吴白鸽的手说:"和平、白鸽,你俩也给爸爸表演一个节目,如何?"

"爸爸,你想让我俩表演什么节目?"

"朗诵一下余光中的《江湖上》。"

吴和平和吴白鸽挺起胸脯,面对奔涌的大海朗诵:

一双鞋,能踢几次街?
一双脚,能换几次鞋?
一口气,咽得下几座城?
一辈子,闯几次红灯?
答案啊答案,在茫茫的风里。

一双眼,能燃烧几岁?
一双嘴,吻多少次酒杯?
一头发,能抵抗几把梳子?
一颗心,能年轻几回?

答案啊答案，在茫茫的风里。

为什么，信总在云上飞？
为什么，车票在手里？
为什么，噩梦在枕头下？
为什么，抱你的是大衣？
答案啊答案，在茫茫的风里。

一片大陆，算不算你的国？
一个岛，算不算你的家？
一眨眼，算不算少年？
一辈子，算不算永远？
答案啊答案，在茫茫的风里。

听完儿子和女儿声情并茂的朗诵，吴雪峻蹲下身子，无声的泪像漏天的雨，流得不可遏止。

当情感得到淋漓尽致发泄之后，吴雪峻抬起头："二战时，美军将领麦克阿瑟曾经说过'老兵永远不死，只会慢慢凋零'这样一句名言，我想我的人生之路还很漫长。"

吴雪峻说罢，脸上泛起红光，迈着轻快的步子来到波涛汹涌的海边，任涌动的海水打湿他的脚。

"爸爸，你要多保重。"吴和平和吴白鸽一人拉住吴雪峻的一只手，生怕他再往海里走。

吴雪峻停顿了下来，望着台湾海峡若有所思。

"爸，你在想什么？"吴白鸽问道。

"我在读海。"吴雪峻一字一顿地说，"在我心目中，台湾海峡已经演变成一种文化符号，凝结在华夏源远流长的历史与传统的骨髓里，流动在炎黄子孙的血脉中，它是大陆与台湾血脉相连的纽带，不管用什么手段，都无法割断这血浓于水的亲情！"

"爸，没想到你对台湾海峡有如此精辟深奥的见解。"吴和平感叹道。

"孩子，当你历经战争苦难的折磨、亲人生离死别的痛苦、难以排遣的乡愁的时候，你就会读懂我为什么会有这样的感受。"吴雪峻伸出手，轻轻地抚摸着吴和平和吴白鸽的头，轻声问道，"和平、白鸽，如果真有来生，你猜爸爸最想变成什么。"

吴和平和吴白鸽摇了摇头。

"如果能化成一只在台湾海峡来回飞翔的白鸽，那是一件多么幸福的事情哟！"

吴雪峻高仰着头颅，声音不是从嗓子里冒出，而是从心底深处迸出生命的最强音，这声音像一道闪电划破沉寂的天空，如一声春雷惊醒沉睡的万物。

这一刻，神奇的事情发生了，藏在吴雪峻内衣口袋里的那枚永历通宝钱币猛地蹦出，化成一只白鸽落在吴雪峻的掌心。

吴雪峻的心尖猛地一颤，耳畔忽然响起钱币说过的话："我有让你穿越寻找自我的权力，你也有机会让我获得重生！"

吴雪峻的心海顿起波澜，目光定格在白鸽身上。

白鸽细长的双腿，洁白如雪的羽毛，红褐色的小尖嘴，两只眼睛呈琥珀色，黑色的瞳仁犹如胡椒粒一样，闪闪发光。站在那里，亭亭玉立，犹如一位白衣仙女……

吴雪峻的脑壳靠近白鸽，似乎能听见白鸽的灵魂在呼喊：我要飞翔！我要飞翔！

吴雪峻朝白鸽努了努嘴。

白鸽心有灵犀，扑腾了几下翅膀，奋力一跃，飞了起来。

　　白鸽飞向蓝天，被温暖的阳光搂抱着，它的眼睛焕发出飞扬的神采，充满勃勃生机与青春活力。

　　吴雪峻的目光紧紧地贴着白鸽，他的灵魂与飞行的白鸽融为一体。

　　白鸽在蓝天白云间自由地遨游一阵子后，张着双翅从天空直插下去，几乎触到了蔚蓝色的大海，忽又扑动翅膀，发出猛烈的声响朝着台湾方向翱翔，可没飞多远，又折回来了身子，朝着大陆方向悠悠地飞翔……

后记

我之所以写《飞越大海的白鸽》这部长篇小说，很重要的因素是我有个当了国民党兵的大伯。

我的大伯1928年出生在闽清白中乡黄石村，那里山清水秀，一条弯弯的河流穿过山村。从远处望，河像嵌在绿色帐幔间的一根银弦，河的四周渺无人烟，叠叠青山与人在水中相照，更添几分宁静，高山呵护着河水，河水从不枯竭。大伯的童年就在这青山绿水间度过，那时的大伯就像河边刚刚破土而出的春笋，开始茁壮成长。18岁那年，大伯已是个眉清目秀的小伙子。我的爷爷家境在村里还算殷实，有几亩良田，大伯书念得不好，但人高马大，是种庄稼的好手。

村里人都认为我的大伯会有美好的前程，但事与愿违，他迷上了赌博，并把赌博当事业干，虽屡战屡败，仍痴迷其中。

有一次，大伯不仅输掉身上所有的钱，还欠下一屁股的债。沮丧的他回家之后，盯上了屋顶上的粮食，夜深人静的时候，他悄悄地来到屋顶，将全家过冬的粮食挑走，用来抵赌债。

第二天，当我爷爷看到屋顶上一粒粮食都没剩下，痛心疾首、怒不可遏，他把大伯绑在树上，抄起木棍往死里打，大伯被打得皮肉绽开，却始终没吭一声。爷爷打累停下来时，大伯的嘴里幽幽地冒出一句话："爸，你不用怕全家饿着了，我当壮丁可以换回粮食。"

我爷爷并没把大伯的话当回事。当大伯真的跑到国民党军队当了壮丁，换回家庭生活必需的粮食和钱币时，我爷爷老泪纵横，追悔莫及。

大伯穿上国民党军装昂着头迈着大步走出村庄，把亲人的哭泣声远远地甩在身后，一路上他没有回头，大有荆轲离开燕国时"壮士一去兮不回头"的味道，人们都认为大伯对我爷爷充满了怨恨，对家乡充满了失望。可当大伯翻过故乡那座高高的山，即将从乡亲们的视野中消失时，他忽然掉过头，向家乡的方向眺望，目光里流淌出深深的爱、浓浓的情。猛然间，他跪下身子，朝家乡的方向猛叩三个响头，他的额头撞击地面所发出的响声在空旷的山野格外清晰。叩完头，他重新站起身子，令人断肠的哭声忽然从嗓子里蹦出，那声音穿过树林，越过山涧，真实地砸在爷爷奶奶和父老乡亲的心间。

大伯走后，我的爷爷和奶奶每天都要来到村里那座高高的山上眺望远方，期盼着他的回归，父母对儿女深深的爱都浓缩在这令人感伤的深情眺望之中。

大伯当兵后，家里收到他寄来的一封信，他在信中说，由于他在战场上表现英勇，已升任国民党少尉排长，并附了一张他在军营里的照片。得知这个消息，我们全家欢欣鼓舞，期盼着他早日荣归故里。

那段时间，爷爷奶奶关注着前方的战事，但从各方得到的消息都对国民党军很不利,解放军正以排山倒海、摧枯拉朽之势把国民党军队打得四处逃窜,这让全家越发为大伯的命运揪心。

国民党败退台湾后,大伯便杳无音信。

我的童年在家乡长大。爷爷奶奶卧室桌子正中摆放着大伯的照片,并供着香火,我经常看到奶奶点着香朝大伯的照片念念有词。那是大伯在国民党部队时寄回到家里的唯一一张相片,相片中的大伯年轻帅气,两眼眯缝着望着远方,嘴角透出一丝浅浅的笑意,似乎在憧憬着什么。大伯的照片打开了我的想象力,童年时期的我经常梦见大伯,梦境中,慈眉善目的大伯从台湾归来,带来很多很多好吃的东西,给我讲富有传奇色彩的人生经历。

20世纪80年代末至90年代初,陆续有台湾老兵回乡探亲,那段时间,爷爷和奶奶时常站在高高的山上,他们的目光一会儿飘向台湾,一会儿落在从远方伸向村庄的弯弯曲曲的小路。

那段时间,村里时常冒出我大伯的各种传说,有说我大伯到台湾后,仕途路上走得顺溜,不仅当上大官,还娶了个漂亮的台湾妹子为妻,现在儿孙满堂,乐不思蜀。也有人说他在台湾其实只是一个普通的伤残老兵,过着凄凉孤独的日子。还有人说,其实他早已在解放战争中当了炮灰。

爷爷和奶奶对各种传闻并不上心,他们执拗地认定大伯跟着国民党军队败退台湾,并会在某年某月某日归来。爷爷和奶奶就是带着这种臆想年复一年日复一日来到高山上眺望,随着岁月的增长,他们腿脚不灵便了,便站在村口的马路边张望过往行人,希望能看到儿子的身影。

爷爷奶奶始终挂念着远方的儿子,却一直没有他的确切消息。

爷爷奶奶去世后,按他们的遗嘱,我父亲和叔叔将他们埋葬在家乡那座高高的山上，我每次回家乡扫墓的时候，站在高高的山上，面对蓝天白云，嘴里会不由自主地嘟哝着余光中的《乡愁》："小时候，/乡愁是一枚小小的邮票，/我在这头，/母亲在那头。/长大后，乡愁是一张窄窄的船票，/我在这头，/新娘在那头……"念到这里，我出不了声，喉咙似乎被什么东西给堵住，目光向远处眺望，脑子里飘出大伯的影子，我不知他究竟身在何处，究竟是在台湾，还是早已成为战场上的炮灰，我无从知道，也许正是因为没有谜底，才让我浮想联翩、感慨万端。

2016年，我从部队转业，专程来到与台湾岛遥遥相望的金门岛。当我向海那边眺望时，眼前影影绰绰地冒出大伯的影子，掬起一把咸咸的海水洗脸，我似乎能从海水里听到大伯的心跳，触摸到他脸上的皱纹，领悟到他刻入骨髓的乡愁，那一刻，我觉得有一把巨大的铁锤一下下砸在心上，心里充盈的鲜血喷薄而出，涌上大脑，直灌眼眶，一个无法遏制的想法猛然蹦出：写一篇台湾老兵血泪史、苦难史的长篇小说！

写作的过程中，当我把自己对大伯的思念和情感融入作品之后，写起来就比较顺畅。小说中的主人翁吴雪峻一半是海水，一半是火焰，与我心中的大伯形象相吻合，四个穿越剧穿插其中，跌宕起伏中透着浓浓的两岸情。至于我的大伯是否还活在世上，我不清楚，从我个人情感方面说，我希望他永远活着，并且儿孙满堂。即便他真的在战场上当了炮灰，我也期盼他能化成一只飞翔于台湾海峡的老白鸽，就像《飞越大海的白鸽》中的一段话：

何处是故乡？
何处有亲人？
何处是归宿？

何处在召唤？

白鸽不知道，真的不知道。也许是看到了太多太多的苦难，它的翅膀沉重、目光迷茫。它在潮起潮落的大海里徘徊，用心灵感知柳绿花红、山高水长、地老天荒……

台湾海峡，你是怎样一条让历经沧桑的耄耋老兵恍如隔世的大海哟！

啰唆了大半天，多少有点王婆卖瓜自卖自夸的意味，其实读者的目光最犀利，他们对作品的好坏自有判断。

是为后记。